Cecelia Ahern

simplesmente acontece

Tradução:
Amanda Moura e
Ivar Panazzolo Júnior

Novo Conceito

13ª Impressão — 2018

Produção editorial:
Equipe Novo Conceito

Dados Internacionais de Catalogação na Publicação (CIP)
(Câmara Brasileira do Livro, SP, Brasil)

Ahern, Cecelia
    Simplesmente Acontece / Cecelia Ahern ; tradução Amanda Moura da Silva Santos
e Ivar Panazzolo Júnior. -- Ribeirão Preto, SP: Novo Conceito Editora, 2014.

    Título original: Where rainbows end.
    ISBN 978-85-8163-669-6

    1. Ficção irlandesa I. Título.

14-07953   CDD-ir823.9

Índice para catálogo sistemático:
1. Ficção : Literatura irlandesa ir823.9

Novo Conceito
Rua Dr. Hugo Fortes, 1885
Parque Industrial Lagoinha
14095-260 – Ribeirão Preto – SP
www.editoranovoconceito.com.br

Nota do editor

....

Querido leitor,

Optamos por manter, na tradução, a linguagem mais espontânea possível na comunicação entre os personagens. Isso implica, em muitos casos, a presença de erros gramaticais nas conversas – especialmente quando as mensagens são trocadas entre crianças.

Você notará, por exemplo, que Alex costuma escrever "cei" em vez de "sei". Se esse tipo de erro tivesse sido corrigido durante a revisão, a história perderia muito de sua naturalidade... e perderia um pouco do sentido, também.

Boa leitura!

Parte Um

Capítulo 1

Para Alex

Você está convidado para a minha festa de aniversário de 7 anos dia 8 de abril, terça, na minha casa. Vai ter mágico e você pode chegar na minha casa às 2 horas. A festa vai até as 5 horas. Espero que possa vir.

Da sua melhor amiga, Rosie

Para Rosie

Sim, vou para a sua festa de aniversário na qua.

Di Alex

Para Alex

Minha festa de aniversário é na terça, não na quarta. Você não pode trazer sandy para a festa porque mamãe mandou. Ela é uma cachorra muito fedorenta.

De Rosie

Para Rosie

Não tô nem aí pro que sua mãe idiota falou sandy quer ir.

Di Alex

Para Alex

Minha mãe não é idiota, você que é. Está proibido de trazer a cachorra. Ela vai estorar as bexigas.

De Rosie

Para Rosie
>Então eu não vou.
>Di Alex

Para Alex
>Tá bom.
>De Rosie

CARA SRA. STEWART,

Dei uma passadinha apenas para conversar com a senhora sobre o aniversário da minha filha, Rosie, que será no dia 8 de abril. Que pena que não estava, mas vou voltar hoje à tarde e talvez possamos conversar.

Parece que Alex e Rosie andam tendo alguns probleminhas ultimamente. Acho que não estão conseguindo se entender. Torço para que a senhora saiba o que está acontecendo e possa me contar quando nos encontrarmos. Rosie vai ficar muito feliz se ele puder vir à festa dela.

Estou ansiosa para conhecer a mãe desse rapazinho encantador!

>Até mais tarde.
>Alice Dunne

Para Rosie
>Vou ficar feliz de ir para a sua festa de anivesário semana que vem. Obrigadu por convidar eu e a sandy.
>Di Alex seu amgo

Para Rosie
>Obrigado pela festa de aniversário superlegal. Desculpa que a sandy estorou as suas bexigas e comeu o seu bolo. Ela estava com fome porque mamãe diz que papai come tudo que sobra. Vejo vc na iscola amanhã.
>Alex

Para Alex
>Obrigada pelo presente. Tudo bem sobre o que a sandy fez. A Mamãe disse que estava mesmo precisando de um carpete novo. Mas o papai está

meio bravo. Ele disse que o outro estava legal, mas a mamãe acha que a casa está fedendo a cocô agora e não é cheiro de cocô de bebê do Kevin.

Olha o nariz da senhorita Casey. É o maior nariz que eu já vi. Hahaha.

Rosie

Para Rosie

Cei que ela tem uma meleca grande pendurada também. Ela é o ET mais feio que já vi. Acho que a gente devia contar para a polícia que nossa professora é uma alienígena e que tem um bafo muito fedido e...

CAROS SR. E SRA. STEWART,

Gostaria de marcar um encontro com os senhores para falar sobre o progresso de Alex na escola. De maneira especial, gostaria de falar sobre a recente mudança no comportamento dele e sobre o hábito de escrever bilhetes durante a aula. Ficarei grata se os senhores puderem entrar em contato com a escola para agendar um horário oportuno para conversarmos.

Atenciosamente,

Srta. Casey

Para Alex

Estou odiando que gente não senta mais junto na aula. Tô aqui grudada no Steven fedorento que enfia o dedo no nariz e depois come a creca. É nojento. O que o seu pai e a sua mãe disseram sobre a srta. Narigão?

De Rosie

Para Rosie

Minha mãe não disse muito porque fico rindu. Não cei por quê. É muito chatu sentar na frente da sala. A srta. Casey Bafo de Onça continua me vigiandu. Tenho que ir.

Alex

Para Alex

Você sempre escreve sei errado. É SEI, não CEI.

De Rosie

Para Rosie

Desculpe senhorita prefeita. Eu sei como se escreve isso.
Di Alex

Para Rosie,

Oi daki da Espanha. O tempo está muito bom. Está calor e tem sol. Tem uma piscina com escorrega. Muito legal. Conheci um amigu que se chama John. Ele é legal. Te vejo daqui a 2 semanas. Quebrei meu braço descendo o escorrega da piscina. Fui para o hopsital. Queria trabalhar no hopsital igual ao homem que consertou o meu braço porque ele usava um avental branco e tinha uma ficha branca na mão e foi muito legal mesmo e ele me ajudou a me sentir melhor. Eu também queria fazer as pessoas se sentirem melhor e vestir um avental branco. Meu amigu john assinou no meu gesso. Você também assinar pode quando eu chegar em casa se quiser.
Alex

Para Alex

Oi aqui de Lundin. Meu hotel é esse da foto, bem na frente. Meu quarto fica no sétimo andar mas vc naum vai consegui me ver pelo cartão-postal. Quando eu crescer, quero trabalhar num hotel pra ganhar chocolate de graça todo dia porque o pessoal é tão legal que até arruma o quarto pra vc. Os ônibus aqui são vermelhos que nem aqueles de brinquedo que vc ganhou no natal. Todo mundo fala com uma voz engraçada, mas eles são legais. Conheci uma amga que se chama Jane. Vamos para a piscina junto. Tchau.
Com carinho de Rosie

Para Alex

Por que eu naum fui convidada pra sua festa de aniversário desse ano? Sei que todos os meninos da sala vão. Você tá com raiva de mim?
Rosie

Cara Alice,

Peço desculpas pelo comportamento de Alex esta semana. Sei que Rosie está chateada por não ter sido convidada para a festa e que ela não entende por que não foi convidada. Para ser sincera, nem eu consigo entender; tentei conversar com Alex, mas receio que talvez eu não consiga entrar na cabeça de um garoto de 10 anos!

Acho que a questão é que ele não pôde convidá-la porque os outros meninos não querem meninas na festa. Infelizmente, parece que ele está naquela idade... Por favor, diga à Rosie que eu a adoro. Esse negócio parece tão injusto, e quando falei com ela semana passada depois da escola pude ver o quanto ela está magoada.

Talvez George e eu possamos levar os dois para algum passeio algum dia à noite, durante a semana.

Felicidades,
Sandra Stewart

Para Rosie

A festa não foi muito boa. Você não perdeu nada. Os garotos são uns idiotas. O Brian tacou pizza no saco de dormir do James, e quando o James acordou tinha molho de tomate e queijo grudado no cabelo dele e em tudo e minha mãe tentou lavar o cabelo dele mas não saía aí a mãe do James falou com a mãe do Brian e aí a minha mãe ficou muito vermelha de vergonha e meu pai falou alguma coisa que eu não houvi e a mãe do James começou a chorar e aí todo mundo foi embora. Quer ir nocimena na sexta e depois no McDonalds? Minha mãe e meu pai vão levar a gente.

Alex

Para Alex

Sinto muito pela festa. De qualquer forma, Brian é um esquisitão mesmo. Odeio ele. Brian Chorão é o nome dele. Vou perguntar pra minha mãe e pro meu pai sobre o cinema. Olha a saia da senhorita Casey... Parece com a da minha vó. Ou parece que a sandy vomitou nela toda e o...

Rosie

Caros sr. e sra. Dunne,

Gostaria de marcar uma reunião com os senhores para falar sobre o comportamento de Rosie na escola e sobre bilhetes que ela tem escrito durante a aula. Poderia ser na quinta às 15h?

Srta. Casey

Alex,

Minha mãe e meu pai não vão deixar eu ir no cinema hoje à noite. Odeio não poder sentar mais do seu lado. É muito chato. A Lizzy Cabeluda está me atrapalhando de enxergar o quadro. Por que isso sempre acontece com a gente?

Rosie

> **Para Alex**
> **FELIZ DIA DOS NAMORADOS!**
> **QUE HAJA SEXO NA SUA VIDA E...**
> **VIDA NO SEXO!**
> Com amor da sua admiradora secreta XXX

Para Rosie

Foi você que escreveu aquele cartão, não foi?

De Alex

Para Alex

Que cartão?

De Rosie

Para Rosie

Engraçadinha. Eu cei que foi você.

De Alex

Para Alex

Não sei mesmo do que você tá falando. Por que eu te mandaria um cartão de Dia dos Namorados?

De Rosie

SIMPLESMENTE ACONTECE   13

Para Rosie

Haha! Como vc sabia que era um cartão de Dia dos Namorados??!!
Vc só poderia saber porque foi vc quem me mandou. Você me ama e quer
casar comigo.

De Alex

Para Alex

Ah, me deixa em paz! Estou prestando atenção na sra. O'Sullivan. Se
ela pegar a gente passando bilhetes de novo estamos fritos.

De Rosie

Para Rosie

O que aconteceu com você? Virou uma CDF chata!

Alex

Para Alex

Sim Alex e é por isso que eu vou crescer na vida, entrar pra faculdade e
me tornar uma empresária de sucesso cheia do dinheiro... Diferente de você.

De Rosie

Capítulo 2

CARO SR. BYRNE,

Alex não poderá comparecer à aula amanhã, 8 de abril, porque ele tem consulta com o dentista.

Sandra Stewart

CARA SRA. QUINN,

Rosie não poderá comparecer à aula amanhã, 8 de abril, porque ela tem consulta médica.

Alice Dunne

Rosie,

Te encontro na esquina às 8h30. Lembre-se de trazer roupa pra se trocar. A gente não vai ficar passeando por aí com o uniforme da escola. Este vai ser o melhor aniversário que você já teve, Rosie Dunne, acredite! Nem consigo acreditar que a gente conseguiu fazer isso!

Alex

P.S.: Feliz aniversário de 16 anos uma ova!

HOSPITAL ST. JAMES
10 de abril

Caros sr. e sra. Dunne,

Segue anexa a conta referente às despesas médicas da lavagem estomacal de Rosie Dunne no dia 8 de abril.

Atenciosamente,
Dr. Montgomery

Rosie

A sua mãe está vigiando a porta que nem um cão de guarda e então acho que não vou poder ver você pelos próximos dez anos ou algo assim. Aquela sua amigona (só que não!) que você ama tanto concordou em repassar isso pra você. Você está devendo uma pra ela...

Desculpa por aquele dia. Talvez você tivesse razão. Talvez a tequila não tenha sido uma boa ideia. O pobre do garçom deve ser demitido por ter servido pra gente. Eu disse pra você que aquele RG falso que o meu camarada me arranjou funcionaria, embora no seu tivesse escrito que você nasceu no dia 31 de fevereiro!

Será que você se lembra de alguma coisa que aconteceu naquele dia? Escreva pra mim. Pode confiar na Stephanie, ela vai me repassar o bilhete. Ela está com raiva da sua mãe porque não a deixou trancar a faculdade. Phil e Margaret acabaram de anunciar que vão ter outro bebê, então parece que vou ser tio pela segunda vez. Pelo menos isso faz com que não prestem muita atenção em mim, o que já ajuda. Phil não para de dar risada do que fizemos porque ele se lembra dele mesmo, dez anos atrás.

Fique boa logo, sua bebum! Sabe que eu nunca imaginei que alguém pudesse ficar com a cara tão verde? Acho que até que enfim você descobriu qual é o seu talento, Rosie! Hahahaha

Alex/Sr. Metidão,

ME SINTO HORRÍVEL. Minha cabeça está martelando, nunca tive uma dor de cabeça assim e nunca me senti tão mal na minha vida. Minha mãe e meu pai estão soltando fogo pelas ventas. Sinceramente, você nunca vai conseguir qualquer compaixão dentro desta casa. Vou ficar aqui trancafiada por uns trinta anos e vão me "impedir" de te ver porque você é uma "péssima influência". É... Isso mesmo.

De qualquer maneira, o que eles fazem não importa muito porque vou te ver na escola amanhã, a menos que eles me "impeçam" de ir para a escola também, o que não teria o menor problema para mim. Não acredito que teremos duas aulas seguidas de matemática na segunda! Preferia passar por uma lavagem no estômago de novo. Mais cinco lavagens, para dizer a verdade. Te vejo na segunda, então.

Ah! A propósito, respondendo à sua pergunta, fora ter esborrachado a cara naquele chão imundo do pub, as luzes piscando, o som alto das sirenes, os carros em alta velocidade e o vômito, não me lembro de mais nada. Mas aposto que isso deve ser quase a história inteira. Tem mais alguma coisa que eu deveria saber?

Rosie

Para Rosie

Fico feliz em saber que tudo está normal como antes. Minha mãe e meu pai estão me deixando louco também. Na verdade, estou até ansioso para voltar pra escola. Pelo menos ninguém vai encher o nosso saco lá.

De Alex

Caros sr. e sra. Dunne,

Em vista dos recentes acontecimentos com a sua filha, Rosie, nós os convocamos para uma reunião na escola em caráter de emergência. Precisamos discutir o comportamento dela para chegarmos a um acordo sobre uma punição cabível. Não tenho dúvidas de que os senhores compreendem a necessidade de tal ação. Os pais de Alex Stewart também foram convocados e comparecerão à reunião.

Marcamos às 9h da próxima segunda-feira.

Atenciosamente,

Sr. Bogarty

Diretor

De: Rosie

Para: Alex

Assunto: Suspensa!

Merda! Não achei que aquele demônio velho fosse levar esse negócio adiante e suspender a gente! Juro que cheguei a pensar que a gente tinha cometido um assassinato pelo jeito como ele encarou as coisas. Ah, mas este é o melhor castigo de todos. Vou ter que ficar na cama uma semana inteirinha curtindo a ressaca em vez de ir para a escola!

De: Alex
Para: Rosie
Assunto: Tô no inferno
Que bom que sua vida está correndo às mil maravilhas estes dias. Estou te enviando este e-mail do pior lugar do mundo. Um escritório. Vou ter que trabalhar aqui com meu pai a semana inteira, arquivando umas porcarias e lambendo selos. Juro por Deus que NUNCA mais na minha vida vou trabalhar num escritório.

E esses filhos da puta nem vão me pagar pelo serviço.

Ass: Alex (muito, muito, muito irritado)

De: Rosie
Para: Alex
Assunto: Alex (muito, muito, muito irritado)
Hahahahahahahahaha... Esqueci o que eu ia escrever... Ah, é! Hahahah ahahahahahahahahahahahahahaha.

Muitos beijos da Rosie (muito, muito, muito confortável, quentinha, debaixo das cobertas e feliz, teclando aqui diretamente do meu quarto).

De: Alex
Para: Rosie
Assunto: Folgada
Não tô nem aí. Tem uma gatinha trabalhando aqui no escritório. Vou me casar com ela. E aí, quem é que vai rir agora?

De: Rosie
Para: Alex
Assunto: Don Juan
Quem é ela?
De uma não lésbica que por esse motivo NÃO tem por que sentir ciúme.

De: Alex
Para: Rosie
Assunto: Para uma não lésbica

Por enquanto vou entrar na brincadeira e te chamar assim, embora eu não tenha visto ainda nenhuma evidência que me prove o contrário.

Ela se chama Bethany Williams, tem 17 anos (uma mulher mais velha!), é loira, tem peitões e as pernas mais compridas que já vi.

Do maior pegador

De: Rosie
Para: Alex
Assunto: Sr. Pegador (urrrrghhh! Que ânsia!)

Ela parece uma girafa. Tenho certeza de que ela é uma pessoa muito legal (só que não!). Você já deu um oizinho pra ela? Por acaso a sua futura esposa já tomou conhecimento da sua existência? (Isso além do fato de pedir pra você tirar cópias de documentos, claro.)

VOCÊ RECEBEU UMA MENSAGEM DE: ALEX.

Alex: E aí, Rosie? Tenho novidades pra você.

Rosie: Vê se me deixa em paz, por favor. Estou tentando me concentrar no que o sr. Simpson está dizendo.

Alex: Hummmm... Por que será, hein? Será que é por causa daquele olhão azul dele e de que todas vocês, garotas, não param de falar?

Rosie: Não. Tenho um grande e incessante interesse em Excel. É tão empolgante! Poderia ficar sentada o fim de semana inteiro mexendo no Excel, sem o menor problema.

Alex: Nossa, você está virando uma chatona!

Rosie: É BRINCADEIRA, SEU IDIOTA! Odeio essa bosta. Acho que o meu cérebro vai virar mingau de ouvir esse cara. Mas, de qualquer maneira, pode sumir.

Alex: Não quer saber qual é a novidade?

Rosie: Não.

Alex: Bom, vou te contar assim mesmo.

Rosie: Tá. Qual é a grande e empolgante novidade?

Alex: Bem, você já pode morder a língua, minha amiga, porque o garoto aqui não é mais virgem.

Alex: Oi?!

Alex: Você tá aí ainda?

Alex: Rosie, para de me zoar!

Rosie: Desculpe. Sinto como se eu tivesse caído da cadeira e me estatelado no chão. Tive um sonho terrível... Sonhei que você me contava que não era mais virgem.

Alex: Não é sonho.

Rosie: Suponho que isso signifique que você não vai mais usar cueca debaixo dessa calça apertada.

Alex: Não preciso usar cueca agora.

Rosie: Arghhhhhh! E então, quem foi a infeliz? Por favor, não me diga que foi a Bethany, por favor não diga Bethany...

Alex: Que merda! É a Bethany.

Alex: Oi?

Alex: Rosie?

Rosie: O quê?

Alex: E aí?

Rosie: E aí o quê?

Alex: Ué, fala alguma coisa.

Rosie: Eu realmente não sei o que você espera que eu diga, Alex. Acho que você precisa arranjar uns caras pra fazer amizade, porque eu não vou te dar tapinhas nas costas e te pedir os detalhes sórdidos.

Alex: Só me fala o que você achou.

Rosie: Pra ser sincera, pelo que ouvi falar, acho que ela é uma piranha.

Alex: Ah, fala sério! Você nem conhesse a garota, nunca nem mesmo a viu. Qualquer pessoa que durma com alguém você chama de piranha.

Rosie: Eu a vi por aí, e, er... Tem um PEQUENO exagero no que você está dizendo, Alex. Eu chamo de piranha toda mulher que dorme com uma pessoa diferente a cada dia da semana.

Alex: Vc sabi que não é verdade.

Rosie: Você continua escrevendo SABE errado. É SABE e não SABI.

Alex: Ah, para com essa porcaria de sabe! Você continua com essa mesma conversa desde que a gente tinha uns 5 anos!

Rosie: Sim, exatamente. Então, era de se esperar que você já tivesse aprendido.

Alex: Ah! Esquece o que eu te contei!

Rosie: Ah, Alex, só estou preocupada com você. Sei que você gosta dela de verdade, e o que estou tentando te explicar é que ela não é o tipo de garota que fica com um homem só.

Alex: Bem, agora ela é.

Rosie: Então vocês estão saindo juntos?! De verdade?

Alex: Sim.

Rosie: SIM??????

Alex: Você parece surpresa.

Rosie: É que eu não sabia que a Bethany saía com os caras, achei que ela só dormia com eles.

Rosie: Alex?

Rosie: Tudo bem, tudo bem, desculpe.

Alex: Rosie, você precisa parar com isso.

Rosie: Eu cei disso.

Alex: Haha

Sr. Simpson: Vocês dois, desçam para a sala do diretor. Agora.

Rosie: O QUÊ? AH, PROFESSOR, POR FAVOR, EU ESTAVA PRESTANDO ATENÇÃO NO SENHOR!

Sr. Simpson: Rosie, tem quinze minutos que eu não falo nada. Você deveria estar fazendo uma atividade agora.

Rosie: Er... Bem, a culpa não é minha. Alex é uma péssima influência para mim. Ele nunca deixa eu me concentrar nas aulas.

Alex: Eu só tinha uma coisa muito importante para contar para a Rosie e não podia esperar.

Sr. Simpson: Estou vendo, Alex. Parabéns.

Alex: Er... Como o senhor sabe o que era?

Sr. Simpson: Acho que vocês dois deveriam prestar atenção em mim de vez em quando. Poderiam aprender umas dicas muito úteis sobre como manter uma mensagem privada para que ninguém mais possa ver, por exemplo.

Alex: O senhor está dizendo que outras pessoas da nossa sala podem ler isso?

Sr. Simpson: Sim, estou.

Alex: Meu Deus.

Rosie: Hahahahahahahahahahahahahahaha

Sr. Simpson: Rosie!

Rosie: Hahahahahahaha

Sr. Simpson: ROSIE!!!

Rosie: Sim, senhor.

Sr. Simpson: Saia da sala agora.

Alex: Hahahahahahaha

Sr. Simpson: Você também, Alex.

Capítulo 3

De: Rosie
Para: Alex
Assunto: Festa na casa da Julie

E aíííí? Quanto tempo... Espero que não estejam fazendo você se matar de trabalhar aí no "escritório". Quase não te vi neste verão... Vai ter uma festa na casa da Julie hoje à noite, então pensei que você talvez quisesse ir. Eu realmente não queria ir sozinha. Bem, de qualquer forma tenho certeza de que você está bastante ocupado fazendo seja lá o que for, então é só ligar quando puder ou responder o e-mail.

De: Alex
Para: Rosie
Assunto: Re: Festa na casa da Julie

Rosie, vou te responder rapidinho. Estou muito ocupado mesmo. Não posso sair hoje à noite, prometi levar a Bethany ao cinema. Desculpe! Vá e divirta-se!

Rosie! Oi, daqui de Portugal! Aqui realmente faz muito calor. Meu pai teve uma insolação e tudo que a minha mãe consegue fazer é ficar deitada na beira da piscina, o que é muito chato. Não tem muita gente aqui da minha idade. O hotel é silencioso (este que aparece na frente, no cartão-postal) e fica bem de frente pra praia, como você pode ver. Você ia adorar trabalhar aqui! Estou levando uma coleção daqueles xampuzinhos, toucas de banho e aquelas outras coisas que você adora. O roupão é grande demais para caber na minha mala. Nos vemos quando eu voltar. Alex

De: Rosie
Para Alex
Assunto: Botar o papo em dia?
Como foram as férias? Não tenho notícias suas desde que voltou...
Alguma chance de sair hoje à noite pra botar o papo em dia?

De: Alex
Para: Rosie
Assunto: Re: Botar o papo em dia?
Desculpe, tenho andado muito ocupado desde que voltei. Trouxe o seu
presente. Não posso encontrar você hoje à noite, mas dou uma passadinha
aí para deixar o seu presente antes de sair.

De: Rosie
Para: Alex
Assunto: Re: Re: Botar o papo em dia?
Nada de você aparecer ontem à noite. Quero meus xampuzinhos, haha.

De: Alex
Para: Rosie
Assunto: Re: Re: Re: Botar o papo em dia?
Estou indo passar o fim de semana em Donegal. Os pais de Beth têm um
pequeno "esconderijo" lá. Passo para deixar o seu presente quando voltar.

PARA O AMIGO MAIS IDIOTA E SEM CONSIDERAÇÃO

Estou escrevendo esta carta porque sei que, se eu disser o que tenho
para te dizer na sua cara, é muito provável que eu te dê um soco.

Não sei mais quem é você. Não te vejo mais. Tudo que recebo de você
é uma mensagem de texto breve ou um e-mail apressado, o que acontece
sempre num intervalo de alguns dias. Sei que você anda ocupado e sei que
você tem a Bethany, mas olá? Era para eu ser a sua melhor amiga, lembra?

Você não faz ideia do que foi este verão. Desde criança, a gente sempre
afastava toda e qualquer pessoa que pudesse se tornar nossa amiga até que
restasse apenas eu e você. E não é que não quiséssemos outra pessoa entre
nós, mas o fato é que não precisávamos de ninguém mais. Você sempre

teve a mim. E eu sempre tive você. Agora você tem a Bethany e eu não tenho ninguém.

Infelizmente, parece que você não precisa mais de mim. Agora me sinto igual àquelas pessoas que tentavam ser nossas amigas. Sei que essa não é a sua intenção, como nunca foi assim entre nós. De qualquer modo, não estou me queixando sobre o quanto eu a odeio, só estou tentando te dizer o quanto sinto a sua falta. E que... Bem... Estou me sentindo sozinha.

Sempre que você cancela nossos encontros à noite acabo em casa com a minha mãe e o meu pai, assistindo à TV. Stephanie sempre sai e até o Kevin tem uma vida melhor que a minha. É muito deprimente... Este era para ser o nosso verão de curtição. O que aconteceu? Você não consegue ter uma namorada e uma melhor amiga ao mesmo tempo?

Sei que você encontrou uma pessoa superespecial, e que vocês dois têm uma ligação, um lance "único" (ou seja lá o que for) que eu e você nunca teremos. Mas nós dois temos outro tipo de ligação: somos amigos. Ou será que o relacionamento de dois amigos desaparece quando se encontra outra pessoa? Talvez seja isso, e eu apenas não consiga entender porque não encontrei essa "pessoa especial". E também não tenho a menor pressa. Gostava das coisas assim, como elas eram.

Daqui a alguns anos, se por acaso o meu nome aparecer, é bem capaz de você dizer: "Rosie. Está aí um nome que não ouço há milênios. Éramos grandes amigos. Eu me pergunto o que ela deve estar fazendo agora; não a vejo nem penso nela há anos!" Você vai parecer a minha mãe e o meu pai quando vão a algum jantar de amigos e ficam conversando sobre os "velhos tempos". Quando estão falando dos melhores dias de suas vidas, eles citam pessoas de quem nunca ouvi falar. Como é que pode, a minha mãe nem sequer faz uma ligação para a pessoa que foi a dama de honra do casamento dela, vinte anos atrás? Ou então, no caso do meu pai, como é que ele não sabe onde mora o melhor amigo dele dos tempos de escola?

Em todo caso, minha questão é a seguinte (sim, sim, eu sei, tem uma questão): não quero ser uma dessas pessoas de quem as pessoas se esquecem com facilidade, que era tão importante naquela época, tão especial, tão influente e tão querida e, mesmo assim, anos depois se torna apenas mais um rostinho vago e uma lembrança distante. Quero que sejamos amigos para sempre, Alex.

Fico feliz em ver que você está feliz, de verdade, mas sinto como se eu estivesse sendo deixada para trás. Talvez o nosso tempo tenha passado. Talvez seja a hora de você se dedicar integralmente à Bethany. E, se for este o caso, não vou perder o meu tempo te enviando esta carta. E, se eu não vou enviar esta carta, então por que é que eu continuo escrevendo? Tudo bem, vou terminar agora e rasgar este monte de pensamentos confusos.

De sua amiga,

Rosie

De: Alex
Para: Rosie
Assunto: Docinho!!

Ei, docinho, você está bem? (Faz um tempão que não te chamo assim!) Já faz uma eternidade que não vejo nem falo com você. Estou mandando este e-mail porque toda vez que ligo para sua casa você saiu ou então está no banho. Será que devo levar isso para o lado pessoal? Mas, pelo que te conheço, se fosse algum problema comigo você não se intimidaria nem um pouquinho e me falaria tudo!

De qualquer forma, como o verão está acabando, logo nos veremos todos os dias. Vamos ficar enjoados de ver a cara um do outro! Não consigo acreditar que este é o nosso último ano na escola. Que loucura! Ano que vem, a esta altura, estarei estudando medicina e você vai ser uma excelente gerente de hotel! As coisas aqui no trabalho andam corridas. Meu pai meio que me promoveu, então agora tenho mais coisas para fazer além de arquivar as coisas e ficar lambendo selos (agora atendo o telefone também). Mas preciso do dinheiro e pelo menos posso ver Bethany todos os dias. Como vai o seu trabalho como chefe de lavadores de prato no The Dragon? Fico surpreso por você ter rejeitado o trabalho como babá para fazer isso. Você ia poder ficar a noite inteira dentro de casa assistindo à TV em vez de transformar as suas mãos em ameixas secas enquanto raspa as sobras de talharim da panela. Enfim, me mande um e-mail, me retorne ou algo assim.

De: Rosie
Para: Alex
Assunto: Raio de luar!

Não é porque detesto a Bethany que não quero falar ou ver você (embora eu a deteste mesmo), mas a questão é que ela não vai muito com a minha cara. Acho que tem a ver com o fato de um amigo dela ter contado o que escrevi sobre ela naquela mensagem (nem tanto) privada no chat, lá na sala de informática ano passado. Mas acho que você já sabe disso. Não acho que ela tenha gostado de ser chamada de piranha, não sei por quê... Algumas mulheres simplesmente ficam engraçadas sendo assim. (Falando na aula de informática, você ficou sabendo que o sr. Simpson se casou neste verão? Estou arrasada. Nunca mais vou olhar para o Excel do mesmo jeito.)

Bom, está chegando o seu aniversário! Afinal você chegou aos seus tão esperados 18 anos! Quer sair para uma comemoração legal (dentro da lei, quero dizer. Se bem que pra você, agora, será dentro da lei)? Avise.

PS: Por favor, PARE de me chamar de docinho!

De: Alex
Para: Rosie
Assunto: Aniversário de 18 anos

Que bom saber (até que enfim!) que você está viva. Estava começando a ficar preocupado! Adoraria comemorar o meu aniversário com você, mas os pais da Bethany vão nos levar para jantar (Bethany, eu e meus pais) no Hazel (é muito chique lá?). É um encontro pra eles poderem se conhecer. Desculpe, outra noite com certeza.

~~Queridíssimo Alex~~
~~Aêêêêê! Que ótimo pra você.~~
~~Dane-se a Bethany.~~
~~Danem-se os pais dela.~~
~~Dane-se o Hazel.~~
~~E dane-se você.~~
~~Com carinho, de sua melhor amiga, Rosie.~~

De: Rosie
Para: Alex
Assunto: Feliz Aniversário!
Tudo bem, então. Bem, aproveite o jantar. Feliz Aniversário!

De: Rosie
Para: Alex
Assunto: DESASTRE!
Não consigo acreditar que isso está acontecendo! Eu estava conversando com a sua mãe, tinha ligado só pra bater um papo e ela me contou a má notícia. Essa é a pior notícia que eu já ouvi! Por favor, liga pra mim quando puder. Seu chefe continua dizendo que você não pode receber ligações durante o horário do expediente — DESISTA, meu caro, eu NUNCA, jamais, vou querer trabalhar num escritório.

Isso é tão terrível. Eu me sinto péssima!

Capítulo 4

Caro sr. Stewart,

Temos o prazer de informar que o senhor foi aceito para preencher o cargo de vice-presidente da Charles & Charles Co. Ficamos entusiasmados ao saber que se juntará à nossa equipe e estamos ansiosos para recebê-lo, com sua família, em Boston.

Espero que o pacote de transferência que lhe oferecemos seja do seu agrado. Caso haja algo a mais que a Charles & Charles Co. possa fazer pelo senhor, não hesite em nos pedir. Maria Agnesi, nossa Diretora de Recursos Humanos, entrará em contato para verificar qual é a melhor data para o seu início.

Reiteramos que estamos ávidos por tê-lo aqui conosco, trabalhando em nosso escritório.

Seja bem-vindo à equipe!

Atenciosamente,
Robert Brasco
Presidente da Charles and Charles Co.

De: Alex
Para: Rosie
Assunto: Re: DESASTRE!

Vou te ligar quando chegar em casa. É verdade. Meu pai recebeu um convite para trabalhar com algo que parece incrivelmente chato... Não sei muito bem do que se trata, não prestei atenção quando ele me contou. Não consigo entender por que é que ele precisa despencar até Boston para assumir um cargo entediante. Aqui já tem um monte de emprego assim. Ele pode até mesmo ficar com o meu.

Estou P da vida, não quero ir. Falta só um ano pra terminar a escola. Agora é o pior momento para sair daqui. Não quero ir pra nenhum daqueles colégios americanos estúpidos. Não quero deixar você.

Podemos conversar sobre isso mais tarde. Precisamos pensar num jeito de eu ficar. Essa foi uma notícia muito ruim mesmo, Rosie.

De: Rosie
Para: Alex
Assunto: Fica comigo!

Não vá! Minha mãe e meu pai disseram que você pode ficar aqui com a gente este ano! Termina os seus estudos aqui em Dublin e nós dois decidimos o que fazer depois! Por favor, fique! Vai ser tão legal nós dois aqui, morando juntos. Vai ser igual àquela época em que a gente era criança e ficava um acordando o outro a noite inteira com aqueles walkie-talkies! A gente ouvia muito mais a estática do que as nossas próprias vozes, mas a gente achava aquilo tão legal! Lembra daquela vez, na véspera do Natal, muuuuuitos anos atrás, quando fizemos uma vigília para esperar o Papai Noel? Passamos semanas planejando aquilo, traçando as rotas das estradas e os mapas das nossas casas, tudo para cobrir cada ângulo e não perder a chance de vê-lo. Você ficava no turno das 7 às 10 da noite e eu, das 10 da noite à uma da madrugada. Você deveria acordar e assumir o meu posto, mas — adivinhe, adivinhe! — você não fez isso. Fiquei acordada a noite toda, berrando naquele walkie-talkie, tentando acordá-lo. Ah, mas o azar foi seu. Eu vi o Papai Noel e você, não...

Se você ficar com a gente, Alex, vamos poder conversar a noite inteira! Vai ser divertido. A gente sempre quis morar junto quando era criança. É a nossa chance.

Converse com os seus pais sobre isso. Convença eles a dizer sim. Afinal, você já tem 18 anos, então pode fazer o que quiser!

Rosie,

Não quis acordar você, então a sua mãe disse que te passaria o recado. Você sabi que odeio despedidas, mas em todo caso isso não é uma despedida porque você vai me visitar sempre. Prometa. Minha mãe e meu pai não me deixaram ficar nem com Phil, muito menos com você. Não consegui convencê-los. Querem ficar no meu pé neste último ano do colégio.

Preciso ir agora... Vou sentir saudades. Te ligo quando chegar lá.

Com carinho,

Alex

PS: Eu te falei que estava acordado naquela véspera do Natal. Foi a bateria do meu walkie-talkie que acabou... (e eu vi sim o Papai Noel, fique a senhorita sabendo).

Alex,

Boa sorte, meu irmãozinho. Não se preocupe, você vai curtir quando chegar lá e mal posso esperar para ir visitá-lo. Mesmo com a companhia da Margaret e das crianças, ainda sinto como se uma parte de mim estivesse se mudando com vocês. Vou sentir muita saudade de todos. As coisas não vão ser as mesmas sem você. Pare de se preocupar com a Rosie. A vida dela não vai acabar só porque vocês dois estão em países diferentes. Mas vou tomar conta dela pra você, se isso te faz se sentir um pouco melhor — e até que ela parece mesmo minha irmã mais nova. A propósito, se Sandy não aprender a controlar a própria bexiga aqui nesta casa, terei que despachá-la para você, de avião.

Todos nós sentiremos sua falta.

Phil (+ Margaret, William e Fiona)

De: Rosie

Para: Stephanie

Assunto: Precisa-se de conselho de irmã com urgência

Não consigo acreditar que ele foi embora, Steph. Não consigo acreditar que você se foi. Por que é que todos estão me abandonando? Você não poderia "ter se encontrado" um pouco mais perto de casa? Mas na França? Faz apenas algumas semanas que Alex foi embora, mas eu sinto quase como se ele tivesse morrido...

Por que ele tinha que terminar com a Bethany Piranha justamente duas semanas antes de ir? Se não fosse isso, eu não teria ficado tão acostumada com a presença dele de novo... As coisas tinham mesmo voltado a ser como antes, Steph. Foi incrível. Passamos cada segundo juntos e nos divertimos pra caramba!

Brian Chorão organizou um bota-fora para o Alex bem na semana passada; pra falar a verdade, acho que foi só uma desculpa que ele arranjou pra conseguir permissão dos pais para dar uma festa, porque Brian Chorão e Alex nunca se bicaram muito. Pelo menos não depois daquele incidente de pizza no cabelo do James. Bom, enfim, Chorão deu uma festa na casa dele e convidou todos os amigos dele, e Alex e eu mal conhecíamos o pessoal! E, da galera que conhecíamos, não suportávamos ninguém, então saímos e viemos para a cidade. Sabe o O'Brien's, onde fizemos aquela sua festa-surpresa de 21 anos? Bom, fomos para lá e Alex teve a brilhante ideia de ficar parado do lado de fora do pub fingindo ser o segurança. (Não tinha nenhum segurança lá naquela noite porque era uma segunda-feira.) Bem, de qualquer forma ele conseguiu se sair bem porque é alto e musculoso — você conhece o Alex! Ficamos lá parados mandando as pessoas irem embora; acho que ele não deixou nem uma pessoa sequer entrar.

Por fim, começamos a ficar entediados e decidimos entrar no pub, que estava vazio. Claro que, quanto mais bebíamos, mais e mais Alex e eu ficávamos choramingando sobre a mudança dele... Apesar disso, a noite foi maravilhosa. Sinto saudades dos nossos momentos assim, só eu e ele.

Você não faz ideia do quanto estou me sentindo sozinha na escola nestes dias. Estou prestes a me ajoelhar e implorar a amizade de alguém. Que ridículo. Ninguém tá nem aí. Passei os últimos anos ignorando eles, então eles não se sentem obrigados a conversar comigo. Acho que alguns estão até curtindo essa situação. Os professores estão amando. O sr. Simpson me chamou depois da aula para me parabenizar por eu estar me saindo tão bem ultimamente. É vergonhoso; Alex ficaria chocado se descobrisse que estou me empenhando na escola. Estou horrorizada por ver que as coisas estão tão ruins que cheguei a ponto de prestar atenção nos professores. Eles são as únicas pessoas que conversam comigo. Que deprimente...

Acordo de manhã e sinto como se estivesse faltando algo. Sei que tem alguma coisa errada e demoro um tempo para me lembrar do que se trata... E aí eu lembro. Meu melhor amigo se foi. Meu único amigo. Como fui estúpida por confiar tanto em uma única pessoa. Agora tudo está se voltando contra mim.

Enfim, desculpe por ficar choramingando o tempo todo. Tenho certeza de que você já tem problemas demais para se preocupar. Conta pra mim como é que a minha irmã mais velha toda chique está se saindo na França. É estranho que você esteja aí — você sempre odiou as aulas de francês. Pelo menos é só por alguns meses, certo? E aí você volta? O papai continua triste com o fato de você ter trancado a faculdade. Por que você teve de ir embora para encontrar a si mesma está além da minha compreensão. Basta se olhar no espelho. Como vai o restaurante? Já derrubou algum prato? Vai trabalhar aí por muito tempo? Algum cara legal? Deve ter, sim; os franceses são uns gatos! Se tiver algum gatinho aí sobrando e que você não queira, pode mandar para cá.

Com carinho,

Rosie

PS: O papai quer saber se você tem dinheiro suficiente e se já se encontrou. A mamãe quer saber se você está se alimentando direito. O Kevinzinho (ele está tão crescido agora que você não vai acreditar!) quer saber se você vai mandar algum video game para ele. Não sei do que ele está falando, então ignore.

De: Stephanie
Para: Rosie
Assunto: Re: Precisa-se de conselho de irmã com urgência
Olá, minha querida irmãzinha.

Não se preocupe com Alex. Fiquei pensando um bom tempo sobre isso e cheguei à conclusão de que é bom ele não estar cursando o último ano do ensino médio com você porque pelo menos, pelo primeiro ano EM TODA A SUA VIDA, você não vai levar suspensão. Pense no quanto a mamãe e o papai vão ficar orgulhosos com isso. (Ah, por falar nisso, diga a eles que estou quebrada, morrendo de fome e que, no momento, estou tentando me encontrar aqui numa cafeteria de Paris que tem acesso à internet.)

Sei exatamente como você está se sentindo agora. Também estou sozinha aqui, mas aguente firme este ano e, quando terminar, talvez Alex volte para a Irlanda ou talvez você possa cursar a faculdade em Boston!

Trace uma meta para você, Rosie. Sei que você não gosta de ouvir isso, mas vai te ajudar. Defina o que você quer e todo o período deste ano fará sentido para você. Vá para Boston, se é isso que vai te fazer feliz. Vá estudar hotelaria, se é isso que você sempre quis.

Você é jovem, Rosie, e eu sei que você odeia com todas as forças ouvir isso, mas é a verdade. O que parece trágico agora não terá a menor importância daqui a alguns anos. Você só tem 17 anos. Você e Alex têm o resto de suas vidas para passar o tempo juntos. Além do mais, irmãos de alma sempre acabam juntos. A imbecil da Bethany nem vai ser lembrada até lá. Ex-namoradas são facilmente esquecidas. Melhores amigos ficam para sempre.

Cuide-se. Diga para a mamãe e para o papai que eu mandei um oi e que continuo procurando por mim mesma, mas pode ser que eu tenha encontrado alguém mais no meio do caminho. Alto, moreno e lindo...

Capítulo 5

CARA SRTA. ROSIE DUNNE,

Agradecemos sua candidatura para o curso de Hotelaria na Boston College. Temos o prazer de informar que a senhorita foi aprovada...

De: Rosie
Para: Alex
Assunto: Boston, aí vou eu!
EU CONSEGUI!! Boston College, aí vou eu!!!

Uhuuu! A carta chegou hoje de manhã e eu estou tãããão empolgada! Fique paradinho aí, sr. Stewart, porque afinal estou indo visitá-lo. Vai ser o máximo, embora a gente não vá estudar na mesma faculdade. (Harvard é chique demais para pessoas como eu!) Mas é melhor assim, porque eu acho que não podemos nos dar ao luxo de ser suspensos de novo...

Manda um e-mail ou liga para mim assim que puder. Eu te ligaria, mas o meu pai bloqueou o telefone para chamadas internacionais depois da última conta, como você já sabe. Meus pais estão muito orgulhosos, não param de ligar e contar a novidade pra toda a família. Acho que eles estão na expectativa de que eu serei a primeira da família Dunne a entrar para a faculdade e concluir o curso. Meu pai não para de me alertar para eu não sair por aí tentando "me encontrar" como Stephanie fez. Por falar nisso, parece que a Steph não vai voltar para casa tão cedo. Ela conheceu um chef no restaurante em que trabalha como garçonete e se diz oficialmente "apaixonada".

O telefone aqui não parou de tocar o dia inteiro com os parabéns! Com toda a sinceridade, Alex, a casa está zunindo! Paul e Eileen, que moram do outro lado da rua, me enviaram um buquê de flores, o que foi muito legal. Minha mãe está preparando a casa para uma reunião hoje à noite, só uns sanduíches e canapés, essas coisas. Kevin está feliz com a minha viagem, assim vai ser mais mimado do que nunca. Vou sentir falta do moleque, ainda que ele nunca fale comigo. Vou sentir saudades dos meus pais, mas agora está todo mundo tão empolgado por eu ter sido aceita na universidade que nem deu tempo de pensar que não vou morar mais aqui. Acho que a minha ficha só vai cair no dia em que eu me despedir de todos, mas enquanto isso vamos continuar comemorando!

PS: Um dia destes eu posso ser a gerente de um hotel e você, o médico hospedado lá, que vai salvar a vida dos hóspedes envenenados por mim no restaurante, exatamente como nós sempre planejamos. Ah! Isso vai funcionar tão lindamente...

De: Alex
Para: Rosie
Assunto: Re: Boston, aí vou eu!

Mas que notícia maravilhosa! Mal posso esperar pra te ver! Harvard não é muito longe da Boston College (bem, em comparação com a distância de um oceano que tínhamos entre nós...) Acredita que passei em Harvard? Acho que essa deve ser a ideia de piada hilária entre os intelectuais, né? Estou empolgado demais pra digitar. Vem pra cá! Quando você chega?

De: Rosie
Para: Alex
Assunto: Setembro

Não vou conseguir chegar antes de setembro, só alguns dias antes do início do semestre, porque tenho tanta coisa pra resolver que você não ia acreditar!

O baile de formatura vai ser no final de agosto — você vem? Todo mundo vai adorar te ver, e preciso de alguém para ir comigo! Vamos nos divertir muito e podemos encher o saco de todos os nossos professores, como nos velhos tempos... Que tal?

De: Alex
Para: Rosie
Assunto: Re: Setembro

Claro que eu vou para o nosso baile de formatura. Não perderia por nada deste mundo!

Onde vc tá? Estou esperando no aeroporto. Eu e meu pai estamos aqui há horas. Tentei falar na sua casa e no cel. Não sei + pra onde ligar. Espero que esteja td bem.

Oi Rosie. Acabei de ver sua msg. Te mandei um e-mail explicando. Consegue ver o seu e-mail daí do aeroporto? Alex

De: Alex
Para: Rosie
Assunto: Desculpe!
Rosie, sinto muito. Este dia todo está sendo um pesadelo. Houve um problemão com o voo. Não sei o que aconteceu, mas meu nome não estava no sistema quando fui fazer o check-in. Estou aqui o dia inteiro tentando pegar outro voo, mas estão todos lotados de gente voltando pra casa, das férias, e de alunos voltando pra casa etc. Estou na lista de espera, só que até agora nada. Estou aqui perambulando pelo aeroporto, esperando por um voo. Isto é um pesadelo.

De: Rosie
Para: Alex
Assunto: Voo de amanhã
Meu pai está conversando com a senhora no balcão de atendimento da Aer Lingus. Ela está falando que tem um voo que sai de Boston amanhã, às 10h10 da manhã. São cinco horas de voo até aqui, então acho que você vai chegar lá pelas 3 da tarde, mas tem mais cinco horas de diferença do fuso horário, o que vai dar 8 da noite. Podemos te pegar no aeroporto e ir direto para o baile? Ou talvez você prefira passar na minha casa antes? Você não pode vestir o seu smoking no avião porque vai chegar aqui todo amassado. O que acha?

De: Alex
Para: Rosie
Assunto: Voo
Rosie, más notícias. O voo está completamente lotado.

De: Rosie
Para: Alex
Assunto: Re: Voo
Droga. Pense, pense, pense. O que eu posso fazer? Parece que conseguimos fazer você chegar aqui em qualquer outro dia maldito, menos amanhã. Alguém lá em cima realmente não quer que você entre nesse avião. Será que isso é um sinal?

De: Alex
Para: Rosie
Assunto: Minha culpa
A culpa é minha, eu deveria ter confirmado com a companhia ontem... Eles sempre pedem pra confirmar o voo com antecedência, mas quem é que faz isso? Cei que estraguei sua noite, mas, por favor, vá ao baile de qualquer jeito. Você ainda tem um dia inteiro para encontrar alguém para te acompanhar. Tire muitas fotos por mim e divirta-se. Desculpe, Rosie.

De: Rosie
Para: Alex
Assunto: Re: Minha culpa
Não é culpa sua. Estou decepcionada, mas sejamos realistas: não é o fim do mundo. Em pouco menos de um mês vou estar aí em Boston e a gente vai se ver TODO DIA! Certifique-se de que esses idiotas vão devolver o dinheiro que você pagou pelo bilhete. Vamos aproveitar muito. É melhor eu ir procurar algum homem agora...

De: Alex
Para: Rosie
Assunto: Caça ao homem
E aí, teve a sorte de encontrar alguém?

De: Rosie
Para: Alex
Assunto: Homem encontrado
Que pergunta idiota!! Claro que encontrei um homem. Fico até ofendida com essa sua pergunta...

De: Alex
Para: Rosie
Assunto: Homem misterioso
E aí, quem é ele?

De: Rosie
Para: Alex
Assunto: Homem secreto
Isso não é nem um pouco da sua conta.

De: Alex
Para: Rosie
Assunto: Homem invisível
HA! Você não encontrou companhia!! Eu sabia!!

De: Rosie
Para: Alex
Assunto: Homem grande e forte
Sim, encontrei, sim.

De: Alex
Para: Rosie
Assunto: Homem nenhum
Não, não encontrou.

De: Rosie
Para: Alex
Assunto: Sim, um homem!
Encontrei, sim.

De: Alex
Para: Rosie
Assunto: Que homem?
ENTÃO, QUEM É ELE?

De: Rosie
Para: Alex
Assunto: Quase um homem
Brian.

De: Alex
Para: Rosie
Assunto: Brian?
BRIAN? BRIAN CHORÃO?

De: Rosie
Para: Alex
Assunto: Re: Brian?
Talvez...

De: Alex
Para: Rosie
Assunto: HAHA!
Hahahahahaha, você vai pro baile de formatura com Brian, o Chorão? Não tinha algo pior para você escolher?! O Brian que ergueu a sua saia na frente de todo mundo quando você tinha 6 anos, lá no pátio da escola, pra mostrar a sua calcinha? O Brian que ficou grudado ao lado da sua cadeira durante todo o segundo ano da escola, que comia sanduíche de peixe todo dia no intervalo e que ficava enfiando o dedo no nariz enquanto você comia o seu sanduíche? O Brian que seguia a gente da escola até em casa todo dia cantando "Rosie e Alex foram pegos se B-E-I-J-A-N-D-O!", o que fez você chorar e me ignorar por uma semana? O Brian que derramou toda a cerveja dele no seu vestido novo na minha festa de bota-fora? O Brian que você não suporta de jeito nenhum e que foi a pessoa que você mais detestou durante toda a escola? E agora você vai para a última festa da escola com ele? Com o Brian?

De: Rosie
Para: Alex
Assunto: Não, é outro Brian

Sim, Alex, esse Brian. Agora, posso te pedir, por favor, que pare de me mandar e-mails enquanto a minha querida mãezinha está fazendo uns laços na minha cabeça, tentando me deixar pelo menos um pouco apresentável? Ela também está lendo os seus e-mails e quer que você saiba que Brian Chorão não vai levantar a minha saia esta noite.

De: Alex
Para: Rosie
Assunto: Re: Não, é outro Brian
Bom, não vai ser por falta de tentativa. Divirta-se! Posso sugerir que você use aqueles seus óculos fundo de garrafa hoje?

De: Rosie
Para: Alex
Assunto: Fundo de garrafa
O fundo de garrafa vai me cair muito bem e é óbvio que eu vou usá-lo! O Brian foi a única pessoa que consegui de última hora, graças a você. Tudo o que tenho a fazer é ficar em pé do lado dele, posando para as fotos, assim minha mãe e meu pai terão lembranças adoráveis da filha deles indo para o baile de formatura toda produzida e acompanhada por um homem de smoking. Cabem dez pessoas na mesa, então nem vou precisar conversar com ele durante o jantar. Você está adorando isso, não é, Alex?

De: Alex
Para: Rosie
Assunto: Re: Re: Fundo de garrafa
Na verdade, não. Eu adoraria estar aí. Não faça nada que eu não faria...

De: Rosie
Para: Alex
Assunto: Re: Re: Re: Fundo de garrafa
Bem, isso não muda muito as coisas. Já estou com o cabelo pronto, agora preciso cuidar do resto. Amanhã te conto tudo.

De: Alex
Para: Rosie
Assunto: Baile
Como foi o baile? Sem dúvida você está curtindo uma ressaca. Ia esperar até amanhã pelas novidades, mas não vou esperar mais! Quero saber tudo!

De: Alex
Para: Rosie
Assunto: Baile
Você viu o meu último e-mail? Estou tentando te ligar sem parar, mas você não atende. O que houve? Espero que esteja ocupada se preparando para a grande mudança! Escreva logo pra mim, por favor.

Steph: Rosie, pare de evitar o Alex e diga a ele como foi o baile. Ele chegou até a me mandar um e-mail perguntando o que aconteceu, e é claro que eu não vou contar! O coitado ficou de fora e só quer saber quem fez o quê, onde e quando.

Rosie: Bem, claro que eu não vou contar a ele quem fez o quê.

Steph: Haha

Rosie: Não tem graça.

Steph: Acho hilário. Fala sério! Hoje faz três semanas!

Rosie: Tem certeza de que faz três semanas?

Steph: Sim, por quê?

Rosie: Droga.

Rosie fez logoff.

De: Alex
Para: Rosie
Assunto: Oi??
Rosie, você está aí? Seu e-mail está com problema? Por favor, responda. Você deveria estar prestes a embarcar agora para cá... Vai perder o começo das aulas.

De: Alex
Para: Rosie
Assunto: Rosie? Por favor!

Você está chateada comigo? Desculpe por não ter conseguido ir ao baile de formatura, mas pensei que você fosse entender. As coisas com o Brian Chorãozinho não podem ter dado tão errado assim, podem? O que você andou fazendo nesse último mês? Isso é ridículo. Por que ninguém atende o telefone na sua casa quando eu ligo?

Aguardo seu retorno,

Alex

QUERIDA ALICE,

Oi, aqui é o Alex. Só estou escrevendo para saber se está tudo bem com a Rosie. Não tenho notícias dela e estou começando a ficar preocupado, para falar a verdade. Para mim, é estranho ficar tanto tempo assim sem notícias dela. Toda vez que ligo pra casa de vocês, cai na secretária eletrônica. Você está recebendo as minhas mensagens? Talvez vocês todos tenham saído. Por favor, me diga o que está acontecendo e peça a Rosie para me ligar.

Obrigado!

Alex

QUERIDA SANDRA,

Alex tem nos enviado mensagens a semana inteira e está extremamente preocupado com a Rosie. Sei que você está preocupada com o fato de ele se preocupar com Rosie, então só estou escrevendo para informá-la da situação...

De: Alex
Para: Rosie
Assunto: Você não vai vir para Boston?

Minha mãe me contou hoje que você não vai vir para cá. Por favor, me diga o que está acontecendo. Estou muito preocupado. Eu fiz alguma coisa de errado? Você sabe que pode contar comigo, estou sempre aqui para o que precisar.

Seja lá o que for, Rosie, vou entender e vou estar sempre aqui pra te ajudar. Por favor, fale o que está acontecendo. Estou ficando louco. E, se você não entrar em contato comigo, vou pegar um voo de volta para a Irlanda para ir vê-la.

De: Stephanie
Para: Rosie
Assunto: Estou voltando
Rosie, querida, não se preocupe. Respire fundo e tente relaxar. Tudo acontece por algum motivo. Talvez este seja o caminho certo para você, não Boston. Estou reservando um voo e chego em casa o mais breve possível. Aguente firme aí, minha irmãzinha.
Bjos,
Stephanie

PREZADA SRTA. ROSIE DUNNE,
Agradecemos a notificação. A Boston College confirma o recebimento de sua carta de recusa para matrícula neste ano.

Atenciosamente,
Robert Whitworth

Rosie, não consigo acreditar que foi essa a sua decisão. Vc sabe que eu não a apoio. Estou indo para aí como tinha planejado. Espero que esteja td bem com vc.

De: Rosie
Para: Alex
Assunto: Ajuda
Ah, meu Deus, Alex. O que foi que eu fiz?

Capítulo 6

Alex,

Que bom te ver de novo. Por favor, não aja como um estranho — eu realmente vou precisar de todos os amigos possíveis neste momento. Muito obrigada por ter sido tão solidário semana passada. Para ser sincera, às vezes eu acho que enlouqueceria sem você.

Como a vida é engraçada, né? Bem na hora em que você pensa que está tudo resolvido, bem na hora em que você finalmente começa a planejar alguma coisa de verdade, se empolga e sente como se soubesse a direção em que está seguindo, o caminho muda, a sinalização muda, o vento sopra na direção contrária, o norte de repente vira sul, o leste vira oeste, e você fica perdido. Como é fácil perder o rumo, a direção...

Não temos muitas certezas na vida, mas de uma coisa eu tenho certeza: você tem que lidar com as consequências dos seus atos. Tem que seguir adiante, levar certas coisas até o final.

Sempre desisto, Alex. O que foi que eu já fiz na minha vida que precisava ser feito de verdade? Eu sempre tive escolha, e sempre escolhi o caminho mais fácil — nós dois sempre escolhemos o caminho mais fácil. Alguns meses atrás, o fardo de ter uma dobradinha de matemática na segunda-feira e encontrar uma espinha do tamanho de Plutão no meu nariz eram as maiores complicações da minha vida.

Mas desta vez vou ter um bebê. E esse bebê vai estar por perto na segunda, na terça, na quarta, na quinta, na sexta, no sábado e no domingo. Não vou ter nenhum fim de semana de folga. Nada de três meses de férias. Não posso tirar uma folga, ligar para avisar que estou doente, nem pedir para a minha mãe escrever um bilhete. Agora, a mãe vou ser eu. Quem dera eu pudesse escrever um bilhete para mim mesma.

Estou apavorada, Alex

Rosie

De: Alex
Para: Rosie
Assunto: Papo de bebê
Não, não vai ser uma dobradinha de matemática na segunda-feira de manhã. Vai ser muito mais legal que isso. Uma dobradinha na segunda de manhã é chato: te faz ficar com sono e dor de cabeça. Você vai aprender muito mais sobre massa física com essa experiência do que qualquer aula de matemática poderia te ensinar.

Estou aqui para o que precisar e sempre que precisar. A faculdade pode esperar, Rosie, porque neste momento você tem coisas muito mais importantes para fazer.

Cei que você vai ficar bem.

De: Rosie
Para: Alex
Assunto: Re: Papo de bebê
SEI que você vai ficar bem. Preste atenção à ortografia, sr. Stewart!

De: Alex
Para: Rosie
Assunto: Re: Re: Papo de bebê
Rosie, você já está agindo como mãe — você vai ficar bem! Cuide-se. Alex

VOCÊ RECEBEU UM MENSAGEM DE: ALEX

Alex: Achei que você tinha dito que ficaria de olho nela por mim, Phil.

Phil: Eu te disse que, se ela não aprendesse a controlar a própria bexiga, ia ter que ficar do lado de fora. Mas ela está bem lá no jardim.

Alex: Não estou falando da cachorra, Phil. Estou falando da Rosie.

Phil: O que tem a Rosie?

Alex: Pare de fingir que não sabe. Escutei a minha mãe e o meu pai te contando pelo telefone.

Phil: E como você se sente?

Alex: Todo mundo não para de me perguntar isso e não tenho a menor ideia do que responder. É estranho. Rosie grávida. Ela só tem 18 anos. Mal pode cuidar de si mesma, que dirá de um bebê. Ela fuma feito uma chaminé e se recusa a comer verdura. Fica acordada até as 4 da manhã e dorme até a uma da tarde. Ela aceitou um trabalho como lavadora de pratos num restaurante chinês delivery para ganhar menos do que os vizinhos dela tinham oferecido para ela trabalhar como babá, só para evitar encrenca. Acho que ela nunca trocou uma fralda na vida. Fora a época quando o Kevin era pequeno, acho que Rosie nunca segurou um bebê no colo por mais de 5 minutos. E a faculdade? E o trabalho? Como diabos ela vai dar conta disso? Como é que ela vai conhecer alguém? Como vai fazer amigos? Rosie acabou de cair na armadilha que sempre foi seu pior pesadelo.

Phil: Acredite, Alex, ela vai aprender a lidar com tudo isso. Os pais dela estão apoiando, não estão? Ela não vai ficar sozinha.

Alex: Os pais dela são legais, mas vão passar o dia todo trabalhando, Phil. Ela é inteligente, cei disso. Mas, quanto mais tenta me convencer, menos certeza tenho de que quando o chororô começar ela vai conseguir segurar a barra. Se pelo menos eu tivesse entrado naquele voo e tivesse conseguido comparecer ao baile...

QUERIDA STEPHANIE,

Deixe que eu a ajude a se encontrar. Aceite as minhas palavras sábias, palavras de uma irmã que te ama e respeita muito e que não te deseja nada além de muita felicidade e sucesso na sua vida, para todo o sempre. Por favor, aceite o meu conselho. Nunca fique grávida. Ou *enceinte*, como se diz aí. Olhe para essa palavra, leia-a, diga em voz alta, se familiarize com ela, repita-a mentalmente e aprenda a nunca, nunquinha desejar ficar assim.

Na verdade, nunca faça sexo. Assim você pode eliminar toda e qualquer possibilidade.

Acredite em mim, Steph, gravidez não é nada agradável. Não me sinto nem um pouco em harmonia com a natureza nem demonstro nenhum tipo de sinal mágico da maternidade. Só estou gorda. E inchada. E cansada. E enjoada. E me perguntando o que diabos vou fazer quando essa coisinha nascer e olhar para a minha cara.

Radiante uma ova! Cozinhando em fogo baixo define melhor. Alex começou sua maravilhosa vida na faculdade, o pessoal que estudou comigo na escola está por aí experimentando o que mundo tem a oferecer e eu estou aqui, me transformando em duas, me perguntando no que foi que eu me meti. Sei que a culpa é minha, mas me sinto como se estivesse perdendo um monte de coisas. Tenho participado desses cursos pré-natal com a mamãe e lá eles ensinam a respirar. Todos ao meu redor são casais que têm pelo menos dez anos a mais que eu. A mamãe tenta fazer com que eu interaja com eles, mas não acho que estejam muito a fim de fazer amizade com uma garota de 18 anos que acabou de sair do colégio. Sinceramente, é como se eu tivesse voltado para o playground e a mamãe ficasse tentando me ensinar a fazer amizade. Ela disse para eu não me preocupar, porque todos estão com inveja de mim. Acho que nós duas não ríamos tanto assim há meses.

Não posso fumar e o médico disse que devo começar a me alimentar direito. Vou ser mãe, e mesmo assim continuam me tratando como uma criança.

Muitos beijos,
Rosie

Sr. Alex Stewart,

O senhor está convidado para o batizado da minha linda filha, Katie. Será no dia 28 deste mês. Compre um terno e tente parecer apresentável só pra variar, já que o senhor é o padrinho.

Com carinho,
Rosie

De: Alex
Para: Rosie
Assunto: Re: Batizado

Foi ótimo te ver. Você está maravilhosa. E NÃO está gorda! A Katiezinha disse poucas palavras, mas já estou encantado por ela. Quase senti vontade de raptá-la e trazê-la aqui pra Boston.

Pra dizer a verdade, é mentira. Senti muita vontade de ficar em Dublin. Quase não entrei naquele voo de volta. Amo Boston e amo estudar medicina, mas não é o meu lar. Dublin é. Voltar para ficar com você me pareceu a coisa certa a fazer. Sinto saudades da minha melhor amiga.

Conheci uns caras legais aqui, mas não cresci com nenhum deles brincando de polícia e ladrão no meu quintal dos fundos. Não os vejo como amigos de verdade. Não chutei a canela deles, nem fiquei acordado com eles a noite inteira esperando para ver o Papai Noel, nem me pendurei nas árvores com eles fingindo ser um macaco, nem foi com eles que brinquei de hotel e morri de rir enquanto eles faziam lavagem no estômago. É meio difícil superar experiências como essas.

No entanto, posso ver que já fui substituído no seu coração. A Katiezinha é o centro das suas atenções agora. E é fácil entender por quê. Eu a adorei até mesmo quando ela vomitou no meu terno (que é novo e custou muito caro). Isso deve significar alguma coisa. É estranho ver o quanto ela se parece com você; tem os seus olhos azuis e brilhantes (vejo problemas por aí!), cabelo bem pretinho e um nariz que parece um botão, mas o bumbum dela é um pouquinho menor que o da mãe (brincadeira!!!).

Cei que você anda extremamente ocupada agora, mas, se em algum momento precisar de um tempo de descanso, está convidada para vir dar uma relaxada aqui. Basta me avisar quando quiser vir — as portas estão sempre abertas. Imagino que as coisas não estejam nada fáceis pra você em termos de grana, então podemos ajudar com as passagens. Minha mãe e meu pai também vão adorar que você venha pra cá. Já espalharam as fotos suas e de Katie no batizado por toda a casa.

Também tem uma pessoa que eu gostaria que você conhecesse quando viesse para cá. Estudamos na mesma turma na faculdade. Ela se chama Sally Gruber e é daqui, de Boston. Vocês duas vão se dar muito bem.

A faculdade está muito mais difícil do que pensei. Tem coisa demais pra estudar; muita leitura. Eu mal tenho vida social. Preciso estudar quatro anos aqui em Harvard, depois vou fazer mais cinco ou sete anos de residência em cirurgia-geral, então calculo que estarei totalmente qualificado na minha área de especialidade (seja lá qual for) quando eu tiver mais ou menos 100 anos de idade.

Isso é tudo o que eu faço por aqui. Acordo às 5 da manhã e começo a estudar. Vou para a faculdade, volto para casa e estudo. Todo dia. Não tenho nada muito além disso para contar. Ainda bem que Sally e eu estamos na mesma sala. Ela afasta a sensação de pavor que sinto todo dia de manhã quando sei que terei de encarar mais um dia de estudo, estudo e estudo. É duro, mas não preciso te dizer isso. Aposto que é mil vezes mais fácil em comparação com o que você está fazendo agora. Bom, agora vou dormir, estou quebrado. Bons sonhos. Pra você e pra Katie.

LEMBRETE:

Não balance a Katie nos seus joelhos depois de amamentar.

Não a amamente ao lado de um campo de futebol.

Não inale enquanto estiver trocando a fralda. Na verdade, permita que o seu pai, a sua mãe ou qualquer outra pessoa troque a fralda de Katie o maior número de vezes possível, se assim for da vontade deles.

Não passe com o carrinho de bebê perto da nossa ex-escola, assim você evita que a srta. Casey Narigão Bafo de Onça a veja.

Não dê risada quando Katie cair sentada enquanto tenta caminhar.

Não tente conversar com os amigos antigos da escola que têm uma vida inteira pela frente. Isso pode resultar numa enorme frustração.

Pare de chorar quando Katie está chorando.

BONJOUR STEPHANIE!

Como está a minha irmã linda? Sentada em algum café bebendo um café au lait, usando uma boina e uma blusinha listrada enquanto fede a alho! Com certeza! Ah, quem disse que os estereótipos estão mortos e enterrados?

Obrigada pelo presente que enviou para a Katie. Sua afilhada está dizendo aqui que sente muito a sua falta e está mandando um monte de baba e de beijos molhados pra você. Acho que consegui decifrar essas palavras em meio aos berros e gemidos que saem de sua boquinha. Para ser sincera, não sei de onde sai todo esse barulho. Ela é a coisinha mais frágil que já vi em toda a minha vida, tanto que, às vezes, fico com medo de segurá-la, mas aí ela abre a boca e o inferno começa. O médico diz que é porque ela está com cólica. Tudo o que sei é que ela não para de chorar.

É incrível como uma coisinha tão pequena pode ser tão fedorenta e tão barulhenta. Acho que ela poderia entrar para o Guinness Book como a criatura mais fedorenta, mais barulhenta e menor que já existiu. Como eu ficaria orgulhosa.

Estou tão exausta, Stephanie. Pareço um zumbi. Mal consigo ler o que estou escrevendo (por falar nisso, peço desculpas pela mancha de banana amassada no canto da página — foi um pequeno acidente da hora do café da manhã). Katie passa a noite inteira chorando, chorando, chorando. Ando com uma dor de cabeça constante. Tudo o que faço é vaguear pela casa feito um robô, recolhendo os ursinhos de pelúcia e os brinquedos nos quais eu tropeço. É difícil levar a Katie a qualquer lugar porque ela simplesmente grita onde quer que estejamos; tenho medo de que as pessoas pensem que sou uma sequestradora ou uma péssima mãe. Ainda estou parecendo um balão. Só uso roupas largas de moletom. Minha bunda está enorme. Minha barriga, coberta de estrias. Estou com uma banha que não some de jeito nenhum. Não importa o quanto eu grite contra ela, não adiantou; tive que me livrar de todos os meus tops. Meu cabelo está ressecado, parecendo palha. Meus peitos estão ENORMES. Nem pareço a mesma. Não me sinto mais a mesma. Sinto como se tivesse vinte anos a mais. Não saio desde o dia do batizado. Nem lembro quando foi a última vez que bebi. Nem consigo lembrar quando foi a última vez que alguém do sexo oposto sequer olhou para mim (exceto as pessoas que me encaram com um olhar furioso quando estou na cafeteria e Katie começa a berrar). Não lembro nem quando foi a última vez que pelo menos me importei com o fato de alguém do sexo oposto estar olhando para mim. Acho que sou a pior mãe do mundo. Acho que quando a Katie olha para mim ela sabe que eu não tenho a menor ideia do que estou fazendo.

Ela já está quase andando agora, o que significa que fico de um lado para o outro dizendo: "NÃO! KATIE, NÃO! Katie, não mexe aí! NÃO! Katie, a mamãe falou NÃO!" Não acho que Katie dê a mínima para o que a mamãe dela pensa. Acho que Katie é o tipo de garota que, quando vê algo que ela quer, vai atrás disso. Fico apavorada quando penso na adolescência dela! Mas o tempo passa tão depressa que ela vai crescer e começar a sair antes mesmo que eu me dê conta. Talvez aí eu tenha algum descanso. Por outro lado, era isso que a mamãe e o papai achavam que aconteceria.

Pobrezinhos, Steph. Eu me sinto tão mal. Eles têm sido tão maravilhosos. Devo muito a eles, e não estou falando apenas de dinheiro, embora aí esteja outra situação deprimente. Recebo uma série de coisas e estou pagando a eles semanalmente o que gastam para nos manter, mas nunca parece o suficiente, e você conhece bem a nossa situação, Steph —

as coisas continuam apertadas para a gente, como sempre foram. Não sei como vou me mudar e trabalhar e cuidar da Katie. Papai e eu temos feito algumas consultas durante a semana para conversar com um cara sobre me colocar numa lista para que assim eu consiga uma casa só pra mim. A mamãe sempre fala que eu posso ficar com ela e com o papai, mas sei que o papai só está tentando me ajudar a ter certo senso de independência.

A mamãe tem sido fantástica. Katie adora ela. Katie a obedece. Quando a mamãe diz: "NÃO, KATIE!", Katie sabe que tem que parar. Mas, quando sou eu quem diz isso, Katie dá risada e continua. Quando será que vou me sentir como uma mãe de verdade?

Alex conheceu uma garota lá em Boston. Ela tem a mesma idade que eu e neurônios suficientes para estar estudando Medicina em Harvard. Mas eu me pergunto: será que ela é mesmo feliz? Bom, agora preciso ir. Katie está aqui atrás de mim, gemendo.

Escreva logo.

Beijo,

Rosie

Para Rosie

Fico feliz em saber que está tudo bem com a Katie. As fotos que você me mandou do aniversário de 3 anos estão lindas. Eu as coloquei em porta--retratos e as deixei em cima da lareira da minha casa. A mamãe e o papai, na visita que fizeram a Dublin no mês passado, adoraram vê-la. Não param de falar em você e na Katie. Temos muito orgulho de você por ter criado uma criança tão perfeita.

Espero que seu aniversário de 22 anos tenha sido maravilhoso. Desculpe não ter conseguido ir para casa comemorar com você, mas as coisas na faculdade andam uma loucura. Como é o meu último ano aqui, há muita coisa para fazer. Estou apavorado com as provas. Se eu for mal, não cei o que vou fazer. Sally perguntou por você. Embora vocês nunca tenham se encontrado, de tanto eu contar sobre os nossos velhos tempos ela sente como se te conhecesse.

De Alex

Para Alex

~~A dentição de Katie não anda tão mal ultimamente.~~

~~Katie logo vai começar o jardim de infância.~~

~~Katie disse cinco palavras novas hoje.~~

Semana passada foi aniversário do papai e nos demos o luxo de jantar no Hazel, no qual eu acho que você, a piranha da Bethany e os pais ricos dela estiveram alguns anos atrás, para comemorar o seu aniversário de 18 anos. Foi bom poder extravasar e relaxar sem a Katie. Contratei uma babá, então esse foi um presente que dei a mim mesma no fim de semana.

Rosie

De: Alex
Para: Rosie
Assunto: (nenhum)

Ah, fala sério, Rosie! Assim você me envergonha! Melhor que tenha algo mais interessante pra me contar da próxima vez!

De: Rosie
Para: Alex
Assunto: Filha de 3 anos

Caso você não saiba, tenho uma filha de 3 anos, o que torna muito mais difícil para mim sair e encher a cara, porque vou acordar com uma dor de cabeça terrível e uma criança berrando, precisando que eu cuide dela e NÃO que eu fique com a cabeça enfiada dentro do vaso sanitário.

De: Alex
Para: Rosie
Assunto: Desculpe

Rosie, me desculpe. Não quis bancar o insensível. Eu só quis dizer que você deve se lembrar de que precisa aproveitar a vida também. Cuidar de si mesma e não só da Katie.

Desculpe se magoei você.

De: Rosie
Para: Stephanie
Assunto: Momento desabafo

Ai, Stephanie, às vezes sinto como se as paredes estivessem se fechando contra mim, me encurralando. Amo Katie. Fico feliz pela decisão que tomei, mas estou cansada. Exausta. O tempo todo.

E me sinto assim mesmo com a mamãe e o papai me ajudando. Não sei como vou encarar isso sozinha. Mas vou ter de fazer isso, em algum momento. Não posso viver com a mamãe e o papai a vida inteira. Embora seja essa a minha vontade.

Não quero que Katie dependa tanto assim de mim quando ela ficar mais velha. Desejo que ela saiba que estou aqui sempre, é claro, para o que precisar, e que meu amor por ela é incondicional, mas ela precisa ter independência.

E eu preciso ser independente. Acho que chegou a hora de eu crescer, Steph. Tenho adiado isso, fugido há muito tempo. Logo Katie vai começar a escola. Imagine! Tudo aconteceu tão rápido. Katie vai conhecer gente nova e começar a própria vida, enquanto eu deixei a minha para trás. Preciso me reerguer e parar de sentir tanta pena de mim mesma. A vida é dura, mas e daí? É difícil pra todo mundo, não é? Quem disser que é fácil está mentindo.

Como consequência disso, agora há um buraco enorme entre Alex e eu; sinto que estamos vivendo em mundos tão diferentes e não sei mais sobre quais assuntos conversar com ele. Antes a gente costumava ter assunto para uma noite inteira. Ele me liga toda semana, e eu escuto ele contar sobre tudo que fez durante a semana e tento morder a língua toda vez que começo a contar alguma outra história sobre Katie. A verdade é que não tenho nenhum outro assunto além dela e sei que isso aborrece as pessoas. Acho que eu já fui uma pessoa mais interessante.

Em todo caso, decidi que afinal vou para Boston. Vou encarar enfim o que a minha vida poderia ter sido se Alex tivesse entrado naquele avião e me acompanhado no baile em vez do... Bom, você sabe quem. A esta altura, eu já poderia ter um diploma. Poderia ter uma carreira. Sei que parece uma bobagem colocar a responsabilidade de tudo o que aconteceu no fato de Alex não ter conseguido participar do baile, mas se ele tivesse vindo eu não teria ido com Brian. Não teria dormido com Brian e não haveria bebê nenhum. Acho que preciso encarar o que eu poderia ter sido para poder compreender e aceitar quem eu sou.

Com carinho,
Rosie

Capítulo 7

Stephanie,

Querida, aqui é a mamãe. Estive pensando que talvez você possa entrar em contato com Rosie pra tentar conversar com ela. Ela voltou de Boston uma semana antes do previsto e parece aborrecida com alguma coisa, embora não diga o que é. Eu já temia que isso acontecesse. Sei que ela sente como se tivesse perdido grandes oportunidades. Só queria que ela conseguisse enxergar o lado positivo de tudo o que tem agora. Você poderia tentar falar com ela? Ela adora quando você escreve.

Te amo, meu amor.

Mamãe

VOCÊ RECEBEU UMA MENSAGEM DE: STEPH.

Steph: Ei! Você não atende o telefone.

Steph: Sei que você está aí, Rosie. Posso ver que está online!

Steph: Tá bom, vou ficar na sua cola até você responder.

Steph: Oiiiiiiiiiiiiiii!

Rosie: Oi.

Steph: Ah, até que enfim! Por que tenho a sensação de que estou sendo ignorada?

Rosie: Desculpe, estava cansada demais pra conversar.

Steph: Acho que posso te perdoar. Está tudo bem? Como foi a viagem pra Boston? A cidade é tão bonita quanto as fotos que Alex mandou pra gente?

Rosie: É, o lugar é muito bonito mesmo. Alex me mostrou tudo. Não fiquei parada um só minuto enquanto estava lá. Alex realmente ficou ao meu lado o tempo todo.

Steph: Imaginei que ele ficaria. E aí, aonde vocês foram?

Rosie: Ele me mostrou a Faculdade de Boston, então pude ver como tudo teria sido se eu tivesse ido estudar lá, e é tudo tão mágico e bonito, e o tempo estava tão maravilhoso...

Steph: Bem, parece que foi ótimo, então. Você gostou, certo?

Rosie: Sim, gostei, sim. É até melhor do que as fotografias que eu via na época em que fiz a minha inscrição. Teria sido um lugar bacana pra estudar...

Steph: Tenho certeza de que teria mesmo. Onde você ficou?

Rosie: Na casa dos pais de Alex. Eles moram numa região muito chique, nada a ver com o nosso bairro aqui. A casa é uma graça: ficou claro que o pai de Alex está ganhando muito dinheiro no atual emprego.

Steph: O que mais vocês dois aprontaram? Sei que você deve ter muita coisa interessante pra me contar. Em se tratando de vocês dois, sei que não tem espaço para o tédio!

Rosie: Bom, fomos passear pelas lojas, ele me levou para assistir a um jogo do Red Sox no Fenway Park e eu não fazia a menor ideia do que estava acontecendo, mas comi um cachorro-quente delicioso, fomos a algumas dancerias... Desculpe, Steph, não tenho nada de muito interessante pra te contar...

Steph: Ei, isso é muito mais interessante do que tudo o que fiz durante a semana inteira, acredite! E aí, como vai o Alex? Como ele está fisicamente? Faz anos que não o vejo. Não sei nem se o reconheceria!

Rosie: Parece que ele está muito bem. Pegou um ligeiro sotaque americano, embora negue. Mas continua o mesmo velho Alex. Adorável como sempre. Ele realmente me mimou muito a semana inteirinha, não me deixou pagar nadinha e a cada noite me levou para um lugar diferente. Foi bom me sentir livre pelo menos um pouco.

Steph: Você é livre, Rosie.

Rosie: Eu sei. Só que às vezes não sinto isso. Enquanto estava lá, senti como se não tivesse nada com que me preocupar. Tudo estava tão legal que eu quase senti como se cada músculo do meu corpo tivesse relaxado desde o momento em que coloquei o pé naquele lugar. Fazia anos que eu não ria tanto. Eu me senti como uma jovem de 22 anos, Steph. Não tenho me sentido assim nos últimos tempos. Sei que pode soar estranho, mas me senti como alguém que eu poderia ter sido.

Gostei de não ter de me preocupar com outra pessoa enquanto andava pela rua. Não tive nenhum daqueles quase cinquenta ataques cardíacos por dia que tenho quando Katie desaparece da minha vista ou quando ela enfia alguma coisa que não deveria na boca. Não precisei me atirar no meio da rua pra puxá-la pra trás a tempo de evitar que ela fosse atropelada. Não me senti esgotada, nem precisei corrigir a pronúncia de ninguém nem repreender ninguém. Gostei de poder rir de uma piada sem ter alguém puxando a manga da minha blusa pedindo para explicar. Gostei de ter conversas adultas sem ser interrompida pra aplaudir e motivar alguma dancinha ou o aprendizado de uma palavra nova. Gostei de ter sido eu mesma, Rosie, não mamãe, de ter pensado apenas em mim, de ter conversado sobre coisas de que eu gosto, de ter saído sem ter que me preocupar com no que Katie estava mexendo ou enfiando na boca, ou com pirraças na hora de dormir. Não é horrível?

Steph: Não é horrível, Rosie. É bom ter tempo para si mesma, mas também deve ser muito bom voltar para Katie, não é? E, se as coisas lá estavam tão bem assim, por que você voltou tão cedo? Você não ia ficar mais uma semana por lá? Aconteceu alguma coisa?

Rosie: Nem vale a pena mencionar.

Steph: Ah, corta essa, Rosie. Sei quando tem alguma coisa te incomodando. Pode me contar.

Rosie: Não foi nada, só chegou a hora de vir embora mesmo, Steph.

Steph: Você e Alex brigaram? Ou alguma coisa assim?

Rosie: Não! É muito constrangedor para explicar.

Steph: Por quê? O que você quer dizer com isso?

Rosie: Ah, dei um showzinho lá.

Steph: Não seja boba. Tenho certeza de que o Alex nem ligou. Ele já te viu dando vários showzinhos na vida.

Rosie: Não, Steph, dessa vez foi um showzinho diferente. Acredite no que estou dizendo. Não foi nada parecido com o que Alex e Rosie costumavam fazer. Eu meio que me joguei pra cima dele e no dia seguinte não sabia onde enfiar a cara.

Steph: O QUÊ? Quer dizer que você... Você e o Alex?...

Capítulo 8

Rosie: Calma, Stephanie!

Steph: Não consigo! É bizarro demais! Vocês dois são como irmãos! Alex é como um irmão mais novo pra mim! Vocês não podem!

Rosie: STEPHANIE! NÃO FIZEMOS NADA!

Steph: Ah.

Steph: Então, o que foi que aconteceu?

Rosie: Bem, vai ser difícil eu te contar agora, srta. Reação Exagerada.

Steph: Pare de querer me enrolar e conte!

Rosie: Tudo bem, reconheço que foi uma atitude muito imbecil da minha parte e me sinto envergonhadíssima, então não me venha com sermões...

Steph: Continue...

Rosie: Bem, foi algo muito mais inocente do que você pensa, mas tão constrangedor quanto. Eu beijei Alex.

Steph: Eu sabia!!! O que aconteceu?

Rosie: Ele não retribuiu.

Steph: Ah. E você ficou chateada?

Rosie: O mais estranho é que sim, eu fiquei.

Steph: Ah, Rosie, sinto muito... Tenho certeza de que Alex vai reconsiderar. Ele só deve ter ficado meio chocado. Tenho certeza de que ele sente o mesmo!!! Isso é muito legal! Eu sempre soube que algum dia algo aconteceria entre vocês dois.

Rosie: Fiquei aqui na cama deitada, olhando para o teto, desde que cheguei em casa, tentando descobrir o que foi que me deu. Será que foi alguma coisa que eu comi que me deixou zonza e me fez agir por impulso? Será que foi alguma coisa que ele disse que eu interpretei mal? Estou tentando me convencer de que não foi só o silêncio do momento que fez o meu sentimento mudar.

No começo, tínhamos tanta coisa pra conversar que falamos umas cem palavras por segundo, e mal esperávamos o outro terminar uma frase pra começar outra. E demos muita risada. Rimos à beça. Então os risos terminaram e veio o silêncio. Um silêncio estranhamente confortável. Que diabos foi aquilo?

Foi como se o mundo tivesse parado naquele instante. Como se todos ao nosso redor tivessem desaparecido. Como se tudo em casa tivesse sido esquecido. Foi como se aqueles poucos minutos tivessem sido feitos apenas pra nós dois, e tudo que pudéssemos fazer fosse olhar um para o outro. Foi como se Alex estivesse me vendo pela primeira vez. Ele pareceu confuso, mas ao mesmo tempo surpreso. Da maneira exata como eu me senti. Porque eu estava ali, na grama, sentada com o meu amigo Alex, e aquele era o rosto do meu melhor amigo Alex, o nariz, os olhos e os lábios dele, mas eles pareciam diferentes. Então eu o beijei. Aproveitei aquele momento e o beijei.

Steph: Uau! E o que ele disse?

Rosie: Nada.

Steph: Nada?

Rosie: Nada. Absolutamente nada. Só ficou me olhando.

Steph: Então como você sabe que ele não sentiu o mesmo?

Rosie: Bem na hora, Sally apareceu toda saltitante. A gente estava esperando por ela mesmo, pra sair. Ela estava toda empolgada. Queria saber se Alex já tinha me contado a grande novidade. Ela estalou os dedos bem na nossa cara e voltou a perguntar: "Alex, amor, você contou a novidade pra Rosie?"

Tudo o que Alex fez foi piscar, aí Sally o abraçou e ela mesma me contou. Eles vão se casar. Por isso voltei pra casa.

Steph: Ah, Rosie...

Rosie: Mas o que diabos foi aquele silêncio?

Steph: Acho que eu no seu lugar teria gostado desse silêncio. Acho que foi algo bom.

Rosie: E foi.

Phil: Que tipo de silêncio?

Alex: Um silêncio estranho.

Phil: Tá, mas como assim "estranho"?

Alex: Incomum, um silêncio fora do normal.

Phil: Sim, mas foi bom ou ruim?

Alex: Bom.

Phil: E isso é ruim?

Alex: Sim.

Phil: Por quê?

Alex: Porque fiquei noivo da Sally.

Phil: Alguma vez já teve esse tipo de "silêncio" entre vocês?

Alex: Sim, temos uns silêncios...

Phil: A Margaret e eu também. Ah, você não precisa ficar falando o tempo todo, sabe...

Alex: Não, aquilo foi diferente, Phil. Não foi só um silêncio, foi um... Ah, sei lá!

Phil: Caraca, Alex!

Alex: É, eu sei... Estou me sentindo perdido.

Phil: Então, não se case com a Sally.

Alex: Mas eu a amo.

Phil: Mas e a Rosie?

Alex: Não tenho certeza.

Phil: Bom, então não vejo problema nenhum aqui. Se você estivesse apaixonado pela Rosie e não tivesse certeza do que sente pela Sally, aí sim você estaria encrencado. Case com a Sally e esqueça o maldito silêncio.

Alex: Você, mais uma vez, me fazendo enxergar as coisas de forma mais clara, Phil.

QUERIDA ROSIE,

Sinto muito pelo que aconteceu. Você não precisava ter saído daqui tão cedo; poderíamos ter resolvido essa situação... Desculpe não ter contado sobre a Sally antes de você chegar aqui, mas é que eu estava esperando você chegar para conhecê-la — não queria te dar a notícia por telefone. Talvez fosse melhor se eu tivesse contado...

Por favor, não se afaste de mim. Faz semanas que não recebo notícias suas. Foi maravilhoso reencontrar você... Por favor, me escreva.

Beijo,
Alex

Para Alex, ou, melhor dizendo, dr. Alex!
PARABÉNS!
DÊ UM TAPINHA NAS SUAS COSTAS POR MIM...
VOCÊ CONSEGUIU!!! SABÍAMOS QUE VOCÊ CONSEGUIRIA!
Parabéns por ter se formado em Harvard, seu gênio!!
Desculpe por não estarmos aí.

Com carinho, Rosie e Katie

VOCÊ RECEBEU UMA MENSAGEM DE: ALEX.

Alex: Rosie, quero que você seja a primeira pessoa a saber que decidi me tornar cirurgião cardiovascular!

Rosie: Que ótimo! E paga bem?

Alex: Rosie, não tem nada a ver com dinheiro.

Rosie: Bom, aqui no meu pedaço, tudo é uma questão de dinheiro. Deve ser porque não tenho nenhum. Trabalhar meio período na Randy Andy Paperclip não compensa tanto assim como pode parecer.

Alex: Bem, no meu mundo, a questão tem a ver com as vidas que você salva. Mas e aí, o que você achou? Aprova a especialidade que escolhi?

Rosie: Hum... Meu melhor amigo, um médico especialista no coração... Está aprovado.

De: Alex
Para: Rosie
Assunto: Obrigado!

Na última vez em que nos falamos me esqueci de agradecer o cartão que você e a Katie me enviaram. Ele é a única coisa que tenho aqui comigo, no novo apartamento. Sally e eu nos mudamos há poucas semanas. Você e a Katie estão convidadas para conhecê-lo, podem vir quando quiserem e serão muito bem-vindas. Pode ser a primeira viagem de avião de Katie para visitar o padrinho em Boston! Tem um parque muito legal ali do outro lado da rua com um playground. Katie ia amar!

O apartamento é pequeno, mas, de qualquer modo, como tenho turnos extensos no hospital, quase nunca fico por aqui. Preciso cumprir mais uma pena interminável aqui no Hospital Central de Boston antes de me tornar de fato cirurgião cardiovascular. Enquanto isso recebo uma mixaria e trabalho feito escravo até altas horas.

Bom, chega de falar de mim. Parece que ultimamente ando falando muito de mim. Por favor, escreva e me conte como vão as coisas com vocês. Não quero que fique nenhum clima estranho entre nós, Rosie.

Vamos nos falando,

Alex

Para: Alex

FELIZ NATAL!

Que esta data seja repleta de amor e felicidade para você e todos os que você ama.

Com carinho, Rosie e katie

Rosie e Katie,
   FELIZ ANO NOVO!
   Que este novo ano traga muitas alegrias, amor e
realizações!

Com carinho,
Alex e Sally

QUERIDA STEPHANIE,

Você não vai acreditar no cartão que acaba de chegar à minha porta. Quase me senti enjoada. Estava eu limpando a bagunça que a mamãe e o papai fizeram depois daquela festa de Ano-Novo que eles fazem todo ano, quando ele fez a sua entrada triunfal pelo capacho. Fiquei surpresa por ele não ter vindo acompanhado pelo som de trombetas! Tchanãããã! Anunciamos a entrada do nefasto cartão-casal! (A propósito, nosso maravilhoso tio Brendan estava na festa, olhando para os meus peitos com aquela cara de sempre, de desprezo. Ele perguntou de você... Muito. Deus do céu, como ele é repugnante!) Tinha mais ou menos uns dez milhões de garrafas de vinho espalhadas rolando pelo chão quando desci e quase tropecei num tabuleiro de Trivial Pursuit[1] (sim, foi uma noite daquelas!). Tinha um monte daqueles chapéus de papel espalhados pela sala de estar, pendurados nos abajures, dependurados nas molheiras, tudo muito nojento. Tinha também pacotes abertos de biscoitos, com miniaturas de brinquedos jogados de lado (coisas que ninguém jamais usaria, como tochas do tamanho do nosso polegar ou quebra-cabeças de duas peças) e em cima dos restos de comida. A casa estava uma zona!

Fala sério, Steph, sempre que a mamãe e o papai saíam, a gente dava as festas mais loucas, mas não se comportava feito um bando de animais no curral. Além disso, eles gritaram, cantaram (bem, tentaram cantar) e dançaram (ou batiam o pé no chão numa espécie de ritual maluco) a noite inteira. A coitadinha da Katie ficou apavorada com aquele barulho todo (é óbvio que ela nem parece minha filha!) e passou a noite inteira chorando, então tive de deixá-la ficar na

---
1. Jogo que testa os conhecimentos sobre assuntos gerais. (N.T.)

cama comigo (levei umas dez cotoveladas na cara durante a noite). Por fim, todo mundo começou a ir embora, lá pelas 6, 7 da manhã, e, quando eu estava começando a pegar no sono, fui sacudida por um monstrinho que começou a pular em cima da minha cama, exigindo comida.

Bom, de qualquer modo, acho que o que estou tentando dizer é que eu não estava nos meus melhores dias quando aquele cartão apareceu no capacho. Minha cabeça estava explodindo, eu estava exausta depois de ter limpado toda aquela bagunça lá embaixo (o que não é problema, porque, afinal, estou na casa dos meus pais, que estão gentilmente me deixando ficar aqui sem pagar nada, então não estou reclamando deles), e eu só queria um pouco de paz, sossego e algumas horas de sono.

Mas aí o cartão chegou.

Na frente, havia uma pequena e encantadora foto de Alex e Sally embrulhados em seus casacos quentinhos de inverno, chapéus, luvas etc. Os dois estavam em um parque coberto de neve, com os braços envolvendo um... Um boneco de neve. Um maldito boneco de neve.

Os dois pareciam repugnantemente felizes. Duas cabecinhas felizes de Harvard. Urgh! Não é lamentável enviar uma foto sua com o namorado, fazendo um boneco de neve??? Muito, muito, muito triste! Deprimente. E, além de tudo, enviá-la para mim!!! Que cara de pau! Eu deveria ter enviado uma foto minha pra eles... Minha e do... e do... George (o homem do pirulito e o único cara com quem falo hoje em dia, pelo que parece), ao ar livre, congelando no frio, pulando nas poças. Imagino quão "sem noção" isso pareceria pra eles!

Ah, meu Deus, estou delirando. Desculpe. Preciso ir agora, antes que Katie acabe com o resto de vinho tinto daquela garrafa no chão.

Ah, por falar nisso, foi ótimo conhecer o Pierre, afinal! Ele é um cara muito legal mesmo. Vocês dois deveriam vir pra cá mais vezes. Foi divertido conversar com gente que tem idade mais próxima da minha pelo menos uma vez.

Feliz Ano Novo. Quem será que inventou essa expressão?

Com carinho, de sua contente e extremamente feliz irmã mais nova,

Rosie

Para Rosie
  Feliz Aniversário, minha amiga!
  Seja bem-vinda ao mundo dos 26 anos!
  Estamos ficando velhos, Rosie!
  Vê se me escreve com mais frequência!
                                    Beijos, Alex

PARA ALEX
  VOCÊ ESTÁ CONVIDADO PARA MINHA FESTA DE
ANIVESÁLIO DE 7 ANOS VAI SE NO DIA 4 DE MAIO NA
MINHA CAZA. VAI TER UM MÁJICO. NÃO VEJO A HORA.
COMEÇA 2 HORAS E VOCÊ PODE IR IMBORA AS 5H.
                            COM CARINHO DA KATIE

QUERIDA KATIE,

Sinto muito por não poder ir à sua festa de aniversário. Um mágico! Parece que vai ser muito legal. Vai ter tantos amigos seus aí que você não vai nem notar a minha ausência!

Preciso ficar aqui, trabalhando no hospital, então eles não vão me deixar tirar uma folga. Eu disse a eles que é o seu aniversário, mas mesmo assim eles não me deram ouvidos!

Mandei uma coisinha pra você e espero que goste. Feliz aniversário, Katie, e cuide da sua mamãe por mim. Ela é muito especial.

                            Muitos beijos pra você e para a mamãe,
                                                              Alex

Para Alex

Obrigada pelo meu presente de anivesálio. Minha mamãe chorou quando eu abri. Nunca tive um medalhão. As fotos de você e da mamãe são muito pequenas.

O májico foi legal mas meu melhor amiguToby disse que sabia que ele estava enganando a gente e mostrou pra todo mundo onde o homem escondeu as cartas. O homem não ficou muito feliz e ficou bravo com Toby. Mamãe riu tão auto que acho que o mágico também ficou muito bravo cum ela.

Ganhei um monte de presente legal, mas Avril e Sinead me deram uma agenda igual. A mamãe e eu vamos mudar para outra caza logo. Vou sentir muita saudade do vovô e da vovó e cei que a mamãe está triste porque ouvi ela chorando na cama ontem de noite.

Mais a gente não vai mudar pra longe. Dá pra pegar um ônibus da caza da vovó e do vovô até a nossa caza nova. Não demora muito e a gente vai ficar mais perto de todas as lojas na cidade, então a gente pode ir andando até lá.

É bem mais pequena que a caza que a gente mora agora. Mamãe é engraçada, ela chama a caza de caixa de sapato! Tem 2 quartos e a cozinha é espremida. Só tem espaço pra comer e assistir tv. Tem varanda e é legal mais mamãe não vai me deixar ficar lá sozinha.

Dá pra ver o parque. Mamãe diz que o parque é o nosso jardim e que temos o maior jardim do mundo.

Mamãe disse que posso pintar o meu quarto da cor que eu quizer. Acho que vou pintar de rosa, de roxo ou de azul. Toby disse que a gente devia pintar de preto. Ele é engraçado.

A mamãe tem um emprego novo. Ela trabalha só alguns dias da semana então às vezes ela me pega na escola e outras vezes não pode. Brinco com Toby até ela chegar em casa. A mãe dele sempre leva e traz ele porque diz que a gente é muito novo pra pegar ônibus. Acho que mamãe não gosta do emprego dela. Ela sempre está cansada e chorando. Ela diz que perferia voltar pra iscola e ter aula dobradinha de matemática. Não cei o que é isso que ela quer dizer. Eu e o Toby odiamos a iscola mas ele sempre me faiz dar risada. Mamãe diz que está cansada de ter que voltar pra falar com a minha professora, a senhorita Casey. A vovó e o vovô acham isso engraçado. A senhorita Casey tem o maior nariz do mundo. Ela me odeia e odeia o Toby também. Acho que ela não gosta da mamãe também porque elas sempre brigam quando se encontram.

Mamãe tem uma amiga nova. Elas trabalham no mesmo prédio mais não no mesmo escritório. Elas se encontram lá fora no frio porque tem que fumar lá fora. Mamãe diz que ela é a melhor amiga que ela tem a anos. O nome dela é Ruby e ela é muito engraçada. Gosto quando ela vem aqui. A mamãe e ela estão sempre rindu. Gosto quando a Ruby está aqui porque a mamãe não chora.

Está muito sol aqui em Dublin agora. Eu e a mamãe fomos pra praia de Portmarnock umas vezes. A gente pega o ônibus e sempre tem um monte de gente vestindo roupa de praia, tomando sorvete e ouvindo música bem alta. O lado de cima do ônibus é o meu prefirido. Sento na frente e finjo que dirijo e a mamãe adora ficar olhando pela janela e para a água no caminho. Estou aprendendo a nadar. Mas tenho que ficar com as boias amarradas no meu braço no mar. Mamãe disse que quer morar na praia. Ela diz que gostaria de viver dentro das conchas do mar!

Quando você vem visitar a gente? Mamãe disse que você vai se casar com uma menina que se chama Loira Burra. Que nome engraçado.

Bj,
Katie

Capítulo 9

VOCÊ RECEBEU UMA MENSAGEM DE: RUBY.

Ruby: Ei, e aí? Excelente segunda-feira.

Rosie: Ah, ótimo. Aguenta um pouco aí enquanto pego um champanhe.

Ruby: O que você fez no fim de semana?

Rosie: Ah, espere até ouvir isso! Eu passei a manhã inteira morrendo de vontade de te contar... É tão excitante! Você nunca vai acreditar, eu...

Ruby: Hum, percebo um tom de sarcasmo aqui. Deixe-me adivinhar: você ficou vendo TV.

Rosie: Apresentando Ruby... e seus poderes psíquicos!! Tive de assistir com a TV no volume máximo para abafar os gritos do casal apaixonado do apartamento vizinho aqui, que estava se esgoelando. Algum dia eles ainda vão acabar se matando. Não vejo a hora. A pobrezinha da Katie não sabia o que estava acontecendo, então mandei ela pra casa do Toby.

Ruby: Sério, será que algumas pessoas não entendem o significado da palavra DIVÓRCIO?

Rosie: Haha, bem, essa é uma palavrinha mágica pra você, né?

Ruby: Eu ficaria muito grata se você parasse de tirar sarro de uma época da minha vida que foi devastadoramente difícil, e que me deixou em pedaços e transtornada.

Rosie: Ah, sem essa! O dia em que você conseguiu aquele divórcio foi o dia mais feliz da sua vida! Você comprou o champanhe mais caro de todos, enchemos a cara, saímos pra dançar e você beijou o homem mais feio do mundo.

Ruby: Er, bem, as pessoas têm maneiras diferentes de encarar a fossa...

Rosie: Você terminou de digitar toda aquela merda que Randy Andy deu pra gente?

Ruby: Não, ainda não. E você?

Rosie: Não.

Ruby: Que bom. Como recompensa, vamos fazer uma pausa para um café. A gente não devia mesmo se sobrecarregar. Fiquei sabendo que isso é perigosíssimo. Pode trazer o cigarro? Esqueci o meu.

Rosie: Sim. Te encontro lá embaixo em cinco minutos.

Ruby: Isso é um encontro. Deus do céu, que empolgante! Faz tempo que nenhuma de nós duas sabe o que é isso.

VOCÊ RECEBEU UMA MENSAGEM DE: RUBY.

Ruby: Onde diabos você está? Te esperei meia hora no café! Tive de me obrigar a comer dois muffins de chocolate e um pedaço de torta de maçã.

Rosie: Desculpe, foi mal. Randy Andy aqui não me deixou sair do escritório.

Ruby: Ah, maldito senhor do engenho! Você deveria reclamar com a sua chefia, fazer com que esse imbecil leve um chute no traseiro.

Rosie: Mas ele é o chefe.

Ruby: Ah, é.

Rosie: Bem, sejamos justas, Ruby. Ele pode ser um babaca, mas acabamos de fazer uma pausa... Tem uma hora. E foi a terceira em menos de três horas...

Ruby: Você está se transformando num DELES!

Rosie: Haha. Tenho uma criança pra dar de comer.

Ruby: Assim como eu.

Rosie: Mas aquela criança come sozinha, Ruby.

Ruby: Ah, deixe o meu gordinho em paz. Ele é meu bebê e eu o amo, apesar disso.

Rosie: Ele já tem 17.

Ruby: Sim, e tem idade o suficiente para ter o seu próprio bebê, de acordo com as suas convicções...

Rosie: Bem, ele vai ficar bem desde que não vá ao baile da escola acompanhado do homem menos interessante do mundo, nem pelo mais feio. Assim, ele não vai ter de beber até encher a cara, enganar o cérebro e fazê-lo pensar que esse homem é, na verdade, lindo e divertido e... Bem, você já conhece o resto da história.

Ruby: Por acaso você está sugerindo que o meu filho poderia, talvez, ter um relacionamento gay no baile de formatura do colégio?

Rosie: Não! Eu só estava dizendo que...

Ruby: Ah, eu sei muito bem o que você está dizendo, a não ser pelo fato de que talvez meu querido filhinho vá ser justamente essa pessoa por quem as garotas terão de beber e encher a cara para poder amar.

Rosie: RUBY!! Você não pode dizer uma coisa dessas do seu filho!!

Ruby: E por que não?! Eu o amo de todo o coração, que Deus o abençoe, mas ele não nasceu com o físico da mãe. Bom, de qualquer forma, quando é que você vai sair com alguém, qualquer pessoa?

Rosie: Ruby, não vamos começar esse papo de novo. Todos que você tentou me arranjar eram muito esquisitos! Não sei onde você encontrou esses homens e, pra falar a verdade, eu até acho que não gostaria de saber jamais, mas depois do último fim de semana nunca mais volto no Joys. Aliás, você não pode falar nada de mim. Quando foi a última vez que você saiu com alguém?

Ruby: Ah, é uma questão bem diferente! Sou uma mulher dez anos mais velha que você e que acabou de passar por uma separação muito difícil, me divorciei de um cafajeste egoísta e tenho um filho de 17 anos que só se comunica comigo por grunhidos monossilábicos. Acho que ele deve ter nascido de uma mãe macaca (na verdade, tenho certeza). Não tenho tempo pra homem!

Rosie: Bem, nem eu.

Ruby: Rosie, querida, você está com 26 anos, tem pelo menos mais uns dez anos de vida à frente antes que tudo se acabe. Você deveria sair e se divertir, parar de carregar o peso do mundo sobre as suas costas; este é o meu trabalho. E parar de esperar por ele.

Rosie: Parar de esperar quem?

Ruby: O Alex.

Rosie: Não sei do que você está falando! Não estou esperando por Alex!

Ruby: Sim, está sim, minha amiga querida. E ele deve ser um homem e tanto porque ninguém pode ser comparado a ele. E eu sei que é isso que você faz toda vez que conhece alguém: compara o cara a ele. Tenho certeza de que o Alex é um amigo fabuloso, assim como sei que ele sempre diz coisas doces e maravilhosas para você. Mas ele não está aqui, está a quilômetros e quilômetros de distância, trabalhando como médico num excelente hospital e morando num apartamento todo emperiquitado com sua noiva médica toda emperiquitada. Não acho que ele esteja pensando em largar essa vida tão cedo para voltar para uma mãe solteira que mora numa quitinete apertada e que trabalha meio período numa espelunca que fabrica clipes e que tem uma amiga maluca que lhe manda um e-mail por segundo. Portanto, pare de esperar e mexa-se. Vá viver a sua vida.

Rosie: Mas eu não estou esperando.

Ruby: Rosie...

Rosie: Preciso voltar pro trabalho agora.

Rosie fez logoff.

QUERIDAS ROSIE E KATIE DUNNE,
    Shelly e Bernard Gruber têm a honra de convidá-las para a cerimônia de casamento de sua adorada filha, Sally, com Alex Stewart.

De: Stephanie
Para: Rosie
Assunto: Re: Sem chance. Não vou a esse casamento por nada neste mundo!
    Fiquei muito irritada com a sua última carta! Você não pode deixar de ir ao casamento do Alex! Isso estaria completamente fora de cogitação!
    Estamos falando do Alex! Alex, o garoto que costumava dormir num saco de dormir no chão do seu quarto, o garoto que costumava entrar escondido no meu quarto para ler o meu diário e xeretar a minha gaveta de

lingerie! O Alexzinho de quem você corria atrás na rua para atingi-lo com uma banana como se ela fosse uma arma! O Alex, que ficou na carteira ao lado da sua por doze anos!

Ele esteve ao seu lado quando você teve a Katie. Te apoiou o tempo todo, e, tenho certeza, até mesmo no momento em que foi muito difícil para ele acostumar-se com a ideia de que a pequena Rosie, que dormia num saco de dormir no chão do quarto dele, teria um bebê.

Enfrente essa por ele, Rosie. Comemore com ele. Compartilhe a felicidade e o entusiasmo dele. Partilhe também com a Katie. Fique feliz! Por favor! Tenho certeza de que ele precisa de você neste momento. É um grande passo na vida dele, e ele precisa que sua melhor amiga esteja lá, ao seu lado. Faça um esforço para conhecer a Sally também, já que ela é uma pessoa importante na vida dele agora. Exatamente como ele fez com a Katie — a pessoa mais importante na sua vida. Sei que você não quer ouvir isso, mas, se você não for ao casamento, vai pôr um fim no que foi e ainda é um dos vínculos de amizade mais fortes que eu já vi.

Sei que você fica constrangida pelo que aconteceu há alguns anos, naquela visita que fez a Alex, mas engula o orgulho e erga a cabeça. Você vai a esse casamento porque Alex quer que você esteja lá por ele; você vai porque precisa fazer isso por si mesma.

Tome a decisão certa, Rosie.

QUERIDA ROSIE,

Olá! Com certeza você recebeu o nosso convite maravilhoso de casamento que Sally levou mais ou menos três meses para escolher. O motivo, não sei, mas parece que um convite na cor creme e com as bordas douradas era algo muito diferente de um convite branco com as bordas douradas... Vocês, mulheres...

Não sei se devo ficar preocupado ou não, mas parece que a mãe da Sally não recebeu sua resposta ainda! Cei que não preciso da sua resposta porque estou supondo que você vai estar lá!

Bom, o motivo pelo qual estou te escrevendo em vez de ligar é que quero que você pense antes de responder ao que vou te pedir. Sally e eu ficaríamos honrados se você permitisse que a Katie fosse a nossa dama de honra. Precisamos da resposta o quanto antes, assim Sally e Katie podem escolher o vestido.

Quem poderia imaginar que isso aconteceria, Rosie? Dez anos atrás, se alguém tivesse nos contado que a sua filha seria a dama de honra do meu casamento, teríamos rido muito diante do ridículo de toda essa situação, muito embora Sally e eu tenhamos demorado tanto para oficializar a nossa união — também, com essas agendas de médico malucas que mandam e desmandam nas nossas vidas!

Em relação ao outro pedido que preciso fazer, tenho certeza de que você vai precisar pensar pra responder. Você é a minha melhor amiga, Rosie, não preciso nem dizer isso. Não tenho nenhum amigo por aqui, nenhum que se compare ao que você significa pra mim, portanto não tenho padrinho. Você aceitaria ser a minha madrinha? Aceitaria ficar ao meu lado no altar? Sem dúvida, preciso de você lá! E cei que você vai organizar a despedida de solteiro de um jeito muito melhor do que qualquer um dos colegas que tenho por aqui!

Pense nisso e me dê a resposta. E, por favor, responda que sim!

Beijos pra você e pra Katie,

Alex

VOCÊ RECEBEU UMA MENSAGEM DE: ROSIE.

Rosie: Você não vai acreditar no que tenho pra contar.

Ruby: Você arranjou um encontro.

Rosie: Não, é mais inacreditável do que isso. Alex me convidou para ser a "madrinha" dele.

Ruby: Não me diga que isso quer dizer que você vai ficar de pé à esquerda dele no altar?

Rosie: Eh, não... À direita.

Ruby: Mas, e o irmão dele?

Rosie: Ele vai ser o anfitrião ou alguma coisa do tipo...

Ruby: Uau! Então ele vai mesmo levar esse negócio a sério?

Rosie: Sim. É o que tudo indica.

Ruby: Acho que você deve parar de esperar por ele agora, querida.

Rosie: Eu sei. É melhor que eu faça isso mesmo.

Capítulo 10

MEU DISCURSO DE "MADRINHA".

Boa noite a todos. Meu nome é Rosie, e, como vocês podem ver, Alex decidiu optar por algo não tradicional e me convidou para ser a sua madrinha nesta ocasião. Contudo, sabemos que hoje as honras não pertencem a mim. Pertencem a Sally, já que ela é claramente a melhor das mulheres para Alex.

Eu poderia dizer que sou a "melhor amiga", mas acho que todos aqui sabemos que hoje esse título também não me pertence mais. Ele é todo de Sally.

O que não pertence a Sally é uma vida de lembranças da infância de Alex, da adolescência dele e da fase quase adulta que tenho certeza de que ele preferiria esquecer, mas que vou agora revelar (espero que se divirtam com o que vou contar).

Conheço Alex desde que ele tinha 5 anos. Cheguei à escola no meu primeiro dia de aula com os olhos marejados, o nariz vermelho e meia hora de atraso (tenho quase certeza de que Alex vai gritar: "Qual é a novidade disso?"). A professora me mandou sentar no fundo da sala, ao lado de um garotinho fedorento, melequento, cabelo desgrenhado, que tinha a cara mais feia deste mundo e que se recusou a olhar para mim ou a falar comigo. Detestei aquele menino.

Sei que ele me detestava também, já que sempre chutava a minha canela debaixo da carteira; quando ele disse à professora que eu estava copiando as lições dele, foi como uma revelação. Sentamos um ao lado do outro por doze anos, todos os dias, reclamando da escola, das namoradas e dos namorados, ansiando por sermos mais velhos e mais experientes e desejando nos livrar da escola, sonhando com uma vida sem dobradinha de matemática bem na segunda-feira de manhã.

Agora Alex construiu a sua própria vida e eu tenho muito orgulho dele. Fico muito feliz que ele tenha encontrado a mulher da sua vida e melhor amiga na ~~perfeita, inteligente e inconveniente da~~ Sally.

Peço que ergam as suas taças e que brindem ao meu melhor amigo, Alex, e à sua nova melhor amiga, mulher da sua vida e esposa, Sally, e que lhes desejem toda a sorte e felicidade.

Para Alex e Sally!

OU ALGO NESSE SENTIDO. O QUE ACHA, RUBY?

VOCÊ RECEBEU UMA MENSAGEM DE: RUBY.

Ruby: Urrgggggh! Todos vão amar. Boa sorte, Rosie. Nada de lágrimas e NÃO beba.

Querida Rosie,

Lembranças aqui das Seychelles! Rosie, muito obrigado pela semana passada! Foi tudo muito bom. Nunca pensei que realmente conseguisse aproveitar o dia do meu casamento, mas você fez tudo ficar muito divertido. Não se preocupe, acho que ninguém percebeu que você estava bêbada durante toda a cerimônia (talvez tenham percebido na hora do discurso, mas foi engraçado), mas não acho que o padre tenha se surpreendido muito quando você soluçou bem na hora que eu estava prestes a dizer: "Sim!".

Mal consigo me lembrar da despedida de solteiro, mas ouvi dizer que foi maravilhosa. Os caras não param de falar nisso. Acho que a Sally ficou um pouco chateada por ter de se casar com um homem com uma sobrancelha só, mas não me importo com o que os outros dizem, cei que foi você quem fez isso! Estou de perfil nas fotos do casamento, pegaram só o lado esquerdo do meu rosto, mas não tem problema, porque a Sally disse que esse é meu melhor lado mesmo. Diferente de você, que diz que o meu melhor lado é a parte de trás da minha cabeça.

O casamento correu muito bem, não foi? Pensei que eu fosse passar o dia inteiro uma pilha de nervos, mas você me fez rir tanto que acho que ajudou a me livrar dessa tensão. Embora não devêssemos rir durante as fotos, duvido que haja uma foto sequer decente em que o meu rosto ou o seu não apareça distorcido por causa da risada. A família da Sally te adorou. Pra ser sincero, eles não gostaram muito da ideia de eu entrar na igreja com uma madrinha em vez de um padrinho, mas o pai da Sally te achou o máximo. É verdade que você fez ele beber numa golada só uma dose de tequila?

Minha mãe e o meu pai ficaram muito contentes em ver você e a Katie. Adorei ver que a Katie estava usando o medalhão que eu dei pra ela de aniversário. Engraçado... A minha mãe diz que a Katie é igualzinha a você quando tinha 7 anos. Acho que ela meio que desejava que Katie fosse você e que eu tivesse aquela idade também. Ela estava muito emotiva naquele dia! Mas todos não param de falar no quanto você estava bonita naquele vestido! É como se a noiva fosse você!

Você estava muito bonita mesmo, Rosie. Acho que nunca tinha visto você usando vestido (pelo menos não desde que você tinha a idade da Katie). Bem, suponho que eu teria visto se tivesse conseguido comparecer àquele baile de formatura anos atrás. Meu Deus, olhe pra mim! Pareço um velho relembrando os velhos tempos!

Todos concordaram que o seu discurso de madrinha foi incrível. Acho que todos os meus amigos ficaram a fim de você — e não, não vou passar o telefone deles pra você. Por falar nisso, Rosie, você foi a minha madrinha naquele dia e continua sendo a minha melhor amiga. E sempre será. Só pra você saber.

A vida de casado está indo bem até agora. Faz dez dias que nos casamos e desde então tivemos apenas... Deixe-me ver... Dez brigas. Haha. Tenho certeza de que alguém já me disse que isso é saudável para a relação... Não estou preocupado. O lugar onde estamos passando a lua de mel é incrível, o que me deixa bastante satisfeito, porque gastamos uma fortuna com isto aqui. Estamos hospedados numa espécie de cabana, feita de madeira, que fica apoiada sobre estacas, bem em cima da água. É lindo. A água tem aquele tom azul-turquesa, e quando se olha pra baixo dá pra ver os peixes coloridos. É o paraíso; você amaria. Este é o tipo de hotel no qual você deveria trabalhar, Rosie. Imagine seu escritório na praia...

Pra ser sincero, eu adoraria ficar na praia sem fazer nada, bebendo uns drinques o dia inteiro, mas a Sally não para, está sempre fazendo alguma coisa, então a cada segundo sou arrastado para o mar ou me pego voando, pendurado em algum equipamento maluco. Não me surpreenderia se ela decidisse que devemos almoçar debaixo d'água enquanto praticamos mergulho.

Enfim, comprei presentes pra você e pra Katie e espero que cheguem até a sua casa sem nenhum defeito e que não amassem durante o transporte. Aqui, parece que as pessoas acreditam que eles funcionam como um amuleto da sorte e cei que você sempre adorou catar conchas do mar quando a gente era criança, então agora você vai poder usar as conchas mais lindas no pescoço.

Bom, melhor eu ir agora. Acho que as pessoas não deveriam nem sequer enviar cartões-postais durante a lua de mel, imagine escrever um livro em vez de uma carta (de acordo com a Sally), então é melhor eu ir. Acho que ela quer fazer mais alguma maluquice, tipo ser arrastada num esqui aquático por algum golfinho.

Deus me ajude! Onde foi que eu me enfiei?

Beijos,

Alex

PS: Estou com saudade!

VOCÊ RECEBEU UMA MENSAGEM DE: RUBY.

Ruby: Daqui da janela, vi você vindo pro trabalho. Que diabos é isso que está usando no pescoço? Conchas?

Rosie: Dão sorte.

Ruby: A-ham! E aí, já deu alguma sorte?

Rosie: Não perdi o ônibus hoje.

Ruby: A-ham.

Rosie: Ah, pare de me encher.

Rosie fez logoff.

De: Rosie
Para: Ruby
Assunto: Você não vai acreditar.

Estou mandando por fax uma carta que Sally enviou para Katie. Depois me diga o que achou.

QUERIDA KATIE,

Obrigado por ter sido a minha daminha de honra no casamento. Todo mundo disse que você estava linda, parecendo uma princesa de verdade.

Alex e eu estamos de férias num lugar chamado Seychelles, bem onde a sua mãe quer morar. Diga a ela que o lugar é lindo, cheio de sol e muito quente, e pode mostrar a ela a minha foto com Alex deitados na praia para ela ver como é aqui. Estamos muito felizes e muito apaixonados.

Coloquei junto da carta uma foto do nosso casamento, em que estamos com você. Assim, você pode colocá-la num porta-retratos e deixá-la aí na sua casa. Espero que goste.

Ligue pra gente quando puder.

Com carinho,
Sally

VOCÊ RECEBEU UMA MENSAGEM DE: RUBY.

Ruby: Parece que a vadia está fazendo xixi ao redor do homem dela pra marcar território.

Rosie: Mandando uma carta pra uma garota de 7 anos??!!

Ruby: Bem, ela provavelmente sabia que essa carta iria parar nas suas mãos. É cruel, verdade. Não deixe que a Sally te abale. Ela só está tentando fazer com que você saiba quem é a mulher na vida de Alex agora. Mas, enfim, por que é que ela está fazendo isso? Você fez alguma coisa pra ela se sentir ameaçada?

Rosie: Nadinha! Até parece!

Ruby: Rosie?

Rosie: Tá, tudo bem, talvez ela tenha se sentido um pouco ameaçada porque Alex e eu aproveitamos mais o casamento deles do que ela.

Ruby: Bingo!

Rosie: Sim, mas a gente sempre foi assim, Ruby. Não estávamos flertando, não era nada disso. Era só felicidade. E ela, por outro lado, não deu nem um sorrisinho sequer o dia inteiro. Só ficou sugando as próprias bochechas e fazendo cara feia pra todo mundo.

Ruby: Tudo bem, acredito em você, mas milhões de pessoas, não. Ainda assim, não se ponha à altura dela, apenas ignore.

Rosie: Ah, fica tranquila, não vou responder. Só lamento o fato de essa imbecil não ter o bom senso de deixar a minha filha fora das próprias inseguranças.

Ruby: Katie vai ficar bem, ela é uma menina esperta. Igualzinha à mãe dela.

QUERIDA SALLY,

Obrigada pela carta. Fico feliz que você gostou do meu vestido, mas se eu fosse você tinha usado um vestido mais bonito, que nem o que a minha mãe estava usando no dia do seu casamento. Todo mundo falou que o vestido dela combinou muito bem com a roupa do Alex. Os dois ficaram tão bonitos juntos, você não achou? Mostrei pra mamãe e para o Toby (meu melhor amigo) a foto que você mandou junto com o Alex na praia e o Toby disse que espera que a sua queimadura de sol não doa muito. Parece que está doendo muito.

Isso é tudo. Preciso ir agora porque o namorado novo da mamãe está vindo pra cá. Diz pro Alex que eu, a mamãe e o Toby mandamos um oi.

Beijo da Katie

Capítulo 11

De: Alex

Para: Rosie

Assunto: Namorado secreto

Já voltei da lua de mel. Você, sua danadinha, nunca me contou sobre esse seu novo namorado! Sally não aguentou e teve de me contar, o que achei muito meigo da parte dela. Não percebi que Katie e Sally estão trocando mensagens, você percebeu?

Bom, enfim, por que você não me contou nada sobre esse cara no casamento? Você costuma me contar tudo. Então, corta essa! Como ele é? Como se chama? Onde você o conheceu? Qual é o tipo físico dele? O que ele faz? Espero que ganhe bem e que esteja te tratando muito bem, do contrário terei de ir até aí estrangulá-lo.

Preciso voltar pra Dublin pra conhecer esse cara; garantir que ele está aprovado pelo seu melhor amigo aqui. Seja como for, me conte os detalhes (talvez não todos).

Oi, Stephanie,

Só estou escrevendo pra saber como você está, querida, e pra te contar uma notícia boa. Tenho certeza de que a Rosie não te contou ainda, porque não quer alardear as coisas, mas ela conheceu uma pessoa! Todos estamos muito felizes. Parece que ela está feliz, aqueles olhos grandes e azuis não andam mais tristes e acho que voltou a caminhar sobre as nuvens. Está mais parecida com a Rosie que conhecíamos.

Bom, ela o trouxe para jantar ontem aqui em casa e devo dizer que ele é de fato um homem muito encantador. Ele se chama Greg Collins e é gerente do banco AIB em Fairview.

É um pouco mais alto que a Rosie e tem um rostinho encantador. Tem trinta e poucos anos, eu chutaria, e tem sido absolutamente maravilhoso com a Katie. Os dois passaram a noite toda brincando, o que foi muito engraçado. Como você sabe, tem sido difícil para a Rosie encontrar alguém de quem ela goste, ainda mais levando em conta também que essa pessoa precisa se relacionar bem com a Katie. Mas não deve haver concessões, é o que digo sempre a ela. Muitas vezes, Rosie acaba arranjando encontros com certos caras só porque a Katie se deu bem com eles. Bem, seja como for, como eu já disse, Katie adorou Greg. Fico muito contente de ver que, até que enfim, parece que a Rosie encontrou um cara legal.

Mas, e aí, como está o trabalho? Agitado como sempre? Não se mate naquele restaurante, meu amor; você precisa aproveitar a vida também. Seu pai e eu andamos pensando em visitá-la, tirar alguns dias de férias. Tudo bem para você? Avise quando vai estar livre que vamos nos organizar por aqui. Mande um oi para o Pierre. Estou ansiosa para revê-la.

Com carinho,
Mamãe

De: Rosie
Para: Alex
Assunto: Re: Namorado secreto!
Ooops, meu segredinho foi revelado agora, graças à Katie e àquela boca grande dela! Bem, não contei nada sobre o Greg (é o nome dele) no seu casamento porque naquela época eu ainda nem tinha saído com ele! Nós nos conhecemos naquela danceteria Dancing Cow (é uma longa história!) um pouco antes de eu viajar pra Boston, aí ele pediu o meu telefone e me chamou pra sair, mas eu respondi que não! Então eu devo ter ficado muito sentimental depois do seu casamento, porque assim que voltei liguei para ele e o convidei pra sair!

Ah, Alex, tenho bebido vinho tinto e saído para jantar como nunca! Ele me leva àqueles restaurantes que eu só conhecia pelas revistas e é um cara pra lá de romântico, mas, como você disse pra eu não te dar todos os detalhes, então não vou te contar sobre o nosso fim de semana no campo... Tá legal, você queria saber tudo a respeito dele, então aí vai: ele tem 36 anos, trabalha num banco em Fairview. Ele não é muito alto (tem a minha estatura mais ou menos), o que não quer dizer também que seja muito baixo, mas... Bem, se vocês dois ficarem lado a lado, você teria uma vista panorâmica do couro cabeludo dele. Mas ele tem cabelo cor de areia e um maravilhoso par de olhos azuis cintilantes.

Quando vem, ele sempre traz presentinhos pra Katie, o que sei que não deveria fazer, mas adoro vê-la sendo paparicada, em especial porque eu mesma não fui capaz de fazer isso ao longo desses anos. Não consigo acreditar que afinal encontrei um homem que não se incomoda com o fato de eu ter uma filha; todos os outros me olhavam como se eu tivesse alguma doença quando eu contava que sou mãe e, de repente, arranjavam uma bela desculpa pra sair da mesa do restaurante e ir embora. Também não consigo acreditar que Katie e eu enfim concordamos em escolher o mesmo homem. Ela parecia gostar apenas dos mais jovens e bonitos, provavelmente aqueles pelos quais ela se sentiria atraída se estivesse no meu lugar. No entanto, precisamos ser realistas. Não posso me dar ao luxo de bancar a exigente!! Além disso, a ideia que ela faz de um bom companheiro pra mim é de alguém que brinque com ela o tempo todo, que faça caretas, imite vozes e use roupas brilhantes e coloridas que só poderiam ser usadas naqueles programas infantis das manhãs de sábado que passam na TV.

De qualquer maneira, parece que encontrei esse cara. Ele é um homem muito generoso, afetuoso, gentil e preocupado, e acho que sou uma mulher de sorte por tê-lo encontrado. Pode ser que não seja pra sempre, Alex, mas estou curtindo bastante. Sei que tenho andado muito reclamona nos últimos tempos, ah, sei lá... De uns dez anos pra cá (mais ou menos) (!), mas agora percebi que Katie e eu formamos um time e que, se eles não puderem amar nós duas, então terão de sumir.

Acho que posso te encontrado esse homem. Estou cruzando os dedos.

PS: Percebi que você parou de se referir à Irlanda como a sua casa. Seu coração agora deve estar em Boston, finalmente.

De: Alex
Para: Rosie
Assunto: Aaah, Rosie está apaixonada!

Aaaaah, Rosie parece estar apaixonada!

Por um gerente de banco que sai à noite pra frequentar um lugar chamado Vaca Dançante? Que tipo de gerente de banco (ou de homem, nesse caso) vai para o Dancing Cow? Nada mais justo, já que você e a sua amiga Ruby parecem ter despirocado de vez, então não esperaria nada de muito diferente. Mas não cei, não... Ainda não estou muito convencido de que este homem seja o cara certo pra você...

E tenho de dizer que me senti ligeiramente insultado com a sua última carta. O que você quis dizer com "Afinal encontrei um homem que não se incomoda com o fato de eu ter uma filha"? Acho que sempre apoiei você e a Katie — na verdade não acho, eu cei que fiz isso. Sempre que posso, visito vocês e as levo aos seus restaurantes favoritos, além de dar presentes para a minha afilhada.

Bem, acho que vou indo. Acabei de sair de dois turnos seguidos aqui no hospital, então estou exausto.

De: Rosie
Para: Alex
Assunto: Obrigada, sr. Compreensivo
Bem, obrigada, sr. Compreensivo por estar tão feliz por mim. Caso não tenha percebido, você e eu não temos um relacionamento amoroso. Sim, você é um amigo maravilhoso (compreensivo e generoso), mas não está aqui todo dia comigo. Tenho certeza de que você entende quando digo que ter um amigo e um parceiro são duas coisas completamente diferentes. Você me aceita do jeito que eu sou, com as minhas verrugas e tudo, e alguns homens não fazem isso. Mas você não está aqui.

Bem, é isso. Espero que a vida de casado esteja correndo às mil maravilhas!

VOCÊ RECEBEU UMA MENSAGEM DE: RUBY.

Ruby: Katie contou o que pra Sally?

Rosie: É insano, não é? E Katie escreveu aquela carta depois do meu primeiro encontro com o Greg!

Ruby: Nossa, ela deve ter gostado mesmo dele, pra falar pra outras pessoas tão cedo... Bom, agora, talvez, a Sally não se sinta como se você estivesse tentando colocar as suas "mãozinhas nojentas" no marido dela.

Rosie: Ah, quem liga pra isso? Tenho o meu Greg!

Ruby: Urgh! Assim, você me deixa enjoada. Vocês se transformaram num daqueles casais grudentos que a gente detesta. Os dois estão agindo como se fossem um casal de adolescentes apaixonado; acho que vou ter que arranjar uma nova amiga solteira pra não me sentir uma vela da próxima vez que sairmos.

Rosie: Mas que mentirosa! Toda vez que eu olhava pra você via que estava curtindo muito com todos aqueles caras. Era o centro das atenções!

Rosy: Aaaah, uma garota faz o que tem de ser feito. Seja como for, você deve ter batido o olho em mim nas raras vezes em que desgrudou os lábios dos de Greg. Ah, por falar nisso, aquele cara me ligou ontem à noite, então estou pensando em...

VOCÊ RECEBEU UMA MENSAGEM DE: GREG.

Greg: Oi, linda. Como está o seu dia?

Rosie: Ah, oi! Ah, o mesmo de sempre... Mas muito melhor agora.

Ruby: Oi?!! Você tá aí ainda ou o Randy Andy te atacou?

Rosie: Desculpe, Greg, só um minutinho. Estou conversando com a Ruby também.

Greg: Vocês duas trabalham em alguma hora do dia?

Rosie: O suficiente para evitar a demissão.

Greg: Mais tarde falo com você.

Rosie: Não, não! Não seja bobo! Posso perfeitamente conversar com vocês dois ao mesmo tempo. Além disso, quero continuar falando com você e, se eu disser isso pra Ruby, ela vai ficar ainda mais furiosa comigo por estar me transformando num daqueles...

Greg: Quem são "aqueles"?

Rosie: Num daqueles casaizinhos de elite...

Greg: Ah, sim, claro. Que tolo da minha parte...

Rosie: Desculpe, Ruby, estou falando com Greg também, portanto aguente um pouco aqui.

Ruby: Será que vocês dois não conseguem viver um sem o outro por algumas horas?

Rosie: Não!

Ruby: Ah, como sinto saudade da minha amiga Rosie. Quem é você e o que fez com a minha amiga que detesta os homens?

Rosie: Não se preocupe, ela continua aqui, só tirou um descanso bastante merecido. Mas, então, o que você estava dizendo sobre aquele cara que conheceu numa noite dessas?

Ruby: Ah, é. Ele se chama Ted (e é um verdadeiro ursinho mesmo), está acima do peso, mas eu também estou, então, quem se importa? Um lado compensa o outro. Ele é motorista de caminhão e parece ser um cara legal porque não parou de me pagar bebidas, o que o elevou de modo considerável na minha escala de Homens Decentes. Além disso, ele foi a única pessoa que não me ignorou no pub aquela noite.

Rosie: Ah, sinto muito, mas você sabe muito bem como funcionam as coisas quando conhecemos alguém: queremos saber tudo sobre ele.

Ruby: Não, de jeito nenhum. Não quero saber tudo sobre Ted... Só não quero afastá-lo de mim.

Rosie: Então, Greg, o que vai fazer hoje à noite?

Greg: Rosie, minha querida, sou todo seu! Por que não compramos uma garrafa de vinho, alguma coisa pra comer e ficamos em casa? Podemos pegar um DVD pra Katie ou alguma coisa do tipo...

Rosie: Sim, parece uma ideia excelente! E a Katie vai ficar muito empolgada em te ver.

Ruby: E aí, devo ligar pra ele?

Rosie: Ligar pra quem?

Ruby: TED!

Rosie: Ah, sim, claro! Chama ele pra sair. Posso pedir pro Kevin ficar de babá e aí nós quatro podemos sair. Eu sempre quis fazer isso!

Ruby: Ah, Senhor, esses jovens inocentes e inexperientes... Ted e Greg não têm absolutamente nada em comum. São como água e azeite: um gerente de banco e um potencial ladrão de banco. Eles vão se odiar, o clima vai ficar muito estranho, ninguém vai falar nada, e tudo que vamos ouvir é o ruído das nossas bocas mastigando em meio a um silêncio mortal, como se fosse algum tipo de tortura chinesa. E aí, não vamos pedir a sobremesa, vamos pular o café, pagar a conta, atravessar a porta e nos sentir aliviados, cada um prometendo a si mesmo que nunca mais vamos nos encontrar de novo.

Rosie: Que tal na próxima sexta?

Ruby: Sexta tá legal.

Greg: Espero que a Ruby não esteja zangada com a gente depois daquela noite; estávamos meio que num mundo só nosso...

Rosie: Não seja bobo, ela não se incomodou nem um pouco. Ela conheceu um cara chamado Teddy Ursinho de Pelúcia. Ah, e por falar nisso, você está livre pra sairmos na sexta à noite, nós quatro? Isso se eu conseguir alguém pra ficar com a Katie...

Greg: Um jantar com a Ruby e com um cara chamado Teddy Ursinho de Pelúcia. Parece interessante.

Rosie: Greg disse que está livre pra jantar na sexta.

Ruby: Bom, até aqui tudo bem, mas não perguntei pro Ted ainda. O que o Alex disse a respeito de você e o Greg estarem apaixonados?

Rosie: Bem, eu não disse que estava apaixonada, Ruby! Greg e eu nem sequer dissemos isso um para o outro ainda! Mas Alex andou me enviando umas cartas estranhas dizendo que tem a impressão de que o Greg parece algum tipo de aberração pra mim e que se sentiu ofendido por eu não reconhecer o apoio que ele dá pra mim e pra Katie. Pra falar a verdade, ele começou a dizer umas besteiras, mas não vou levar nada a sério porque ele disse que tinha trabalhado a noite inteira no hospital e que estava muito cansado.

Ruby: A-ham.

Rosie: O que isso significa?

Ruby: Só o que eu já suspeitava. Ele está com ciúmes.

Rosie: Alex não está com ciúmes!

Ruby: Alex está com ciúmes de você e do Greg; ele se sentiu ameaçado.

Greg: E então, a que horas devo te buscar hoje à noite? Às sete ou às oito?

Rosie: Não, o Alex não está com ciúmes de mim com o Greg! E por que estaria? Está casado com a linda e perfeita Sallyzinha — feliz, devo acrescentar (pelo menos de acordo com a própria Sally) — e eu tenho uma linda fotografia dos dois juntos, deitados na areia da praia, parecendo muito apaixonados, tanto que tiveram de provar isso tirando uma foto. Dei a ele uma oportunidade de fazer parte da minha vida e da vida da Katie, e ele escolheu continuar sendo meu amigo, então tive de aceitar isso. Tudo bem. Agora tenho um relacionamento com o Greg, ele é um homem maravilhoso e eu não me importo mais com o Alex, de nenhuma forma! Então isso é tudo que tenho a dizer a respeito desse assunto, muito obrigada! Chega de Alex, ele não está interessado em mim e agora estou apaixonada pelo Greg! É isso!

Greg: Bem... Obrigado por compartilhar isso comigo, Rosie. Não consigo mensurar o quanto me sinto emocionado em saber que você não está mais apaixonada "de nenhuma forma" por um tal de Alex, como você deixou bem claro.

Rosie: Ai, meu Deus, Ruby!! Acabei de mandar pro Greg a mensagem que tinha escrito pra você!!!! Merda merda MERDA! DISSE PRA ELE QUE ESTOU APAIXONADA POR ELE!!!!!

Greg: Er... Isso... er... Veio pra mim também, Rosie. Sinto muito...

Rosie: Ai...

Ruby: Ai o quê?

Capítulo 12

Rosie: Tudo bem, foi a coisa mais constrangedora que já me aconteceu, sem dúvida, SEM comparação!!!

Ruby: E aquela vez que você usou aquele vestido branco, sem calcinha por baixo, pra ir a uma danceteria e alguém derramou água em você e de repente ficou tudo transparente?

Rosie: Tá, aquilo foi muito constrangedor também.

Ruby: E aquela vez que você estava no supermercado e por engano agarrou a mão de uma garotinha e começou a arrastá-la até o carro enquanto Katie estava lá dentro, desesperada?

Rosie: A mãe da garotinha disse que ficou tudo bem e até retirou as acusações contra mim.

Ruby: E aquela vez que...

Rosie: Tá, já chega. Obrigada! Talvez não tenha sido a coisa mais constrangedora que me aconteceu, mas está quase empatada com todas as gafes clássicas. Digamos que seja a segunda situação mais constrangedora desde que beijei Alex.

Ruby: Hahahahahahaha

Rosie: Ah, fala sério, você deveria me fazer sentir melhor.

Ruby: Hahahahahahhahaha

Rosie: Como é ótimo ter amigos compreensivos. Preciso ir agora. Randy Andy está me lançando um olhar fulminante de professor por cima daqueles óculos marrons incrivelmente sexies.

Ruby: Talvez ele queira que você aja como uma garotinha perversa.

Rosie: Bem, ele está alguns anos atrasado pra isso. Acho que o que ele quer mesmo é me matar. Suas narinas estão se alargando e ele está respirando feito um touro.

Ruby: As mãos dele estão em cima da escrivaninha?

Rosie: Urrrrrgh, Ruby! Para!

Ruby: O que foi? Você não acha que chamam ele de Randy[2] Andy à toa, não é?

Rosie: Odeio esse negócio de baia nos escritórios. Ele consegue me ver de todos os cantos da sala e consegue ver as minhas pernas também. Ah, meu Deus, agora ele está olhando para as minhas pernas.

Ruby: Rosie, você precisa mesmo sair desse escritório. Não é nada saudável.

Rosie: Eu sei e estou correndo atrás disso, mas não posso sair até conseguir outro emprego, o que está sendo bastante difícil. Ao que parece, ninguém dá muita importância à experiência como secretária de uma fábrica de clipes.

Ruby: Que estranho... E isso parece tão glamouroso...

Rosie: Ah, meu Deus, agora ele mexeu a cadeira pra poder ver melhor. Aguenta um pouco aí, vou mandar uma mensagem pra ele. Já chega disso!

Ruby: Não!

Rosie: Por que não? Só vou mandar uma mensagem bastante polida pedindo pra ele parar de olhar pra mim porque isso me dispersa enquanto estou tentando me concentrar no trabalho.

VOCÊ RECEBEU UMA MENSAGEM DE: ROSIE.

Rosie: Para de olhar para os meus peitos, seu tarado.

Rosie: Tudo bem, Ruby, enviada.

Ruby: Ah, então você está demitida. Randy Andy não costuma levar numa boa as moças que se defendem.

Rosie: Que se foda! Ele não pode me demitir por isso!

2. Randy significa "tarado". (N.T.)

Srta. Rosie Dunne,

A Andy Sheedy Paperclip & Co. não necessitará mais de seus serviços, o que significa que o seu contrato não será renovado para o mês seguinte, como havia sido acordado.

Contudo, a senhorita poderá permanecer como funcionária da Andy Sheedy Paperclip & Co. até o final do mês, ou seja, 30 de junho.

A supracitada companhia a agradece pelos serviços prestados ao longo desses anos e lhe deseja sorte para o futuro.

Atenciosamente,

Andy Sheedy

Proprietário da Andy Sheedy Paperclip & Co.

VOCÊ RECEBEU UMA MENSAGEM DE: ROSIE.

Rosie: Mandei a carta por fax, você viu?

Ruby: Hahahahahaha

Rosie: Ah, quer saber? Quanto mais eu leio, mais me sinto feliz por estar saindo daqui. O próprio nome Andy Sheedy Paperclip & Co. já diz tudo, né? Fico me perguntando quem escreveu essa carta pra ele, já que sou sua secretária e essa seria uma tarefa minha. Acho que eu mesma devo ter escrito e nem me dei conta. Bom, mas e aí, o que você acha?

Ruby: Essa é a melhor maneira de sair. Rosie Dunne, você vai atravessar a saída desse prédio como a mulher que mandou Randy Andy se foder. Vou espalhar isso por aqui, Rosie. Sua demissão não será em vão. Vou sentir sua falta! Pra onde vai?

Rosie: Não faço a menor ideia.

Ruby: Por que não tenta uma vaga num hotel? Desde que te conheci você sempre fala que queria trabalhar em hotel...

Rosie: Eu sei. Tenho uma ligeira obsessão por isso. Antes de a Katie nascer, tudo o que eu queria fazer era administrar um hotel. Agora penso que isso jamais vai acontecer, mas todos nós precisamos de sonhos. Precisamos de esperanças, saber que podemos alcançar algo além do que já temos.

Talvez sejam aquelas mobílias enormes dos hotéis que me façam sentir segura, que nem aqueles vasos enormes que chegam a ter o tamanho de uma pessoa, os sofás que não caberiam na minha sala de estar nem na minha cozinha, ainda que juntássemos as duas. Quando estou no saguão de um hotel, me sinto como a Alice no País das Maravilhas. Pelo menos tenho um mês pra encontrar um trabalho. Não deve ser assim tão difícil. É melhor eu começar a atualizar o meu currículo.

Ruby: O que não deve levar muito tempo.

De: Rosie
Para: Alex
Assunto: Meu currículo está bom?
Anexo: CV.doc
Por favor, por favor, por favor, me ajude com o meu CV ou minha pobre filha e eu morreremos de fome. Como faço pra que todas essas minhas experiências profissionais repugnantes pareçam impressionantes? Socorro! Socorro! Socorro!

De: Alex
Para: Rosie
Assunto: Re: Meu currículo está bom?
Como pode ver (no documento anexo), mexi no seu currículo. O que você me mandou estava quase perfeito, é claro, só mexi em alguns errinhos de gramática e de ortografia... Você sabi como sou bom em ortografia!

Por falar nisso, não vi nada de "repugnante" como você enfatizou. Acho que você não compreende o nível de dificuldade das coisas que tem feito. Você é uma mãe solteira em tempo integral, que trabalha como secretária pessoal de um empresário muito bem-sucedido. Eu só precisei mudar as palavras que você usou; não precisei escrever nenhuma mentira nem omitir nada. O que você tem feito dia após dia é incrível. Quando chego em casa depois do trabalho me sinto tão destroçado que simplesmente desmorono; mal consigo cuidar de mim mesmo, imagine de outra pessoa.

Não se subestime, Rosie; não menospreze o que você faz. Quando for para as suas entrevistas, mantenha a cabeça erguida e tenha plena convicção de que você é uma profissional dedicada (quando quer ser). Tem capacidade de trabalhar com as outras pessoas e sempre foi muito querida (exceto naquela vez em que tivemos de fazer um trabalho em grupo na escola sobre os planetas, e você bateu o pé dizendo que queria desenhar uns homenzinhos em Marte e umas mulherzinhas em Vênus bem no desenho que a Susie Corrigan tinha levado semanas pra fazer na aula de arte. Isso acabou gerando reclamação de todo mundo do grupo e aí nós dois tivemos de começar outro trabalho, sozinhos. Meu Deus, o que há de errado quando a gente está junto que sempre faz com que as pessoas nos odeiem?). Você é maravilhosa, bonita, inteligente e, se tivesse algum conhecimento de doenças coronárias, eu mesmo a contrataria.

Não podemos esquecer que você foi aceita pela Universidade de Boston, o que é incrível, então fique tranquila, porque tudo vai ficar bem. Basta ser você mesma e todos vão amá-la.

Ah, só mais uma coisa. Sugiro, aliás recomendo, que desta vez você se candidate a uma vaga de que realmente goste. Você vai se surpreender ao ver o quanto é fácil pular da cama de manhã quando se faz algo que não te dá vontade de pular do último andar do ônibus (fiquei um pouco preocupado quando recebi aquele e-mail). E que tal tentar uma vaga em um hotel desta vez? Você quer fazer isso desde que se hospedou no Holiday Inn em Londres, quando tinha 7 anos, lembra?

Siga em frente e não deixe de me contar os seus progressos.

Capítulo 13

De: Alex
Para: Rosie
Assunto: Visita a Boston?

Fiz uma pausa aqui meio que escondido, saí da sessão de "lobotomias" pra te enviar um e-mail rapidinho e saber como vai a procura por trabalho. Falta uma semana pra que o Randy Andy a expulse do escritório de clipes, portanto ainda há tempo, e, se por acaso você não tiver nada em vista até lá, posso mandar um cheque pra te ajudar a segurar as pontas por um tempo (mas apenas se você quiser a minha ajuda).

Adoraria poder ir pra casa agorinha e cair na cama... Estou exausto. Trabalhei por dois turnos seguidos, então amanhã não vou precisar sujar as minhas mãos de sangue... É o meu dia de folga, que felicidade... O problema é que, quando eu chegar em casa, Sally vai estar se aprontando pra fazer o plantão dela. Não temos muito tempo para o social — bem, a menos que a gente considere as conversas com as pessoas que estão agonizando nos seus leitos. Desculpe, isso não teve graça nenhuma.

Ando tão cansado, e Sally e eu de fato não conseguimos passar muito tempo juntos; quando conseguimos, estamos tão exaustos que simplesmente desmaiamos.

E aí vem a minha ideia: se você vier pra cá com a Katie e o Qual-é-mesmo-o-nome-dele, vou tirar uns dias de folga e podemos visitar todos os pontos turísticos, sair pra comer, nos divertir e aí vou poder dormir. E por fim vou conhecer o Qual é mesmo o nome dele.

Tive umas semanas terríveis aqui; preciso mesmo das suas piadas pra aliviar o estresse! Venha, Rosie Dunne, traga o seu número mágico e me faça rir.

De: Rosie

Para: Alex

Assunto: Rosie está aqui!

Olá, pobre homem. Não tema, Rosie está aqui! Lamento muito que as coisas estejam uma merda pra você nos últimos tempos. Acho que a vida gosta de fazer isso com a gente de vez em quando: te joga num mergulho em alto-mar e, quando parece que você não vai suportar, ela te traz para a terra firme de novo. Mas até lá, meu amigo, vou tentar adoçar um pouco a sua vida relatando os acontecimentos da minha.

Bem, pra começar, saiba que você é uma péssima influência pra mim. Depois de ler a obra-prima que ficou o meu currículo e a sua carta, me senti tão motivada e empolgada que vesti meu agasalho de moletom, coloquei a minha faixa na cabeça, minha munhequeira, meus tênis de corrida (quer dizer, não são bem de corrida) e saí correndo por Dublin feito uma mulher com alguma missão.

Que homem terrível. Você me fez sentir como se eu fosse capaz de fazer qualquer coisa, como se eu pudesse enfrentar o mundo (nunca, nunca mais faça isso de novo), então deixei meu CV em todos os possíveis hotéis nos quais já quis trabalhar, mas sempre tive medo de tentar. Mas que vergonha de você por ter me dado tanta força, porque ela logo desapareceu e me vi diante de milhões de entrevistas em milhões de empresas esnobes que me odiaram, assim como odiaram o meu atrevimento por sequer pensar que poderia trabalhar para elas.

Então, deixe-me ver... Por qual entrevista desconcertante devo começar? Hum... Há muitas pra escolher. Bem, vamos começar pela mais recente, pode ser? Ontem fiz uma entrevista pra trabalhar como recepcionista no hotel Two Lakes — aquele bem chique que fica aqui mesmo, na cidade, sabe? A parte da frente do edifício é toda de vidro, então dá pra ver aqueles candelabros brilhantes e resplandecentes pendurados, a quilômetros de distância. À noite parece que o prédio está pegando fogo, de tão iluminado que fica. O restaurante fica na cobertura, então de lá dá pra ter uma vista panorâmica da cidade. É lindo demais.

Mas também é um daqueles lugares onde fica um sujeito de pé (na verdade, um sujeito muito educado) vestido com uma daquelas capas, de cartola, impedindo a entrada de qualquer pessoa. Deve ter levado uns dez minutos mais ou menos só pra eu conseguir entrar. Ele simplesmente não ouvia o que eu tinha a dizer, só não parava de falar que pra entrar eu tinha de ser hóspede. Com toda a sinceridade, como é que alguém pode ser hóspede de um hotel se eles nem te deixam atravessar a porta de entrada? Seja como for, ele acabou me deixando entrar e eu quase escorreguei no chão de mármore de tão lustroso que estava.

O lugar era tão silencioso que dava pra ouvir um alfinete caindo no chão, no sentido literal mesmo: a recepcionista realmente deixou cair um alfinete no chão e eu pude ouvir. Bom, suponho que o hotel não estivesse tão silencioso assim: tinha o som de um piano ecoando do salão e o de uma fonte gotejando no saguão — o barulho era muitíssimo relaxante. Lá tinha até aquelas mobílias gigantes com as quais eu sonho desde criança; espelhos enormes, candelabros gigantes, portas do tamanho da parede do meu apartamento. Quando pisei nos tapetes, achei que ia quicar no balcão de atendimento, de tão fofos que eram.

Para a entrevista, fiquei sentada à Maior Mesa do Mundo. Dois homens e uma mulher se sentaram numa ponta — pelo menos acho que era isso, dois homens e uma mulher; estavam tão longe de mim que eu mal conseguia enxergar (quase senti vontade de pedir pra eles me passarem o sal).

Então, achei que deveria fazer uma tentativa e mostrar que estava interessada na empresa, como você me sugeriu, e aí perguntei a eles como é que o nome do hotel foi escolhido, já que eu não sabia de nenhum lago por ali, naquela região da cidade. Os dois homens começaram a rir e se apresentaram como Bill e Bob Lake. Eles são os proprietários do lugar. Que vergonha!

Basicamente continuei falando tudo aquilo que você me aconselhou: de como eu gostava de trabalhar em equipe, da minha facilidade em lidar com o público, o quanto eu tinha interesse em trabalhar na administração de um hotel, o quanto sou uma profissional empenhada que se dedica a cumprir as suas tarefas e sempre termina o que começa e blá-blá-blá... E aí falei um monte de besteiras por mais ou menos uma hora, expliquei que gosto de hotéis desde criança e que sempre quis trabalhar em um. (Bom, chique mesmo é se hospedar em um, mas você e eu sabemos bem que não posso me dar a esse luxo.)

E aí eles se manifestaram e estragaram tudo fazendo uma pergunta ridícula, mais ou menos assim: "Bem, Rosie, do tempo em que você passou trabalhando na Andy Sheed Paperclip & Co., o que foi que aprendeu e que considera que poderia trazer para cá, para a recepção do Two Lakes?

Ah, pelo amor! Como se isso fosse uma coisa digna de perguntar.

Bom, preciso ir agora, porque a Katie acabou de chegar da escola com aquele olhar demoníaco na cara e eu ainda nem preparei o jantar.

De: Alex
Para: Rosie
Assunto: Hotel Two Lakes
Que pena que você precisou sair correndo. Eu estava gostando do seu e-mail. Fico feliz em saber que as suas entrevistas estão indo tão bem — estou animado!

Mas também estou me coçando pra saber qual foi a resposta que você deu quando eles te perguntaram aquilo...

De: Rosie
Para: Alex
Assunto: Re: Hotel Two Lakes
Alex, não é meio óbvio?
Clipes!
(Eles simplesmente começaram a rir, então me livrei dessa fácil.) Bom, agora preciso ir mesmo. Katie está enfiando na minha cara uns desenhos que ela fez na escola. Ah, por falar nisso, ela fez um de você... Parece que você emagreceu um pouco. Vou escanear e te mando...

Prezada srta. Rosie Dunne,
É com prazer que informamos que a senhorita foi aprovada para a vaga de recepcionista-chefe no Hotel Two Lakes.

Em outras palavras, gostaríamos de dizer que ficamos muito entusiasmados com a sua presença e com o seu desempenho na entrevista da semana passada. A senhorita revelou-se uma mulher brilhante, inteligente e espirituosa, o tipo de pessoa de que precisamos para trabalhar em nosso hotel.

Sentimo-nos orgulhosos em contratar pessoas por quem nós mesmos adoraríamos ser recepcionados em um hotel e temos grande convicção de que o riso que a senhorita nos proporcionou na entrevista também será transmitido aos hóspedes do nosso hotel quando estes chegarem à nossa recepção. É com muita satisfação que a recebemos como integrante da nossa equipe e esperamos que a nossa experiência profissional seja muito bem-sucedida e que se estenda por muitos anos.

Pedimos que entre em contato com Shauna Simpson, da recepção, para obter o seu uniforme.

Cordialmente,

Bill Lake e Bob Lake

PS: Também apreciaríamos se a senhorita pudesse trazer alguns clipes quando vier — o estoque de material de escritório está bem baixo!

VOCÊ RECEBEU UMA MENSAGEM DE: ROSIE.

Rosie: Meu Deus, Ruby, será mesmo verdade que vou ter um chefe/dois chefes bacanas? Acho que até que enfim as coisas estão entrando nos eixos.

Ruby: Lá vai ela de novo, profetizando o próprio fracasso... Não vai aprender nunca!

De: Rosie
Para: Stephanie
Assunto: Parabéns

Estou muito feliz em saber que você e o Pierre estão noivos! Sei que conversamos ao telefone por horas ontem à noite, mas eu quis te mandar um e-mail também. Parabéns! A propósito, tem notícias do Kevin? Ele nunca liga, nem me manda e-mail... Deve estar com medo, achando que vou pedir pra ele ficar de babá pra Katie de novo.

Alguma coisa muito bizarra está acontecendo comigo, Stephanie. Tenho um namorado que me ama (e eu também o amo), vou começar a trabalhar no hotel dos meus sonhos, Katie é linda, saudável e divertida, e eu afinal estou me sentindo uma mãe de verdade. Estou feliz. Quero curtir esse sentimento e aproveitar toda essa sorte que estou tendo, mas tem alguma coisa martelando a minha cabeça. Tem uma vozinha que sussurra: "As coisas estão perfeitas demais." É quase como a calmaria que vem antes da tempestade.

É assim que a vida normal deve ser? Porque estou acostumada com drama, drama, drama. Estou acostumada a ver as coisas se desviarem do meu caminho. Estou acostumada a me esforçar, a reclamar e lamentar por ter conseguido algo que não era bem o que eu queria, mas que simplesmente vai servir.

Isso que está me acontecendo não é algo que "vai servir", é perfeito; é o que eu queria, na medida exata. Eu queria ser amada, queria que a Katie parasse de ficar achando que era culpa dela não ter um pai como todas as outras crianças têm, queria que nós duas sentíssemos que pertencemos uma à outra, como também que outro alguém nos aceitasse e permitisse que fizéssemos parte da vida dele. Queria me sentir importante, me sentir alguém, saber se sentiriam a minha falta quando eu ligasse para o trabalho avisando que estava doente. Queria parar de sentir tanta pena de mim mesma. E consegui.

As coisas estão caminhando muito bem. Eu me sinto muito bem comigo mesma, e não estou muito acostumada com isso. Esta é a nova Rosie Dunne. A Rosie jovem e confusa se foi. A segunda fase da minha vida começa agora...

Parte Dois

Capítulo 14

Prezada srta. Dunne,

Espero que a senhora possa comparecer à escola para uma conversa rápida sobre a súbita piora no comportamento da Katie.

Poderia ser na quarta-feira depois da aula? Entre em contato comigo pelo telefone da escola. A senhorita sabe o número.

Srta. Casey

Para Katie

Como assim? A sua mãe só deu risada?

De Toby

De: Rosie
Para: Alex
Assunto: Detalhes do voo

Oi, está tudo certo e nosso voo chega à 1h15 da tarde — é o EI4023. Você vai me ver no desembarque, arrastando pelo cabelo um homem que vai estar com uma expressão de terror, carregando uma criança ofegante no outro braço e também empurrando vinte malas com os dedos dos pés. (Greg odeia voar, Katie está tão empolgada que estou preocupada de verdade com a possibilidade de ela explodir, e, quanto a mim, como não consegui decidir o que trazer, trouxe o meu guarda-roupa inteiro.)

Tem certeza de que Sally sabe no que está se metendo ao concordar que eu e a minha família maluca fiquemos na sua casa?

De: Sally
Para: Alex
Assunto: Re: Rosie na nossa casa
É claro que tem problema, Alex. Você não poderia ter escolhido um momento pior para convidá-la, e sabe muito bem por quê.

De: Alex
Para: Rosie
Assunto: Re: Detalhes do voo
Claro que a Sally não se importa. Mal posso esperar pra ver você e a Katie, e pra conhecer o Qual-é-mesmo-o-nome-dele? Vou esperá-los no desembarque.

Querido Alex,
Muito obrigada pelas férias! Foram incríveis! Boston estava ainda mais bonita do que eu me lembrava e ainda bem que dessa vez eu não precisei voltar pra casa mais cedo, morrendo de vergonha. Katie adorou tudo e não para de falar em você!
Greg também adorou. Fico feliz que você afinal tenha conhecido ele e também que tenha visto que a cara dele normalmente não é esverdeada como estava logo que desembarcamos do avião. Foi muito legal mesmo ter conseguido reunir os dois homens prediletos da minha vida no mesmo país e na mesma casa! E aí, o que achou dele? Greg tem a aprovação do meu melhor amigo?
Então, tirando o fato de que a sua mulher não me suporta, todo o resto foi muito agradável e divertido. Em relação à sua esposa, eu não ligo, Alex, não mesmo; apenas aceito. Isso só oficializa e confirma o que eu já achava: por alguma razão que desconheço, toda namorada ou esposa sua vai me odiar pra sempre. E tudo bem pra mim. Posso superar isso sem problemas.
Só espero que ela me deixe ver o seu filho ou filha quando ele ou ela nascer. Tá aí mais uma coisa que eu jamais imaginei que aconteceria! Alex Stewart vai ser papai! Toda vez que penso nisso, me mato de dar risada. Deus deve amar muito o seu bebê por dar a ele um pai como você. Brincadeirinha! Você sabe bem o quanto estou feliz com a notícia (apesar de não conseguir acreditar que você tenha escondido isso de mim por tantos meses. Lamentável, Alex!).

E, por falar nisso, sinto muito mesmo que a Katie tenha derrubado bebida no vestido novo da Sally. Não sei o que deu nela; em geral ela não se comporta desse jeito tão desastrado! Mandei que ela escreva uma carta pedindo desculpas à Sally. Espero que depois disso ela nos odeie menos.

Enfim, minhas semaninhas de diversão acabaram; hora de voltar à realidade. Começo no trabalho novo na segunda-feira. A vida inteira sempre quis trabalhar num hotel, mas tinha deixado isso de lado, bem como todo o resto dos meus sonhos. Só espero que não seja um inferno, pois, se for esse o caso, todos os meus pequenos sonhos irão por água abaixo, num instante.

Tem mais uma coisa que esqueci de te contar. Greg convidou a mim e a Katie pra irmos morar com ele. Não sei muito bem o que pensar sobre isso. As coisas estão caminhando muito bem entre nós agora, mas não é só em mim que tenho de pensar. A Katie gosta muito do Greg, adora ficar com ele (pode ser que em Boston isso não tenha ficado tão evidente porque ela estava entusiasmada demais com você), mas não sei se ela está preparada para uma mudança tão grande assim na vida dela. Faz menos de dois anos que estamos morando no apartamento, e aprendemos a ter a nossa vida, só nós duas. Não tenho certeza se vai ser bom pra ela arrancá-la de suas raízes de novo. O que você acha?

Bom, acho que tudo que tenho de fazer é perguntar pra ela. Mas e se ela disser não? Vou falar pro Greg, "Er... Desculpe, eu te amo e tudo mais, mas a minha filha de 8 anos não quer morar com você"? Devo dizer pra Katie: "Azar o seu, vamos mudar de casa", ou devo fazer a vontade dela? Está claro que não posso simplesmente fazer o que eu quero porque há duas pessoas envolvidas nisso. Bom, seja como for, vou pensar um pouco a respeito nesse meio-tempo.

Mais uma vez, obrigada pelas miniférias. Eu estava mesmo precisando disso. Pode deixar que vou mandar a Katie enviar a carta para a Sally.

Beijo,
Rosie

Querida Rosie,

Seja bem-vinda ao Two Lakes. Espero que até o momento todos a tenham ajudado a se estabelecer. Peço desculpas por não estar no hotel para recebê-la, pois no momento estou nos Estados Unidos finalizando algumas coisas para a inauguração do Two Lakes de São Francisco.

Enquanto isso, Amador Ramirez, o diretor-adjunto do hotel, está aí para orientá-la. Conte comigo se tiver algum problema.

Mais uma vez, receba as nossas boas-vindas!

Bill Lake

VOCÊ RECEBEU UMA MENSAGEM DE: RUBY.

Ruby: Ainda se lembra de mim?

Rosie: Desculpe, Ruby, é que agora não passo tanto tempo no computador como fazia no antigo trabalho. Aqui, é meio difícil fingir que estou trabalhando.

Ruby: Te dou um mês...

Rosie: Obrigada pelo apoio. É sempre muito bem-vindo.

Ruby: Sem problemas. E aí, como vai a vida com o Greg?

Rosie: Ótima, obrigada.

Ruby: Vocês ainda não estão se odiando?

Rosie: Não, ainda não.

Ruby: Te dou um mês...

Rosie: E, mais uma vez, eu te agradeço.

Ruby: Só estou cumprindo a minha obrigação de amiga. E aí, alguma novidade?

Rosie: Bom, pra falar a verdade, tenho sim. Só contei pro Alex até agora, e você não pode contar pra ninguém.

Ruby: Aaaah, adooooro! Essas são as palavrinhas mais mágicas que existem. Qual é a novidade?

Rosie: Bom, umas semanas atrás, quando cheguei em casa, do trabalho, Greg tinha preparado o jantar, a mesa estava arrumada, tinha velas acesas e música tocando...

Ruby: Continue...

Rosie: Bom, ele me pediu...

Ruby: Em casamento!

Rosie: Não, na verdade ele me perguntou se eu tinha interesse em morar com ele.

Ruby: Se você tinha interesse?

Rosie: É.

Ruby: Foi exatamente assim que ele perguntou?

Rosie: Sim, acho que sim. Por quê?

Ruby: Você achou romântico, não foi?

Rosie: Bom, ele se deu ao trabalho de fazer o jantar, de preparar a mesa e...

Ruby: Deus do céu, Rosie, você faz isso todo dia. Não acha que isso se pareceu um pouco como uma proposta de negócios?

Rosie: Em que sentido?

Ruby: Se eu quisesse abrir uma conta conjunta com o Teddy, será que eu perguntaria: "Teddy, você tem interesse em abrir uma conta conjunta comigo?". Se eu quisesse morar com o Teddy, eu não perguntaria: "Teddy, você está interessado em morar comigo?" Consegue enxergar o que quero dizer?

Rosie: Bom, acho que...

Ruby: Esse não é o jeito normal de abordar o assunto. E o casamento? Ele comentou algo a respeito? E quanto à Katie? Se vocês se casarem, tudo bem pra ele adotar a Katie? Vocês discutiram essas coisas?

Rosie: Bom, pra falar a verdade, não... Nem tocamos no assunto "casamento". Bom, achei que você fosse contra casamentos.

Ruby: E sou mesmo, mas não sou eu quem quer se casar e que está num relacionamento com um homem que não quer. É aí que mora o problema.

Rosie: Eu nunca disse que queria me casar com ele.

Ruby: Bem, então se nenhum dos dois se sente à vontade casando um com o outro, vão em frente e morem juntos. Parece uma ideia genial!

Rosie: Olha, não me lembro de ter ouvido ninguém dizer que o Greg não quer se casar comigo, e, de qualquer modo, é bem isso que você e o Teddy estão fazendo!

Ruby: Eu já fui casada e o Teddy também. Tanto ele quanto eu não queremos passar por isso de novo. Já estive lá, passei por essa experiência, enquanto pra você esse é só o começo.

Rosie: Bom, que seja. De qualquer forma, não importa, porque eu já disse pro Greg que não estava preparada para ir morar com ele agora. O momento não é bom, estou tentando me estabilizar no trabalho e tudo mais, e a Katie está acostumada com o nosso apartamento. Preciso de um pouco mais de tempo pra Katie se adaptar a essa situação toda. É uma mudança muito grande na vida dela.

Ruby: É o que você não para de dizer...

Rosie: O que você quer dizer?

Ruby: Já tem um ano que você mudou pro apartamento, tem algumas semanas que está no emprego novo, vi a Katie e ela está bem, Rosie, está muito feliz. Ela já se acostumou com essa "grande mudança". Acho que talvez seja você quem precisa se adaptar.

Rosie: Se adaptar a quê?

Ruby: O Alex está casado agora, Rosie. Toque sua vida pra frente e seja feliz!

Rosie fez logoff.

Steph: Por que o Greg não te pediu em casamento?

Rosie: Eu não sabia que ele tinha de fazer isso.

Steph: Mas você gostaria que ele tivesse feito?

Rosie: Você me conhece, Steph. Se alguém se ajoelhasse na minha frente e me pedisse em casamento (na praia e com uma orquestra tocando ao fundo), eu amaria. Sou uma romântica das antigas.

Steph: Você está decepcionada porque ele te pediu pra morar com ele, mas não te pediu em casamento?

Rosie: Bom, presumo que se ele tivesse me pedido em casamento isso significaria que eu teria de ir morar com ele de qualquer forma, então na real não estou chateada. Tenho sorte de ter encontrado alguém como o Greg.

Steph: Ah, corta essa, Rosie! Não basta ter tido a "sorte" de conhecer o Greg. Você merece ser feliz. Não há nada de mau em querer mais do que te ofereceram.

Rosie: Decidi que vou morar com ele, sim. Vamos dar um passo de cada vez.

Steph: Se isso te faz feliz...

Rosie: Então, se as coisas continuarem tão perfeitas entre a gente como estão até agora, aí sim vou esperar pelo quarto cheio de rosas e velas acesas.

QUERIDA SALLY,

Desculpe ter derramado suco de laranja no seu vestido novo na nossa visita, algumas semanas atrás. É que, quando te ouvi esculachando o vestido novo da mamãe, fiquei chocada e o meu suco de laranja derramou em cima de você. Igualzinho quando você e um amigo seu ficaram rindo outro dia falando da gravidez da minha mãe; acidentes acontecem.

Tomara que o seu vestido não fique manchado, já que custou muito caro e tal. Espero que venha visitar a gente na nossa nova casa. Vamos morar com o Greg. É maior que o seu apartamento. A gente se divertiu muito em Boston quando a mamãe e o Alex tiraram fotos novas pra eu pôr no meu medalhão. Os dois vão ficar aqui juntinhos pra sempre.

Beijo,

Katie

PS: Meu amigo Toby está te mandando um oi, disse que derrubou suco de laranja na camiseta da escola e que a mancha não saiu. A mamãe dele teve que jogar fora. Era branca também. Mas a sorte dele é que a camiseta não era tão cara quanto o seu vestido.

VOCÊ RECEBEU UMA MENSAGEM DE: ALEX.

Alex: Ei! E aí, o que está fazendo?

Phil: Estou aqui na internet há horas, procurando um escapamento original e cromado para um Ford Mustang 1968. E você acha que consegui encontrar os adesivos originais e os assentos de couro para o Corvette 1978?

Alex: Er... Não?

Phil: Acertou em cheio. Mas acho que você não está a fim de ouvir os meus problemas. Como é que foi a visita da Rosie? Teve mais algum episódio de silêncio?

Alex: Ah, esquece isso, Phil.

Phil: Hehe. O que achou do namorado dela?

Alex: Ele é legal. Nada de mais. Não é o tipo de cara que eu teria escolhido para a Rosie.

Phil: Ele não é você, foi o que você quis dizer.

Alex: Não, não foi isso que eu quis dizer. Disse que ele não faz muito o tipo "rei" da festa.

Phil: E ele deveria ser?

Alex: Para a Rosie, sim.

Phil: Talvez ele tenha o poder de acalmá-la.

Alex: É, talvez. É educado e agradável, mas não falou muito de si mesmo. Nem consegui entender muito qual é a dele. É aquele tipo de pessoa que parece não ter opinião sobre nada. Ele simplesmente concordaria com qualquer coisa que alguém disser. É difícil formar alguma opinião sobre ele. Mas a Sally e ele se deram muito bem.

Phil: Então talvez ele só tenha tido problema com você.

Alex: Obrigado, Phil, você sempre consegue um jeito de me fazer sentir melhor.

Phil: É por isso que você sempre conversa comigo sobre os seus problemas?

Alex: Sim. Como estão a Margaret e as crianças?

Phil: Ótimas. Maggie acha que está grávida de novo.

Alex: Meu Deus! Outro?

Phil: Sou um homem que vive com as baterias 100% carregadas, Alex.

Alex: Bom saber, Phil.

Alex fez logoff.

De: Alex

Para: Rosie

Assunto: Morar com o Greg?

Pelo que entendi, você está indo morar com o Greg? Sally recebeu uma carta da Katie esta semana, mas ela não me deixou ler. Só me disse que as duas estão se entendendo agora. Fico feliz. Seja lá o que isso quer dizer.

Respondendo a sua pergunta sobre o Greg, sim, ele é um cara legal. Não é exatamente o tipo de pessoa com quem imaginei que você teria um relacionamento sério, mas ele é bem sossegado e reservado. E bem mais velho que você também. Ele tem o quê... 37? E você, 27. Dez anos de diferença, Rosie. Como vai se sentir quando ele ficar velho e você continuar linda e jovem? Como é que você vai olhar dentro daqueles olhos desbotados e lacrimejantes e beijar aqueles lábios ressecados e enrugados? Como vai passar as mãos sobre as veias varicosas da perna dele e sair correndo pelos campos de mãos dadas, enquanto não para de se preocupar com o coração fraco dele?

Essas são coisas com as quais você precisa se preocupar, Rosie.

VOCÊ RECEBEU UMA MENSAGEM DE: ROSIE.

Rosie: Está drogado?

Alex: Só tomei aqueles comprimidinhos cor-de-rosa...

Rosie: Você é médico, portanto cuide-se. Tá legal, entendo essa sua tentativa de ser engraçado com um "toda brincadeira tem seu fundo de verdade" e, portanto, concluo que você não gostou do Greg. Já chega desses seus comentários sarcásticos sobre ele. Bem, verdade seja dita: Tchan-tchan-tchan-tchan! Eu não suporto a Sally.

Detesto a Sally e você detesta o Greg. Agora sabemos que não podemos amar a todos. Katie e eu nos mudamos para a casa do Greg na semana que vem. Tudo está maravilhoso. Estamos incrivelmente felizes. Nunca estive tão apaixonada na minha vida, blá-blá-blá. Agora pare de me encher o saco e supere. Greg veio pra ficar. E então, o que tem a me dizer sobre isso?

Alex fez logoff.

Rosie, Katie e Greg,
FELIZ NATAL E PRÓSPERO
ANO NOVO!

Com carinho,
Alex, Sally e o pequeno Josh

Para Alex, Sally e o pequeno Josh!
MUITAS REALIZAÇÕES NESTE ANO NOVO!

Com carinho,
Katie, Rosie e Greg

Capítulo 15

Oi, MANINHA,

Pare de se preocupar! Você me deixou mais estressada do que você! Rosie, pela última vez, é absolutamente normal que amigos não se entendam muito bem com a esposa/marido do outro. A irmã do Pierre me faz subir pelas paredes, mas pra mim tanto faz. Bem, seja como for, isso não significa que você e o Alex nunca mais vão voltar a se falar.

O problema entre vocês é que os dois são honestos demais. Não consigo pensar em nenhum amigo meu com quem eu me sentiria à vontade em dizer: "Odeio o seu marido" ou "odeio a sua esposa", e ai de mim se eu disser qualquer palavrinha sobre o quanto a irmã dele é chata! É provável que ele voe no meu pescoço pra defendê-la. Para o seu melhor amigo, Rosie, nunca haverá nenhuma pessoa boa o bastante pra você. Alex deve estar pensando que você poderia encontrar alguém muito melhor do que o Greg, e você pensa o mesmo a respeito da Sally. Sally e Greg não são idiotas, é muito possível que eles tenham percebido isso. Greg sabe que o Alex era o homem mais importante da sua vida (ele também sabe que você já teve uma queda pelo Alex, o que não torna as coisas nem um pouco melhores). Alex sabe que está sendo substituído. Então, tanto o Greg quanto o Alex vão competir um com o outro. Tudo isso é bem natural.

Enfim, pare de arranjar dor de cabeça se preocupando com essas coisas, ligue pra ele, mande um e-mail, escreva ou faça o que tiver de ser feito. Por falar nisso, se você não foi com a cara do Pierre, não ligo. Eu o amo, então guarde as suas opiniões pra você!

Mande as suas medidas pra mim, por favor. E não minta, Rosie. É para o seu vestido de dama de honra, e, se você fingir que é doze quilos mais magra e o vestido não couber em você, vai ter de usá-lo porque não posso me dar ao luxo de comprar um novo pra você. Prefere vermelho ou vinho? Avise.

Beijos,

De sua conselheira sentimental.

PS: Já que tocamos no assunto, será que pode ligar pro Alex e avisá-lo de que estou convidando ele e a Sally para o meu casamento? Taí uma boa desculpa pra você ligar pra ele.

PARA ROSIE,

Receba os nossos parabéns. Feliz Aniversário de 28 anos (você está me alcançando)!

Com carinho,
Alex, Sally e Josh

PARA KATIE,

VOCÊ ESTÁ FAZENDO 9 ANOS HOJE!

Parabéns! Espero que consiga comprar uma coisa bem legal com isso!

Com amor,
Alex, Sally e Josh

Para: Alex
De: Rosie
Assunto: Notícia excelente!

Alex Stewart, por que você nunca atende o telefone? Fiz amizade com a babá do Josh e nós duas chegamos à conclusão de que você e aquela sua esposa trabalham demais. Será que o coitado do seu filho sabe quem são a mãe e o pai dele ou vocês se sentem felizes só porque ele pensa que são duas pessoas legais que o buscam e fazem um carinho nele todo dia?

Bom, em todo caso, estou te enviando este e-mail porque tenho uma notícia genial pra te contar e me recuso a fazer isso pela internet! Então, me ligue quando receber este e-mail. Seu conselho será muito bem-vindo e proveitoso, e vou ser muito grata!

Ligue pra mim, ligue, ligue!

De: Alex
Para: Rosie
Assunto: Re: Notícia excelente!

Eu me recuso a ligar pra você porque estou muito chateado com os seus comentários depreciativos a respeito das minhas habilidades como pai. Se alguém mais quiser me ensinar a ser pai, vou explodir.

As coisas andam difíceis no momento por causa das horas de trabalho minhas e da Sally. Na maior parte das vezes em que chegamos em casa, Josh está dormindo e eu me recuso a acordá-lo só pra dizer oi. Nunca tiramos os mesmos dias de folga e parece que não conseguimos ter nenhum tempo de qualidade juntos. É como se a gente se esbarrasse rapidamente pelos corredores e agarrasse alguns poucos momentos de uma felicidade forçada antes de ter de sair correndo pela porta de novo.

Não é a melhor das situações para Josh, mas apenas não podemos nos dar ao luxo de parar de trabalhar só pra ficar com ele o tempo todo. E, por falar nisso, nunca, jamais se case.

De: Rosie
Para: Alex
Assunto: Surpresa!
Ah, droga! Você estragou a minha surpresa!

De: Alex
Para: Rosie
Assunto: Re: Surpresa!
Rosie Dunne, você vai se casar?!

Capítulo 16

De: Rosie
Para: Alex
Assunto: Re: Re: Surpresa!

Surpresa! Que jeito adorável de te contar a novidade! Eu não poderia ter imaginado uma maneira melhor de partilhar essa deliciosa novidade com o meu melhor amigo.

De: Alex
Para: Rosie
Assunto: Casamento!

Ah, me desculpe, que ótima novidade! Não leve a sério o que eu disse, só estou muito cansado e reclamão. Mas e aí, como foi que as coisas aconteceram? Pensei que o Qual-é-mesmo-o-nome-dele não quisesse se casar.

De: Rosie
Para: Alex
Assunto: Re: Casamento finalmente!

Ah, Alex, não precisa fingir que está interessado nos mínimos detalhes, relaxa. A propósito, o nome dele é Greg. Você já está com a cabeça bem cheia, por isso vou deixar pra te aborrecer outra hora. Só quero que você saiba que o "grande dia" não vai ser tão grande assim. Vai ser só uma reuniãozinha para os amigos mais íntimos e a família. Greg não quer nada muito extravagante e eu estou feliz o suficiente para concordar com isso.

Katie vai ser a minha dama de honra/florista/madrinha e quero que você seja meu padrinho. Se Greg pode ter um padrinho, então eu também posso. Por favor, diga que sim. Sally e Josh também serão mais do que bem-vindos. Faça disso umas férias em família. Aposto que você ainda não tirou férias assim. Vão poder relaxar e aproveitar a companhia um do outro porque merecem. Enfim, poderão ter alguns dias juntos, como uma família.

Não vou entrar em detalhes sobre o pedido de casamento; eu sabia que aconteceria, então não teve nada de surpreendente...

De: Rosie
Para: Stephanie
Assunto: Foi tão romântico!
Ah, Stephanie, foi tão romântico! Eu não fazia a menor ideia de que ele me pediria em casamento! Ele me levou pra passar um fim de semana numa cidadezinha que fica no oeste, uma de que eu nunca tinha ouvido falar, então nem vou me arriscar a escrever o nome aqui. Ficamos numa pousada pequenininha e encantadora, e comemos num restaurante chamado Fisherman's Catch. Tínhamos o lugar inteiro só pra nós. Havia uma atmosfera mágica e Greg me pediu em casamento durante a sobremesa! Depois saímos para dar um passeio pelo lago e em seguida voltamos pra pousada. Foi tudo muito simples e tranquilo, mas bem romântico!

De: Stephanie
Para: Rosie
Assunto: Re: Foi tão romântico!
É engraçado, Rosie. Sempre achei que você quisesse fogos de artifício, pompa, pétalas de rosa e violinos enquanto o seu futuro marido se ajoelharia aos seus pés e lhe pediria em casamento diante de uma multidão arquejante e emocionada. Parece que o pedido de casamento do Greg foi legal e tal, mas o que aconteceu com aquele sonho que você tinha?

De: Rosie
Para: Stephanie
Assunto: Fogos de artifício e pétalas de rosa...
Bem, esse tipo de coisa não faz muito o estilo do Greg; você sabe como ele é. Teria sido muito ridículo se o Greg aparecesse pendurado num candelabro cantando Sinatra enquanto jogava pétalas de rosa em cima da

minha cabeça (se bem que essa seria uma ideia maravilhosa). Além disso, não é o pedido em si que conta, mas o casamento...

Ruby: Ele te pediu em casamento em Bogger-reef?

Rosie: Sim, é uma cidadezinha muito fofa..

Ruby: Você ODEIA cidadezinhas fofas! Você gosta de cidade grande, barulhenta, ar poluído, luzes resplandecentes, pessoas grossas e edifícios altos!

Rosie: Mas a gente ficou numa pousadinha muito linda, cujo dono é o mais legal...

Ruby: Você ODEIA pousadas! É obcecada por hotéis. Por isso trabalha num. Quer administrar um hotel, o seu hotel, morar em um e muito provavelmente ser um deles. Uma das coisas mais legais que existem pra você seria se hospedar num hotel e aí ele te leva pra uma pousadinha nojenta de meia-pensão no meio do nada!

Rosie: Mas, se você visse o restaurante... Seu nome era Fisherman's Catch e tinha redes de pesca penduradas por todo o teto...

Ruby: Você deixou o peixinho dourado da Katie morrer de fome, até que o bicho ficou boiando naquele aquário fedorento e aí você pegou e jogou ele na privada e deu descarga. Sente ânsia toda vez que vê alguém comendo ostras (o que, a propósito, é muito constrangedor quando acontece nos restaurantes), além disso, tapa o nariz toda vez que me vê comendo atum, pensa que salmão defumado é coisa do diabo e lagostins te fazem vomitar.

Rosie: Comi uma bela duma salada, muito obrigada.

Ruby: Você sempre diz que salada é coisa pra coelho e pra modelos!

Rosie: Bom, seja como for, terminamos a noite caminhando à beira do lago, de mãos dadas, sob a luz do luar...

Ruby: Você AMA o MAR. Quer morar na praia. Eu sei que, no íntimo, você queria ser uma sereia. Acha os lagos uma coisa chata, diz que eles não têm o "drama" do mar.

Rosie: Ah, por favor, pare com isso, Ruby!

Ruby: Não! Por favor, pare de mentir para si mesma, Rosie Dunne.

Rosie fez logoff.

De: Rosie
Para: Alex
Assunto: SOS
Alex, por favor, me salve da minha família e dos meus amigos. Estão me deixando maluca!

VOCÊ RECEBEU UMA MENSAGEM DE: ALEX.

Alex: Desabafe. Qual é o problema?

Rosie: De verdade, não estou a fim de falar a respeito. Só quero tirá-los da minha cabeça.

Alex: É justo, te entendo. Assim acabo me distraindo dos meus problemas também. Então, que tal me contar sobre como foi o pedido de casamento do Qual-é-mesmo-o-nome-dele?

Rosie: Tudo bem, lá vou eu de novo. Greg me levou pra uma cidadezinha tranquila do interior. Ficamos numa linda pousada. Comemos num restaurante encantador chamado Fisherman's Catch. Ele fez o pedido na hora em que eu estava com a boca cheia de profiteroles de chocolate, e eu disse sim. Saímos para dar uma volta pelo lago e observamos a luz da lua que cintilava sobre a água. Não foi romântico?

Alex: Sim, romântico.

Rosie: É tudo que você tem pra dizer? Duas palavras sobre uma das noites mais importantes da minha vida?!

Alex: Poderia ter sido melhor.

Rosie: Como assim melhor? O que você teria feito que seria melhor? Estou morrendo de vontade de saber! Parece que todo mundo acha que me conhece melhor do que eu mesma, então vá em frente, me surpreenda!

Alex: Tá legal, isso parece um desafio! Bem, em primeiro lugar, eu teria te levado para ficar num hotel à beira de alguma praia, ficaríamos numa suíte com a melhor vista para o mar. Você poderia dormir ouvindo o barulho das ondas do mar batendo contra as rochas, eu espalharia pétalas de rosa sobre a cama e espalharia velas acesas pelo quarto. E também colocaria o seu CD favorito pra tocar bem baixinho, ao fundo.

Mas eu não te pediria em casamento lá. Traria você pra algum lugar cheio de gente para que a multidão ficasse sem fôlego quando me visse de joelhos na sua frente, te pedindo em casamento. Ou alguma coisa desse tipo.

Rosie: Ah.

Alex: É tudo o que você tem a dizer? Uma única palavra sobre a noite mais importante de nossas vidas? Então eu me ajoelho, pergunto se você quer passar o resto da vida comigo e tudo que você diz é: "Ah"?! Precisa fazer alguma coisa melhor que isso!

Rosie: Tá legal, essa também seria uma proposta de casamento muito linda. Já te falei tanto assim sobre pedidos de casamento, Alex?

Alex: Você fala o tempo todo, minha amiga. O tempo todo. Qualquer um que conheça você um pouquinho sabe que esse é mais ou menos o tipo de coisa com a qual você sempre sonhou. Mas um fim de semana numa pousada parece uma ideia bacana também.

Para Alex, Sally e o pequeno Josh

DENNIS & ALICE DUNNE
têm a honra de convidá-los para o casamento de sua amada filha

ROSIE
com
Greg COLLINS,

que se realizará no próximo dia 18 de julho.

Capítulo 17

Querida Rosie,

Então você foi em frente. Se casou com o Qual-é-mesmo-o-nome--dele? Você estava linda, Rosie, senti orgulho de ficar ao seu lado no altar, de estar lá com você nesse dia tão especial. Fiquei orgulhoso por ser o seu padrinho, mas, como você disse no meu casamento, o homem mais importante pra você naquele dia não fui eu, mas sim Qual-é-mesmo-o-nome-dele. Vocês dois pareciam ótimos juntos.

Tive a sensação mais estranha da minha vida quando você se virou para seguir adiante com o Greg até o altar. Será que foi uma pontadinha de ciúme? É normal? Você também sentiu isso no dia do meu casamento, ou será que estou ficando maluco? Não parei de pensar nisso: tudo vai ser diferente agora, tudo vai ser diferente. Greg é o homem da sua vida agora, agora é ele quem vai ouvir todos os seus segredos, e onde é que eu fico nessa? Foi um sentimento estranho, Rosie, embora, por fim, tenha passado.

Nem me atrevi a conversar sobre isso com ninguém, muito menos com a Sally, porque se o fizesse ela simplesmente se sentiria satisfeita pensando que a sua teoriazinha de que homem e mulher não podem ser "apenas amigos" está correta. E não que eu tenha sentido ciúmes porque queria ser o seu marido... Foi só um... Ah, não cei explicar. Acho que só me senti sendo deixado de lado, só isso.

Estou feliz porque o Josh afinal colocou os pés sobre terras irlandesas — bom, na verdade ele colocou mais o bumbum do que os pés, mas está quase lá. Queria ter trazido ele pra casa muito tempo atrás, mas o trabalho entrou no meio do caminho. Engraçado... Estou me referindo à Irlanda como minha casa; há muito tempo não faço isso. Na semana passada, me senti em casa. Enfim, foi bom para o Josh estar aí e acho que a Katie ficou bastante feliz também, porque se preocupou com ele a semana toda.

Ela é igualzinha a você, Rosie. A garotinha de cabelos negros e pele branca é a mesma menina com quem estudei no colégio. Foi incrível. Até enquanto conversava com ela me senti como se fosse aquele Alex jovem de novo. Mas o Toby não tirou o olho de mim; acho que ele estava com medo de que eu roubasse a amiga dele. Senti como se estivesse de olho nele também, porque ele estava roubando a minha amiga. Precisei lembrar a mim mesmo o tempo todo de que ela não era você.

Não sei muito bem como se saiu o seu plano de unir Sally, Josh e eu. Como você já deve imaginar, Sally não estava lá nos seus melhores dias. Achei que a folga nos ajudaria, mas parece que não funcionou. Só nos deu ainda mais oportunidade de falar demais um do outro. E isso não é uma coisa nada boa quando não se tem nada de bom pra dizer. Acho que posso dizer com toda a segurança que o período da lua de mel acabou. Faz nove meses que estamos juntos já.

Enfim, espero que você e o Greg estejam curtindo a lua de mel e tenho certeza de que essa carta vai ficar em cima do tapete de entrada, esperando vocês chegarem. Sempre pensei que você queria passar a sua lua de mel em alguma praia exótica, não sabia que tinha interesse em conhecer todos os pontos turísticos de Roma. Embora saiba que tem coisas lindas por aí, pensei que você fosse relapsa demais pra se importar com isso (calma, é brincadeira! rs).

Entre em contato comigo quando voltar e me prove que pelo menos algumas coisas nunca mudam.

Beijo,

Alex

SAUDAÇÕES DE ROMA!

Oi, Alex. Clima quente, prédios maravilhosos. E o mais importante: hotéis incríveis!

Beijo,

Rosie

De: Rosie
Para: Alex
Assunto: Vol-teeeei!

Acabei de chegar da lua de mel e li a sua carta. Parece que você tá meio pra baixo, então te liguei e adivinhe? Surpresa! Você não estava. Então estou enviando e-mail de novo.

Nunca gostei muito da Sally, mas espero que vocês dois superem seja lá o que estiver acontecendo. As coisas mudam muito quando vem um bebê — sei muito bem disso — e posso compreender o quanto é difícil para duas pessoas como vocês (que trabalham mais do que qualquer outra pessoa que conheço) lidar com essa nova presença em suas vidas.

Talvez vocês só precisem de tempo para se adaptar, mas talvez devessem procurar a ajuda de um terapeuta ou algo do tipo. Deus sabe quanto tempo levei pra aceitar que Katie veio pra ficar, por mais que eu a amasse. Foi, e ainda é, muito duro. Então, façam o melhor que puderem e se empenhem bastante nisso.

Claro que não vou bancar aqui "a sabe tudo", mas pare de conversar comigo sobre o que sente e comece a falar para a Sally. Estou sempre aqui para o que precisar, Alex, casada ou não.

Querido Alex,

Espero que você esteja bem. Foi bom te ver no casamento. Josh está ótimo. A mamãe estava linda e você também. Eu e o Toby brigamos. Ele vai fazer 10 na semana que vem e pensa que é o melhor só porque é mais velho do que eu. Nem me convidou pra festa de aniversário dele e eu nem fiz nada de errado. A gente teve uma briga na semana passada pra saber de quem era a vez de usar o computador primeiro, mas eu me lembrei que fui eu que usei primeiro da última vez, só que acho que ele não se lembrava, então ele não deve estar bravo comigo por causa disso, mas não fiz mais nada de errado.

A mamãe ligou pra mãe do Toby pra saber, mas ela também não sabe de nada. Toby não fala mais comigo. Odeio ele. Vou arranjar outro melhor amigo. A mamãe falou pra eu te escrever porque você é meu padrinho e sabe dessas coisas.

A mamãe acha que o Toby está sendo muito mau, muito mau mesmo, e que eu vou ficar traumatisada quando crescer porque não fui convidada para uma festa de aniversário. Ela disse que você sabi o que ela quer dizer.

Amor,
Katie

Minha querida Katie,

Sua mãe sensata e extremamente inteligente está certa, como sempre. Concordo que Toby está sendo muito frio e calculista. Isso é uma coisa terrível de se fazer com alguém, imagine, deixar de convidar a sua melhor amiga para o aniversário de 10 anos. Acho, de verdade, que isso deveria ser um crime. Ele é um egoísta e essa é uma atitude imperdoável que com certeza vai assombrá-lo durante anos e anos — talvez até que ele esteja quase com 30 anos, pra ser sincero.

Acho que não há um castigo grave o bastante para ele e ele não deve escapar dessa. Toby não demonstrou a menor consideração, foi imaturo e muito, muito... Insolente. Então, diga pra sua mamãe e para o Toby que farei o meu melhor para assegurar que eu e ele vamos nos redimir e assim poderemos andar na rua de cabeça erguida.

Com carinho,
Alex

Querido Alex,

Que carta estranha. Não sei o que significa, mas a mamãe disse que o Toby é pior do que todas as coisas que você disse. Mas ela deu risada quando estava lendo a carta, então não cei se ela estava falando sério. Não acho que Toby seja tão mau assim.

Vocês dois são esquisitos

Com carinho, bj
Katie

Querido Toby,

Aqui é o Alex (o amigo da mãe da Katie que mora nos Estados Unidos).

Fiquei sabendo que você vai fazer 10 anos na semana que vem. Feliz aniversário! Cei que provavelmente você deve estar achando estranho que eu te escreva, mas ouvi dizer que você não convidou a Katie pra sua festa de aniversário e não consegui acreditar no que ouvi.

Katie é a sua melhor amiga! Posso dizer com toda certeza que a sua festa não vai ser tão legal se a Katie não estiver lá. Isso já aconteceu comigo uma vez. Você vai ficar olhando pra porta feito um gavião, só esperando que ela entre pra você começar a se divertir. E daí que o seu melhor amigo seja uma menina? E daí se os outros meninos derem risada? Pelo menos você tem uma amiga, acredite em mim, é muito difícil viver sem ter uma amiga, ainda mais se você estiver estudando numa escola chata com uma tal de srta. Casey Narigão Bafo de Onça pegando no seu pé o dia inteiro. Se não convidar a Katie, vai magoá-la demais e isso não é nada legal.

A melhor coisa do mundo é ter um melhor amigo — mesmo que ele seja uma menina. Depois me conte como se saiu.

Alex

PS: Espero que consiga comprar uma coisa legal com esse presente...

De: Toby
Para: Katie
Assunto: SEI e não CEI
O amigo da sua mãe escreve "sei" errado, igualzinho a você. Ele escreve CEI em vez de SEI. Por falar nisso, quer vir pra minha festa semana que vem?

De: Rosie
Para: Alex
Assunto: Mulheres Dunne
Muito espertinho, sr. Stewart, mas você ainda não se redimiu completamente. As mulheres da família Dunne são muito difíceis de agradar, você sabe...

De: Alex
Para: Rosie
Assunto: Re: Mulheres Dunne
É, estou vendo... Você é uma Dunne, tá certo. Tenho uma teoria que gostaria de compartilhar com você. Posso?

De: Rosie
Para: Alex
Assunto: Teoria vergonhosa
Se acha que deve... Se eu tiver tempo, vou ler.

De: Alex
Para: Rosie
Assunto: Minha teoria
Sim, eu devo, e você vai ler. Tudo bem, se eu tivesse te convidado para o meu aniversário de 10 anos aí o Brian Chorão não teria sido convidado. Se o Brian não tivesse ido, ele não teria jogado pizza no saco de dormir do James, e, se ele não tivesse feito isso e estragado a minha festa completamente, aí eu e você não o odiaríamos tanto. Se você e eu não o odiássemos tanto, você não teria enchido a cara pra poder conseguir ir ao baile de formatura com ele. Se você não tivesse feito isso... Bem... Talvez não tivesse ficado tão bêbada e a sua linda e amada Katie não teria nascido. Portanto, te fiz um favor!
E essa, Rosie Dunne, é a minha teoria.

De: Rosie
Para: Alex
Assunto: Minha teoria
Genial, Alex. Muito, muito, muito genial. Mas você não precisava ter voltado tanto no tempo pra aceitar a responsabilidade pela Katie. Aí vai a minha teoria:
Se eu não tivesse ficado plantada no baile de formatura te esperando, eu não teria precisado ir ao baile com o Brian Chorão de nenhuma forma. Se você tivesse aparecido no aeroporto naquele dia, nossas vidas poderiam ter seguido um rumo completamente diferente.

De: Alex
Para: Rosie
Assunto: Vida
É. Taí uma coisa que estou começando a me perguntar.

Ruby: Eles O QUÊ? Eles se separaram???

Rosie: Sim, se separaram. Triste, não?

Ruby: Bem, não de verdade. E por que se separaram?

Rosie: Diferenças irreconciliáveis. Não é isso que as pessoas dizem sempre?

Ruby: Não no meu caso. O meu marido era um safado, preguiçoso e traidor. E quem vai ficar com o Josh?

Rosie: A Sally levou ele pra ficar com os pais dela.

Ruby: Ah, coitadinho do Alex. Agora anda, desembucha.

Rosie: Ah, não sei de tudo...

Ruby: Mentirosa. Alex conta tudo pra você, que deve ser inclusive o motivo da separação deles.

Rosie: Com licença. Não me acuse de ser o motivo do fracasso do casamento dele. Isso chega a ser um insulto. Foram milhões de coisinhas que por fim explodiram na cara deles.

Ruby: E aí, quando é que você vai encontrar com ele?

Rosie: Semana que vem.

Ruby: Tem planos de voltar pra cá?

Rosie: RUBY! PARA COM ISSO!

Ruby: Tá, tudo bem. Triste, não?

Rosie: Sim, é. Alex está arrasado.

Ruby: Não, eu não quis dizer isso. A ironia de toda essa situação me deixa triste; não consigo nem imaginar como você deve estar se sentindo.

Rosie: Qual ironia?

Ruby: Ah, você sabe... Você espera, espera e espera anos e anos por ele, até que resolve desistir e seguir adiante. Por fim, decide se casar com o Greg e semanas depois Alex se separa da Sally. Sabe, vocês dois têm a pior sincronia do mundo! Quando é que vão aprender a caminhar no mesmo passo?

Capítulo 18

Você está fazendo um aninho hoje!
Que esse dia seja repleto de alegria,
Pois não é sempre que se faz um ano!
Nós amamos esse garotinho muito especial,
Porque nos traz muita felicidade!
Para Josh (e seu pai),
Amamos vocês dois e desejamos que tenham um feliz
aniversário e um ótimo Dia de Ação de Graças.

Com muito carinho,
Rosie e Katie

QUERIDAS ROSIE E KATIE,

Obrigado pelo ursinho de pelúcia que me mandaram de aniversário. Eu chamo ele de "Urso". Papai inventou o nome sozinho. Ele é muito inteligente. Adoro mastigar a orelha do Urso e babar nele todo, aí, quando o papai abraça ele, fica com a cara cheia da minha baba. Também gosto de atirar o Urso pra fora do meu berço no meio da noite e aí fico gritando, chamando o papai até ele pegar o Urso pra mim. Só faço isso pra poder dar risada. O papai não precisa dormir. Ele fica aqui só pra me dar comida e trocar a minha fralda.

Enfim, é melhor eu ir agora. Tenho um final de semana bastante agitado com o meu papai: como às nove horas, depois me fazem arrotar e aí arrisco alguns passos pela sala de estar. Cei que posso fazer isso. Um dia desses não vou mais cair de bunda no chão...

Obrigado pelo Urso
Amo vocês e sinto muita saudade,

Josh (e o papai)

De: Rosie
Para: Alex
Assunto: Felizes 30!

Não posso acreditar que você não vai fazer uma festa pra comemorar seus 30 anos! Ou será que vai fazer, mas não me convidou? Sei muito bem que no passado você tinha o hábito de fazer esse tipo de coisa. Deus do céu, e pensar que isso aconteceu vinte anos atrás. Nunca pensei que chegaria a época em que lembraríamos de algo que aconteceu há tanto tempo. Bom, de qualquer forma, Feliz Aniversário. Coma um pedaço de bolo por mim.

De: Alex
Para: Rosie
Assunto: Obrigado

Desculpe por não ter escrito antes. Falta pouco pra eu terminar a minha residência aqui, então vou poder seguir adiante e fazer mais dois anos no programa de residência cardiotorácica. Meus quase cem anos de estudos estão prestes a acabar! Este ano não tem nada de festa pra mim, estou ocupado demais tentando pagar o empréstimo de 1 milhão de dólares que fiz pra pagar os meus estudos.

VOCÊ RECEBEU UMA MENSAGEM DE: GREG.

Greg: Oi, querida, como está o seu dia?

Rosie: Ai, está parecendo um daqueles dias que nunca acabam. O hotel está lotado neste fim de semana por causa daquele desfile do Dia de São Patrício. O dia inteiro não param de chegar grupos grandes, então estou fazendo um check-in atrás do outro. Como as coisas acalmaram um pouquinho agora, estou fingindo estar ocupada aqui no computador fazendo reservas, portanto não me faça dar risada, seja lá o que for fazer, porque do contrário minha máscara vai cair.

Bom, quando disse que "as coisas acalmaram", EU quis dizer que não tem ninguém aqui na recepção nos aborrecendo. O barulho constante do hotel é outra história. No bar, tem um grupo enorme de americanos cantando velhas canções irlandesas. Acredita que ofereceram tratamento VIP pra banda Paddy? Nunca em toda a minha vida vi tanto rosto verde e cabelo tingido de vermelho.

Infelizmente, um pessoal da família do Bill Lake chegou hoje de Chicago. São trinta no total, então estou me comportando da melhor maneira possível. Parece que o sobrinho dele toca trombone na fanfarra do colégio lá em Chicago e essa fanfarra vai participar do desfile no domingo.

Não vejo a hora de o dia terminar. Estou com o rosto dolorido de tanto ficar sorrindo e meus olhos estão ardendo de tanto olhar pra tela desse maldito computador. Estou empolgada porque o Bill me deu o fim de semana de folga! Ele é muito gentil. Nem me lembro quando foi a última vez que tirei folga no sábado, ou quando tirei dois dias de folga seguidos, de fato. Bom, isso significa que pelo menos uma vez a gente vai poder sair à noite sem ter de se preocupar em acordar cedo no dia seguinte. Podemos marcar com a Ruby e o Ted. Estive pensando em levar a Katie e o Toby para o desfile do domingo. O que acha?

Desculpe por ficar falando sem parar, mas sinto como se estivesse na escola numa sexta-feira à tarde, só esperando tocar o sinal da hora da saída, ansiosa pelo fim de semana.

Greg: Ah, Rosie, desculpe estragar a sua alegria, mas vou ter de ir pra Belfast hoje à noite. Fiquei sabendo disso hoje de manhã, foi bem de última hora. Desculpe.

Rosie: Ah, não! Por que você tem que ir pra Belfast?

Greg: Vai ter um seminário lá e vou ter de participar.

Rosie: Que tipo de seminário?

Greg: Sobre finanças.

Rosie: Ah, claro que é sobre finanças. Dificilmente eu esperaria que fosse sobre culinária francesa. Você tem mesmo que ir? Eles vão ao menos perceber que você vai estar lá?

Greg: Não, eles não vão notar a minha presença, pra ser sincero, mas eu quero ir. Vai ter um pessoal interessante lá, sabe, e não posso ficar pra trás no jogo.

Rosie: O que mais você tem pra aprender sobre esses malditos bancos? Eles te dão dinheiro e depois pedem de volta um valor dez vezes maior. É isso.

Greg: Sinto muito, Rosie.

Rosie: Mas que coisa chata. De todos os malditos fins de semana que o Bill me dá de folga, justo neste você tem que viajar. Você sabe que não vou conseguir outro fim de semana de folga em menos de um ano, não sabe?

Greg: Adoro esse jeito de não exagerar as coisas, Rosie. Escute, preciso ir, tá? Falo com você depois. Te amo.

Rosie: Ah, espere aí. Antes de ir, você viu a conta do telefone hoje de manhã?

Greg: O que aconteceu? Veio muito cara?

Rosie: Adivinha.

Greg: Droga. A culpa é sua, por causa do tempo que passa na internet mandando e-mail, você sabe. Não entendo por que você e a Ruby não podem apenas combinar de se encontrar feito duas pessoas normais.

Rosie: Porque nenhum estabelecimento permite que a gente fume e se esparrame de pijama no sofá. É muito mais confortável estando em casa. Bom, será que o valor da conta não tem nada a ver com as horas que você passa conversando ao telefone com a sua mãe toda semana, tentando convencê-la de que ela é perfeitamente capaz de morar sozinha?

Greg: De qualquer forma, acho que você não se importa muito com o fato de eu passar tantas horas tentando convencê-la, minha querida!

Rosie: É verdade! Ah, se ao menos conhecêssemos um gerente de banco que pudesse arranjar um empréstimo pra gente... Como a vida seria fácil...

Greg: Infelizmente, as coisas não funcionam assim, Rosie.

Rosie: E imagine qual foi a minha decepção quando descobri isso depois de ter me casado com você.

Greg: Você me enche o saco com isso o tempo todo — muito obrigado. Preciso ir agora e me recuso a arranjar um empréstimo pra certa pessoa. Sabe como é. Te amo.

Rosie: Te amo.

De: Kevin
Para: Rosie
Assunto: Minha irmã favorita
Oi, minha irmã mais velha favorita de todo esse mundo. É o Kevin. Responde o meu e-mail quando puder. Estou usando um computador aqui da faculdade, então o acesso à internet é livre e quero te perguntar uma coisa.

De: Rosie
Para: Kevin
Assunto: Re: Minha irmã favorita
Por que só recebo notícias suas quando você quer alguma coisa?

De: Kevin
Para: Rosie
Assunto: Re: Re: Minha irmã favorita
Você está parecendo minha ex-namorada. Por que acha que estou querendo alguma coisa? Talvez eu só queira pôr o papo em dia com a minha irmã e saber como andam as coisas. Como está a Katie? Diga que perguntei sobre ela. E o Greg? Diga que perguntei por ele. E o Alex? Diga que perguntei por ele. Está vendo só como estou interessado na sua vida? Se algum dia precisar de alguém pra ficar cuidando da Katie me avise, vou ficar muito feliz em poder ajudar. Enfim, isso é tudo que eu tinha pra dizer. Cuide-se e me mande notícias.
PS: Por acaso você poderia pedir pro seu chefe arranjar um emprego pra mim?

De: Rosie
Para: Kevin
Assunto: A-HÁ!
A-HÁ! Eu sabia que tinha alguma pegadinha! Você nunca se preocupa nem um pouco com o que se passa comigo. A Katie está bem, obrigada, o Greg também e o Alex também. Você poderia vir pra ver com os seus próprios olhos se alguma vez se desse ao trabalho de aparecer. Sim, eu adoraria que você ficasse com a Katie, obrigada, mas não tenho certeza se posso confiar em você depois do que aconteceu da última vez.

De: Kevin
Para: Rosie
Assunto: Seis anos atrás!
Ah, fala sério, Rosie! Isso aconteceu há pelo menos seis anos, eu só
tinha 17! Como é que você deixa o apartamento na mão de um cara de 17
anos e espera que ele não convide alguns amigos? É pra lá de normal.

De: Rosie
Para: Kevin
Assunto: Normal!
Kevin, você arruinou o lugar! A coitada da Katie estava aterrorizada
e eu não gostei nem um pouco de ter te encontrado dormindo na minha
cama com aquela... Sei lá quem era...

De: Kevin
Para: Rosie
Assunto: Águas passadas
Bom, você falou pra eu ficar à vontade... Enfim, isso são águas
passadas, agora nós dois somos adultos sensatos. (Você um pouco na minha
frente — vai fazer 30 no mês que vem!). Eu adoraria mesmo se pudesse me
ajudar. Seria eternamente grato e estou falando muito, muito sério mesmo.

De: Rosie
Para: Kevin
Assunto: Você me deve essa!
Tá legal, mas não vou prometer nenhum milagre. Não estrague as
coisas, Kevin, ou então o Bill vai usar isso contra mim e o meu plano de um
dia gerenciar esse hotel vai por água abaixo.

De: Rosie
Para: Alex
Assunto: Vida!
Meu Deus, Alex, quem diria que Kevin aprendeu a caminhar e a falar?
Pensei que ele ainda estivesse na escola. Mas de repente ele cresceu. Não
que ele fosse o tipo que compartilhasse suas histórias comigo, isso nunca.

É muito reservado. É com pessoas como ele que o mundo precisa se preocupar.

As coisas mudam com muita rapidez. Quando você começa a se acostumar com alguma coisa, zap! Ela muda. Justo quando você começa a entender uma pessoa, zap! Ela cresce. O mesmo está acontecendo com a Katie. Ela muda todo dia; seu rosto se torna cada vez mais adulto a cada vez que olho pra ela. Às vezes preciso parar de fingir que estou interessada no que ela está dizendo para me dar conta de que estou realmente interessada. Saímos juntas pra fazer compras e sigo os conselhos dela. Saímos pra comer e rimos de coisas idiotas. Simplesmente não consigo fazer a minha mente voltar no tempo, à época em que a minha filha parou de ser uma criança pra se transformar numa pessoa.

E na linda pessoa que ela está se tornando também. Nem sei aonde quero chegar com este e-mail, Alex, mas andei pensando em muitas coisas nos últimos tempos e minha cabeça está bastante confusa.

A nossa vida é feita de tempo. Nossos dias são mensurados pelas horas, nosso salário é mensurado por essas horas, o nosso conhecimento é mensurado pelos anos. Agarramos uns minutinhos do nosso dia sempre ocupado pra fazer uma pausa pro café. Voltamos correndo pra nossa mesa de trabalho, olhamos pro relógio, vivemos em função dos compromissos. Mesmo assim, quando esse tempo enfim acaba, bem lá no fundo você se pergunta se esses segundos, minutos, horas, dias, semanas, meses, anos e décadas foram gastos da melhor maneira possível.

Tudo está girando ao nosso redor — o emprego, a família, os amigos, o parceiro ou parceira... Tudo o que você sente é aquela vontade de gritar: "PARE!", olhar à sua volta, reorganizar a ordem de algumas coisas e aí seguir adiante. Acho que provavelmente você entende o que estou dizendo. Sei que você está passando por uma fase muito difícil agora. Por favor, lembre-se de que estou aqui sempre que precisar.

Com carinho,
Rosie

Capítulo 19

Querido Alex,

Tudo bem? Como você já deve saber, mês que vem a mamãe faz 30 anos, e eu e o Toby estamos organizando uma festa-surpresa pra ela. Você pode vir?

Até agora já convidamos a vovó, o vovô, a tia Stephanie, o tio Kevin (mesmo sem querer, porque temos medo dele), Ruby, Teddy, Toby, a mãe e o pai dele e eu. Por enquanto é isso. Ah, é, o Greg também, se ele estiver por aqui. Ele está sempre trabalhando e a mamãe sempre reclamando com ele por causa disso. Teve um fim de semana que a mamãe estava de folga e passou a semana inteira empolgada porque tinha feito planos com o Greg e a Ruby. Cei como ela se sente porque odeio a escola e adoro quando chega o fim de semana. Bom, o Greg teve de viajar de novo, de última hora. Aí a Ruby ligou e falou que estava doente, então a mamãe ficou em casa vendo TV comigo e com o Toby e ela até deixou ele dormir aqui em casa.

Toby ganhou uma lanterna nova bem legal. É uma das melhores que tem por aí. Quando a mamãe foi dormir, acendemos a lanterna e colocamos pra fora da janela, e a luz alcançou até as nuvens, de tão forte que era. Bem, apontamos a lanterna na direção da rua e conseguimos ver o sr. e a sra. Gallagher na casa deles. Toby acha que eles estavam brincando de pula carniça. Estava muito engraçado, mas aí a sra. Gallagher atravessou a rua de camisola e estava muito brava com a gente, e começou a espancar a porta, gritando pela mamãe. A mamãe ficou tão furiosa que disse que não ia levar a gente pro desfile mais. Mas levou.

Lá na cidade, Toby e eu pintamos o rosto e ficou bem legal. Conseguimos até convencer a mamãe a desenhar um trevo pequeno no rosto dela, mas ela se arrependeu porque começou a chover e a tinta verde, branca e dourada começou a escorrer pelo nosso rosto. Ficou parecendo lágrimas de arco-íris. Um monte de tinta do Toby ficou grudado no meu cabelo e esfreguei meus olhos sem querer e toda a tinta verde entrou neles. Ardeu tanto que nem consegui ficar com os olhos abertos, então a mamãe e o Toby ficaram segurando a minha mão e me trouxeram pra casa. A gente teve que vir embora antes mesmo de o desfile começar.

Estávamos ensopados quando chegamos em casa e a roupa nova da mamãe ficou toda manchada de verde. A mulher que fez o desenho na nossa cara disse que a tinta sairia da roupa quando lavasse. Mas não saiu. Toby passou a semana inteira na escola com o cabelo manchado de verde e a senhorita Casey Narigão Bafo de Onça não ficou nem um pouco contente. Acredita que ela virou diretora da escola agora? A mamãe disse que o pessoal da escola devia estar muito desesperado. Bom, quando voltamos da cidade, assistimos ao desfile na televisão, mas só pegamos o finalzinho porque demoramos muito pra chegar em casa por causa dos malditos turistas. Foi isso que a mamãe disse.

E então, você vai vir pra festa? Pode trazer o Josh também. Precisamos de mais gente. A tia Stephanie não pode vir porque vai ganhar neném mês que vem e acho que o piloto do avião não vai deixar ela vir porque está muito pesada, ou alguma coisa assim. A vovó e o vovô vão visitar ela, o Pierre e o bebê que está chegando. O tio Kevin não pode vir porque vai começar o emprego novo como chef num hotel novo no interior. Então só vai ter eu, a Ruby e o Teddy, e a Ruby disse que não pode prometer que o Teddy virá porque não gosta de planejar nada com ele com tanta antecedência, apesar de faltar só duas semanas.

Quero que a festa seja especial pra mamãe, porque essa semana ela andou muito triste de novo. Está tudo muito estranho essa semana. Acho que é porque o telefone está quebrado. Toda vez que o telefone toca e a mamãe atende, ninguém responde do outro lado da linha. Quando eu atendo também acontece isso. Mas, quando o Greg atende, não acontece.

O Greg disse que vai mandar alguém consertar o telefone e a mamãe jogou a bebida do copo dela em cima dele. Não acho que o telefone está quebrado. Acho que, seja lá quem for que está ligando, não quer falar comigo, nem com a mamãe. Só quer falar com o Greg.

Vai ser legal se você vier. Você é muito engraçado. Pode até dormir aqui, mas não vai poder ser no quarto vazio porque acho que o Greg está dormindo lá agora. Você pode dormir no sofá ou na bicama que tem no meu quarto. Não se esqueça: não ligue porque é segredo e, de qualquer forma, quando o telefone toca, a mamãe atende e não diz alô. Pode me mandar um e-mail se quiser.

Beijo,
Katie

De: Alex
Para: Katie
Assunto: Re: Aniversário de 30 anos da Rosie
Obrigado pela carta. Você e Toby tiveram uma excelente ideia, mas não vou esperar até o aniversário da sua mãe, se você não se importar. Vou chegar aí o mais rápido que puder.

FELIZ ANIVERSÁRIO, MANINHA!
Desculpe por não estarmos aí com você.
Com carinho, Stephanie, Pierre e Jean-Louis!

Para nossa filha,
Parabéns pelos seus 30 anos. Aproveite o seu dia,
querida, e nos veremos quando voltarmos.
Com carinho,
Mamãe e papai

Parabéns pelos **30**, mana.
Desculpe por não estar aí, mas obrigado
por ter me conseguido o trabalho. Te devo uma.
Curta a noite.

Kevin

FELIZ ANIVERSÁRIO, ROSIE.

Desculpe por não estarmos aí, mas é que estamos
ocupados cobrindo o seu turno!
Beijos de todo o pessoal aqui do trabalho

Para Rosie,

Desculpe, por favor, me perdoe. Tenho agido como um completo idiota. Por favor, vamos deixar isso pra trás e aproveitar o fim de semana do seu aniversário.

Com amor,

Greg

FELIZ ANIVERSÁRIO.
VAMOS ENCHER A CARA.
BEIJO, RUBY

Rosie,

Estou voltando pra Boston amanhã, mas antes de ir quis te escrever esta carta. Todos os pensamentos e sentimentos que não param de borbulhar dentro de mim estão finalmente transbordando por esta caneta, então deixo esta carta pra que você não pense que estou te pressionando contra a parede. Entendo que vá precisar de tempo pra tomar uma decisão diante do que tenho a dizer.

Cei o que está acontecendo, Rosie. Você é a minha melhor amiga e posso enxergar a tristeza nos seus olhos. Cei que o Greg não passa o fim de semana fora trabalhando. Você nunca conseguiu mentir pra mim, sempre foi péssima nisso. Seus olhos a denunciam o tempo todo. Não finja que está tudo perfeito porque posso ver que não está. Vejo que o Greg é um egoísta que não faz a menor ideia do quanto é um cara sortudo e isso me deixa mal.

Ele é o cara mais sortudo do mundo por ter você, Rosie, mas não te merece e você merece algo muito melhor. Merece alguém que te ame com todo o coração, alguém que pense em você a todo momento, alguém que passe cada minuto do dia se perguntando o que você deve estar fazendo, onde você está, com quem está e se está bem. Precisa de alguém que te ajude a realizar os seus sonhos e que possa protegê-la dos próprios medos. Alguém que te trate com respeito, que ame cada parte de você, especialmente os seus defeitos. Você deveria estar com uma pessoa que possa te fazer feliz, muito feliz, andando nas nuvens de tanta felicidade. Alguém que anos atrás deveria ter aproveitado a chance de ficar com você em vez de sentir medo e ficar assustado demais pra poder tentar.

Não tenho mais medo, Rosie. Não tenho medo de tentar. Cei o que foi aquilo que senti no dia do seu casamento: ciúme. Fiquei com o coração despedaçado quando vi a mulher que amo se virando, se afastando de mim para subir ao altar com outro homem, aquele com quem ela escolheu passar a vida inteira. Foi como se eu tivesse recebido uma sentença de prisão — os anos se passando diante de mim sem que eu fosse capaz de dizer a você como eu me sinto, nem abraçá-la da forma como eu queria.

Por duas vezes ficamos um ao lado do outro no altar, Rosie. Duas vezes. E, nessas duas vezes, fizemos a coisa errada. Eu precisava que você estivesse lá no dia do meu casamento, mas fui tolo demais pra enxergar que eu precisava que você fosse a razão do meu casamento.

Eu nunca deveria ter permitido que os seus lábios se afastassem dos meus anos atrás, em Boston. Nunca deveria ter me afastado. Jamais deveria ter entrado em pânico. Nunca deveria ter perdido todos esses anos sem você. Dê uma chance pra eu compensar tudo isso. Amo você, Rosie, e quero ficar com você, Katie e Josh. Para sempre.

Por favor, pense nisso. Não perca tempo com o Greg. Esta é a nossa chance. Vamos parar de sentir medo e agarrar essa oportunidade. Prometo que te farei feliz.

Com muito amor,
Alex

Capítulo 20

Ruby: Decidi. Vou colocar meu Gary numa dieta.

Rosie: Você vai colocar ele numa dieta? Como diabos se pode controlar o que o seu filho de 21 anos come?

Ruby: Ah, é fácil. Vou pregar tudo no chão.

Rosie: Que tipo de dieta é essa?

Ruby: Não sei. Comprei uma revista, mas tem tantas dietas estúpidas lá que não sei qual delas escolher. Lembra aquela dieta ridícula que eu e você fizemos ano passado? A do alfabeto, que a cada dia a gente tinha de comer coisas que começam com determinada letra do alfabeto?

Rosie: Ah, sim! Por quanto tempo conseguimos fazer aquilo?

Ruby: Er... Foram vinte e seis dias, né, Rosie? Óbvio.

Rosie: Ah, é... Tá certo... Claro. Você engordou no terceiro dia.

Ruby: Porque logo no terceiro dia vinha a letra "C"... Chocolate... Hummm...

Rosie: Bem, compensamos tudo no último dia. Estava morrendo de fome quando chegou o dia da letra "Z"; quase fui ao zoológico pra caçar zebras com uma faca de cozinha... Acho que poderia ter comido o zoológico inteiro...

Ruby: Talvez eu mesma invente uma dieta pra competir com essas revistas...

Rosie: Qual seria a sua ideia, então?

Ruby: Hum... Então, uma em que deveria se pensar em comer só... Aquilo que se pareça com você.

Rosie: Aposto que os especialistas dessas revistas estão se cagando de medo agora.

Ruby: Não, é sério! Acho que tive uma ideia aqui! Teddy sempre me lembra um tomate, com aquele rosto grande, maduro, avermelhado e suculento. Os dois fios de cabelo que se eriçam na cabeça dele me lembram o talo. Sempre sinto vontade de enfiar a cabeça dele num liquidificador e misturar com vodca e tabasco. Um Bloody Mary de Teddy. O Simon do escritório me lembra uma couve-de-bruxelas. Ele fede e...

Rosie: É verde?

Ruby: Não, só é fedido mesmo.

Rosie: E eu, me pareço com o quê?

Ruby: Boa pergunta... Hum, acho que você se parece um pouco com uma cebola...

Rosie: Por quê? Sou fedida e faço as pessoas chorarem? Por quê? Sou fedida e faço as pessoas chorarem?

Ruby: Pra que repetir a pergunta?

Rosie: Cebolas fazem isso, não fazem? De tanto que te fazem arrotar, você tem que ficar repetindo tudo o que fala...

Ruby: Uma cebola engraçada também, como vejo. Não, acho que você se parece uma porque tem várias camadas, Rosie Dunne, e a cada ano que passa uma nova camada sua é descascada. Acho que tem muito mais camadas aí embaixo do que as pessoas pensam. E eu, o que pareço?

Rosie: Hum... Um bolo. Doce como açúcar e ainda com uma cerejinha em cima.

Ruby: Calórica e nem um pouco saudável.

Rosie: Olha, Ruby, foi você quem inventou essa dieta. Se você se parece com um bolo, então tudo o que precisa comer é bolo. Pense nisso.

Ruby: Sim, te entendo. Pra ser sincera, bem lá no fundo sempre achei que havia uma pitada de torta de banana em mim. Mas a minha dieta não é aconselhável, a menos que você se pareça com um vegetal ou uma fruta, e o meu Gary, embora possa até ter as qualidades de um vegetal, não se parece com nenhuma fruta nem vegetal.

Rosie: Com o que você acha que o Greg se parece?

SIMPLESMENTE ACONTECE   147

Ruby: Ah, essa é fácil! Testículo de boi!

Rosie: Hahahahha! E desde quando as pessoas comem testículo de boi?

Ruby: É uma coisa meio tribal... Tá, tudo bem. Uma lesma. Uma lesma pegajosa, nojenta e lenta.

Rosie: Não acho que o Greg comeria uma lesma.

Ruby: Quem se importa com o que aquele cretino traidor come? E o Alex? Com o que ele se parece?

Rosie: Um Skye.

Ruby: Você acha que o seu amigo que tem 1,82m de altura, olhos e cabelos castanhos, se parece com uma barra de Skye recheada com caramelo?

Rosie: Sim.

Ruby: Ai, não tem nada a ver...

Rosie: Ah, desculpe, sra. Acho que o Teddy tem cabeça de tomate!

Ruby: Olha, esse papo de dieta está me deixando com fome. Vou almoçar mais cedo, tá?

Rosie: Tá legal, assim você me anima muito, Ruby.

Ruby: Ops. Desculpe. Acho que não deveria ter dito isso, né?

Rosie: Não, mas está perdoada.

Ruby: Ai que bom. Tchau, querida.

Rosie: Tchau...

Ruby fez logoff.

De: Alex
Para: Rosie
Assunto: Precisa de mais tempo?
Sou eu, Alex. Faz um tempo que não recebo notícias suas... Pensei que a esta altura eu já teria recebido algum sinal seu... Se precisar de mais tempo, vou entender. Por favor, me diga o que está acontecendo.

De: Rosie
Para: Alex
Assunto: Re: Precisa de mais tempo?

E aí, Skye! Desculpe não ter escrito antes, ando atolada de trabalho. Por algum motivo, as coisas por aqui andam agitadas. Talvez porque o sol tenha resolvido dar as caras de novo; essa região do interior fica muito mais legal quando o sol aparece. O que você quis dizer perguntando se eu preciso de mais tempo? Não preciso de tanto tempo assim pra aceitar que agora tenho 30!

Por falar nisso, obrigada por ter vindo pro meu aniversário. Foi muito fofo da parte da Katie e do Toby terem organizado tudo, mesmo que só tenham comparecido você e a Ruby. Desculpe, eu estava meio chatinha. Acho que estava meio pra baixo por completar 30 anos e porque a maioria das pessoas estava longe. Só acho que teria sido bem legal se tivesse vindo mais gente, mas deixa isso pra lá, não é o fim do mundo. Você estava lá e isso basta pra mim. Fiquei muito feliz em te ver. Você sempre está presente, Alex, e realmente gosto muito disso. Faz eu me sentir forte quando eu não me sinto assim.

Enfim, como estão as coisas? E o Josh? Dê um beijo enorme e molhado nele e um abraço por mim.

De: Alex
Para: Rosie
Assunto: Minha carta
Você não recebeu a minha carta?

De: Rosie
Para: Alex
Assunto: Carta?
Que carta? Talvez o correio tenha atrasado. Devo recebê-la em breve. Quando você mandou?

QUERIDO ALEX,

Obrigada por ter vindo para a festa de aniversário da mamãe e obrigada pelo meu presente também. Ela estava muito triste antes de você chegar, mas acho que você fez ela ficar mais feliz. Preciso ir agora porque a professora está olhando pra mim.

De Katie

QUERIDA KATIE,

Obrigado pela carta. Espero que você não arrume encrenca na escola por ficar me mandando mensagens. Que bom que você gostou do presente que mandei. Fala pro Toby que mandei um oi e que logo mando pra ele aquele equipamento de beisebol.

Como vai a sua mãe? E as coisas em casa? Por acaso você sabe o que é um Skye?

Com carinho,
Alex

De: Alex
Para: Rosie
Assunto: Enc: Minha carta
Eu não mandei a carta pelo correio, coloquei em cima da sua mesa da cozinha antes de sair para o aeroporto. Você não a pegou?

QUERIDO ALEX,

O Toby está muito empolgado com essas coisas de beisebol. As coisas estão meio que voltando ao normal de novo. Agora o Greg dorme no quarto vazio só algumas noites. A mamãe disse que ele fica lá porque ronca. Não acredito porque o Toby e eu colocamos um gravador no quarto e ele não ronca. Mas ele fala enquanto dorme! Ele disse: "Não mande os cavalos para o arco-íris!". É verdade, está gravado.

As coisas estão bem, mas não como antes. Foi legal quando você veio. Prefiro ficar na casa do Toby agora. Ah, então, Skye é um chocolate. É o preferido da mamãe. Ela adora. Ela diz que adoraria poder fazer uma dieta em que pudesse comer Skyes o dia todo. Outro dia ela disse que estava apaixonada pelo Skye e aí começou a beijar o chocolate e a rir sem parar.

Por que você quer saber? Quer um Skye também? Posso te mandar um se você quiser, se não vende aí na Mérica. Já fiz isso uma vez quando estava de férias na Inglaterra, mandei uma barra de chocolate pelo correio pro Toby porque eles não vendiam aquele chocolate por aqui, e, quando o Toby recebeu, o chocolate estava derretido e grudado no papel. Ele nem conseguiu ler a minha carta, mas fiquei feliz porque senti saudade dele quando estava fora e aí escrevi umas coisas idiotas e senti vegonha.

Então, posso enviar o chocolate? Mamãe diz que não pode viver sem o Skye dela. Ela é estranha.

Beijo,
Katie

De: Alex
Para: Rosie
Assunto: Enc: Enc: Minha carta
Oi, Rosie. Preciso muito falar com você. Agora. É sobre a carta. Escrevi umas coisas muito importantes lá e adoraria que você lesse, se puder. Por favor, tente encontrá-la.

De: Rosie
Para: Alex
Assunto: Sua carta
Oi, Alex. Vasculhei a casa de cima a baixo ontem, quando cheguei do trabalho. Nem sinal. Está tudo bem? Pode me mandar por e-mail o que tinha escrito na carta?

De: Alex
Para: Rosie
Assunto: Enc: Enc: Enc: Minha carta
Jesus Cristo. Rosie, te ligo em cinco minutos.

De: Rosie
Para: Alex
Assunto: Enc: Sua carta
Alex! Você não pode me ligar aqui no trabalho, vão me demitir! Do que se trata?

De: Alex
Para: Rosie
Assunto: Enc: Enc: Enc: Enc: Minha carta
Então finja que está falando com um hóspede, Rosie! Estou falando sério, atende o telefone.

De: Rosie
Para: Alex
Assunto: Enc: Enc: Sua carta
Ah, aguenta aí. O Greg está online. Antes que você tenha um infarto, vou verificar se ele viu a carta.

De: Alex
Para: Rosie
Assunto: Enc: Enc: Enc: Enc: Enc: Minha carta
NÃO FAÇA ISSO!!! NÃO PERGUNTE PRA ELE!

VOCÊ RECEBEU UMA MENSAGEM DE: ROSIE.

Rosie: Greg, você viu uma carta que estava em cima da mesa da cozinha?

Greg: Uma carta? Não, acho que só tinha a conta de luz e a do seu celular lá.

Rosie: Não estou falando de hoje de manhã; estou falando de duas semanas atrás, do fim de semana do meu aniversário.

Greg: Mas, Rosie, você não me queria por perto naquele fim de semana. Fiquei no sofá no apartamento do Teddy, lembra?

Rosie: Ah, coitadinho de você. Claro que lembro. Achei que você ia gostar da ideia, já que nos últimos tempos tem dormido na casa de outra pessoa. Não sou idiota, Greg. Ah, perdoe-me. Esqueci que você pensou que eu fosse...

Greg: Querida, eu...

Rosie: Não me chame de querida. Você viu a maldita carta ou não? Você estava em casa naquela segunda-feira depois que o Alex saiu.

Greg: Não, estou sendo sincero, não vi carta nenhuma.

Rosie: Bem, tenho as minhas razões pra não acreditar em você, sr. Honestidade.

Greg: Olha, Rosie, não podemos seguir adiante se você não me perdoar e aprender a confiar em mim de novo.

Rosie: Ah, pegue o seu perdão e o enfie no rabo! Não tenho tempo pra outra dessas conversinhas com você. Olhe, é muito simples. Alex está online, me esperando. Ele deixou uma carta pra mim e quer saber se eu a encontrei. Então, estou te perguntando mais uma vez, Greg. Você viu a carta ou não?

Greg: Não, dou a minha palavra. Não vi.

De: Bill Lake
Para: Rosie Dunne
Assunto: E-mails pessoais
Espero que os e-mails que você está enviando nos últimos trinta minutos sejam profissionais, Rosie. Receberemos um grupo de oitenta pessoas nos próximos minutos que vai passar o fim de semana no nosso hotel, na Suíte de Valera, para uma conferência de negócios. Há muitas coisas a fazer, Rosie.

De: Rosie
Para: Alex
Assunto: Enc: Enc: Enc: Sua carta
Alex, o Greg não viu a carta. Talvez você possa simplesmente me escrever outra ou me telefonar depois quando eu chegar em casa, não agora, enquanto o Big Brother está me filmando com essa câmera de segurança ridícula apontada bem na minha direção. Agora, melhor que vocês dois me deixem em paz antes que eu seja demitida.

De: Greg
Para: Alex
Assunto: Sua carta?
Fiquei sabendo que está online, então espero que ainda dê tempo de falar com você. Por acaso tropecei em algo que você está procurando,

acredito eu. Eu agradeceria se você parasse de enviar cartinhas de amor para a minha mulher. Parece que se esqueceu de que ela é uma mulher casada. Casada comigo, Alex.

Rosie e eu temos tido as nossas dificuldades, como todo casal tem, mas estamos dispostos a deixar tudo isso pra trás e nos dar uma nova chance. Você precisa entender que nenhuma de suas cartas vai mudar isso. Como você mesmo disse: teve a sua chance, mas ela se foi.

Vamos ser um pouco realistas, Alex. Tanto você quanto a Rosie têm 30 anos e se conhecem desde os 5. Você não acha que durante todo esse tempo, se algo tivesse de acontecer entre vocês, se fosse pra ser, já teria acontecido a esta altura? Pense nisso. Ela não está interessada.

Não quero mais nenhum contato com você. Se colocar os pés na minha casa de novo vou me sentir muito feliz em te mostrar o quanto é indesejado. Para poupá-lo do constrangimento, não vou falar sobre o conteúdo da carta. E, por falar nisso, você está errado. Eu me sinto extremamente feliz e satisfeito em ter a Rosie como minha mulher. Ela é maravilhosa, adorável, carinhosa e cuidadosa, e eu sou feliz por tê-la escolhido para passar o resto da vida comigo. Assim sendo, você pode continuar vendo-a de costas, se afastando de você no altar, porque ela não vai se virar.

De: Alex
Para: Greg
Assunto: Rosie
Acha mesmo que essa sua tentativa ridícula de me assustar vai funcionar? Você é um patético infeliz. Rosie pensa por si própria e não precisa de você pra tomar as decisões por ela.

De: Greg
Para: Alex
Assunto: Re: Rosie
E então, o que você vai fazer se ela disser "sim", Alex? O que vai fazer? Vai se mudar pra Dublin? Deixar o Josh pra trás? Esperar que a Rosie tire a Katie de suas raízes, que abandone o emprego que ela adora e se mude pra Boston? Pense, Alex.

VOCÊ RECEBEU UMA MENSAGEM DE: ALEX.

Alex: Ela não recebeu a carta, Phil.

Phil: Ah, que merda, Alex. Bem que eu te disse pra você não escrever aquilo numa dessas malditas cartas. Você deveria ter conversado com ela. Não sei por que diabos você não pode simplesmente usar a boca como todos nós.

Alex: Greg encontrou a carta.

Phil: O idiota do marido dela? Achei que eles tivessem se separado.

Alex: Está na cara que não. Mas isso não muda nada, Phil. Continuo amando-a.

Phil: Sim, mas ela continua casada, não é? Você não vai gostar do que tenho a dizer, Alex. Bom, de qualquer forma, Deus sabe que você não segue conselho nenhum, mas eu não mexeria com a mulher de nenhum outro cara. Mas isso sou eu.

Alex: Mas ele é um imbecil, Phil!

Phil: Você também é, mas é meu irmão e eu te amo, cara.

Alex: Estou falando sério. O cara traiu ela. É o cara totalmente errado pra ela.

Phil: Sim, mas a diferença entre o agora e o antes é que agora a Rosie sabe da traição. Ela sabe que ele é um imbecil. Mas continua com ele. Ela deve amar esse cara, Alex. Eu diria pra você se afastar. É só a minha opinião, mas eu diria pra você se afastar.

Alex: Não concordo com isso, Phil.

Phil: Beleza! É você quem manda em si mesmo; faça como quiser. Sei que quer o melhor para a Rosie, mas está sendo meio egoísta. Olhe para a situação sob a perspectiva da Rosie. Ela acabou de descobrir que o marido imbecil a traiu, não deve ter sido nada fácil, e por algum motivo, seja lá qual for, ela decidiu passar por cima e ficar com ele. E aí, agora que ela está se acostumando com a ideia, entra você, o melhor amigo, numa armadura brilhante, proclamando o seu amor por ela. Quer confundir ainda mais a pobre coitada? Olha, se o casamento é um desastre, então em questão de poucos meses ele vai terminar e a Rosie virá até você. Só não banque o idiota que está tentando pôr um fim no casamento dela. Ela nunca te perdoaria por isso.

Alex: Então você acha que devo deixar as coisas acontecerem naturalmente? Deixar que ela venha até mim quando estiver pronta?

Phil: Alguma coisa desse tipo. Estou pensando em começar um daqueles programas que passam na TV. Sabe aqueles em que dão conselhos pras pessoas?

Alex: Eu estaria lá toda semana, Phil. Obrigado.

Phil: Sem problemas. Agora, enquanto você vai dar um coração novo pra alguém, tenho que arranjar um motor novo pra um carro. Então se manda. Faça o que tem de ser feito.

Alex fez logoff.

Capítulo 21

De: Rosie
Para: Alex
Assunto: Carta?

Alex, coloquei a cozinha de pernas pro ar pra procurar a sua carta, não deixei nem um centímetro sequer sem ser revirado, e o Greg e a Katie juram que não colocaram um dedinho sobre a carta, então não sei mais onde ela pode estar. Tem certeza de que a deixou aqui? Corremos tanto pra te levar até o aeroporto naquela manhã que talvez você tenha esquecido. Verifiquei o quarto vazio no qual você dormiu. Tudo que encontrei foi uma camiseta que você esqueceu, mas agora ela é minha e não vai tê-la de volta!

Mas e aí, o que tinha na carta? Você não me ligou ontem depois que cheguei em casa. Está realmente conseguindo me manter no maior suspense, Alex!

De: Alex
Para: Rosie
Assunto: Re: Carta?
Como vão as coisas com o Greg? Você está feliz?

De: Rosie
Para: Alex
Assunto: Greg
Uau, que mudança de assunto! E que pergunta direta!

Tudo bem, sei que você deve estar sentindo que eu e ele estamos atravessando uma fase ruim e está preocupado com isso. E também sei que você não o suporta de jeito nenhum, o que é muito difícil pra mim porque eu realmente amaria que você visse o Greg como eu o vejo.

No fundo, no fundo, debaixo de todas aquelas camadas de estupidez, há um homem bom de verdade. Ele extravasa uns pensamentos egoístas, diz coisas erradas nas horas erradas, mas entre quatro paredes é um grande amigo. Entendo que ele tenha tendência a certas idiotices, mas ainda assim consigo amá-lo por isso. Pode ser que ele não seja a pessoa com quem você se sinta à vontade para se sentar próximo durante um jantar, mas para mim ele é uma pessoa com quem me sinto à vontade para dividir a vida.

Sei que é difícil para as pessoas entenderem o jeito dele. Tudo o que você vê é uma paranoia de superproteção, mas só Deus sabe o quanto isso me faz sentir segura e desejada. E a estupidez dele me diverte! Temos um longo caminho a ser percorrido pra nos tornarmos um casal perfeito. Com certeza não vivemos o casamento dos contos de fadas, ele não me cobre de pétalas de rosa nem me leva pra passear em Paris nos fins de semana, mas ele nota quando corto o cabelo. Quando me arrumo pra sair à noite, ele me elogia. Quando choro, ele enxuga as minhas lágrimas. Quando me sinto sozinha, ele me faz sentir amada. E quem é que precisa de Paris quando se tem um abraço?

Em algum momento, ao longo desse caminho e sem que eu mesma tenha me dado conta, eu cresci, Alex. Pelo menos uma vez, não vou aceitar o conselho de ninguém próximo a mim sobre o que devo ou não fazer. Não posso sair correndo para os braços dos meus pais e não posso comparar o meu casamento ao casamento de ninguém. Todos nós seguimos as próprias regras. Aceitar o Greg de volta foi a decisão que tomei e eu não teria feito isso se não sentisse que ele — e, o mais importante de tudo, eu — aprendeu alguma lição. Sei que o que aconteceu jamais acontecerá de novo e acredito, acredito muito mesmo nisso, porque, se eu não estivesse tão segura em relação ao nosso futuro, não haveria como seguir adiante com o Greg.

Sinto que era isso que havia na sua carta, Alex, mas não se preocupe comigo. Estou bem. Obrigada, obrigada, muito obrigada por cuidar tanto de mim assim. Não se encontram mais amigos como você.

De: Alex
Para: Rosie
Assunto: Re: Greg
Isso foi tudo que eu sempre quis. Que você seja feliz.

QUERIDA STEPHANIE,

E aí, como vai a nova mamãe? Espero que esteja lidando bem com a situação. Sei que é uma mudança grande — mas maravilhosa do mesmo jeito. Você está conseguindo dormir pelo menos um pouco? Espero que sim. Sempre soube que seria uma mãe maravilhosa: você sempre soube como cuidar da sua irmãzinha aqui (e do bebê dela!)

E por falar nisso, muito obrigada por todos os detalhes sanguinolentos sobre o nascimento do bebê. Você é ainda mais maravilhosa do que sempre pensei! E não, não quero que o Pierre me mande a gravação dessa experiência "mágica". Eu me lembro muito bem de tudo o que acontece... Lembra que costumavam passar esses vídeos na escola, pra pôr medo na gente em relação a fazer sexo? Bom, tá na cara que nenhuma das duas ficou assim tão assustada. Se queriam mesmo nos segurar, bastava ter mostrado como se troca fralda, o que faria todo mundo sair correndo para algum convento.

Todos vocês parecem muito felizes na foto — uma família perfeita. Ainda existe esse tipo de coisa? Porque, se ainda existe, minha família e eu não entramos na fila quando estavam entregando os títulos.

Realmente não tenho muita certeza se fiz a coisa certa aceitando o Greg de volta. É tão difícil saber que decisão tomar. Por Deus, Stephanie, sempre fui a primeira pessoa a sair proclamando por aí que, se algum dia o meu marido fosse infiel, nunca, jamais, de forma nenhuma eu o aceitaria de volta. Sempre disse que esse seria o tipo de coisa que eu jamais perdoaria (bem, isso e fazer aborto). Então, o que é isso que estou fazendo, aceitando ele de volta?

O que é que estou fazendo, permitindo que ele durma ao meu lado na cama? Por que é que estou preparando o jantar pra ele e o chamo quando a comida está na mesa? Não foi isso que eu disse que faria. Preciso reunir todas as minhas forças pra me controlar e não esticar o braço e meter a mão na cara dele toda vez que ele sorri pra mim.

Pensei que mandar ele embora de casa fosse a coisa mais fácil do mundo, mas parte do motivo de tê-lo aceitado de volta foi que não consegui encarar o fato de ter de enfrentar tudo sozinha de novo. Fiquei pensando em mim e na Katie sozinhas uma vez mais e não suportei a ideia. Agora começo a questionar a minha decisão. Será que devo ficar com ele e aprender a amá-lo de novo, ou devo aprender a viver por minha conta, ser independente? Só acho que não consigo encarar outro apartamento apertado e outro salário indecente com o qual Katie e eu tenhamos de sobreviver.

Se eu pelo menos conseguisse perdoá-lo... Se toda vez que ele fala comigo eu pudesse apagar a imagem daqueles lábios beijando outra pessoa... Minha pele se contrai com o toque dele, e sinto tanto ódio que fico sem reação. Pra mim, é difícil tentar cicatrizar as minhas feridas com o mesmo homem que as provocou.

E que droga! Ele é extremamente dedicado a tudo. É o sr. Entusiasmo quando se trata de buscarmos ajuda com um terapeuta, e dedica uma parte do dia a conversar comigo (conversa de verdade!). Ele se parece com um daqueles guias de "Como agradar a sua esposa depois de ter transado com outra mulher". Pra começar, agende um horário com um terapeuta, certifique-se de ter feito um escarcéu em relação a isso, mostre que cancelou compromissos importantes para comparecer, depois prepare o jantar todos os dias, encha a lavadora de louça, pergunte a sua mulher um milhão de vezes ao dia se ela está bem e se há alguma coisa que possa fazer para ajudá-la, faça as compras da semana, lembre-se de incluir pequenos presentes pra ela, como o seu bolo de chocolate favorito ou um livro que você sabe que ela gostaria de ler, reserve algumas horas do dia para sentar com a sua esposa e fazer um resumo do seu dia para depois discutir os detalhes da relação. Faça isso quinhentas vezes por dia, acrescente água e mexa.

E a questão é que o Greg com quem me casei nunca faria todas essas coisas. Ele jamais se preocuparia em repor o papel higiênico do banheiro; ele nunca tiraria todo o resto de comida do prato antes de colocá-lo no lava-louça. Tudo mudou. Até mesmo as pequenas coisas do dia a dia, que tornam a vida tão agradável, mudaram.

Se pudesse encontrar em mim a força necessária para deixá-lo, eu o faria, mas estou presa nesse limbo evasivo. Só quero tomar a decisão certa e tem de ser agora. Daqui a quarenta anos, não quero ser uma velha amarga, ainda disparando comentários depreciativos sobre o Greg e sobre o que ele fez. Para fazer esse casamento funcionar, preciso, antes de tudo, saber se posso fazer isso, e, caso não consiga esquecer, se consigo pelo menos perdoar. Preciso saber se aquela sementinha de amor que sinto por ele vai crescer de novo e vai voltar a ser o que era. A única coisa que me deixa mais forte é saber que ele nunca mais vai voltar a fazer isso comigo. Tivemos muitas noites longas de lágrimas e de brigas de ambas as partes pra querer passar por tudo isso outra vez.

Se o Alex morasse aqui neste país eu saberia o que fazer. Tudo que preciso é de apoio. Ele é o anjinho que senta sobre o meu ombro e sussurra no meu ouvido: "Você vai conseguir!". Que engraçado. Tenho 30 anos agora e ainda me sinto como uma garotinha. Continuo olhando ao meu redor pra verificar o que as outras pessoas estão fazendo e me certificar de que não sou completamente diferente delas; continuo olhando ao meu redor, à procura de ajuda, esperando por uma cutucada de leve ou por um conselho ao pé do ouvido. Mas parece que não consigo atrair a atenção de ninguém. Ninguém à minha volta parece estar olhando ao seu redor e se perguntando o que deve fazer. Por que é que eu me sinto a única pessoa que está perdida, preocupada com as escolhas que fez e com as direções que tomou? Para onde quer que eu olhe, vejo as pessoas seguindo a vida adiante. Talvez eu deva fazer apenas o mesmo.

Beijo,

Rosie

QUERIDA ROSIE,

Por favor, pare de se torturar com perguntas cujas respostas você desconhece. Está passando por uma fase muito difícil agora, mas está seguindo adiante outra vez, como sempre faz. Cada queda te faz mais e mais forte.

Não posso te dizer pra ficar com o Greg ou não — só você pode tomar essa decisão —, mas tudo o que posso dizer é que, se ainda resta algum tipo de amor, você deve tentar. Tudo aquilo que é pequeno cresce quando nós o alimentamos, Rosie. E com o amor acontece exatamente o mesmo. Mas, se isso te deixa infeliz, então desista e vá encontrar algo que traga a felicidade que você merece.

Apenas ouça o que o seu coração diz e aja de acordo com a sua voz interior. Ela vai te levar ao caminho certo. Desculpe se não tenho grandes palavras de sabedoria pra te oferecer agora, Rosie, mas pelo menos você sabe que não está sozinha; as outras pessoas nem sempre têm as respostas para as próprias perguntas. Às vezes nos sentimos tão confusos e perdidos quanto você está agora.

Cuide-se.

Com carinho,
Stephanie

De: Rosie
Para: Stephanie
Assunto: Coração silencioso
Meu coração não está me dizendo nada, minha voz interior me diz pra ir pra cama, me aninhar feito uma bola e chorar.

Lembretes para mim mesma:

Sob nenhuma circunstância se apaixone de novo.

Sob nenhuma circunstância confie em outro ser humano.

Compre lenços de papel especial com bálsamo de calêndula para não ser confundida com a mãe do Rudolph, a Rena do Nariz Vermelho.

Coma.

Saia da cama

E, pelo amor de Deus, pare de chorar.

De: Mãe
Para: Stephanie
Assunto: Está funcionando?
Acho que acabo de descobrir esse negócio de e-mail. Bom, só queria saber se os nossos planos pro aniversário de 60 anos do seu pai continuam de pé. Ele acha que vai ser só uma reuniãozinha com umas bebidas com o Jack e a Pauline, então não responda este e-mail por aqui porque pode ser que ele leia também. Ligue para o meu celular. Vou adorar que você venha. Vai ser bom nos reunirmos de novo e acho que será ótimo pra Rosie. Estou preocupada com ela, anda muito chateada com o Greg e emagreceu muito. Seu pai está prestes a meter a mão na cara do Greg, o que não vai ser bom pra ninguém, muito menos para o coração do seu pai. Kevin também não está falando com o Greg, o que não torna as coisas nem um pouco mais fáceis para a pobre da Rosie. De qualquer forma, quanto mais família ao redor dela, melhor.

Capítulo 22

Ruby: Tá legal, seja lá qual for a dieta que você está fazendo, quero que o meu Gary comece a fazer também.

Rosie: Não estou fazendo nenhuma dieta, Ruby.

Ruby: Mas você parece doente; é exatamente assim que quero que ele fique. Nada atraente, magro como uma vareta, esgotado...

Rosie: Obrigada.

Ruby: Só quero ajudar, Rosie. Por favor, me diga o que está acontecendo.

Rosie: Não há nada que você possa fazer pra ajudar; Greg e eu só queremos tentar resolver isso sozinhos. Bom, eu, o Greg e a Úrsula, a fantástica terapeuta de casais. Nós três nos tornamos uma equipe tão boa que me sinto com vontade de chorar de verdade.

Ruby: Que bom pra vocês. Como é essa tal Úrsula tão fantasticamente útil?

Rosie: Fantasticamente útil. Ontem ela me disse que tenho problemas para falar dos meus sentimentos.

Ruby: E?

Rosie: E eu disse pra ela que isso me deixava puta e que ela fosse se foder.

Ruby: Muito bem colocado. E o que o Greg disse sobre isso?

Rosie: Ah, não, ouça esta, é digna de um prêmio: Meu marido com uma intuição impressionante acha que eu "tenho problemas para me comunicar e me entender com a Úrsula".

Ruby: Ai, meu Deus!

Rosie: Ai, meu Deus, é isso aí. Então sugeri que a Úrsula e eu fizéssemos terapia de casal para conseguirmos nos comunicar bem durante a minha terapia de casal.

Ruby: E o que foi que o Greg disse?

Rosie: Bom, mal pude ouvir o que ele disse por causa do barulho da batida na porta do carro. Mas não pode ter sido nada de muito positivo. Ele estava com as narinas alargadas e rosnando pra mim. Andei pensando também em comprar uma cama maior pra haver mais espaço para a Úrsula. Ela deve saber absolutamente tudo a nosso respeito. Talvez ela possa até contar quantas vezes eu peido durante a noite ou algo do tipo...

Ruby: Sério que está tão ruim assim?

Rosie: Acho só que a terapia não está ajudando em nada. A Úrsula só nos faz brigar ainda mais, nos forçando a discutir todas as pequenas coisas um do outro que nos incomodam. Quando começamos a nos entender, quase posso vê-la começar a ficar preocupada com o aluguel dela do mês seguinte. Na semana passada, discutimos por uma hora o quanto odeio quando o Greg deixa de propósito um bigodinho de leite na cara só pra me fazer rir, e aí, como eu não dou risada, ele sai andando atrás de mim pela casa, dando tapinhas no meu ombro com o bigodinho de leite ainda na cara, até eu dar risada.

Ontem brigamos sobre o quanto me incomoda quando a boca dele começa a se contorcer quando falo alguma coisa errada. Se digo que o céu é amarelo, o lábio superior dele começa a se contorcer daquele jeito estranho que o Elvis Presley fazia. Fico puta da vida com o fato de ele nunca deixar passar nada. Ele sempre tem de arranjar um jeito de me mostrar que cometi algum erro quando transmiti alguma informação "vital". Ah, não, a grama é verde e não rosa! Nossa, nossa, que grande diferença essa constatação faz pra nossa vida!

Na semana que vem vou comentar o fato de ele sempre calçar meias novas e ridículas que a mãe dá de presente pra ele. Ele acha o máximo. Às vezes, liga pra mãe só pra dizer que está vestindo as tais meias amarelas com malditas bolinhas cor-de-rosa ou então as azuis com listras vermelhas. Tenho certeza de que os colegas dele no banco acham hilário. "Ah, vejam só, um gerente de banco extremamente legal e moderno que usa meias rosa, vamos tentar arrancar um empréstimo dele!" E ainda, quando ele se senta, as calças sobem e dá pra ver as meias a quilômetros e quilômetros de distância...

Ruby: Uau! E ainda dizem que você tem problemas pra se expressar...

Rosie: Bom, penso que eles apenas adoram entrar nesses detalhes irrelevantes. Se o Greg me beija na testa ou na bochecha todo dia de manhã, não deveria ter a menor importância; o que deve importar, afinal, é se ele me beija ou não.

Ruby: E essa terapia bizarra está trazendo algum efeito positivo no seu casamento?

Rosie: Para ser sincera, não. Acho que o Greg e eu faríamos melhor sem ela.

Ruby: Acha que vocês dois conseguiriam prosseguir sem ela?

Rosie: Bom, acho que deveríamos, porque não consigo imaginar Greg e eu juntos quando ele fizer 40 anos...

Para Meu Marido
   Parabéns pelos seus 40 anos, querido.
   Com muito amor,
   Rosie

Parabéns pelo aniversário de 40 anos!
   Agora você está ficando mais feio e mais velho.
   Para o Greg,
   De Katie e Toby

QUERIDO ALEX,

Acho que vou organizar uma equipe de resgate. Despencou de algum penhasco? Ainda está vivo?

Outro dia liguei pra sua mãe e ela disse que fazia tempo que não recebia notícias suas. Está tudo bem? Porque, se não estiver, tenho o direito de saber. Você deveria confiar em mim porque sou a sua melhor amiga e... A lei é essa. E, se tudo estiver bem, entre em contato comigo mesmo assim. Preciso fofocar. É a cláusula número 2 da mesma lei.

As coisas por aqui andam loucas e imprevisíveis como sempre. Como você sabe, a Katie está com 11 anos agora. Obrigada pelo presente que mandou pra ela. Cresceu tanto que diz que não precisa me avisar pra onde está indo quando sai e que também não tem de me dizer quando vai voltar pra casa. Informações que parecem não ter importância nenhuma e que uma mãe não precisa saber. Pensei que ainda teria mais alguns anos pela frente antes que ela se transformasse num monstro, antes que ela me visse como uma pedra no caminho que interfere e planeja arruinar a vida dela de propósito. (Tudo bem, às vezes faço isso mesmo.) A criança usa batom agora, Alex. Rosa, brilhoso, cintilante. Passa glitter nos olhos, nas bochechas e no cabelo; em vez de uma filha, estou criando um globo de discoteca. Agora recebi instruções para bater três vezes na porta do quarto dela antes de receber permissão pra entrar, só pra ela saber quem é o intruso (sinto muita inveja do Toby porque ele só precisa bater uma vez. Por outro lado, Greg tem de bater treze vezes. Coitado do Greg. Às vezes, ou melhor, na maior parte das vezes, ele perde a conta e a Katie se recusa a deixá-lo entrar por questões de segurança. Falando sério, quem mais poderia ser senão Greg, batendo na porta (ou pelo menos tentando bater) treze vezes?! Mas fiquei muito esperta e às vezes bato uma vez só. Assim ela pensa que sou o Toby e me deixa entrar no santuário secreto de Katie Dunne. Seria de esperar que as paredes fossem pretas, que houvesse pôsteres assustadores pendurados nelas, nada de luz, mas, por incrível que pareça, é limpo e organizado).

Não sei bem se ela continua te escrevendo, mas, caso ela te conte sobre quaisquer aspectos interessantes de sua vida terrivelmente agitada e secreta, por favor, me conte. Sou a mãe dela e isso está sem dúvida dentro da lei.

Tudo caminha muito bem no trabalho. Continuo no hotel e sou a funcionária mais antiga da casa até o momento. Curioso, não? Mas — e sempre tem de ter um "mas" quando se trata de mim —, embora sempre tenha sido obcecada pela rotina interna dos hotéis, ando me sentindo meio como: "Então é isso? Isso é tudo?" O que faço é muito bom e tudo mais, mas gostaria de tentar mudar um pouco. Não vou sossegar enquanto não estiver sob o comando dos hotéis Hilton.

O Greg diz que sou louca. Diz que seria loucura da minha parte deixar um emprego com um bom salário, um chefe legal e uma carga horária razoável. Acha que tenho certas facilidades aqui e que deveria me sentir satisfeita com isso. Suponho que ele esteja certo. Como está o Josh? Adoraria vê-lo de novo. Precisamos combinar de nos encontrar logo. Não quero que ele não saiba quem eu sou. Sempre prometemos um ao outro que os nossos filhos seriam amigos, lembra? Não quero ser pra ele uma daquelas pessoas estranhas que fazem uma visita de vez em nunca e enchem a mão dele de dinheiro. Embora eu mesma gostasse muito desse tipo de visita, prefiro ter um significado maior que esse para o Josh.

Bom, acho que essas são as notícias bombásticas que tenho até o momento. Escreva, ligue, mande um e-mail ou pegue um avião e venha me visitar. Ou então faça todas essas coisas. Simplesmente faça alguma coisa pra eu saber que você continua habitando o planeta Terra.

Saudades,

Beijo

Rosie

QUERIDA ROSIE,

Só pra você saber, continuo vivo — a muito custo. Parece que a Sally resolveu me sugar a vida nesses últimos dias. Estamos terminando o processo de divórcio... Tem sido um pesadelo.

É isso que está acontecendo comigo. Preciso ir agora. Vou enterrar as mãos no peito de alguém.

Diga a Katie que mandei um beijo.

Alex

De: Rosie
Para: Stephanie
Assunto: Re: Fofoca!

Obrigada pela carta, Steph. Estou muito bem, obrigada por perguntar. Todos estão bem e saudáveis; nenhuma queixa. Sinto que tomei a decisão certa em relação ao Greg, e só de ouvir o Alex falar sobre o processo de divórcio me sinto feliz por não ter escolhido essa direção. Pelo menos a Sally e o Josh não se mudaram pra muito longe, então o Alex consegue se organizar pra ver o Josh com bastante regularidade.

Meu pior pesadelo seria perder a Katie. Não sei o que faria. Ela pode ficar vendo MTV o dia inteiro, ouvir música bem alto no quarto, acabar com os meus dias me fazendo ir até a escola pra brigar com a srta. Casey Narigão Bafo de Onça, deixar glitter espalhado pelo sofá e pelos tapetes, me deixar morta de preocupação quando atrasa um minuto para o toque de recolher das 9 horas, mas é a coisa mais importante da minha vida. Ela vem em primeiro lugar. Fico feliz pelo fato de o Alex ter perdido o baile de formatura e ainda mais feliz por Brian Chorão ser uma pessoa tão chata. Os homens da minha vida podem ter me decepcionado, mas a garotinha da minha vida compensa tudo isso, todos os dias.

CARA SRA. ROSIE DUNNE,

Espero que esteja livre na segunda-feira, dia 16, às 9 horas da manhã para uma reunião comigo, na escola. Os pais de Toby Flynn também estarão presentes. O assunto é o resultado da última prova de matemática. Ao que parece, a Katie e o Toby escreveram as mesmas respostas para as questões da prova. O que me chamou a atenção foi o fato de que a maioria das respostas estava errada. Conversei com a Katie e com o Toby a respeito do assunto e os dois insistem que foi apenas uma coincidência.

Colar, como a senhora bem sabe, é considerado uma falta grave no Colégio St. Patrick. Parece que estou tendo um déjà-vu, Rosie... Por favor, entre em contato para confirmar a sua presença.

Srta. Casey

Capítulo 23

De: Rosie
Para: Alex
Assunto: Adultos

Em comparação com o passado, como você e eu estamos hoje? Como ficamos? Estava prestes a perguntar: "quem diria que nós enfrentaríamos as coisas da vida adulta?", mas não considero o fato de você estar num processo de divórcio e o fato de eu estar tentando recolher os cacos do meu casamento algo necessariamente de adultos. Acho que tanto eu quanto você já tínhamos sacado isso quando brincávamos de polícia e ladrão no quintal. Então, o pior já passou!

Nas últimas semanas, o tempo está lindo por aqui. Adoro o mês de junho em Dublin. Os prédios cinzentos ficam menos cinza, os rostos tristes parecem mais brilhantes. Mas aqui no trabalho está muito quente. A fachada inteira do hotel é envidraçada e em dias como hoje parece que estamos trabalhando dentro de uma estufa. Um completo contraste em comparação com os meses de inverno aqui, quando o som das gotas de chuva espessas que pingam sobre o vidro ecoa pelo vestíbulo silencioso. O som é muito agradável, mas às vezes o granizo bate com muita força contra o vidro, quase chega a quebrá-lo, fazendo um ruído muito alto. Agora mesmo estou olhando pra um céu azulado, pontilhado por uma pastagem de ovelhas branquinhas que se parecem com bolas de algodão-doce. É lindo.

Os carros conversíveis passam com as capotas abaixadas e com música bem alta, executivos caminham de jeito despretensioso pelas ruas ao redor do hotel, com os paletós pendurados sobre os ombros e as mangas da camisa arregaçadas, sem querer voltar para os seus escritórios. Ao que parece, os universitários decidiram cancelar os planos de assistir às palestras pra ficar de pernas pro ar, deitados em círculos na grama do parque. Os patos se reuniram na beira do lago, felizes porque hoje não vão ter de procurar o próprio alimento. Uma porção de restos de pão encharcados flutua sobre o lago, só esperando pra serem bicados.

Um casal persegue um ao outro ao redor da fonte extensa, se aproveitando do jato fresco que ela asperge pra refrescar os braços e as pernas nus. Casais apaixonados estão deitados sobre a grama, olhando bem fundo nos olhos um do outro. As crianças brincam no playground enquanto seus pais relaxam ao sol, mantendo um olho fechado e o outro ligeiramente concentrado na cria entusiasmada que berra de tanta alegria.

Os proprietários das lojas ficam parados em frente à porta de entrada de seus estabelecimentos vazios, observando o mundo passar. Funcionários de escritórios olham pela janela, como se estivessem fantasiando algo em suas salas abafadas e sufocantes, observando com inveja a cidade que parece pulsar de tanto entusiasmo.

O som do riso está no ar, todos sorriem e caminham com certa leveza. O terraço do hotel está cheio de hóspedes tomando seus drinques em plena luz do sol: chá gelado, gim-tônica, suco de laranja batido com gelo, batidas de limão, coquetéis de fruta e tigelas de sorvete. As roupas vão sendo arrancadas e penduradas no encosto das cadeiras.

As senhoras da limpeza cantarolam baixinho e sorriem enquanto lustram os metais, sentindo os raios de sol se espalharem pelos seus rostos. Não é sempre que se tem dias como esses, mas podemos dizer que todos desejariam que fosse sempre assim.

E aqui estou eu, sentada, pensando em você.

Com todo o carinho.

De: Alex
Para: Rosie
Assunto: Feliz!

Você me parece feliz e poética! Acabo de voltar de um fim de semana com o Josh. Agora ele virou uma criaturinha indomável, Rosie. Sai correndo pra todo lado e tenta agarrar tudo que vê à direita, à esquerda e no centro. Quase evito até piscar, com medo de que ao abrir os olhos a sala estivesse desabando na minha cabeça. Mas ele está muito bem e me sinto feliz e com as energias renovadas depois do fim de semana. Ver o Josh sempre me anima, como se acendesse algum interruptor dentro do meu corpo. Poderia ficar observando-o pra sempre. Observar como ele aprende as coisas, como as ensina para si mesmo e, por último, como ele encontra um jeito de fazer as coisas sem precisar mais da ajuda de ninguém. Josh se arrisca; é mais corajoso que eu. Ele sempre dá um passo a mais quando sabe que não deveria. Faz isso seja como for e aprende. Acho que nós, adultos, temos muito o que aprender com eles. Para que assim, talvez, não sejamos tão medrosos nem sensatos demais em se tratando de alcançar os nossos objetivos.

Portanto, vou seguir o conselho de Josh. Um cirurgião importante vai ministrar uma palestra esta semana. Vão ser alguns dias de seminário sobre um novo procedimento cardíaco que ele desenvolveu. Vou tentar conhecê-lo — eu e outros milhares de cirurgiões ou aspirantes que estarão por lá. Corre à boca miúda que ele é da Irlanda e que mudou pra cá pra aprofundar os seus estudos — e que precisa de certa ajuda.

Cruze os dedos e reze por um milagre.

De: Rosie
Para: Alex
Assunto: Reunião misteriosa
Tenho uma reunião misteriosa com o Bill, meu chefe, semana que vem. Não faço a menor ideia do que se trata, mas estou bastante nervosa. Ele chegou de viagem ontem, não estava com o humor nada bom e passou o dia inteiro em reuniões sigilosas. Um monte de gente com ar suspeito e vestindo roupas escuras está chegando a cada hora pra conversar com ele. Estou com uma sensação horrível na boca no estômago.

O que torna as coisas ainda piores é o fato de que o irmão dele, Bob, está chegando de avião amanhã. Os dois só se reúnem quando o assunto é contratar ou demitir. Acho que isso são as únicas coisas que o Bob faz, sério. Bill é quem faz todo o trabalho nos hotéis que eles têm espalhados pelo mundo, e o Bob só gasta a parte dele com casas, carros, viagens e mulheres. Pelo menos é isso que ouço. Por que é que as pessoas sempre põem as mulheres na mesma categoria dos carros e das viagens, como se fôssemos alguma espécie de recompensa de algum programa de televisão? Se eu fosse alguma milionária, dificilmente você ouviria as pessoas dizendo: "Meu Deus, olhe a Rosie Dunne. Tudo o que ela faz é gastar com sapatos, roupas e homens." Isso não parece muito certo, não é?

Espero que não me demitam. Não sei o que faria. Acho que dormiria com ele pra poder continuar trabalhando aqui. Pra você ver o quanto gosto desse hotel ou o quanto tenho medo de ter de começar a procurar trabalho. Ou o quanto estou desesperada para dormir com outro homem que não seja o Greg, para variar um pouco. Eu o amo, mas, pelo amor de Deus, ele é aficionado por rotina!

Melhor eu ir agora e tratar de fingir que estou muito ocupada, assim eles não terão o menor motivo pra pensar em me demitir. Cruze os dedos aí por mim, que cruzo aqui por você.

De: Alex
Para: Rosie
Assunto: Re: Reunião misteriosa

Não se preocupe, vai ficar tudo bem! Eles não têm motivos pra te demitir (têm?). Você não fez nada de errado desde o dia em que começou a trabalhar aí. Na verdade, você quase nem ligou pra avisar que estava doente e que teria de faltar. Vai ficar tudo bem. Estou saindo de casa agora para ir pro seminário. Boa sorte pra nós dois!

De: Rosie
Para: Alex
Assunto: Re: Re: Reunião misteriosa

Você tem razão. Não podem me demitir. Que idiota estou sendo. Sou uma ótima funcionária. Não têm motivo para me mandar embora. Pelo menos não têm nenhum motivo que seja do seu conhecimento. Quero dizer que eles jamais descobririam sobre aquela vez em que trouxe a Ruby aqui pra mostrar a ela a suíte da cobertura. E, mesmo que saibam disso, não saberiam que pedimos serviço de quarto e que passamos a noite lá... Não tem como. Saberiam?

Talvez tenham sentido falta dos roupões de banho. Mas eram tão confortáveis que eu tinha de trazer um pra casa...

Ou talvez tenham percebido que o minibar estava vazio. Mas me lembro muito bem de ter pedido pro Peter repor o refrigerador e ele já estava me devendo uma mesmo depois que dei um desconto de Dia dos

Namorados pros pais dele, bem no meio de maio.. Ai, meu Deus, isso está me matando. Não quero mesmo ter de voltar a trabalhar pro Randy Andy e não acho que tenho forças pra sair espalhando o meu currículo por aí de novo. Nem pra enfrentar a tensão de outra entrevista de emprego.

Eles só querem conversar comigo. Mas o Bill não sorriu quando me disse isso e seus olhos não estavam tão radiantes como de costume. O que acha que isso significa? Ah, meu Deus, a nova funcionária magricela também tem uma reunião agendada na semana que vem. É a pior funcionária de todas. Mais faltou alegando que estava doente do que veio trabalhar. Deve ser porque nunca come. O horário do almoço é um desperdício no caso dela. Do outro lado da mesa, ela só fica olhando pro seu prato com uma cara horrível, como se a comida fosse o diabo em pessoa, e beberica uma garrafa d'água. Então, na metade da garrafa ela fica satisfeita, tampa e a deixa de lado.

Acho que é melhor eu começar a procurar emprego.

De: Alex
Para: Rosie
Assunto: Relaxa!
Pelo amor de Deus, Rosie Dunne, te amo com todo o meu coração, você precisa se acalmar!

VOCÊ RECEBEU UMA MENSAGEM DE: RUBY.

Ruby: Aaaaaahhh! Então ele te ama com todo o coração, é?

Rosie: Ah, pare de ler os meus e-mails, Ruby.

Ruby: Bem, então trate de criar uma senha menos óbvia, "Docinho". Vocês dois andam flertando muito nos últimos tempos.

Rosie: Não estamos, não! De onde você tirou isso?

Ruby: Você sabe muito bem.

Rosie: Ah, fala sério. Pensei que pelo menos uma vez você fosse dizer alguma coisa importante.

Ruby: Tenho as minhas razões, e você sabe disso.

Rosie: Só estamos nos entendendo como era antes, só isso. Alex está recuperando o ânimo. Acho que está se sentindo feliz de novo.

Ruby: Porque está "apeixonado".

Rosie: Não, não está. Não por mim, pelo menos.

Ruby: Ah, desculpe, é que me enganei quando ele disse no e-mail que te mandou que "ama você com todo o coração".

Rosie: Como um amigo ama outro amigo, Ruby.

Ruby: Você é minha amiga e eu não te amo com todo o meu coração. Droga, eu não amo nem o Teddy com todo o meu coração.

Rosie: Tá legal, então. O Alex e eu estamos perdidamente apaixonados e vamos fugir pra viver uma intensa paixão.

Ruby: Tá vendo? Não doeu tanto assim admitir, não é?

Rosie: Aguenta aí, Ruby.

[Rosie está ausente].

Rosie: Ah meu Pai! A perna de saracura acabou de voltar da reunião com o Bill e o Bob e está se debulhando em lágrimas. Mandaram ela embora. Sou a próxima. Merda. Tenho de ir agora. Merda. Merda. Merda.

Rosie fez logoff.

Capítulo 24

Kevin,

Oi, filho. Sei que não sou muito de escrever cartas, mas não tenho certeza de que você deixou comigo e com a sua mãe o telefone certo aí do alojamento da equipe. Toda vez que ligo o telefone só toca, ninguém atende, e isso acontece a qualquer hora do dia ou da noite. Ou você passou o número errado pra gente, ou o telefone está com algum problema, ou então está todo mundo trabalhando tanto que não tem nem como atender as ligações. Não me agradaria a ideia de dividir o telefone com uma equipe de trinta pessoas. Será que você não arranja um celular? Quem sabe assim a sua família consiga falar com você de vez em quando?

Espero que não esteja fazendo nada de errado por aí. A Rosie de fato se arriscou muito pra conseguir esse trabalho pra você. Não estrague tudo como fez com os outros. Essa é a oportunidade de ter um bom começo para a sua vida. Seu velho aqui está com 60 anos agora; você sabe muito bem que não pode contar comigo pra sempre, pois não vou estar por perto eternamente.

Que pena que não tenha conseguido vir para a festa que fizemos pra comemorar a minha aposentadoria. A empresa convidou a família inteira. Eles nos receberam muito bem, de verdade — pra ser sincero, têm me tratado muito bem há mais de 35 anos. Stephanie, Pierre e Jean-Louis vieram da França. Rosie, Greg e a Katie compareceram também. Foi uma noite bacana. Não estou pegando no pé, filho, só queria que você estivesse lá também, só isso. Foi uma noite muito emocionante. Se tivesse vindo, teria visto o seu velho aqui chorar.

É engraçado como a vida passa. Passei quarenta anos trabalhando pra eles e me lembro do primeiro dia como se fosse ontem. Eu tinha acabado de me formar e estava muito ansioso para agradar. Queria começar a ganhar dinheiro logo pra pedir a sua mãe em casamento e poder comprar uma casa para morarmos. Na minha primeira semana de trabalho, fizemos uma festa no escritório para um dos caras mais velhos que estava se aposentando. Nem dei muita bola pra ele. As pessoas fizeram discursos, deram presentes a ele, conversaram sobre os velhos tempos. Mas a minha preocupação naquele momento era só o fato de me fazerem ficar no trabalho até tarde sem me pagarem por isso, quando tudo o que eu queria era sair dali pra pedir a sua mãe em casamento. O cara que estava se aposentando trabalhou a vida inteira ali, estava com os olhos cheios de lágrimas, contrariado por precisar sair, e o discurso dele demorou uma eternidade. Achei que ele nunca calaria a boca pra eu poder ir embora. Estava com o anel de noivado no bolso. Mantive a mão no bolso da calça o tempo todo, para assegurar que a caixinha de veludo continuava lá. Não via a hora de aquele cara parar de falar.

Ele se chamava Billy Rogers.

Ele quis me chamar no canto pra explicar algumas coisas sobre a empresa antes de sair, já que sabia que eu era um funcionário novo. Não ouvi uma só palavra do que ele disse. Ele falou, falou e falou, como se não tivesse a menor intenção de sair daquele maldito escritório. Eu o apressei. Até então, a empresa não era importante pra mim.

Toda semana, ele continuou indo ao escritório nos visitar. Circulava pelas nossas mesas, aborrecendo os caras novos e alguns dos mais velhos também, distribuindo conselhos e verificando as coisas que já não eram mais da conta dele. Só queríamos fazer o nosso trabalho. Ele vivia e respirava aquele lugar. Todos nós dissemos a ele que arranjasse um hobby para se manter ocupado. Pensamos que o estávamos ajudando com isso. Sugerimos aquilo do fundo dos nossos corações — e também porque ele estava mesmo começando a irritar alguns colegas. Ele morreu algumas semanas depois. Teve um infarto no campo de golfe. Seguiu o nosso conselho e estava fazendo a sua primeira aula.

Não pensei em Billy Rogers por quase trinta anos. Tinha me esquecido completamente dele, para ser sincero. Mas, desde aquela noite, não consigo tirar Billy Rogers do pensamento. Ao olhar ao meu redor, com lágrimas nos olhos, ouvindo discursos, aceitando os presentes, percebendo os caras novos olhando de relance para os seus relógios e pensando quando poderiam escapulir e voltar pra casa, para as suas namoradas ou esposas com quem se casaram há pouco tempo, ou para os seus filhos ou quem quer que fosse... Não consegui deixar de pensar em todos aqueles caras que atravessaram as portas daquele escritório. Pensei nos caras que começaram comigo, no mesmo dia: Colin Quinn e Tom McGuire, que nunca conseguiram chegar à aposentadoria como eu. Suponho que isso seja a vida. As pessoas vêm e vão.

Então, não preciso mais levantar cedo todas as manhãs. Recuperei umas boas noites de sono de que jamais imaginei que precisava. O jardim está perfeito, e tudo que havia de quebrado em casa agora está consertado. Esta semana já joguei golfe três vezes, visitei a Rosie duas, levei a Katie e o Toby para passear e, mesmo assim, ainda sinto vontade de pular dentro do carro, correr para o escritório e ensinar àqueles novatos alguma coisa sobre negócios. Mas eles não vão nem ligar; querem e precisam aprender por si mesmos.

Então pensei em me unir à mulherada da família Dunne que escreve. Parece que todas elas fazem isso. Acho que é pra não gastar muito com o telefone. Conte-me como andam as coisas com você por aí, filho.

Ficou sabendo sobre o emprego da Rosie?

Papai

De: Kevin
Para: Stephanie
Assunto: Papai

Como vão as coisas? Acabei de receber uma carta do papai. O fato de ele escrever por si já é muito estranho, mas o que escreveu é ainda mais bizarro. Está tudo bem com ele? Ele falou sobre um tal de Billy Rogers que morreu já faz trinta e cinco anos. Melhor verificar se ele não está surtando. Enfim, foi bom receber notícias dele, mas o papai parece um homem bem diferente. Não que isso seja necessariamente ruim. Sinto muito por não ter ido à festa de comemoração da aposentadoria dele. Deveria ter feito um esforço maior pra conseguir comparecer.

Diga pro Pierre e pro Jean-Louis que perguntei por eles. E, pro Pierre, diga também que na próxima vez em que nos virmos vou superar as mãos hábeis dele na cozinha! Papai comentou com você alguma coisa sobre o trabalho da Rosie? O que foi que ela fez agora?

De: Stephanie
Para: Mamãe
Assunto: Kevin e papai

Alguma coisa deve estar pegando por aí na Irlanda, porque acabo de receber um e-mail do seu filho, meu irmãozinho Kevin — sim, o Kevin, o cara que nunca entra em contato com a família a não ser para pedir dinheiro emprestado. Ele me escreveu pra dizer que o papai tinha mandado uma carta pra ele e que por isso estava preocupado! Você sabia que o papai seria capaz de lamber um selo que fosse?

Kevin disse que o papai mencionou o Billy Rogers de novo. Ele também falou comigo sobre esse Billy Rogers. O papai está bem? Deduzo que esteja num estado contemplativo por causa dessa nova fase de vida em que se encontra. Agora, pelo menos ele tem tempo pra pensar. Vocês dois trabalharam demais a vida inteira. Agora Kevin (seu bebezinho) foi embora, Rosie e Katie também, assim como eu, e afinal a casa é toda de vocês. Acho que consigo entender o quanto é difícil pro papai aceitar tudo isso. Vocês dois estavam acostumados com a casa cheia de crianças gritando e adolescentes brigando. Quando enfim crescemos, veio outro bebê chorando e vocês o acolheram e ajudaram a Rosie. Sei que financeiramente foi muito difícil pra vocês também. Mas agora chegou a hora de cuidar de si mesmos.

Kevin comentou alguma coisa em relação ao emprego da Rosie; não quero ligar pra ela antes de saber de você. Ela estava muito preocupada com a possibilidade de ser demitida. Mande notícias pra mim.

De: Mamãe
Para: Stephanie
Assunto: Re: Kevin e papai

Você tem toda a razão. Acho que o seu pai tem muito em que pensar e tempo suficiente durante o dia pra fazer isso agora. Adoro tê-lo aqui em casa! Não fica correndo o tempo todo nem pensando em nenhum problema do trabalho que precisa ser resolvido enquanto tento conversar com ele. É como se agora ele fosse todinho meu — de corpo e alma. Também me senti assim quando deixei o trabalho, mas acho que foi um pouco diferente comigo. Eu já tinha reduzido a minha carga horária para ajudar a Rosie quando a Katie nasceu. Então não me pareceu uma mudança tão drástica assim quando deixei o trabalho de vez. Mas o seu pai está tentando se reencontrar.

Fico surpresa em ver que você não está sabendo do emprego da Rosie. Achei que você seria a primeira a saber (tirando o Alex, claro), mas talvez ela não se sentisse preparada ainda pra contar. Às vezes aquela menina me deixa muito preocupada. Sinceramente, ela passou a semana inteira me dizendo que seria demitida, e aí por fim ela me liga pra dizer que teve uma reunião com os chefes e que foi promovida!

Ah, Stephanie, estamos tão felizes! Fico surpresa por ela não ter te contado a novidade ainda, mas faz poucos dias que aconteceu. De qualquer modo, vou deixar que ela mesma te conte, senão vou ser tachada de "estraga-prazer". Melhor eu ir agora, seu pai está me chamando. Vamos descer lá pro jardim. Se ele plantar mais alguma flor naquele lugar, vamos ter de solicitar licença à prefeitura pra construir uma selva!

Cuide-se, querida, e mande muitos beijos e abraços do vovô e da vovó para o meu bebezinho Jean-Louis!

Capítulo 25

De: Stephanie
Para: Rosie
Assunto: Promoção!
Sei que está no trabalho, então nem vou te ligar. Recebi uma carta da mamãe hoje. Que história é essa de promoção? Mande um e-mail rapidinho.

De: Rosie
Para: Stephanie
Assunto: Re: Promoção!
Não acredito que a mamãe abriu aquela bocona! SIM!! É verdade e não vejo a hora de começar. O cargo é de "Anfitriã Hoteleira" e, antes que você se empolgue demais como os nossos queridos pais fizeram, não é gerente. Serei a principal fonte de informações para os hóspedes para garantir o máximo de satisfação por parte dos nossos clientes (pelo menos foi isso que me falaram...).

Foi a maior surpresa de todas! Fui me arrastando (no sentido literal) para aquela sala de reuniões imensa na qual fiz a entrevista alguns anos atrás, com o coração acelerado e sentindo as pernas bambearem. Minha linguagem corporal estava toda errada, as palmas das mãos transpiravam, meus joelhos vacilavam e eu não parava de ter visões de ser obrigada a voltar a trabalhar para Randy Andy, até que nós dois nos tornássemos dois velhos. De verdade, eu já tinha até me convencido de que o Bill e o Bob Lake me pediriam com muita gentileza e tranquilidade para voltar à minha mesa, recolher as minhas coisas, deixar o estabelecimento e nunca mais voltar a aparecer.

Mas eles foram tão generosos comigo! Eles me encheram de confiança ao descrever as responsabilidades da nova função. Disseram que estão satisfeitos com o meu "desempenho" dentro do hotel ao longo dos últimos anos (e realmente espero que não estivessem se referindo àquela vez em que deitei em cima do piano e comecei a cantar as músicas da Barbra Streisand depois que todos os hóspedes tinham se recolhido. Bem, não se pode julgar uma garota por tentar realizar suas fantasias quando ela tem a oportunidade...). E lá estavam eles, dizendo que eu era uma pessoa encantadora e cheia de confiança, quando lá no fundo eu estava só esperando pelo momento em que os dois cairiam na risada, me olhariam como se eu fosse uma imbecil por ter acreditado nesse papo de promoção antes de me dizerem que tudo não passava de uma piada. Fiquei o tempo todo olhando ao meu redor, à procura da câmera escondida.

Mas parece que vou trabalhar num hotel novo que ainda vai ser construído (por isso as reuniões sigilosas com homens e mulheres de roupa social preta, pasta de couro, gel no cabelo e nada de sorriso na cara, que andam circulando de maneira disfarçada pelo saguão do hotel; foi meio como se estivesse acontecendo alguma coisa bizarra tipo Matrix). Mas, se tiverem falando sério mesmo, na minha nova função serei a única responsável por administrar diversas funções do resort e terei de manter contato direto com a matriz e fornecer relatórios semanais. Nunca "mantive contato direto" com a matriz de nenhuma empresa. Soa importante e ao mesmo tempo perigoso. Qualquer emprego que me diga que terei de "manter contato direto" com os mandachuvas da matriz simboliza uma vitória pra mim. Posso me imaginar toda emperiquitada num vestido de executiva, em meio a um "compromisso" de trabalho, entre outros homens e mulheres em trajes formais, falando num ritmo rápido sobre gráficos e relatórios financeiros. Se as pessoas perguntarem o que estamos fazendo, posso dizer despretensiosamente: "Ah, só estamos 'mantendo contato direto...'."

Ao que parece, tenho talento para a organização e boa habilidade de comunicação. Qualquer pessoa que tenha me visto fazendo, de última hora, todas as compras de Natal sabe a verdade. Mas todos temos formas diferentes de enxergar as coisas.

De: Alex
Para: Rosie
Assunto: Parabéns!
Estou tão orgulhoso de você! Se estivesse aí, ia te agarrar e te rodopiar no ar, e depois te daria um beijo molhado! Viu, Rosie? As coisas podem, sim, acontecer para você. Você só precisa de muita fé e confiança em si mesma e parar de ser tão negativa o tempo todo!
E aí, onde é o novo hotel? Conte-me tudo.

De: Rosie
Para: Alex
Assunto: Re: Promoção
Bom, não tenho muita certeza de onde fica o hotel novo, mas tenho uma leve suspeita de que é na orla. Dá pra acreditar que até que enfim vou trabalhar num hotel de frente para o mar? Vou levar mais tempo pra me deslocar pro trabalho, mas vai valer muito a pena deixar a cidade por algumas horas todo dia. Devo começar nos próximos meses. Esse resort fica nas imediações do novo campo de golfe com 18 buracos que eles estão construindo. Vai haver também academia, piscinas e outras opções de lazer, diferentemente daqui, que fica bem no coração da cidade e não tem nada além de quartos, uma academia pequena e restaurantes. Não sei muitos detalhes porque eles ainda não me passaram todas as informações. Só me perguntaram se eu estava interessada no novo trabalho e é claro que eu não poderia recusar a oferta!
Mas toda essa experiência me ensinou uma coisa: mostrou que estou preparada para mudar de emprego. Estou pronta para aceitar um novo desafio, e, sem ter absolutamente nenhum tipo de plano traçado, parece que estou me aproximando cada vez mais do meu sonho. Quem poderia imaginar que aquele sonho de infância de gerenciar um hotel não estava, afinal, tão longe assim do meu alcance? Engraçado, porque, quando a gente é criança, acredita que pode ser tudo o que quiser, ir para onde se tem vontade. Não há limites. Você espera o inesperado, acredita em mágica. Aí você cresce e a inocência acaba. A realidade da vida mostra a sua cara e você se sente golpeada quando constata que não pode ser tudo o que quer

e que só precisa se conformar com um pouco menos do que aquilo que havia imaginado.

Por que deixamos de acreditar em nós mesmos? Por que permitimos que os acontecimentos ou os números ou qualquer outra coisa além dos nossos sonhos governem a nossa vida?

Mas agora mudei de ideia de novo. Nada é impossível, Alex. Estava lá o tempo todo. Eu só não estava esticando o meu braço o suficiente para alcançar, só isso.

Nada é impossível. Uma declaração nada estranha vindo da caneta (ou melhor, do teclado!) de uma pessoa cínica. Obrigada por acreditar em mim, Alex. Adoraria poder retribuir esse abraço e esse beijo agora mesmo! Mas, por outro lado, talvez algumas coisas apenas estejam mesmo fora do nosso alcance.

De: Alex
Para: Rosie
Assunto: Sonhos

Mais uma vez, Rosie, você não está esticando o braço o suficiente. Estou bem aqui. Sempre estive e sempre estarei.

Lembre-se: Sonhe, sonhe, sonhe, Rosie Dunne!

VOCÊ RECEBEU UMA MENSAGEM DE: RUBY.

Ruby: O que diabos significa aquela última mensagem do Alex pra você?

Rosie: Pelo amor de Deus, Ruby, pare de ler os meus e-mails!

Ruby: Desculpe, não aguentei, mas te digo com toda a certeza que vou continuar lendo os seus e-mails até você mudar a sua senha e até que eu consiga encontrar um trabalho pelo qual me sinta interessada de verdade.

Rosie: Bom, parece que vou ter de mudar a minha senha então...

Ruby: Haha. Vai, fala sério, agora eu já li mesmo. Do que é que ele está falando? O que é esse papo de "não esticar o braço o suficiente"?

Rosie: O que acha que isso significa?

Ruby: Sou eu quem está perguntando e eu perguntei primeiro.

Rosie: Ah, corta essa, Ruby, não seja tão infantil. É só um amigo dizendo que vai estar sempre lá, pra quando eu precisar, seja pro que for, e que ele não está tão longe assim de mim e que tudo o que tenho de fazer é ligar e ele estará lá, pronto pra me atender.

Ruby: Ah, tá bom, então.

Rosie: Lá vem você de novo com esse sarcasmo, Ruby! Qual é a sua teoria agora? Suponho que esteja pensando que esse foi o jeito discreto de o Alex dizer que me ama e que sempre vai estar lá me esperando, e que bastaria eu esticar o braço até ele pra ele largar tudo por mim, sua nova vida em Boston, sua família, seu trabalho incrível. Tudo pra me salvar, pra me levar pra morar na praia e... Ah, deixe-me ver... Havaí! E lá viveríamos felizes pra sempre, longe de todo o estresse e das complicações do mundo. Deduzo que é assim que você interpretaria as coisas. Você e sua mente doentia sempre distorcendo tudo, tentando insinuar que nós dois...

Ruby: Não, Rosie, não foi irônico, não. Fui sincera quando disse "ah, tá bom, então". Tudo bem. Acredito em você.

Rosie: Ah.

Ruby: Tudo bem pra você?

Rosie: Ah sim, claro. Só achei que você tinha interpretado além da mensagem, como sempre faz. Só isso.

Ruby: Não, tudo bem. Acredito que ele tenha dito aquilo de um jeito que amigo fala pra amigo mesmo. Nada além disso.

Rosie: Ah... Tá bom.

Ruby: Por quê, você queria que significasse algo a mais?

Rosie: Não, imagine! Só estava esperando que você fosse vir com um daqueles discursos inflamados... Só isso.

Ruby: Então não está decepcionada? Tudo bem pra você ele ser só seu amigo?

Rosie: Não, não estou decepcionada, não. Por que deveria? Ele sempre foi isso pra mim. Estou feliz!

Ruby: E você não quer ser salva e levada para o Havaí?

Rosie: Claro que não! Isso seria... Terrível!

Ruby: Ah, que bom, então.

Rosie: É, ótimo... Está tudo ótimo...

Ruby: Que bom.

Rosie: E com o trabalho novo tudo vai melhorar!

Ruby: Que bom.

Rosie: E meu casamento está salvo e acredito piamente que o Greg me ama mais do que nunca...

Ruby: Que bom.

Rosie: Vou ganhar muito mais que antes, o que é ótimo. Dizem que o dinheiro não compra a felicidade, mas sou uma pessoa volúvel, Ruby... Vou poder comprar aquele casaco novo que vi na Ilac Centre ontem... Estou animada!

Ruby: Que bom.

Rosie: Com certeza! Bom, enfim, preciso sair agora, tenho umas coisas pra fazer por aqui...

Ruby: Que ótimo, Rosie...

Rosie fez logoff.

De: Rosie
Para: Stephanie
Assunto: Que vida maravilhosa!

A vida é maravilhosa, é ótima! Tenho um emprego bom e acabo de ser promovida para uma função ainda melhor. Tenho uma filha que conversa comigo e um marido que não. Brincadeirinha! Tenho um marido que me ama! Tenho uma família compreensiva — mãe, pai, irmão e irmã. Tenho dois amigos que fariam tudo por mim e que eu amo com todo o meu coração. Eu me lembro de ter dito a você alguns anos atrás, antes de assumir o meu emprego na recepção, que a fase dois da minha vida só estava começando. Bem, parece que a fase três vem aí! As coisas estão começando a acontecer pra mim e eu me sinto tão feliz! Estou delirando de bom humor hoje, empolgada ao extremo com a minha vida, deduzo!

De: Ruby
Para: Rosie
Assunto: Cork?
O que quer dizer? Que o maldito hotel novo está sendo construído em Cork? E só te disseram isso agora? Vai se mudar pra Cork? Achei que tinha dito que ficava na orla de Dublin... Eles acharam que essa informação era irrelevante pra você? Deus do céu, Rosie, como é que você vai arrastar toda a sua família para o outro lado do país?
Você ao menos quer se mudar? Ah, meu Deus, acho que vou ter um ataque do coração! Mande um e-mail RAPIDÃO!!!

De: Rosie
Para: Ruby
Assunto: Re: Cork?
Ai, Ruby, me deu uma dor de cabeça, não sei o que fazer. Sei que quero esse emprego, mas tem outras duas pessoas em jogo. Vou ter de conversar sobre isso com a Katie e o Greg hoje à noite. Reze por mim! Ah, meu Deus, por favor, se Você não estiver ocupado espalhando pó de ouro em cima das pessoas sortudas deste mundo, eu Lhe peço que faça uma lavagem cerebral na minha família para que pelo menos uma vez eles façam o que eu quero. Agradeço seu tempo e sua paciência. Pode continuar espalhando o pó de ouro agora.

De: Ruby
Para: Rosie
Assunto: Deus
Oi, Rosie, aqui sou eu, Deus. Sinto muito por lhe trazer más notícias, mas a vida não funciona assim. Você precisa ser sincera com a sua família e tentar convencê-la por si mesma. Conte-lhes que sonhou a vida inteira com esse emprego que lhe foi oferecido e que, se forem pessoas generosas, compreenderão o seu desejo de se mudar pra Cork. Minha pipoca ficou pronta, então preciso ir agora. Já perdi a primeira atração desta noite. Preciso correr para a vida da sua amiga Ruby hoje à noite. Boa sorte com a sua família.

QUERIDA MAMÃE E GREG,

Não se preocupem com a gente, mamãe. O Toby e eu vamos ficar bem. Fugimos porque não queremos ficar longe um do outro. Ele é o meu melhor amigo e eu não quero me mudar para Cork.

Com carinho,
Katie e Toby

De: Rosie
Para: Ruby
Assunto: Re: Deus

Não pude deixar de notar que Deus se conectou usando o seu nome ontem. Se você O vir por aí, por favor, diga que, se está procurando algum drama pra assistir, deve sintonizar no canal da minha família hoje.

LEMBRETE:
Pare de sonhar, Rosie Dunne.

Parte Três

Capítulo 26

Q<small>UERIDO</small> A<small>LEX</small>,

Fiquei tão feliz quando afinal bati a porta e deixei esse dia horrível pra trás! "É só um emprego", disse o Greg. Bom, se um emprego não é algo tão importante assim, então por que ele se recusa e bate tanto o pé pra largar o emprego dele? É que pra mim não se trata apenas de um emprego. Tudo bem, eles me ofereceram uma promoção, mas com isso me deram também confiança e alguma autoconfiança. Fizeram com que eu acreditasse que meu empenho foi recompensado e que eu fui vista como uma profissional competente e inteligente.

Mas desta vez nem tive a chance de estragar as coisas. Tomaram a decisão por mim. Katie não vai abandonar o Toby e eu não detesto o Greg o suficiente para me mandar pra Cork por minha própria conta e risco. Mas estou prestes a fazer isso. Deus do céu, aquele homem faz o meu sangue ferver! Tudo parece tão simples pra ele!

Na opinião do Greg, ele tem um ótimo emprego aqui que paga muito bem e eu tenho um trabalho que me paga razoavelmente. Então por que diabos ele gostaria de se mudar para uma cidade onde a esposa dele vai ter um emprego excelente e ganhar mais? Ah, claro, esqueci, não há bancos lá em Cork, então não há a menor possibilidade de ele encontrar um trabalho ou ser transferido. Lá as pessoas guardam dinheiro debaixo do colchão e dentro de caixas de sapato.

Além disso, as coisas são muito mais baratas lá do que aqui (como moradia, por exemplo). A Katie poderia começar o sexto ano num colégio excelente, então não se sentiria como se tivesse sido arrancada da escola no meio do caminho. Poderia ser tudo tão perfeito...

Por outro lado, posso dizer com toda a honestidade que a amizade de Katie com Toby é provavelmente a coisa mais importante pra ela. Toby lhe oferece muito apoio em tudo, faz com que a Katie se sinta feliz e mantém a inocência dos olhinhos dela. As crianças precisam de amigos para ajudá-las a crescer, a descobrir coisas sobre si mesmas e sobre a vida. Também precisam desses amigos para se manter em equilíbrio, e, pela rápida fuga da Katie, agora sei que, para ela, ficar sem o Toby nesse estágio de sua vida a levaria à loucura.

Você tem ideia de que os dois, usando o cartão de crédito do Greg, chegaram a reservar o voo pela internet para chegarem até você? Estavam no aeroporto, na fila do check-in, quando os policiais os encontraram! Posso até imaginar a cena: uma garotinha com o cabelo preto e pele branca, sem nenhuma bagagem, a não ser uma mochila felpuda em formato de ursinho, nas costas. Ao seu lado, um garotinho com o cabelo loiro e desgrenhado, segurando as passagens e os passaportes. Um casal miniatura em lua de mel. Um dia vou me lembrar dessa ocasião e dar risada. Depois que eu me recuperar do choque, do sentimento de pavor, da amargura e do ressentimento. Talvez na minha próxima vida.

Então é isso, não posso aceitar o trabalho dos meus sonhos porque a minha família não vai se mudar comigo. Grande coisa. Como se eu não me desdobrasse por eles. Como se eu não tivesse de me organizar pra que a minha vida gire em torno deles. Como se eu não chegasse do trabalho cansada e ainda assim colocasse o jantar na mesa pra eles e como se eu não desempenhasse o papel da esposa maravilhosamente compreensiva quando poderia estar fazendo um milhão de outras coisas. Como se eu não defendesse a minha filha na escola e tivesse de brigar com os professores toda hora para que deixem de chamá-la de filha do demônio. Como se eu não tivesse de suportar a mãe do Greg todo jantar de domingo e tivesse de ouvi-la reclamar sobre o quanto a comida está ruim, sobre o meu cabelo, sobre a maneira como eu me visto, sobre a forma como eduquei a Katie e depois ficar sentada por horas e horas ouvindo-a falar dos seus sabonetes favoritos. Como se não fosse sempre eu quem tem de faltar ao trabalho para ficar com a Katie quando ela está doente ou abandonar qualquer plano que eu tenha feito para ajudar alguém.

Como se eu não fizesse nada disso.

Mas quem se importa? Como agradecimento, ganho torrada queimada e chá com leite no café da manhã, uma vez por ano, no Dia das Mães. E isso

SIMPLESMENTE ACONTECE   193

deveria compensar, não é? Greg sempre me diz que vivo à procura de um arco-íris. Talvez agora tenha chegado o momento de eu parar de procurar.

Beijo,

Rosie

De: Alex
Para: Rosie
Assunto: Rosie Dunne!
Detesto ver você perdendo outra oportunidade. Não há nada que possa fazer pra convencer o Qual-é-mesmo-o-nome-dele?

De: Rosie
Para: Alex
Assunto: Família
Obrigada, Alex, mas não. Não posso forçar a minha família a se mudar se ela não quer. Eles são importantes pra mim.

Preciso respeitar as vontades do Greg. Não acho que me sentiria muito feliz se tivesse de me afastar do meu trabalho e dos meus amigos se ele tivesse de mudar por causa do trabalho. Não posso levar a vida fingindo que estou sozinha no mundo. Mas imagine só o quanto tudo seria mais fácil! Enfim, é só mais uma oportunidade perdida.

Então chega de falar de mim. Como é que estão indo as palestras aí? Já descobriu quem é o tal sr. Cirurgião Fantástico?

Obrigada pelo apoio de sempre.

De: Katie
Para: Toby
Assunto: De castigo!
Não consigo acreditar que a gente está de castigo! E logo nas férias de verão! E os nossos pais nem vão ficar loucos com isso! E nem chegamos a lugar nenhum — estávamos a menos de uma hora de casa! Não cei pra que deixar a gente trancado em casa por duas semanas. Bem que eu te disse que a gente deveria ter pegado um trem pra França ou alguma coisa assim. Nos filmes, o primeiro lugar onde a polícia vai procurar as pessoas é o aero-

porto. Foi aí que a gente errou. Estive pensando nisso e acho que a gente deveria ter ido para o terminal de ônibus e comprado uma passagem para Rosslare. Da próxima vez é isso que a gente vai fazer.

O que você acha que o Alex teria feito se a gente tivesse aparecido na porta dele? A mamãe disse que ele nem está em casa, que está fora participando de umas palestras, ou alguma coisa assim, mas acho que é tudo mentira dela pra tentar provar que o nosso plano não teria funcionado. Não acho que ele ia ficar bravo com a gente. O Alex é legal. Mas acho que ele ia ligar para a mamãe e ela mandaria milhões de carros da polícia e helicópteros de resgate pra buscar a gente.

Tadinha da mamãe. Que bom que a gente não vai mudar, mas fico triste por ela. Ela estava tão empolgada com aquele trabalho e agora voltou a ficar grudada naquele balcão em que trabalhava há anos. Eu me sinto meio culpada. Cei que ela teria me arrastado de qualquer jeito se o Greg dissesse que tudo bem, mas ainda assim me sinto mal por ela. Ela fica andando de um lado pro outro pela casa, parecendo muito triste mesmo e suspirando como se estivesse aborrecida e sem saber o que fazer. Igual a gente fica no domingo. Ela levanta do sofá e vai pro outro canto da casa para se sentar numa cadeira. Aí ela levanta de novo e muda de cômodo mais uma vez, fica olhando pela janela por anos e anos, suspira três milhões de vezes, vai pra outro lugar da casa e inspira, expira, inspira, expira, inspira, expira… Fico tonta só de olhar pra ela. Às vezes começo a seguir a mamãe, já que não posso nem sair de casa pra ver o mundo lá fora e não tenho nada melhor pra fazer.

Ontem comecei a seguir a mamãe de novo e ela começou a andar mais e mais rápido. No final, eu estava perseguindo ela pela casa inteira e foi muito engraçado. Ela abriu a porta da frente e saiu de roupão mesmo, e começou a me provocar porque eu não posso sair (por causa do castigo e tal…). Mas eu saí mesmo assim, e aí nós duas saímos correndo pelo quarteirão, ela de roupão amarelo e eu com o meu pijama azul com desenho de coração rosa! Todo mundo ficou olhando pra gente, mas foi engraçado. Corremos até aquela loja da Birdie que tem na esquina e a mamãe perguntou se eu queria sorvete de morango, que foi a parte mais legal do meu dia. A Birdie nem ficou muito impressionada quando viu a gente, ainda mais vendo que a mamãe não estava usando nada por baixo do roupão, mas a

Birdie mostrou as pernas pro sr. Fanning que estava lá pra comprar o jornal da manhã. Parecia que ele ia sofrer um ataque do coração. Então, pelo menos fui lá fora um pouquinho.

Logo que a gente voltou pra casa, a mamãe continuou a andar pela casa como se estivesse num museu ou algo parecido. Greg disse que ela está com fogo no rabo. A mamãe disse que adoraria enfiar uma vara no dele. Aí ele não falou muito pelo resto do dia.

Toby, você acha que a gente teria conseguido pegar o avião se tivesse chegado ao começo da fila no aeroporto? Não tenho certeza se eu ia conseguir deixar a mamãe pra trás, mas acho que ela não acreditaria se eu dissesse isso pra ela agora. Provavelmente ela ia pensar que só estou fazendo isso pra tentar sair do castigo, embora isso não seja má ideia. Tá legal, vou fazer isso!

Responde o meu e-mail antes que eu morra de tédio!

De: Alex
Para: Rosie
Assunto: Compromissos familiares
Você e os seus "compromissos" familiares. Só não quero que você seja a única pessoa a ter de seguir as regras, só isso.

As palestras estão ótimas. Você não vai acreditar quem é o cirurgião. É um queridinho seu. Reginald Williams.

De: Rosie
Para: Alex
Assunto: Reginald Williams
Passa um balde que eu quero vomitar. Você quer dizer o pai da Bethany Piranha? Vieram do passado para nos assombrar!!!??

De: Alex
Para: Rosie
Assunto: Re: Reginald Williams
Tudo bem, Rosie, respire fundo aí. Ele não é tão ruim assim. É um homem muito inteligente.

De: Rosie
Para: Alex
Assunto: Re: Re: Reginald Williams

E o que ele faz agora? Hipnotismo? Conseguiu manipular a sua mente? Então é por isso que ele anda aparecendo em todos os jornais por aqui. Eu me recuso a ler, em protesto contra a existência dele e da família dele. Ah, meu Deus, Reginald Williams! E aí, acha que tem alguma chance de ser um dos "poucos escolhidos" para trabalhar com ele, já que quase virou seu genro? Nada como um pouquinho de nepotismo para manter o mundo um lugar justo e igualitário.

De: Alex
Para: Rosie
Assunto: Nepotismo!

Acho que as chances de isso acontecer são mínimas. Penso que selei o meu destino quando descartei a filha única e predileta dele!

De: Rosie
Para: Alex
Assunto: Bethany Piranha

Bom, não sei quanto a selar o seu destino. Mas acho que pode ter sido a melhor decisão que você tomou. Pense nisso. Faz mais ou menos dez anos que não vejo a Bethany Piranha! O que será que ela anda fazendo? Deve estar morando numa mansão em alguma montanha, contando diamantes e disparando risadas demoníacas...

De: Rosie
Para: Stephanie
Assunto: Melhores amigos ficam com você para sempre

Minha querida e sábia irmã Stephanie, você estava certa! Quando eu tinha 17 anos, você me disse que namoradas vêm e vão, mas que grandes amigos ficam pra sempre. Hoje me peguei falando isso: "O que será que a Bethany Piranha anda fazendo?"... Exatamente a mesma pergunta que eu jamais gostaria que o Alex fizesse em relação a mim. Naquela época não acreditei muito em você, mas agora tenho certeza!! Obrigada, Steph. Melhores amigos ficam mesmo com você para sempre!

Capítulo 27

VOCÊ RECEBEU UMA MENSAGEM DE: RUBY.

Ruby: Ué, você está aqui ainda?

Rosie: Ah, suas palavras de apoio soam como um sopro de ar fresco. Sim, continuo aqui.

Ruby: Então encontrou a sua filha?

Rosie: Sim, nós a treinamos para que voltasse correndo ao ouvir três assovios e uma batida de palmas.

Ruby: Incrível...

Rosie: Isso me fez lembrar que o Alex e eu fugimos juntos algumas vezes quando éramos crianças. Na primeira vez fugimos no fim de semana porque os pais do Alex não o deixaram ir a um parque temático ver o Capitão Tornado. Agora entendo a postura dos pais dele porque, bem... O parque temático ficava na Austrália... Em um desenho animado... Enfim, tínhamos uns 5 ou 6 anos. Arrumamos as mochilas e fugimos. Fugimos, literalmente. Pensamos que era o que devíamos fazer, cair na estrada, o que seria bem discreto, é claro.

Passamos o dia inteiro perambulando por ruas onde nunca tínhamos passado antes, olhando para as casas e nos perguntando se aquele dinheiro que tínhamos guardado durante aquela semana e que estava no bolso seria suficiente para comprar uma casa. Até olhamos para casas que nem estavam à venda. Não entendíamos muito do assunto... Logo que escureceu, começamos a ficar entediados com a nossa liberdade e um pouco assustados também. Por fim, decidimos voltar pra casa e verificar se o nosso ato de rebeldia tinha causado algum efeito. Nossos pais não tinham nem sequer notado que tínhamos sumido.

Os pais do Alex acharam que ele estava na minha casa e os meus pais acharam que eu estava na casa do Alex.

Não sei se a Katie teria levado o plano adiante se tivesse tido oportunidade. Eu adoraria saber que o meu trabalho como mãe foi bem feito, a ponto de ela saber que fugir não é a maneira de resolver nada. Você pode correr e correr, o mais rápido e o mais longe que quiser, mas a verdade é que, sempre que fugir, lá está você. Na verdade, hoje ela tentou dizer que me amava com todo o coração e que nunca poderia ir embora sem mim. Achei que tinha visto sinceridade em seus olhos e em sua voz quando ela disse isso, mas, assim que estiquei os braços para abraçá-la, seu rosto se iluminou e ela me perguntou se aquilo significava que ela não estava mais de castigo. Tenho medo de que seja uma oportunista feito o pai dela.

Você alguma vez fugiu de casa quando era criança?

Ruby: Não, mas o meu ex-marido fugiu de casa com uma criança que tinha metade da idade dele, se isso te serve de consolo.

Rosie: Entendo... Bem, não serve não, mas obrigada por compartilhar isso comigo...

Ruby: Sem problemas.

Rosie: E aí, o que vai fazer pra comemorar seu aniversário de 40 anos, Ruby? Está chegando...

Ruby: Vou terminar com o Teddy.

Rosie: Não! Não pode fazer isso! Você e o Teddy são uma instituição!

Ruby: Ha! Essa é a questão. Tá, tudo bem, talvez eu não deva fazer isso mesmo. Só estava pensando em alguma coisa nova para pôr um pouco de ânimo na minha vida. E, curiosamente, essa foi a primeira coisa que me veio à cabeça.

Rosie: Você não precisa mudar nada na sua vida, Ruby. Ela está bem do jeito que está.

Ruby: Vou fazer quarenta, Rosie. QUARENTA. Sou mais jovem que a Madonna, acredite, mas pareço a mãe dela. Todo dia acordo no meio de um quarto que é uma zona, e ao lado de um homem que fede e ronca. Tropeço num monte de roupa tentando encontrar o caminho até a porta, cambaleio até a cozinha, faço café e como uma fatia de bolo que sobrou do dia anterior. No caminho de volta para o quarto, passo pelo meu filho no corredor. Às vezes ele me reconhece; na maior parte das vezes, não.

Brigo com ele pra usar o chuveiro, mas isso não quer dizer que o motivo da briga seja quem vai tomar banho primeiro. É que preciso mesmo forçá-lo a se lavar. Brigo com o chuveiro pra não ser escaldada feito um frango nem congelada feito um defunto. Visto as roupas que tenho usado há tantos anos, e que têm um tamanho que me deixam doente, mas isso me fez perder a vontade de fazer alguma coisa em relação a... Qualquer coisa... Ou qualquer coisa em relação a alguma coisa. Teddy grunhe um tchau pra mim, eu me espremo pra caber no meu Mini velho estropiado e enferrujado que emperra quase todas as manhãs na via expressa (que se parece mais com um estacionamento do que com uma pista).

Estaciono o carro, chego atrasada de novo e tenho de ficar ouvindo as broncas de alguém que fui forçada a apelidar de Randy Andy. Eu me sento à mesa e ali invento histórias que me ajudam a fugir do trabalho e escapar para o mundo lá fora pra fumar um cigarro. Faço isso várias vezes ao dia. Passo o dia inteiro sem falar com ninguém, ninguém fala comigo e aí eu volto pra casa, às 7 da noite, exausta e morrendo de fome. Volto para essa casa que nunca vai estar limpa e para um jantar que nunca vai se preparar sozinho. Faço isso todo dia.

Nas noites de sábado encontro você, saímos e aí eu passo o domingo inteiro de ressaca, o que significa que me transformo num zumbi e que fico esparramada no sofá parecendo um talo de brócolis. A casa continua suja, e, embora eu brigue com ela, se recusa a se limpar sozinha. Acordo na segunda de manhã com aquela musiquinha horrível do meu despertador, para começar a semana de novo, tudo outra vez.

Rosie, como é que você pode dizer que eu não preciso mudar? Estou desesperada por mudança.

Rosie: Ruby, nós duas precisamos mudar.

Para uma amiga especial,

Que este seja o começo de um ano verdadeiramente feliz e bem--sucedido pra você!

Desculpe, Ruby, este foi o único cartão mais ou menos decente que encontrei e que não fica repetindo aquelas coisas que insinuam que a sua vida está mais perto do fim. Obrigada por estar sempre comigo, mesmo que preferisse não estar! Você é uma amiga maravilhosa. Vamos curtir esse aniversário e te desejo boa sorte para esse novo ano que se inicia.

Com carinho, Rosie

PS: Espero que goste do seu presentinho. Nunca mais reclame que sua vida precisa de mudanças!

CARTÃO-PRESENTE

Parabéns! Com este cartão você poderá participar de dez aulas de salsa. Seu professor se chama Ricardo, e as aulas serão às quartas-feiras, às 8h da noite, no pátio do colégio St. Patrick.

VOCÊ RECEBEU UMA MENSAGEM DE: RUBY.

Ruby: Estou me sentindo toda trabalhada na salsa! A última vez que senti essa dor toda foi quando o Teddy ganhou de Natal dos amigos do trabalho um livro de Kama Sutra. Eu quase tive de ser içada pra voltar pro trabalho depois das festas, lembra? Bom, desta vez eu tive mesmo que pedir a manhã de folga no trabalho. Dá pra acreditar?!

Acordei achando que eu tinha sofrido algum acidente de carro muito grave; então olhei para o Teddy e me convenci de que tinha mesmo. Mas me esqueci de que aquele monte de baba, que o suor e os barulhos inquietantes faziam parte de todo o pacote Teddy. Levei vinte minutos para acordá-lo para que ele me ajudasse a levantar. E depois levei mais vinte minutos para conseguir sair da cama. As minhas juntas decidiram fazer greve. Estavam todas esparramadas de maneira preguiçosa pela cama, segurando cartazes e gritando: "Estamos em greve! Estamos em greve!" Os quadris eram os líderes da conspiração.

Então, liguei para o meu chefe e segurei o telefone nos quadris para que ele pudesse ouvi-los também. Ele concordou comigo e me deu a manhã de folga (bom, agora ele alega que não me deu folga nenhuma, mas estou me atendo ao meu lado da história).

Jamais pensei que a dor pudesse ser algo tão ruim assim. Um parto não é nada comparado ao exercício, e olha que o Gary era um bebê grandão. É isso que deveriam fazer com os prisioneiros da guerra quando tentam interrogá--los. Obrigá-los a fazer aulas de salsa. Sei que estou fora de forma, mas, meu Pai, dirigir o Mini hoje foi terrível. Toda vez que eu trocava de marcha sentia como se alguém estivesse martelando o meu braço. Primeira marcha: dor; segunda marcha: sofrimento; terceira marcha: tortura. Por fim, acabei fazendo o percurso inteiro até o trabalho na segunda marcha porque doía demais. Nem um pouco seguro e nada bom para o carro, mas ele conseguiu engasgar e engrolar durante todo o caminho, bem como a dona dele.

Pelo jeito como eu estava caminhando, você poderia jurar que o Teddy e eu tínhamos concluído o Kama Sutra. Até mesmo digitar foi uma experiência trau-mática quando de repente descobri que o osso do meu dedo tem uma ligação com o osso do braço que de alguma forma estava repuxando o meu tendão e me deu dor de cabeça. Eu deveria imaginar que ficaria tão mal assim. Quando você me deixou em casa na noite passada, eu estava com o corpo tão duro que prati-camente tive de me arrastar até a porta, onde os meus ouvidos foram recebidos por uma sessão conjunta de roncos de Teddy e Gary na sala de estar. Descobri que esse é o estranho método de comunicação que existe entre os dois.

Então deixei a minha família maravilhosa e inteligente, me enfiei na ba-nheira e cheguei a pensar em me afogar, mas aí lembrei que ainda tinha bolo de chocolate que havia sobrado de ontem, por isso voltei, procurando ar. Al-gumas coisas fazem a vida valer a pena.

Mas obrigada pelo presente, Rosie; nos divertimos bastante na aula, não foi? Nem consigo me lembrar quando foi que ri tanto na minha vida, e, pen-sando bem, deve ser esse o motivo de a minha barriga estar doendo tanto agora. Obrigada por me lembrar de que sou mulher, de que tenho quadris, de que posso ser sexy, dar risada e me divertir.

E obrigada por trazer o gostoso do Ricardo para a minha vida. Mal posso esperar pra me sentir assim de novo na semana que vem. Agora, depois de todas as minhas queixas e reclamações, como é que você está se sentindo?

Rosie: Ah, bem, obrigada. Nenhuma reclamação.

Ruby: Ha!

Rosie: Tá legal, tudo bem, estou com o corpo meio duro.

Ruby: Ha!

Rosie: Tá, tudo bem, o motorista do ônibus teve de baixar a plataforma de deficientes físicos pra mim hoje, porque eu não conseguia levantar as pernas.

Ruby: Bem, isso me parece mais verdadeiro.

Rosie: Ah, que lindo aquele Ricardo, Ruby!! Sonhei com ele esta noite. Acordei sem o meu top e com o travesseiro cheio de baba (quer dizer, nem tão cheio assim). O som daquela voz italiana sexy gritando: "Ro-sie!! Má preste a-tten-zione, ãh?! Ro-sie! Pare di ridere!! Ro-sie! Levanta-te dal suolo!" simplesmente me dá um arrepio na espinha. Mas o que me deixou derretida mesmo foi ouvir aquele: "Ottimo, Rosie! Eccellente movimento difianchi!". Hummm... Ricardo gostosão com aqueles quadris...

Ruby: Sim! Os quadris! Mas, pelo o que me lembro, era a mim que ele se referia quando soltou esse "eccellente movimento difianchi".

Rosie: Ah, Ruby, será que uma garota não tem o direito de sonhar? Fiquei surpresa por ver tanto homem lá. Você também?

Ruby: Sim! Eu me lembrei de quando era jovem e frequentava as discotecas da escola e os festivais de dança e música irlandesa; eu era sempre uma daquelas meninas que tinham de dançar com outra menina. Ontem à noite tinha mais homem dançando com homem que mulher dançando com mulher.

Rosie: Sim, eu sei, mas tive a impressão de que foram escolhas pessoais. Embora eles tenham levado muito a sério o papo de usar salto alto, você não acha? Consegue imaginar o Greg e o Teddy participando de uma aula com a gente?

Ruby: Ah, seria um colírio para os olhos! Teddy mal consegue colocar os braços ao redor de si mesmo, muito menos me abraçar. Quando ele conseguisse completar uma volta, já estaríamos no ano que vem.

Rosie: Ha! É, e é bem provável que o Greg fosse ficar tão obcecado pelo Ricardo contando os passos em voz alta que começaria a fazer cálculos mentalmente: some, multiplique todos, subtração da primeira conta a partir da raiz quadrada da sexta ou alguma coisa do tipo. Greg, o gerente de banco, e seu caso amoroso com os números. Parece que só vai rolar você e eu mesmo, Ruby.

Ruby: É, parece que sim... E aí, o que o Alex anda fazendo?

Rosie: Continua por aí vadiando com o pai da Bethany Piranha, tentando arranjar um emprego pra retalhar o corpo das pessoas.

Ruby: Er... Tá, mas quem é Bethany, por que ela é uma piranha e com que tipo de negócio o pai dela trabalha?

Rosie: Ah, desculpe. Bethany é a queridinha de infância do Alex e foi o primeiro amor dele. Ela é uma piranha porque estou dizendo que é, e o pai dela é cirurgião de alguma especialidade.

Ruby: Que interessante — o retorno de uma ex-namorada de Alex. Essa história vai dar um daqueles livros que a gente não consegue parar de ler.

Rosie: Não, ela não está mais na parada; Alex só está assistindo a umas palestras ministradas pelo pai dela.

Ruby: Ah, Rosie Dunne, espere pelo inesperado pelo menos uma vez. Talvez desta vez você não sofra um choque tão grande quando vir que as coisas não aconteceram do jeito que você esperava.

Capítulo 28

Áries

A combinação inebriante de Urano com Áries, junto ao seu regente, Júpiter, que se opõe a Vênus, e o Sol em quadratura com Plutão mostram que há complicações à frente, ariano.

A lua nova traz um ligeiro alívio, mas aliado a uma estranha virada do destino.

CIRURGIÃO IRLANDÊS SE UNE A WILLIAMS
Por Cliona Taylor

O cirurgião irlandês Reginald Williams, que há pouco tempo obteve sucesso com a sua nova técnica de cirurgia cardíaca amplamente noticiada, anunciou hoje suas boas-vindas ao colega irlandês dr. Alex Stewart, que se juntará à condecorada equipe de Williams. O médico de 30 anos, graduado em Harvard, declarou: "Sempre acompanhei as pesquisas do dr. Williams com grande interesse e admiração". Ele também afirmou que se sente satisfeito e honrado por se tornar um novo membro dessa inovadora e, o mais importante, renomada equipe que se destaca por salvar tantas vidas.

O dr. Stewart nasceu em Dublin e se mudou para Boston aos 17 anos, quando seu pai aceitou uma proposta para trabalhar no conceituado escritório de advocacia americano Charles & Charles. Antes de se unir à equipe do dr. Williams para se aprofundar em pesquisas cardíacas, o dr. Stewart completou cinco anos de residência em cirurgia-geral no Hospital Central de Boston. A foto acima (da esquerda para a direita) mostra o dr. Reginald Williams com sua esposa, Miranda, e sua filha, Bethany, que ontem à noite acompanhou o dr. Stewart ao baile de caridade da Fundação Reginald Williams, destinada ao tratamento de doenças cardíacas.

Na página 4, leia mais sobre esse novo procedimento de cirurgia cardiológica na reportagem de Wayne Gillespie.

VOCÊ RECEBEU UMA MENSAGEM DE: ROSIE.

Rosie: Ei, Ruby, você não vai acreditar no que acabo de ler no jornal.

Ruby: Seu horóscopo.

Rosie Ah, fala sério! Vê se me dá pelo menos um pouco de crédito! Acha que leio essas coisas todo dia?

Ruby: Sei que lê todos os dias. Isso te ajuda a decidir se vai ficar de bom ou mau humor. Mal pude acreditar no que dizia o meu hoje: "Tire o máximo proveito da situação financeira favorável para tomar a iniciativa no final do mês. Marte entrou no seu signo e você deverá se sentir cheio de energia. Novas experiências à vista."

Nunca estive tão sem grana, tão exausta e tão aborrecida em toda a minha vida. Então isso não passa de um monte de baboseira. Mas estou muito ansiosa para a nossa próxima aula de dança. Não posso acreditar que esta semana vamos concluir um nível e logo vamos pro intermediário! Essas semanas voaram! Bom, enfim, o que é que estava no jornal que não era o seu horóscopo?

Rosie: Leia a página 3 do Times.

Ruby: Tá bom, estou correndo os olhos pelo artigo da página 3 aqui, enquanto digito... Ah, meu Deus, olhe isso! Presumo que essa seja a tal Bethany Piranha!!

Rosie: Será mesmo que preciso responder?

Ruby: Desculpe, querida, mas pra mim ela se parece com uma mulher normal com seus 30 anos, podre de rica e muito bem-vestida, mas vou chamá-la de Bethany Piranha se você insiste.

Rosie: Está me zoando?

Ruby: Tá, tudo bem... Olha, Rosie, é a "Bethany Piranha" no jornal com o Alex. Na página 3. Ela parece uma... Piranha.

Rosie: Aham, também acho. Bom, ela tem 32. Meu horóscopo de hoje diz que

Ruby: Ahá! Não falei?

Rosie: Ah, para com essa porcaria de "eu te disse" e me escute. Meu horóscopo diz que eu sentiria um ligeiro alívio aliado a uma estranha virada do destino.

Ruby: E?... O meu está falando aqui que sou rica. E daí?

Rosie: Bem, estou muito contente porque o Alex enfim conseguiu o trabalho de seus sonhos, algo que ele desejou por tantos anos, mas que ironia do destino o Alex ter de reencontrá-la para conseguir conquistar o seu objetivo.

Ruby: Eu te disse para esperar o inesperado, Rosie, e para parar de dar bola para horóscopo. Só tem lorota ali.

De: Rosie
Para: Alex
Assunto: Parabéns!
Fiquei sabendo da novidade. Você está em todos os jornais por aqui hoje (recortei todas as páginas e as guardei pra você) e te ouvi falando no rádio hoje de manhã. Não entendi muito bem as coisas que você falou, mas tive a sensação de que está resfriado. Então, veja, você consegue praticamente ressuscitar os mortos, mas não consegue se livrar dos resfriados...

E como está o Josh? Liguei pra sua mãe um dia desses e ela me disse que ele passaria o fim de semana com ela. Ela colocou o Josh pra falar comigo, nem acredito que consegui falar com ele! É muito esperto pra uma criança que tem menos de 3 anos, um rapazinho brilhante como foi o pai e não se parece nem um pouco com a mãe. Ele ficou me contando sobre todos os animais que tinha visto no zoológico e imitou o barulho de cada um deles. Sugeri que a sua mãe tentasse ajudá-lo a imitar o gorila, já que o Josh ficou em silêncio, mas ela me disse que aquele gorila está tristinho, então por isso ele fica sentado na jaula sem fazer barulho. Então vejo que também é um impressionista e sabe-tudo.

Adoraria vê-lo de novo um dia desses. Adoraria ver você também. Precisamos colocar o papo em dia. Conte alguma coisa que os jornais, a televisão e o rádio não puderam me contar.

Querido Alex,
É a Rosie de novo. Não tenho certeza se você recebeu o e-mail que te mandei há algumas semanas. Mandei os parabéns pela novidade maravilhosa. Por aqui, estamos todos muito orgulhosos de você; minha mãe, meu pai, Steph, Kev, Katie e Toby estão torcendo por você. Acho que o Toby quer ser médico quando crescer, igualzinho a você, pra poder dar entrevista na

rádio e ver uma foto dele no jornal (além disso, quer rasgar o coração das pessoas como fazem em algum filme. Fiquei bastante atordoada só de pensar nisso). Katie agora colocou na cabeça que quer ser DJ. Nesse aspecto, você não exerceu nenhum tipo de influência sobre ela; Katie quer atuar numa área que provoca infarto em certas pessoas.

Continuo no Hotel Two Lakes. Ainda na recepção, ainda providenciando um teto de vidro para ficar sobre as cabeças desse público enorme e perverso. Meu chefe viajou para os Estados Unidos, onde inaugurou outro hotel, então acho que nenhum dos irmãos Lake vai aparecer aqui por um bom tempo. Em contrapartida, contrataram um monte de especialistas em formação de equipes pra virem aqui ensinar os funcionários a se relacionarem bem. Na semana que vem, o líder da equipe, Simon, vai nos levar pra fazer canoagem para que os funcionários consigam se comunicar fora do ambiente de trabalho. Devemos aprender a discutir os nossos problemas.

Como é que vou dizer pra Tânia, que também trabalha na recepção, que não consigo ouvi-la por causa de sua voz artificialmente aguda e gritante? E como vou dizer que odeio quando ela pergunta: "O que você acha?" ao final de toda frase? E que ela usa um perfume forte demais para um escritório pequeno e batom rosa-choque que gruda nos dentes e não combina nem um pouco com a cor do cabelo dela? O bafo matinal do Steve cheira a fralda suja; adoro quando ele sai primeiro pra tomar café porque volta quase cheirando a rosas. Geoffrey tem um sério problema de transpiração; Fiona tem um sério problema de flatulência — não sei o que ela anda comendo. Tabitha meneia a cabeça toda vez que estou falando com ela, diz "certo" a quase toda palavra que digo e, o que me incomoda ainda mais, tenta terminar as minhas frases ou repete comigo a última palavra. Henry usa meia branca e sapato preto, Grace cantarola a mesma música das Spice Girls todo dia, o que me deixa louca, mas acabo cantarolando a mesma música quando chego em casa, o que faz a Katie detestar sua mãe fora de moda e "ultrapassada" que não tem a menor ideia dos sucessos da atualidade.

Todos eles me deixam louca. Na verdade, no final pode ser que esse papo de canoagem seja uma boa ideia; posso acabar afogando todos. Alex, responda e me conte como vão as coisas.

Com carinho,
Rosie

Rosie,

Desculpe por andar tão distante nos últimos tempos, mas é que ando muito ocupado. Mesmo assim, cei que não é desculpa pra não escrever. Você está muito bem informada sobre as novidades do meu trabalho, suponho, então não preciso falar nada sobre isso. Meus pais estão bem, continuam colocando em porta-retratos cada foto sua e da Katie que você envia. O lugar está começando a se parecer com alguma espécie de santuário das mulheres da família Dunne.

Tenho novidades excelentes! No mês que vem viajo para a Irlanda, para fazer uma visita. Meus pais também vão, e a Sally concordou em deixar o Josh comigo por quinze dias, já que ela ficou com ele no Natal passado. Faz tempo que a família inteira não se reúne e a minha mãe decidiu que queria ver o Phil, seus vinte filhos, o resto da família e todos os amigos deles no aniversário de 40 anos de casamento.

Quarenta anos — imagine. Mal cheguei aos dois; não cei como conseguiram. Mas você está se saindo bem. Faz quanto tempo que você e o Qual-é-mesmo-o-nome-dele estão juntos? Há um bom tempo, imagino.

Não me lembro de quando foi a última vez que passei o Natal em Dublin. Mas dentro em breve estaremos juntos, Rosie.

Alex

De: Rosie
Para: Alex
Assunto: Sua visita

Que excelente notícia! Fico muito contente em saber que você vai vir pra casa. Quer ficar na minha casa ou você e seus pais fizeram outros planos?

De: Alex
Para: Rosie
Assunto: Minha visita

Não, não, não quero me indispor com o Qual-é-mesmo-o-nome-dele Na verdade, não tenho a menor obrigação de ser tão educado; odeio seu marido. Então, o Josh e eu vamos ficar com o Phil e a Maggie e reservei um hotel para os meus pais. Mas agradeço o convite.

De: Rosie

Para: Alex

Assunto: G.R.E.G

Hum... Alex, você vai ter de aprender o nome do meu marido antes de vir. É Greg. G.R.E.G. Por favor, repita e lembre-se.

Te contei que a Ruby e eu somos as rainhas da salsa agora? Uns meses atrás, dei de presente pra Ruby no aniversário de 40 anos dela um pacote com dez aulas e gostamos tanto que decidimos continuar. Pra ser sincera, a Ruby me surpreendeu com os seus talentos e, cá entre nós, estou ficando cansada e enjoada de ter de ser o homem toda vez.

Greg se recusa a participar das aulas comigo, mas não se incomoda nem um pouco de aprender no nosso quarto quando a Katie está fora, desde que a porta esteja trancada, com uma cadeira apoiada contra ela, as luzes apagadas e as cortinas fechadas. Até a TV precisa estar desligada, para o caso de algum apresentador ou mesmo algum ator ter o poder paranormal de enxergar os telespectadores dentro de suas casas. Bem, a intenção é fazer algo para que possamos nos divertir juntos, mas como sempre faço o homem nas aulas é difícil pra mim ter de ser a mulher nessas aulas em casa (e nunca fui boa mesmo em ser a mulher da casa). Então, acabamos pisando um no pé do outro, chutando a canela um do outro, ficando frustrados um com o outro e brigando sobre o pé de quem que estava em tal lugar, o pé de quem deveria estar no lugar X e não estava, e aí explodimos um com o outro.

Ruby começou a fazer aula duas vezes por semana, mas não sei se consigo participar às segundas porque tenho de levar a Katie para o basquete. Ruby insiste que não é tão divertido sem mim, pois tem que dançar com a Miss Behave, uma drag queen que tem as pernas mais longas que já vi, cabelo loiro, e que está tentando aprender salsa para se apresentar nos seus shows, que acontecem num clube gay que tem por aqui na região.

Bom, seja como for, Ruby e eu estamos curtindo muito, e sempre me pego ansiosa pela próxima aula no exato minuto em que terminamos. Ruby está encantada porque emagreceu um pouco (parece que perdeu alguns gramas). É muito legal encontrar um hobby que te deixa empolgada e te faz ficar contando os dias para a semana seguinte em vez de ficar com medo, torcendo para que o dia demore a chegar. Espero que esteja conseguindo viver, Alex, e que não esteja trabalhando demais. Algum namorico recente?

De: Alex
Para: Rosie
Assunto: Namorico?
Pode ser que sim...

VOCÊ RECEBEU UMA MENSAGEM DE: ROSIE.

Rosie: Sou toda ouvidos agora. É alguém que eu conheço?

Alex: Por outro lado, pode ser que não...

Rosie: Para com isso! Quem é a infeliz? Eu a conheço?

Alex: Talvez...

Rosie: Ah, não, por favor, me diga que é qualquer pessoa, menos a piranha da Bethany.

Alex: Bem, é melhor eu ir agora porque preciso me arrumar para hoje à noite. Se cuida, Docinho.

Rosie: Está saindo com alguém?

Alex: Talvez... Pode ser que sim, pode ser que não...

Rosie: Ah tá, tá! Já entendi, talvez... Bem, seja lá o que estiver fazendo, divirta-se. Mas não muito.

Alex: Eu nem ousaria sonhar em fazer isso!

VOCÊ RECEBEU UMA MENSAGEM DE: ROSIE.

Rosie: Estava falando com o Alex agora mesmo.

Ruby: É? Ele disse alguma coisa interessante?

Rosie: Não. Só ficamos relembrando os velhos tempos, sabe como é.

Ruby: Que bom pra vocês. E aí, você e o Greg têm algum plano pra hoje à noite?

Rosie: Ele está saindo com alguém, Ruby.

Ruby: Quem?! O Greg?

Rosie: Não! O Alex!

Ruby: Ah! Continuamos falando sobre ele? Com quem ele está saindo?

Rosie: Não sei. Ele não vai me contar.

Ruby: Bem, ele tem o direito de ter privacidade, não tem?

Rosie: Suponho que sim.

Ruby: E que bom que ele conseguiu seguir em frente depois de ter sofrido uma decepção e passado por um divórcio, não é?

Rosie: Suponho que sim.

Ruby: Bem, que bom que você se sente assim. É uma ótima amiga, Rosie, sempre desejando o melhor para o Alex.

Rosie: Sim, sim, eu sou.

VOCÊ RECEBEU UMA MENSAGEM DE: ALEX.

Alex: Oi, Phil.

Phil: Oi, Alex.

Alex: O que está fazendo?

Phil: Na internet, procurando um tampão para buraco da manivela de um Dodge Sedan 1939. É um veículo raro. Uma belezinha mesmo. Acabo de encomendar a extensão para os para-choques dianteiros do Chevrolet Sedan 1955. Saiu para entrega hoje.

Alex: Certo.

Phil: Está pensando em algo, Alex?

Alex: Não, não.

Phil: Bom, tá bom, então. Você me chamou por algum motivo especial?

Alex: Não, só pra saber como você está. Queria botar o papo em dia com o meu camarada mais antigo.

Phil: Legal. E aí, como vai o trabalho?

Alex: Vou sair com uma pessoa hoje à noite.

Phil: Sério? Muito bom.

Alex: Sim, é.

Phil: Bom ver você seguindo adiante.

Alex: É.

Phil: Reencontrando a felicidade.

Alex: É.

Phil: Conhecer alguém vai fazer você parar de trabalhar feito louco.

Alex: É.

Phil: A Rosie sabe?

Alex: Sim. Estava conversando com ela por aqui antes de chamar você.

Phil: Que coincidência! Mas e aí, qual foi a reação dela?

Alex: Ah, nada de mais.

Phil: Não ficou brava?

Alex: Não.

Phil: Nem com ciúmes?

Alex: Não.

Phil: Não implorou pra que você não saísse com outra mulher?

Alex: Não.

Phil: Isso é bom, não é? Taí uma ótima amiga. Uma pessoa que quer te ver seguindo em frente, conhecendo gente nova e encontrando a felicidade.

Alex: É. Isso é bom. Muito bom ter uma amiga assim.

Áries
Você continua sob a forte influência de Netuno, o planeta que traz até você os seus sonhos românticos...

VOCÊ RECEBEU UMA MENSAGEM DE: ROSIE.

Rosie: Você está certa, Ruby, esse negócio de horóscopo é tudo embromação.

Ruby: É isso aí, garota!

Capítulo 29

Para Rosie, Katie e Greg

    Você está convidado para a minha festa de 4 anos no dia 18 de novemblo. Vai ter um májico. Ele consegue fazer sair aminais dos balões de gás. Ele vai ter dar um aminal pra levar pra casa. Minha festa começa 11 horas da manhã e vai ter um monte de doce e depois você pode ir pra casa com suas mamães e papais.

Obrigado.

Com carinho,

Josh

VOCÊ RECEBEU UMA MENSAGEM DE: KATIE.

Katie: Pareço uma idiota.

Toby: Você não parece uma idiota.

Katie: Você nem sabe como é um idiota.

Toby: E como é então?

Katie: Eu. Pareço um tipo de raça humana futurística que se misturou com os robôs.

Toby: Não parece, não.

Katie: Ah, meu Deus, tá todo mundo olhando pra mim.

Toby: Katie, estamos sentados na última fileira da sala. Todo mundo na sala está de costas pra nós. NÃO estão olhando pra você, a menos que tenham olhos na nuca.

Katie: Minha mãe tem.

Toby: Katie, é só um aparelho de dentes. Não é o fim do mundo. De qualquer forma, sei como se sente; quando comecei a usar óculos também senti como se todo mundo estivesse olhando pra mim.

Katie: É porque estão mesmo.

Toby: Ah. Poderia me fazer um favor?

Katie: Qual?

Toby: Fala só mais uma vez "salsicha salgada com salsa e cebolinha".

Katie: TOBY! Não tem graça nenhuma! Você disse que não ia dar risada. Vou ter de usar estes malditos trilhos de trem por três anos e não tenho culpa que eles me façam falar assim. Vou estar com eles até na hora de tirar foto semana que vem, no meu aniversário.

Toby: Grande coisa.

Katie: Vou fazer 13 anos. Quando eu ficar mais velha, não quero me lembrar de mim com aqueles dois blocos de metal grudados na boca. Além disso, todo mundo vai vir pra festa, pessoas que faz séculos que eu não vejo, e quero parecer bem bonita.

Toby: Hum... Deixe eu ver se adivinho... Você vai tentar ficar bonita vestindo preto de novo.

Katie: Isso.

Toby: Você é tão mórbida.

Katie: Não, Toby, sou sofisticada. O preto combina com o meu cabelo. É o que dizem as revistas. Mas você pode usar aquela sua camiseta e seu short esfarrapado, se quiser. Não preciso mudar o meu estilo de vida.

Toby: É o que as minhas revistas dizem que devo fazer.

Katie: Não, eu cei o que as suas revistas obscenas dizem pra você fazer e não tem nada a ver com roupas. Tem mais a ver com tirar a roupa.

Toby: Bom, então de qualquer forma estou convidado.

Katie: Talvez... Pode ser que sim, pode ser que não...

Toby: Katie, eu vou, quer me convide ou não. Não vou perder a sua festa de 13 anos só por causa do seu mau humor. Quero só ver o bolo de aniversário ficar preso no seu aparelho, grudado entre os dentes e indo parar na cara das pessoas quando você estiver falando com elas.

Katie: Dane-se. Pode deixar que vou conversar o máximo que puder com você.

Toby: Mas e aí, quem é que vai pra festa?

Katie: Alex, a tia Steph, Pierre e Jean-Louis, o vovô, a vovó, Ruby, Teddy e aquele filho estranho dela que nunca fala nada. Minha mãe, claro, e algumas meninas do basquete.

Toby: Uaaauuuu... Aí sim! E o seu tio Kevin?

Katie: Alguma vez ele veio pra alguma coisa? Ele ainda está trabalhando naquele hotel de bacana em Kilkenny. Pediu desculpa porque não conseguiria vir, mas me mandou um cartão com uma nota de dez.

Toby: Bem, que seja, é tudo o que você queria. E o Greg?

Katie: Também não vem, vai passar uma semana nos Estados Unidos trabalhando. Ele me deu treze euros. Um euro para cada ano.

Toby: Legal. Você vai ficar rica. Ainda bem que ele está trabalhando, odeio quando ele e o Alex ficam juntos no mesmo lugar. Fico puto!

Katie: Eu cei. E fica pior ainda quando a minha mãe está por perto, porque ela passa o tempo todo correndo de um lado para o outro como se fosse um árbitro de luta de boxe.

Toby: O Alex chutaria a bunda do Greg se os dois estivessem num ringue.

Katie: Com certeza. E a minha mãe chutaria o rabo dos dois se eles se atrevessem a fazer isso. Pelo menos agora vou poder usar o medalhão, aquele camafeu que o Alex me deu, sem que o Greg fique olhando pra ele como se quisesse arrancá-lo de mim.

Toby: Ah, ele tem ciúme porque não é a foto dele que está lá.

Katie: A cabeça dele é grande demais pra caber no camafeu.

Toby: E aí, vai ter alguém na sua festa que não seja daquele time de basquete nojento?

Katie: O Alex vai trazer o Josh.

Toby: Josh tem 4 anos, Katie.

Katie: Exatamente. Vocês dois têm muito em comum. A mesma capacidade mental.

Toby: Haha! Boca de lata! Acha que vai ter alguma "salsicha salgada com salsa e cebolinha" na sua festa?

Katie: Como você é engraçadinho, Toby. Bem, suponho que a minha situação poderia ser milhões de vezes pior. Poderia ter de usar óculos para o resto da minha vida que nem você.

Toby: Haha. Uma gargalhada bem alta pra você. Sabe, estive pensando... Talvez você nem possa sair do país pelos próximos anos porque pode ficar presa nos detectores de metal dos aeroportos. Poderia representar um perigo real para o público. O aparelho pode se transformar numa arma mortal.

Katie: Que se dane!

VOCÊ RECEBEU UMA MENSAGEM DE: ROSIE.

Rosie: Minha bebê vai se transformar numa adolescente na semana que vem.

Ruby: Agradeça a sua estrela da sorte porque está chegando à fase final, querida.

Rosie: Mas isso não é só o começo? E se eu tivesse mesmo alguma estrela da sorte, ela estaria demitida a esta altura. O que tem de bom no fato de ver a sua bebezinha linda crescer e se transformar numa garotinha sardenta e maliciosa, enquanto eu desmorono diante dos meus próprios olhos? Quanto mais a minha filha fica velha, mais velha eu me torno.

Ruby: Que descoberta bombástica.

Rosie: Mas isso não poderia acontecer, porque eu nem comecei a minha vida ainda, quanto mais porque trouxe outra ao mundo e tenho de ajudá-la a cuidar de si mesma. Na verdade, ainda não fiz nada de substancial.

Ruby: Alguns podem argumentar e dizer que o fato de gerar uma vida é algo bastante substancial. Devo levar alguma coisa pra sua festa?

Rosie: Só o seu corpo.

Ruby: Que merda. Alguma outra coisa além disso?

Rosie: Você vai vir, querendo ou não.

Ruby: Ah, tá bom, então. Pelo menos o Greg não vai estar lá colocando uma coleira no seu pescoço pra te afastar do Alex.

Rosie: Sim. Desta vez posso pelo menos tropeçar na perna do Alex em paz.

Ruby: Esperamos que sim. Então, o que dou de presente para a adolescente que quer tudo?

Rosie: Dentes alinhados, um removedor mágico de sardas, o Colin Farrell e uma mãe organizada.

Ruby: Ah, nessa parte da mãe organizada acho que posso ajudar.

Rosie: Obrigada, Ruby.

De: Alex
Para: Rosie
Assunto: Detalhes do voo
Meu voo chega amanhã, às 2h15 da tarde. Não vejo a hora de rever você e a Katie, de verdade. O Qual-é-mesmo-o-nome-dele vai estar lá pra me receber também?

De: Rosie
Para: Alex
Assunto: MEU MARIDO
O nome do meu marido é GREG. E não, ele não vai estar lá pra te receber porque está fora, a negócios. Foi para os Estados Unidos, portanto vocês dois tiveram a sorte de trocar de país pelos próximos dias. Esperamos que isso seja o bastante para separá-los.

> *Para minha filha maravilhosa*
> *Agora você é uma adolescente!*
> *Feliz aniversário, querida.*
> **Te amo muito,**
> **Mamãe**

Para Katie
Você virou adolescente!
Hip hip hurra! Como estou contente!
Comemore este dia muito alegremente!
Pois você virou adolescente!
Greg

Você é uma mocinha moderna!
Feliz aniversário, amorzinho.
Te amamos muito!
Com carinho do vovô e da vovó

Feliz Aniversário, Garota Cintilante!
Pegue este dinheiro e compre algo pra você que
não seja uma roupa preta. É um desafio.
Beijos,
Ruby, Teddy e Gary

Para a minha sobrinha,
Feliz 13 anos, linda!
Bon Anniversaire!
Com carinho,
Stephanie, Pierre e Jean-Louis

Para a minha afilhada
Feliz aniversário de 13 anos, minha pequena adulta!
Estou muito feliz em poder passar esse dia com você.
Com todo o carinho,
Alex

Você pode ser adolescente agora, mas continua feia.
De Toby

De: Kevin
Para: Rosie
Assunto: Visita secreta
Kevin está aqui. Não consigo ligar daqui, então pensei em mandar um e-mail, já que parece que você não faz nada além disso todo dia. Desculpe por não ter ido ao aniversário da Katie, mas as coisas aqui no trabalho estão completamente malucas. O torneio de golfe começou por aqui e todos os maiores jogadores do mundo, seus cachorros e peixinhos fizeram reservas. Estou correndo feito um doido, mas ainda bem que no fim de semana todos já terão ido embora. Parece que continuo perdendo tudo o que a família faz (e o que não faz também).

Bom, enfim, estou escrevendo porque não posso acreditar que você guardou segredo e nem me contou que vai vir pra cá no fim de semana! Nem me pergunte por que eu fui xeretar as reservas, mas parece que a suíte de lua de mel está reservada pra você!

O bom e velho Greg está podendo mesmo, hein? Pagando tudo isso... Enfim, fico feliz que afinal esteja vindo pra cá pra nos vermos. Já era hora. Acho que não te vejo desde o Natal. Pode deixar que vou cuidar de tudo para assegurar que vocês recebam tratamento superespecial e vou até falar pros caras da cozinha não cuspirem na sua comida.

De: Rosie
Para: Kevin
Assunto: Re: Visita secreta
Desculpe, meu querido irmãozinho, mas deve ser outra Rosie Dunne. Queria muito que fosse eu!

De: Kevin
Para: Rosie
Assunto: Re: Re: Visita secreta
Só existe uma Rosie Dunne! Não, a reserva está mesmo em nome do Greg. Droga! Espero que eu não tenha estragado a surpresa. ESQUEÇA tudo o que falei. Desculpe.

De: Rosie
Para: Kevin
Assunto: Re: Re: Re: Visita secreta
Não se preocupe, Kev. Pra que dia foi feita a reserva?

De: Kevin
Para: Rosie
Assunto: Re: Re: Re: Re: Visita secreta
De sexta até domingo. Ah, por favor, não diga a ele que eu te contei. Que idiotice da minha parte falar. Deveria ter usado a cabeça antes. Na verdade, eu não deveria ter bisbilhotado as reservas. Mas que tolo esse Greg. Ele deveria saber que trabalho aqui.

De: Rosie
Para: Kevin
Assunto: Re: Re: Re: Re: Re: Visita secreta
Para que ele soubesse onde você trabalha, os dois precisariam conversar um com o outro de vez em quando. Não se preocupe! O Greg está fora, viajou para os Estados Unidos, vai passar a semana lá e vou conseguir esconder dele a minha empolgação! Melhor eu sair pra fazer umas comprinhas. Esse seu hotel parece chique demais!

De: Kevin
Para: Rosie
Assunto: Re: Re: Re: Re: Re: Re: Visita secreta
Aproveite e nos vemos no fim de semana. Vou fingir que fiquei surpreso quando nos encontrarmos.

Ruby: Tenho de admitir que estou surpresa. Que romântico da parte dele!

Rosie: Sim! Estou tão empolgada, Ruby. Há anos sonho me hospedar naquele hotel. Ah, aposto que aqueles xampus pequenininhos e toucas de banho são as coisas mais fofas do mundo.

Ruby: Deus do céu, Rosie, você poderia abrir a sua própria loja com o tanto de produtos que já roubou do hotel.

Rosie: Não roubei. Eles estavam lá só de enfeite. Embora hoje em dia pareça que estão colocando mais secadores de cabelo do que essas coisas nos quartos.

Ruby: Ainda bem que você não tem força suficiente pra arrastar as camas.

Rosie: Iam me ver da recepção. Mas os lençóis que eu trouxe do último hotel em que me hospedei são de longe os meus favoritos.

Ruby: Rosie, você tem algum problema. Mudando rapidamente de assunto, quando é que você será levada para o santuário de luxo?

Rosie: Na sexta. Mal posso esperar! Estourei o meu cartão de crédito comprando roupas pro fim de semana. Estou tão contente que ele tenha tomado essa atitude. As coisas entre o Greg e eu chegaram ao ponto mais alto nesses últimos tempos. É como se tivéssemos voltado aos tempos de lua de mel. Estou muito, muito feliz mesmo.

De: Rosie
Para: Greg
Assunto: Voltando pra casa?
Como é sexta, estou aqui pensando... A que horas você vai chegar? Deve estar no avião porque o seu telefone está caindo direto na caixa postal. Talvez possa responder diretamente das nuvens usando o seu laptop!

De: Greg
Para: Rosie
Assunto: Re: Voltando pra casa?
Oi, meu amor. Eu te disse que ficaria aqui nos Estados Unidos até segunda-feira. Devo chegar em casa mais à noite. Posso te ligar do aeroporto, quando chegar, e aí você me pega lá? Desculpe se fiz alguma confusão. Tenho certeza de ter dito que chegaria na segunda e não na sexta. Ah, como eu queria que fosse hoje, querida. Queria mesmo.

Como está a Katie depois da sua primeira festa de arromba da adolescência? Não recebi notícias dela. Achei que ela já teria me agradecido pelo presente a esta altura.

De: Rosie
Para: Kevin
Assunto: Este fim de semana?
Será que você não se confundiu a respeito daquela reserva para este fim de semana?

De: Kevin
Para: Rosie
Assunto: Re: Este fim de semana?
Está certíssimo, Rosie. O Greg inclusive fez o check-in hoje de manhã. Você não está aqui?

Capítulo 30

De: Rosie
Para: Alex
Assunto: Qual-é-mesmo-o-nome-dele
Qual-é-mesmo-o-nome-dele já era. Para sempre.

De: Alex
Para: Rosie
Assunto: Re: Qual-é-mesmo-o-nome-dele
Vou reservar passagens para você e Katie virem para cá imediatamente. Passo os detalhes daqui a pouco. Não se preocupem.

De: Rosie
Para: Alex
Assunto: Espere, por favor
Só me dê algum tempo antes de comprar as passagens. Há algumas coisas que preciso resolver antes de partir. E, quando eu estiver aí em Boston, pode ter certeza de que eu nunca mais vou voltar para cá. Por favor, espere só mais um pouco.

Oi, sou eu, Alex.
Olhe, desculpe, mas não vou conseguir ir jantar com você hoje. Lamento dizer isso em uma carta, mas é só assim que eu sei fazer. Você é uma mulher maravilhosa e inteligente, mas o meu coração pertence a outra pessoa. E é assim há muitos, muitos anos. Espero que quando nos encontrarmos possamos pelo menos continuar a ser amigos.

Alex

Capítulo 31

CARO BILL LAKE,

    É com grande pesar que venho pedir demissão. Continuarei a trabalhar no Hotel Two Lakes durante as próximas duas semanas, conforme descrito no meu contrato.

    Em nível pessoal, gostaria de agradecê-lo pelos cinco anos excelentes em que pude trabalhar na sua empresa. Foi uma honra.

Sinceramente,

Rosie Dunne

De: Toby

Para: Katie

Assunto: Desastre!

    VOCÊ O QUÊ?? Você NÃO PODE simplesmente ir morar em outro lugar! Isso é horrível! Pergunte à sua mãe se você pode ficar na minha casa por algum tempo. Vou perguntar para os meus pais também. Tenho certeza de que eles vão dizer sim. Você não pode ir embora.

    E a escola?

    E o time de basquete?

    E aquele emprego de DJ no Club Sauce que você queria?

    E os seus avós? Você não pode apenas abandoná-los. Eles já são velhos.

    E o trabalho da sua mãe, a casa e todo o resto? Você não pode deixar tudo isso para trás.

    E eu?

De: Katie

Para: Toby

Assunto: Re: Desastre!

Não consigo fazer com que ela mude de ideia. Não consigo parar de chorar. Isso é a pior coisa que já me aconteceu em toda a minha vida. Eu nem quero ir para Boston. O que há de bom em Boston? Não quero fazer novos amigos. Não quero nada de "novo".

Ai, eu odeio tanto aquele Greg. Você sabe que ele nem vem pra casa porque morre de medo da minha mãe. Ela está me assustando, está muito brava. Tenho até medo de conversar com ela às vezes. Ela grita com ele no telefone como se fosse uma louca. Não é de se espantar que ele não queira voltar para casa. Ela disse que, se ele voltar, ela vai cortar fora aquela coisa dele. Eu quase espero que ele volte só pra ver isso acontecer.

A culpa é toda dele por termos que nos mudar. A culpa é toda dele pela minha mãe estar furiosa. Eu o odeio, odeio, odeio.

Pelo menos Alex e Josh estão em Boston. Já é alguma coisa. Acho que vamos ficar com eles por algum tempo. Ou seja, nós estamos indo embora de verdade, Toby. Ela não está só ameaçando fazer isso. Ela disse ao Greg que não suporta viver no mesmo país que ele. Imagine na mesma casa! Acho que cei como ela se sente. Sinto pena dela, mas não quero ir de verdade. Passei a noite inteira chorando, Toby. Não é justo.

Meus avós estão tentando convencer minha mãe a desistir dessa ideia. Vamos passar a noite na casa deles porque minha mãe não suporta ficar na nossa casa. Toda vez que ela encosta em algo que pertence ao Greg, começa a tremer e limpa as mãos. Ruby não para de dizer à minha mãe para ir, porque é lá que o coração dela está, ou algo assim. Foi a primeira vez que eu vi Ruby chorar. E a minha mãe chora no telefone enquanto conversa com Stephanie, durante várias horas, todos os dias. Ontem à noite eu a ouvi vomitando na privada do banheiro, levantei e preparei uma xícara de chá para ela. Ela parou de chorar por um tempo. Ela dormiu na minha cama ontem à noite. É uma cama de solteiro e ficamos bem apertadas, mas até que foi legal. Ela me abraçou como se eu fosse um ursinho de pelúcia.

Minha mãe começou a fazer as malas agora. Ela vai me ajudar com as minhas daqui a pouco. Pediu desculpas por me fazer ir morar em Boston, e eu aceitei. Não a culpo, porque ela está muito triste. A culpa é do Greg, mas eu não o vi fazer nada para que ela se sentisse melhor.

Minha mãe diz que você pode vir nos visitar sempre que quiser. Prometa para mim que você virá nos ver. Você passa o tempo todo enchendo meu saco, Toby, mas você é o meu melhor amigo no mundo inteiro e eu vou sentir muita saudade de você. Mesmo que você seja um menino.

Podemos escrever um para o outro o tempo todo. Era isso que a minha mãe e Alex faziam quando eram mais novos e ele teve que se mudar para outro lugar.

Com amor,
Katie

VOCÊ RECEBEU UMA MENSAGEM DE: RUBY.

Ruby: Quer dizer que você vai embora daqui a duas semanas.

Rosie: Isso mesmo.

Ruby: Você está fazendo a coisa certa, como já deve saber.

Rosie: Engraçado. Você é a única pessoa que parece pensar assim.

Ruby: Sou a única pessoa que sabe o que você sente por ele.

Rosie: Ah, não. Não estou a fim de entrar de cabeça em outro relacionamento. Não tenho essa energia toda. Tenho a sensação de que o meu coração foi arrancado do peito e que alguém sapateou em cima dele. Neste momento, estou detestando todos os homens do mundo.

Ruby: Até mesmo Alex?

Rosie: Até mesmo Alex, até mesmo o meu pai, até mesmo George, o vendedor de pirulitos, e até o meu irmão por ter me contado.

Ruby: Mas você iria querer saber.

Rosie: Sim, e não estou dizendo que ele tem culpa. Ele não fazia ideia de que Greg estava aprontando. De novo. Aquele mentiroso filho da... Ahhhhh! Que vontade de socá-lo até ele desmaiar. Acho que nunca fiquei tão furiosa em toda a minha vida. Na primeira vez em que ele fez isso eu fiquei magoada; agora estou P da vida. Mal posso esperar para sair deste país. Estou feliz por Kevin ter me contado. Assim não vou mais ser a idiota nessa história.

Ruby: Ouvi dizer que Kevin teve problemas no trabalho. Foi porque ele verificou as reservas?

Rosie: Não, foi por marchar pelo restaurante do hotel durante a hora do jantar e acertar um soco no meio da cara de Greg, na frente da mulher que estava com ele e de todos os outros hóspedes.

Ruby: Que maravilha. Espero que tenha quebrado o nariz dele.

Rosie: Quebrou mesmo. E é por isso que ele está com problemas.

Ruby: Então, com quem eu vou fazer as aulas de salsa de agora em diante?

Rosie: Tenho certeza de que Miss Behave ficará muito feliz em dançar com você.

Ruby: Eu finalmente consigo dançar com um homem e ele usa calça colada. Ah, vou sentir muitas saudades de você, Rosie Dunne. Não é sempre que uma mulher consegue encontrar uma amiga como você.

Rosie: E eu vou sentir saudades suas também, Ruby. Sabe, por mais que Greg tenha me magoado, ele me deu a oportunidade de recomeçar do zero. Estarei livre dele e estou mais forte agora por causa disso.

Vou embora na semana que vem, Greg. Não tente entrar em contato comigo, não tente me visitar, eu não quero mais ter nada a ver com você. Você me traiu quando eu havia aprendido a me apaixonar por você de novo. Isso não vai acontecer outra vez. Você jogou tudo isso fora, mas eu o agradeço por isso. Obrigada por permitir que eu visse de fato com quem estava casada, e por me libertar de você.

Se Katie quiser continuar a conversar com você, essa é uma decisão que cabe apenas a ela. Você terá que aceitar o que ela disser.

Alex: Você tinha razão, Phil. Ela vai vir para cá. Só tive que esperar e deixá-la vir no próprio tempo.

Phil: Sorte minha estar certo! Foi uma previsão boa, não foi? E então, ela disse que te ama, que nunca deveria ter se casado com aquele babaca, que só quer ficar com você para sempre, e todas aquelas coisas que dizem nos filmes?

Alex: Não.

Phil: Ela não disse que ama você?

Alex: Não.

Phil: Você disse isso a ela?

Alex: Não.

Phil: Então por que ela está indo até aí?

Alex: Ela só disse que queria sair de Dublin, que precisava mudar de ares e ter um rosto amigo por perto.

Phil: Ah.

Alex: O que você acha que isso significa?

Phil: É provável que seja exatamente o que ela disse. Quer dizer que você não faz ideia do que ela sente por você?

Alex: Não. Phil, o casamento dela acabou de chegar ao fim. Haverá muito tempo, quando ela estiver aqui, para conversarmos sobre o nosso futuro.

Phil: Você que sabe, cara. Você que sabe.

De: Alex
Para: Rosie
Assunto: Você e Katie
Estou muito empolgado por saber que vocês duas logo estarão aqui. Josh está praticamente subindo pelas paredes de tanta animação. Ele adora Katie e está muito contente porque vocês decidiram vir morar conosco por algum tempo. Tenho um amigo que tem um amigo que é dono de um hotel e eles estão procurando um gerente. Você é mais do que qualificada para o cargo.

Eu posso ajudar você a passar por isso, Rosie. Lembre-se de que já tive uma experiência igual a essa. Cei como é passar por uma separação. Estarei cem por cento ao seu lado. Vir para Boston talvez seja algo que demorou quatorze anos para acontecer, mas antes tarde do que nunca. Josh e eu estaremos aqui esperando. Até a semana que vem.

Você está nos abandonando!

Boa sorte, Rosie. Todos nós vamos sentir saudades de você aqui no Two Lakes. Abraços de Bill, Bob, Tania, Steven, Geoffrey, Fiona, Tabitha, Henry e Grace.

> SNIF, SNIF
> Vou sentir saudades suas, Rosie Dunne.
> Boa sorte com a sua nova vida. Mande um
> e-mail de vez em quando.
> > Com muito amor,
> > Ruby

Rosie e Katie,

Lamentamos muito que vocês tenham de ir embora. Lamentamos muito que vocês tenham motivos para partir. É uma pena que isso tudo tenha acontecido. Sentiremos saudades de vocês, demais, mas esperamos que consigam encontrar a felicidade eterna. E desejamos que vocês, garotas, não precisem mais derramar lágrimas. Que o mundo seja bom para vocês. Liguem para nós quando chegarem.

> Com amor,
> Mãe & Pai

Boa sorte com a mudança. Estou cruzando os dedos para você e Katie. Estaremos todos por aqui, se precisarem de nós.

> *Com amor,*
> *Stephanie, Pierre e Jean-Louis*

É uma pena que você teve de ir embora. Boa sorte.

> Kev

Katie,

Boa sorte em sua nova casa. Vou sentir saudades.

Beijos,

Toby

Pai e Mãe,

Não estou desaparecendo para sempre. Estamos apenas a algumas horas de distância. Vocês podem vir nos visitar sempre que quiserem! Amamos muito vocês e agradecemos pelo apoio constante. Desta vez, precisamos encontrar nosso caminho por conta própria.

Com carinho,

Rosie e Katie

Capítulo 32

Querida Rosie,

Antes que você rasgue esta carta, por favor, me dê uma oportunidade de explicar. Em primeiro lugar, eu gostaria de me desculpar com toda a sinceridade, do fundo do coração, pelos anos que passaram. Por não estar ao seu lado, por não apoiá-la e prestar a ajuda que você merecia. Estou bastante arrependido e decepcionado comigo mesmo pela maneira como me comportei e por como escolhi viver a minha vida. Sei que não há nada que eu possa fazer para mudar ou melhorar os anos em que agi de maneira tão idiota e por ter maltratado vocês como fiz.

Mas, por favor, me dê ao menos uma chance de construir um futuro melhor, para consertar o que está errado. Posso entender o quanto você deve estar enfurecida, traída e magoada, além de provavelmente me odiar demais, mas você não é a única pessoa em quem estou pensando. Estou olhando para trás e começo a me perguntar o que foi que fiz durante todos esses anos. Não fiz muitas coisas das quais me orgulho na minha vida. Não tenho histórias de sucesso para contar, não consegui ganhar um milhão. Só há uma coisa na vida da qual me orgulho. E essa coisa é a minha filha.

O fato de eu ter uma filha, que nem é mais uma criança. Não me orgulho da maneira como a tratei. Acordei há algumas semanas, na manhã do meu aniversário de 32 anos, e, de repente, foi como se todo o bom senso que estava faltando em todos esses anos chegasse até mim de uma só vez. Percebi que eu tinha uma filha, uma filha adolescente sobre a qual eu não sei nada e que não sabe nada sobre mim. Eu adoraria ter a oportunidade de conhecê-la. Fiquei sabendo que ela se chama Katie. É um belo nome. Fico imaginando como ela é. Será que ela se parece comigo?

Sei que não mostrei nenhum sinal de que mereço isso, mas, se você e Katie estiverem dispostas a me deixar participar de suas vidas, eu posso provar a vocês que isso não será perda de tempo. Katie conhecerá o seu pai e eu verei a minha filha. Como isso poderia ser considerado perda de tempo? Por favor, ajude-me a realizar o meu sonho.

Entre em contato, por favor, Rosie. Dê uma chance pra eu desfazer todos os erros do meu passado e ajudar a criar um novo futuro para Katie e para mim.

Atenciosamente,

Brian

Rosie: Não não não não não não não não não!

Ruby: Querida, eu entendo. Mas, pelo menos, dê uma olhada nas outras opções.

Rosie: Opções? ESSAS MALDITAS OPÇÕES? Não tenho nenhuma. NENHUMA! Tenho que ir. Continuar aqui não é uma opção.

Ruby: Calma, Rosie. Você está irritada.

Rosie: É claro que estou irritada! Como diabos eu vou conseguir dar um jeito na minha vida se todas as pessoas ao meu redor insistem em me prejudicar? Quando vai ser a minha vez de viver a minha vida para mim mesma em vez de ter que fazer isso por todas as outras pessoas? Estou cheia disso, Ruby. Estou de saco cheio. Já chega. Eu vou embora mesmo. Quem é esse homem? Onde diabos ele estava nos últimos treze anos? Onde foi que ele se escondeu durante os anos mais importantes da vida de Katie — ou da minha vida, já que estamos falando disso?

Quem foi que passou a noite inteira amamentando, carregando-a no colo pelos corredores e cantando aquelas canções de ninar de merda para fazer aquela gritaria incessante parar? Quem foi que trocou as fraldas cagadas, secou o nariz melequento e limpou o vômito das roupas todos os dias? Quem é que ficou com estrias e cicatrizes, peitos flácidos e cabelos brancos aos 32 anos? Quem foi para as reuniões de pais e professores, quem a levou e buscou na escola, fez o jantar, colocou comida na mesa, pagou o aluguel, foi trabalhar, ajudou com a lição de casa, deu conselhos, enxugou lágrimas, explicou de onde vêm os bebês e explicou por que o papai não morava com ela, diferente da maioria dos pais das outras crianças? Quem passou a noite inteira acordada e preocupada quando ela estava doente, medindo a temperatura e comprando remédios, levando-a para o médico ou ao hospital no meio da noite? Quem foi que deixou de ir à faculdade, tirou dias de folga e ficou em casa no fim de semana para cuidar dela? Porra, fui eu, tudo isso fui eu que fiz. Onde estava o desgraçado durante todo esse tempo?

E ele tem a audácia de voltar para as nossas vidas depois de treze anos, quando todo o trabalho duro foi feito, com um simples dar de ombros e uma desculpa esfarrapada, logo depois que o meu marido me traiu com outra, depois que o meu casamento acabou, quando finalmente decido me mudar para Boston, onde eu já devia estar morando de qualquer maneira se não fosse por causa daquele panaca que vive estragando meus planos, virando a minha vida de cabeça para baixo e indo para outro país com o pinto no meio das pernas.

Vai se foder.

Desta vez eu vou pensar em mim, Rosie Dunne, e em mais ninguém.

Ruby: Mas, Rosie, você está errada. Isso diz respeito a Katie também. Ela precisa saber que ele quer vê-la. Não a castigue pelos erros que você cometeu na vida.

Rosie: Mas, se eu contar a ela, Katie vai querer vê-lo. Ela vai ficar toda animada com a possibilidade, e ele é bem capaz de decepcioná-la outra vez, e deixar seu coração em pedaços outra vez. E quem vai ter que dar um jeito em toda essa situação? Eu. Sou eu quem vai ter que tentar consertar o coração despedaçado da minha filha. Vou ter que recolher os cacos e enxugar as lágrimas. Vou ter que colocar uma máscara feliz, dar de ombros e dizer: "Ah, não se preocupe, minha filhinha de 13 anos. Nem todos os homens são uns merdas. Só aqueles que você já conhece".

Ruby: Mas, Rosie, isso pode acabar tendo um final bem diferente. Talvez ele tenha mudado de verdade. Nunca se sabe.

Rosie: Você tem razão, nunca se sabe. NUNCA. E tem outra coisa: Como ela vai poder conhecer o pai se estivermos a caminho do outro lado do mundo? Não quero ficar aqui, Ruby. Quero ir embora. Quero deixar toda essa bagunça de vida para trás.

Ruby: Não é uma bagunça, Rosie. A vida não é perfeita para ninguém. Você não é a única a achar isso. Não há uma nuvem negra enorme pairando só sobre a sua cabeça, sem afetar outras pessoas. Só parece ser assim. Mas essa é a sensação que muitas outras pessoas têm, também. Basta você fazer o melhor com aquilo que tem, e você tem sorte por ter uma filha bonita, saudável, inteligente e engraçada, e que gosta muito de você. Não perca isso de vista. Se Katie quiser conhecer Brian, você deve apoiá-la. Você ainda pode se mudar para outro país, ele pode ir visitá-la — ou, se você acha que isso é importante o bastante para querer ficar, então fique.

Rosie: Katie vai querer ficar. Até o mês passado, eu achava que estava vivendo no paraíso. A vida mudou em um piscar de olhos.

Ruby: Bem, esse é o problema. Não há nada que atraia uma serpente como o paraíso.

Querida Stephanie,

Parabéns pela gravidez! Estou muito feliz por você e por Pierre. Tenho certeza de que o bebê número dois vai ser uma alegria, como aconteceu com Jean-Louis. Imagino que minha mãe já tenha lhe dado a notícia. Ela ficou muito feliz agora que não vou mais me mudar para os Estados Unidos. Alex não está tão feliz. Ele gritou e vociferou todos os xingamentos e palavrões que existem no mundo para mim. Acha que estou cedendo outra vez e deixando todo mundo fazer o que quiser comigo. Ficou de mau humor e não está falando comigo. Talvez eu tenha deixado que as pessoas fizessem o que queriam comigo antes, mas desta vez é diferente. Katie é a pessoa mais importante na minha vida e a minha razão de viver. Por isso, preciso ter certeza de que ela tenha todas as chances de ser feliz.

Ela passou por momentos muito difíceis nos últimos tempos, por causa de Greg, depois por termos que voltar a morar com meus pais, e depois com a preparação para nos mudarmos para a América. Ela está sob um estresse tremendo e não tem culpa disso. Nessa época ela deveria estar se preocupando com manchas na pele, sutiãs e garotos, e não com questões como adultério, mudança de continente e reaparecimento do pai num passe de mágica. Nada disso é culpa dela, e, como fui eu que a trouxe a este mundo, o mínimo que eu posso fazer é continuar com o bom trabalho que venho fazendo. Ela não é viciada em drogas, não é malcriada, está indo bem na escola, tem todos os membros certos nos lugares certos e não fez nada que fosse realmente estúpido na vida. Assim, com todas as histórias horríveis que você ouve por aí, acho que estou fazendo um ótimo trabalho.

Estou esperando que Alex entre de supetão pela porta a qualquer minuto. Tenho certeza de que ele pegou o primeiro avião para vir até aqui e dar uma surra em Brian. Imagino que seja para isso que servem os melhores amigos. Não consigo nem pensar em como seria a vida em Boston sem chorar. Não sei bem para onde devo ir agora. Não tenho emprego nem casa e voltei a morar com os meus pais. Tudo que existe nesta casa me faz lembrar de uma época em que eu não era feliz. Tive uma infância maravilhosa, mas os anos com Katie foram tão difíceis que se transformaram nas memórias mais fortes que tenho desta casa — os cheiros, os ruídos, o papel de parede, os quartos, tudo faz lembrar as noites em que fui dormir muito tarde, das manhãs em que acordei muito cedo e das preocupações.

De qualquer modo, perdoe-me por não ter entrado em contato nesses últimos dias, mas estive tentando refrescar a cabeça em relação a tudo isso. Estou tentando encontrar sentido na frase "tudo tem uma razão para acontecer", e acho que descobri essa razão: para me irritar.

Quando comecei a ir para a escola, eu achava que as pessoas do sexto ano eram bem mais velhas e cultas, mesmo que não tivessem mais que 12 anos. Quando completei 12 anos, comecei a pensar que as pessoas que haviam terminado a escola, com 18 anos, deviam saber tudo. Quando cheguei aos 18, pensei que quando terminasse a faculdade eu de fato estaria amadurecida. Aos 25 eu ainda não havia conseguido entrar na faculdade, ainda não sabia de nada sobre a vida e tinha uma filha de 7 anos. Estava convencida de que quando chegasse aos 30 eu teria pelo menos alguma ideia do que estava acontecendo.

Não. Isso não aconteceu ainda.

Assim, estou começando a pensar que, quando eu tiver 50, 60, 70, 80, 90 anos, ainda não estarei nem perto de ser sábia e culta. Talvez as pessoas que estejam no leito de morte que tiveram vidas muito, muito longas, que viram de tudo, que viajaram pelo mundo, que tiveram filhos, que sofreram com os próprios traumas pessoais, que derrotaram seus demônios e aprenderam as lições duras da vida pensem: Meu Deus, as pessoas que estão no céu realmente sabem de tudo.

Mas eu aposto que, quando elas afinal morrerem, vão se juntar ao resto da multidão que já está lá em cima, sentar em algum lugar, espiando os entes queridos que ficaram para trás, e ainda estarão pensando que em suas próximas vidas conseguirão decifrar todos os mistérios.

Mas eu acho que já decifrei o mistério, Steph. Passei vários anos pensando a respeito e descobri que ninguém, nem mesmo o chefe que está no andar de cima, faz a menor ideia do que está acontecendo.

Rosie

De: Stephanie
Para: Rosie
Assunto: Re: Vida

Bem, será que você não está mais sábia em relação a esse assunto? A idade lhe ensinou uma coisa: que ninguém sabe o que está acontecendo.

Oi,

Minhas sinceras desculpas por aquela mensagem ridícula que eu lhe mandei na semana passada. Escrevi aquilo por causa de um lapso momentâneo de concentração. Eu sou um completo imbecil (como você já sabe) e não faço a menor ideia do que estava pensando. Mas acho que você vai gostar de saber (espero) que já voltei para a terra e que estou disposto e querendo dar mais uma chance para nós. Por isso, não vamos mais perder o nosso tempo precioso, e vamos nos concentrar no que é importante. Podemos nos ver de novo hoje à noite?

Alex

Capítulo 33

VOCÊ RECEBEU UMA MENSAGEM DE: RUBY.

Ruby: Quer dizer então que você ainda está por aqui?

Rosie: Ah, hoje não, Ruby, por favor. Não estou com cabeça para isso.

Ruby: Estou começando a me cansar disso, Rosie Dunne. Primeiro você diz que vai se mudar para Cork, depois diz que não vai mais, depois diz que vai se mudar para Boston (de novo), depois diz que não vai mais. Depois, espero ouvir você enfim proclamar seu amor por Alex e você fica quieta, de modo que ele ainda não faz a menor ideia do que está acontecendo. Não consigo acompanhar essas idas e vindas, coisas como "sair do país/mudar de emprego/largar o marido". Às vezes eu acho que você precisa de um bom chute na bunda por desperdiçar todas essas oportunidades. Você é uma pessoa incrivelmente frustrante, Rosie.

Rosie: Bem, eu sou uma mulher incrivelmente frustrada neste exato momento. E não estou "desperdiçando" boas oportunidades. Isso se chama "presentear a minha filha com novas oportunidades".

Ruby: Você pode usar o nome que quiser, só que, no final do dia, uma oportunidade perdida continua sendo uma oportunidade perdida. Mas não se preocupe; acho que há uma lição para ser aprendida em tudo isso.

Rosie: Por favor, me diga que há alguma razão para tudo o que está acontecendo. Qual é a lição?

Ruby: Que você não precisa mais se preocupar tanto, porque não vai chegar a lugar nenhum. E aí, como estão as coisas?

Rosie: Tudo bem.

Ruby: Tem certeza? Ah, pare com isso, Rosie. Se o meu coração não puder aguentar o que está acontecendo com você, então não consigo imaginar como você está se sentindo.

Rosie: O meu coração está espatifado. Parou de bater há duas semanas.

Ruby: Bem, se olhar pelo lado positivo, você conhece um homem que é capaz de consertá-lo.

Rosie: Não, não, não, é aquela regra implícita. Ele cura os corações das outras pessoas, não o meu. Eu entendo que é assim que as coisas têm que ser agora.

Ruby: Bom, vou te dar uma ideia, Rosie. Por que você não conta a Alex o que está sentindo? Por que não abre afinal o seu coração para ele, expõe seus sentimentos e areja essa cabecinha confusa? Pelo menos ele vai ficar sabendo que a razão pela qual você não vai para os Estados Unidos não é por não se importar com ele, mas porque, apesar de, na realidade, você o amar mais do que ele imagina, precisa ficar aqui por causa da Katie. Isso vai colocar a bola no campo dele. Ele pode tomar a decisão de vir até aqui encontrá-la ou não.

Rosie: Mas o que vai acontecer com o trabalho dele? O que vai ser de Josh?

Ruby: Essa decisão pertence a ele.

Rosie: Ruby, não posso fazer isso. Como vou contar a ele? Se tivéssemos nos mudado para Boston eu poderia ver como as coisas progridem, saber o que ele sente por mim e abrir o meu coração em seguida. Ele havia acabado de ter um encontro com outra mulher na semana passada, pelo amor de Deus. Como você acha que eu iria me sentir se dissesse que o amo quando ele já está saindo com alguém? Vai acontecer tudo de novo como na época em que ele estava com a Sally. É complicado demais. E, agora, a última coisa com que eu pretendo me preocupar é saber quem será o próximo homem por quem vou me apaixonar. E, de qualquer maneira, ele não está nem retornando as minhas ligações. Ele acha que eu tomei uma decisão idiota.

Ruby: Dê um tempo para ele. Ele está decepcionado com a maneira como as coisas aconteceram.

Rosie: Desculpe... Ele está decepcionado? Ele está decepcionado? Acho que eu e o resto do mundo estamos tendo algum problema de comunicação por aqui. Será que todo mundo acha que eu estou dando pulos de alegria com essas novas revelações? Olha, eu não estou querendo que sintam pena de mim ou coisa do tipo, mas...

Ruby: Você está querendo isso, sim.

Rosie: Como é?

Ruby: Pena. Você quer que sintam pena de você. Quer mesmo.

Rosie: Obrigada por decifrar isso por mim. Certo, talvez fosse bom se pelo menos algumas pessoas reconhecessem o fato de que o meu marido teve um caso com outra, que o meu casamento terminou, que ainda estou a um milhão de quilômetros de distância de Alex e nunca saberei o que sinto por ele de verdade, que o pai desaparecido da minha filha voltou para a Irlanda e que eu NÃO TENHO EMPREGO! Um tapinha nas costas, um sorriso compreensivo e um abraço seriam muito bons neste momento. Passar alguns meses deitada na cama em posição fetal, debaixo de um monte de cobertores, vestindo um pijama folgado, tudo isso seria a minha ideia de paraíso. Mas infelizmente eu não posso fazer isso agora, porque tenho uma filha que está com a respiração acelerada por causa do pai que ela nunca conheceu e que resolveu voltar a fazer parte da sua vida, e eu preciso esquecer um pouco de mim e ser forte por ela. Mas um pouco de compaixão seria bom, também.

Ruby: Respire, Rosie.

Rosie: Não, é assim que todos os meus problemas acontecem. Se eu não estivesse respirando, tudo ficaria bem.

Ruby: Não fale assim.

Rosie: Ah, cale a boca. Não tenho tempo para me matar. Estou ocupada demais com esse colapso nervoso.

Ruby: Bem, imagino que isso seja uma boa notícia, ou algo assim. Como foi o reencontro com Brian?

Rosie: Foi tranquilo. Ele comprou uma passagem para vir para cá assim que terminamos de falar ao telefone, então parece que ele está levando a sério o seu papel de pai. Disse que está morando em Ibiza há treze anos e é dono de uma danceteria. Dá aos irlandeses jovens e cheios de hormônios algumas boas lembranças sobre bebedeiras.

Ruby: Ele é bronzeado e gostosão?

Rosie: Eu nunca colocaria as palavras "Brian Chorão" e "bronzeado e gostosão" na mesma frase. Ele continua quase o mesmo, com menos cabelo e mais barriga.

Ruby: O que você sentiu quando o viu?

Rosie: Tive que reunir todas as minhas forças para não socá-lo. Katie estava tão nervosa antes do encontro que tremia como vara verde, agarrada a mim. Ela esperava que eu fosse a pessoa forte. Imagine... Alguém estava confiando em mim. Nós o encontramos na cafeteria do Shopping Jervis Street, e preciso admitir que comecei a ficar enjoada conforme chegávamos perto da mesa dele. Enjoada pela raiva de que aquele homenzinho miserável com quem eu teria que me forçar a ser gentil durante uma hora inteira e ajudar a se transformar em uma parte da vida da minha filha era a mesma pessoa que me causou tanta dor no passado. Eu tive que prestar ajuda a ele. Além disso, foi estranho perceber que, por mais que eu me sentisse fraca por ter que levar Katie até a cidade de ônibus naquela manhã e por mais que estivesse cansada, nervosa, irritada e decepcionada por estar fazendo tudo isso, essas duas pessoas precisavam que eu as aproximasse. Assim, pelo bem da relação entre Katie e Brian, terei que guardar para mim quaisquer ressentimentos que sinto por ele.

Ruby: Você fez uma coisa boa, Rosie. Deve ter sido difícil. É bem provável que continue sendo difícil por um bom tempo, ainda mais se você tiver que vê--los se tornando mais próximos.

Rosie: Eu sei. Tenho que morder a língua para não ficar dizendo a Katie que o seu pai não é nenhum herói quando ela me conta algumas coisas que ele fez na vida.

Ruby: Como ele agiu quando estava com ela?

Rosie: Ele estava ainda mais nervoso do que Katie, então eu é que tive de fazer a conversa avançar entre os dois. Você sabe, ser a pessoa mais forte naquele trio me fez perceber que a decisão que tomei de não me mudar para Boston foi acertada. Katie precisava de mim. Os dois precisavam de mim. Ele parecia sincero ao demonstrar interesse na minha vida e na de Katie. Queria saber tudo sobre ela, e eu até gostei de compartilhar as histórias que aconteceram conosco no decorrer dos anos. No começo eu contava cada uma das histórias com raiva, porque ele nunca estava por perto naquelas situações, mas percebi que estava fazendo isso para me gabar. Comecei a repensar a situação e isso me fez perceber a sorte que tive, por mais que eu fique reclamando e choramingando sobre as responsabilidades de ser mãe. E isso também me ajudou a ver que a minha situação com Katie é bem especial. Somos as duas únicas pessoas que compartilham todas essas memórias. E o que decidimos contar às outras pessoas só depende de nós. Se Brian conseguir destruir quase todo o resto da minha vida, pelo menos ele está me ajudando a perceber isso, mesmo que sem intenção.

Mesmo assim, infelizmente, este não é o que se pode chamar de melhor momento para voltar a entrar em contato com um ex. Nessas situações, imagina-se que você progrediu e teve muito sucesso na vida desde a última vez que o viu — que está feliz e bem-sucedida a ponto de dizer: "Nananão, olha o que eu consegui desde que você foi embora." Meu casamento fracassou, não tenho emprego e estou morando com os meus pais. Tenho certeza de que isso não causou o efeito desejado.

Ruby: Nada disso é importante, Rosie. Você deveria estar feliz porque ele amadureceu um pouco. Quanto tempo ele vai ficar?

Rosie: Algumas semanas, e depois ele vai ter que voltar a Ibiza por algum tempo. Sem dúvida, é nos meses do verão que ele trabalha mais. Ele voltará algumas vezes para visitar Katie, é claro, e depois vai contratar alguém para cuidar da danceteria para que ele possa ficar em Dublin no inverno. Ele parece mesmo estar levando isso a sério, e isso me deixa mais satisfeita em relação ao bem-estar de Katie. Ter Brian por perto não é bem uma maravilha para mim, mas, se servir para colocar um sorriso no rosto dela, então vale a pena.

Ruby: Conseguiu encontrar um emprego?

Rosie: Bem, eu havia acabado de ligar o computador para pesquisar na internet quando você me mandou aquela mensagem.

Ruby: Ah, entendi. Bem, vou sair agora e deixar que você se transforme na mãe responsável que deveria ser. Por falar nisso, vou fazer o meu Gary ir às aulas de salsa comigo. Miss Behave bebeu umas sangrias a mais na festa do verão passado e torceu o tornozelo usando aquelas plataformas de vinte e cinco centímetros. Tudo que ouvimos foi um CRACK! Eu me virei e ela estava deitada no chão, com um fio corrido na meia-calça e a peruca caída no chão.

Rosie: Meu Deus! Você teve que levá-la para o hospital?

Ruby: Ah, não, ela só quebrou o salto do sapato, e, como disse que aqueles eram os "únicos sapatos de dança" que tinha, ela se recusa a voltar às aulas até que consiga substituí-los. Infelizmente, só existe uma loja em Nova York que vende aqueles sapatos, e ela terá que esperar até que eles renovem o estoque e façam a entrega. Assim, não tenho mais parceiro e não vou nem pedir a você, porque sei que vai dizer não.

Rosie: Você tem razão. Mas como foi que você conseguiu que Gary aceitasse ir às aulas de dança com você? Você o ameaçou de morte ou coisa parecida?

Ruby: Sim.

Rosie: Ah. Bem, espero que ele se divirta.

Ruby: Não seja boba. Ele vai detestar e vai passar várias semanas gritando comigo, mas pelo menos vamos voltar a conversar. Bom, preciso ir agora; tenho que comprar uma calça e uma regata de lycra para ele na hora do meu almoço. Sei que de fato não precisamos usar isso nas aulas de dança, mas vou adorar ver a cara dele quando tirar as peças da minha bolsa.

Rosie: Você é má. Muito má.

Ruby: Obrigada. Agora, vá procurar um emprego. Em um hotel. Depois de todo esse tumulto na sua vida, quero que você se torne a funcionária hoteleira de maior sucesso em todo o mundo. Nada mais de problemas. Entendeu?

Rosie: Alto e claro.

QUERIDO ALEX,

Quando você vai parar de me tratar com esse silêncio todo? Você tem que entender que eu não posso tomar decisões pensando apenas em mim. Tenho que pensar em Katie também. É importante para ela conhecer Brian. Você, entre todas as pessoas, deveria saber como é querer e precisar dar apoio a um filho. Brian enfim percebeu que quer participar da vida de Katie. Antes tarde do que nunca, como você sempre diz. Algumas coisas são assim.

Acho que já deixei minhas desculpas na sua caixa de mensagens, mas agora estou escrevendo para lhe agradecer. Obrigada por me apoiar e me escutar como sempre fez durante todos esses anos. Por cuidar de todos os detalhes para mim quando eu não era nem capaz de pensar com clareza. Naquela semana o meu mundo virou de cabeça para baixo, e tudo que era seguro e sólido foi derrubado e caiu em cima de mim. Não vamos permitir que a minha decisão de ficar por aqui afete a nossa amizade.

Talvez algum dia, no futuro, nós possamos voltar a nos reunir da maneira que imaginamos quando tínhamos 7 anos. Tenho sorte de ter um amigo como você, Alex Stewart; você é mesmo o meu raio de luar, aquele que me mostra o caminho certo o tempo todo. Não sei ao certo se a promessa que fizemos quando crianças era pouco realista, de ficarmos lado a lado para sempre, mas continuamos a ser amigos em lados diferentes do oceano por mais de vinte anos, e tenho certeza de que isso é uma proeza.

Passei a semana toda caçando trabalho. Meu objetivo era tentar conseguir emprego em um hotel (surpresa, surpresa!), mas parece que, como o verão já começou, estudantes e imigrantes dispostos a trabalhar em troca de salários baixos já ocuparam todas as vagas que estavam disponíveis para os próximos meses. De qualquer maneira, o salário que esses empregos pagam não é o suficiente para que eu e Katie possamos voltar a viver sozinhas. Vou me unir ao coro insuportável da Irlanda do século 21 que diz que "tudo é tão caro hoje em dia". Estou esperando receber notícias do conselho sobre a possibilidade de conseguir uma casa, mas já passei por isso uma vez e a lista de espera é imensa.

Infelizmente, o cargo que eu tinha no Hotel Two Lakes foi ocupado. Brian se ofereceu para pagar pensão alimentícia para Katie, mas não quero o dinheiro dele. Já consegui viver sem isso antes, e com certeza não preciso da ajuda dele agora. Ele pode dar a mesada que quiser para Katie, mas eu não quero nem preciso do dinheiro dele.

Qual-é-mesmo-o-nome-dele nem sequer entrou em contato nos últimos tempos. Parece que ele está com medo da própria sombra, então imagine o pavor que sente de mim. Entrei com o processo de divórcio na semana passada; preciso tirá-lo da minha vida de uma vez. Eu dei amor e oportunidade para ele em quantidades suficientes, mas ele atirou tudo de volta na minha cara. Eu seria uma idiota se ficasse alimentando esperanças de reatar com ele. Não é saudável para mim nem para Katie. Vou sair dançando pelada pelas ruas quando o divórcio estiver concluído.

Você soube que Stephanie está grávida? O bebê deve nascer em novembro, então é natural que a família inteira esteja muito empolgada. Meus pais estão ótimos e sempre perguntam sobre você e Josh, e estão aproveitando bastante a aposentadoria. Eles estão até falando em vender a casa e se mudar para o campo, onde é mais barato, para poderem usar o dinheiro extra para viajar juntos pelo mundo pelo resto de suas vidas. Acho que é uma ótima ideia. Eles não precisam de todos esses quartos vazios na casa (com exceção dos momentos em que venho chorando até eles), e não têm necessidade de viver na cidade. Mas isso também significa que tenho que me apressar e encontrar logo um emprego para poder me mudar com Katie. Eles não estão me pressionando, mas querem colocar a casa no mercado e aproveitar a temporada de verão para vendê-la rapidamente. Eu serei a única pessoa da família a morar em Dublin, e imagino que isso vai ser meio solitário. Kevin está em Kilkenny, Steph está na França e meus pais estarão viajando para algum lugar do mundo. Seremos apenas eu e Katie. E Brian Chorão.

Minha amiga Ruby vai levar o filho, Gary, para fazer aulas de salsa a partir desta semana, o que vai ser bem engraçado. Você conheceu o Gary, e tenho certeza de que concorda que ele não é a pessoa mais expressiva ou emotiva no mundo. Mas eu acho que é uma boa ideia. Katie e eu devíamos fazer algo juntas. Ela às vezes passa o dia com o pai, mas nós nunca saímos juntas para nos divertir. Nós sempre ficamos em casa, uma pegando no pé da outra. Vou pensar em algo que ela queira fazer, talvez levá-la para assistir algum show. Com Greg em casa eu sempre tinha que ser a mãe descolada que vinha socorrê-la, mas agora, com Brian por aqui, ele é o pai descolado que é dono de uma danceteria maneira e eu sou a mãe chata que manda limpar o quarto. Claro, saber que Brian tem uma danceteria só fez aumentar o desejo que Katie tinha de ser DJ. Não sei o que foi que criamos. A música que ela ouve fica cada vez mais alta. Meus pais se acostumaram a ter a casa em silêncio durante os últimos anos, e eu acho que meu pai vai perder a cabeça se Katie continuar ouvindo música num volume tão alto.

De qualquer forma, é isso que eu tenho para contar por enquanto. Estou deixando cada dia passar devagar, encarando um dia após o outro e seguindo todos aqueles clichês. Por favor, retorne as minhas ligações. A última coisa que eu quero que aconteça neste mundo é perder o meu melhor amigo. Mesmo que seja um homem.

Com todo o meu amor,
Rosie

Phil: Quer dizer que você está irritado porque ela não vai mais se mudar para Boston e porque o pai da filha dela, que não dava sinal de vida há treze anos, voltou e quer conhecer Katie. É isso?

Alex: Sim.

Phil: Meu Deus. Quem é que escreve os seus roteiros?

QUERIDA ROSIE,

Desculpe. Eu sei que essas foram as piores semanas da sua vida, e eu devia ter mantido contato. Às vezes eu fico muito frustrado quando vejo o que acontece com a sua vida, mas eu cei que não posso controlá-la para você. É você que tem que tomar as decisões. Eu não estava irritado com você; estava só decepcionado por sua causa. Quero ver você feliz o tempo todo, e eu sabia que Qual-é-mesmo-o-nome-dele não estava te fazendo feliz. Fazia anos que eu tinha certeza disso. Por pior que seja a sensação agora, estar longe dele tem um lado positivo. De qualquer maneira, conversaremos melhor sobre isso por telefone durante esta semana, porque vou poder falar um monte de coisas sobre Qual-é-mesmo-o-nome-dele sem parar.

Se eu puder ajudar financeiramente, é só me dizer. Tenho certeza de que você acabou de ler essa linha e está arrancando os cabelos de raiva por eu ter oferecido. Mesmo assim, a oferta está de pé. Meus negócios têm ido muito bem nesses últimos tempos. Graças às dietas e aos estilos de vida do mundo moderno, há uma demanda enorme por cirurgias cardíacas. Tá, tudo bem, isso não é engraçado.

Mande notícias, Docinho. Eu cei que você vai ficar bem.
Alex

De: Rosie
Para: Alex
Assunto: Re: Mensagens
Alex Stewart, é assim que se escreve: "Eu SEI que você vai ficar bem."

De: Alex
Para: Katie
Assunto: Botar o papo em dia
Aqui é o seu amado padrinho. Estou mandando este e-mail apenas para saber como você está e como estão indo as coisas com o seu pai. Mantenha contato. Faz algum tempo que não recebo notícias suas, e imagino que as coisas estejam meio complicadas. Eu cei que você adora música, então me diga o que anda rolando de bom por aí. Você ainda quer ser DJ?

De: Katie
Para: Alex
Assunto: Re: Botar o papo em dia
Dsclpe, esse é um email rapdim pra dizer oi & q estou bem obg. Correndo pq vou sair c meu pai dq a poko. Ele vai me levar para um show no Point Theatre. Ele conseguiu ingresso de graça pq ele conhece a banda. Fiquei xatiada pq minha mãe já tinha comprado ingressos para nós duas, era pra ser surpresa. Disse que eu e ela devíamos fazer mais coisas juntas. Sei lá. Não cei o q ela quer dzr com isso pq a gente se vê todos os dias. Mas meu pai conseguiu ingressos melhores então eu vou com ele, e minha mãe vai levar Ruby. Elas estão com uns ingressos baratos do fundo do teatro. Brian é da hora. Disse que vc e ele eram amigos na escola e que vc foi na festa de aniversário dele de 10 anos e que ele deu uma festa de despedida pra vc antes que mudasse pros EUA. Mas ele disse que vc e a minha mãe sumiram depois de 10 minutos. Isso não se faz!
Minha mãe riu qdo ele contou. Ela não me disse para onde vc e ela foram. Pra onde vcs foram?
Ah ele chegou. Tenho q ir.

Katie: Ele é legal, não é, Toby?

Toby: Aham.

Katie: Quando eu terminar a escola, vou poder me mudar para Ibiza e trabalhar como DJ na boate dele. É perfeito. Tudo se encaixa no meu plano.

Toby: Ele disse que você podia trabalhar na boate dele?

Katie: Não, mas duvido que ele diga que eu não posso.

Toby: Não sei. Como se chama a boate?

Katie: Dyma Nite Club. Legal, né?

Toby: É.

Katie: Você pode vir também se quiser.

Toby: Obrigado. Você iria gostar de morar em Ibiza?

Katie: Para começar, sim, seria legal. Primeiro eu ganharia experiência na danceteria dele e depois poderia viajar pelo mundo e trabalhar em um monte de baladas diferentes em cada país. Imagine, ganhar dinheiro para tocar e escutar música! Parece o paraíso.

Toby: Você precisa de pick-ups, então, não é?

Katie: Sim. Meu pai disse que vai conseguir umas para mim. Ele tem muitos amigos que são DJs e eles conseguem os melhores equipamentos mais barato do que nas lojas. Legal, né?

Toby: Sim. É estranho você chamá-lo de "meu pai".

Katie: Sim, eu cei. Mas eu não falo isso para ele, só para outras pessoas. É meio estranho. Acho que ainda vou acostumar com isso.

Toby: Acho que sim. Você teve notícias do Greg?

Katie: Não. Por quê?

Toby: Não conte para a sua mãe, mas eu e meus pais fomos jantar em um restaurante chinês ontem e ele estava lá com uma mulher. Ele ficou todo envergonhado quando me viu e tentou ser legal e agir como se nada estivesse acontecendo, e até me chamou para a mesa deles e coisa e tal.

Katie: Meu Deus. O que você disse a ele?

Toby: Nada. Ignorei. Passei direto pela mesa deles.

Katie: Ótimo. Bem feito. Sua mãe e seu pai fizeram alguma coisa?

Toby: Não, minha mãe piscou para mim e meu pai fingiu que não viu Greg.

Katie: Com quem ele estava?

Toby: Quem, o meu pai?

Katie: Não, seu idiota. Qual-é-mesmo-o-nome-dele.

Toby: Com uma loira. Mas não conte para a sua mãe. Ela já conseguiu emprego?

Katie: Não, mas ela está fazendo entrevistas todos os dias. Está com um humor dos diabos ultimamente, andando de um lado para outro pela casa como se fosse o anticristo. Meu avô diz que é assim que eu devo ser, agora que tenho 13 anos. Ela está muito rabugenta.

Toby: Você vai ao ortodontista nesses dias?

Katie: Sim, meu avô vai me levar amanhã. Meu aparelho quebrou de novo. Por quê?

Toby: Posso ir com você?

Katie: Por que você sempre quer vir comigo? Estou com um monte de feridas dentro da boca e ele fica raspando os meus dentes enquanto você fica lá sentado chupando pirulito.

Toby: Eu gosto de ir lá. Aposto que você comeu sucrilhos no café da manhã.

Katie: Como você sabe? Está com algum poder paranormal?

Toby: Não, é que ficou tudo preso no seu aparelho.

Katie: Ah, larga do meu pé, Toby.

Toby: Largo se eu quiser. Então, posso ir com você amanhã?

Katie: De onde vem essa obsessão por aparelhos, seu doido?

Toby: Acho que eles são interessantes.

Katie: Sim, tão interessantes quanto a prova de geografia. E aí, qual é a resposta do número 5? A capital da Austrália é Sydney?

Toby: É sim, Katie.

PREZADA SRA. ROSIE DUNNE,

Ficamos felizes em oferecer-lhe o cargo para o qual a senhora se candidatou. Esperamos que possa começar em agosto. Por favor, responda assim que puder com a sua decisão e entre em contato com Jessica, no telefone abaixo.

Capítulo 34

VOCÊ RECEBEU UMA MENSAGEM DE: RUBY.

Ruby: Louvado seja o Senhor, pois ele é capaz de fazer milagres! Amo meu filho, ele é perfeito, um grande gênio!

Rosie: Ei, parece que alguém andou largando os livros.

Ruby: Bem, você concordaria comigo se, como eu, tivesse acabado de testemunhar a reencarnação de Fred Astaire. Não só estou dolorida por dançar como nunca dancei antes, mas estou chocada até a raiz dos cabelos! Assim que a música começou a tocar, a magia aconteceu!

Olhe, Ricardo não pegou leve com Gary, mesmo sabendo que hoje era o seu primeiro dia. Ele disse: "Rubeee, eza é uma turma avanzada, Gary vai der que dendar agompanhar os oudros." E, meu Deus, Gary acompanhou tanto que eu quase desmaiei. Ricardo tocou até mesmo "1, 2, 3 Maria", de Azuquita, e você sabe, Rosie... É rápida, tão rápida que eu e você caímos no chão arfando na metade da música, vendo passarinhos e estrelas rodando ao redor das nossas cabeças como nos desenhos animados. O jeito como Gary se movia era incrível. Ele dançava com tanta graça, girando e rodopiando pela pista de dança como se fosse um... sistema solar. Ricardo disse que Gary tem potencial para ser um astro, e que ele e eu formávamos uma bela dupla.

Teddy não ficou tão impressionado quando eu lhe contei a novidade. Bem, era tanta animação quando cheguei em casa que simplesmente coloquei tudo para fora, mas não percebi que os amigos caminhoneiros de Teddy estavam na sala de TV e eles também não se impressionaram nem um pouco. Teddy até ficou com o rosto mais vermelho do que o comum e começou a falar sem parar sobre todos os dançarinos homens serem gays e que eu não devia influenciar Gary a gostar de garotos. Eu disse que estava tentando ajudá-lo a sair um pouco do seu mundo introspectivo, e não ajudá-lo a "sair do armário". Mas os rapazes não entendem. Eles acham que tudo bem amassar latas de cerveja na cabeça, peidar (e depois cheirar o ar e morrer de rir), gritar com os jogadores de futebol na TV (como se eles mesmos fossem capazes de fazer melhor se estivessem no campo), tecer comentários sobre todas as mulheres gordas na TV (como se eles não tivessem aquelas barrigas de chope e não tivessem parado de cuidar de si mesmos há dez anos), me chamar a cada dez minutos para trazer mais latas de cerveja (aquelas baratas, do tipo que você compra uma dúzia por cinquenta centavos) e depois ter a audácia de me dar um sermão sobre o que faz alguém ser um homem de verdade, aqueles desgraçados preguiçosos e egoístas...

Rosie: Ei, ei, Ruby, acho que perdemos um pouco o fio da meada da conversa. Como o pobre Gary se sentiu quando Teddy e companhia começaram a tirar sarro dele?

Ruby: Bem, o coitado ficou tão envergonhado que saiu da sala bufando de raiva, subiu as escadas pisando com força e bateu a porta do quarto.

Rosie: Não acredito. Pobre Gary. Espero que Teddy tenha pedido desculpas.

Ruby: Ficou louca? É claro que não pediu. A reação de Gary só serviu para mostrar o quanto ele estava "ficando gay" por se comportar como uma "mulherzinha". Mas eu logo encontrei consolo em seis cupcakes com cobertura cor-de-rosa. Bem, é hora de Fred Astaire e Ginger Rogers saírem da frente, porque Ruby e Gary Minnelli estão chegando!

Rosie: Minnelli?

Ruby: Tudo bem, eu mudei meu nome para algo que tem um toque mais artístico. Ricardo disse que pode nos treinar para participarmos de competições. Podemos até mesmo viajar pelo mundo se formos bons o bastante. Para alguém que considera caminhar até o outro lado do jardim uma aventura, poder viajar é um verdadeiro sonho. Isso se nós formos bons o bastante, é claro.

Rosie: Ruby, essa é uma notícia maravilhosa. O que Miss Behave vai dizer quando souber que foi substituída?

Ruby: Estou preocupada com isso. Você sabe que ela morre de ciúmes quando eu olho para outros homens, mas, não importa o que ela pense, vou levar Gary comigo por todas as etapas até chegarmos ao Campeonato Mundial de Salsa em Miami. Você sabe que é preciso olhar para além das quatro paredes do saguão da escola St. Patrick. Ver as possibilidades, inalar o sucesso e provar as recompensas.

Rosie: Andou assistindo ao programa da Oprah de novo?

Ruby: Sim, e aquela parte "Lembre-se do seu espírito" mexe comigo toda vez que eu vejo. Talvez Gary e eu possamos estar no programa algum dia, falando sobre como viemos do nada e nos transformamos em milionários dançando salsa, apenas porque acreditamos.

Rosie: Não venha falar sobre me lembrar do meu espírito. Tudo que eu consigo pensar é na vodca que bebi ontem à noite.

Ruby: Não é desse tipo de alegria que estou falando, sua boba... E aí, recebeu alguma notícia sobre emprego?

Rosie: Bem, sim. Recebi uma oferta de emprego pelo correio ontem.

Ruby: Que maravilha! Bem, já era hora. Era aquela que você queria ou aquela que você não queria?

Rosie: Você me conhece há tantos anos e ainda precisa perguntar? Bem, na verdade, não foi nenhuma delas, é o emprego que eu não queria, não queria, não queria de jeito nenhum, e que só aceitaria se fosse o último emprego disponível em Dublin, se eu estivesse sendo colocada para fora da casa dos meus pais com a roupa do corpo e se Katie e eu estivéssemos tão desesperadas para conseguir comida que tivéssemos que começar a lamber selos.

Prezados sr. e sra. Dunne,

A casa de leilões Hyland & Moore recebeu o seu pedido, e nós ficaríamos muito honrados em atuar em seu nome para a venda da sua casa. Obrigado por escolherem a Hyland & Moore para representá-los.

Sinceramente,
Thomas Hyland

VOCÊ RECEBEU UMA MENSAGEM DE: ROSIE.

Rosie: Oi, sou eu.

Rosie: Oooooiiiiiii!!!

Rosie: Eu sei que você está aí. Estou vendo que você está online.

Alex: Quem está falando?

Rosie: Haha, você é muito engraçado. O que é isso? O Dia Nacional de Torrar a Paciência de Rosie? Azar o seu, porque vou abrir o meu coração e compartilhar a história triste da minha vidinha miserável, quer você goste ou não. Tá bom, lá vai.

Recebi uma oferta de emprego. Mas eu a recusei porque não imaginei que estava desesperada a ponto de ter que aceitá-la. E descobri que eu estava errada. De repente, meus pais me disseram que iam colocar a casa à venda no dia seguinte, e, antes que o meu cérebro conseguisse processar o que eles disseram, as pessoas começaram a entrar e sair da nossa casa, bisbilhotando o meu quarto, reclamando dos ambientes interiores, rindo do papel de parede, empinando o nariz para os carpetes, falando sobre quais paredes irão derrubar, quais os armários que irão arrancar e quais dos meus bichinhos fofinhos de pelúcia elas gostariam de queimar em uma fogueira no quintal enquanto dançam ao redor dela gritando, com a cara pintada com listras feitas com sangue de animal (bem, elas não disseram exatamente isso). Então um casal diz que quer pagar o preço que os meus pais pediram, sem pechinchar, depois de verem a casa uma única vez! Meus pais pensaram na oferta por cerca de vinte segundos e disseram que sim!

Alex: Não!

Rosie: Sim! Parece que a mulher está grávida de oito meses e eles estão morando em um apartamento muito pequeno e precisam se mudar logo, antes que o neném nasça e precise tomar banho na pia e brincar na sacada.

Alex: Não!

Rosie: Sim! Meus pais pediram milhões de desculpas, mas eu não os culpo porque a vida é deles, afinal de contas, e, com toda a sinceridade, eles já deviam ter parado de se preocupar comigo no momento em que saí de casa pela primeira vez. Assim, em questão de dias, eles venderam a casa, tudo foi encaixotado e eles compraram outra casa a preço de banana em Connemara. A mobília vai ser leiloada amanhã (com exceção de algumas peças que eu consegui salvar) e o resto das coisas será levado para a nova casa (que fica a algumas horas de distância daqui) também amanhã. Meus pais já compraram as passagens para embarcar num cruzeiro de dois meses e vão partir na segunda-feira.

Alex: Não!

Rosie: Sim! Isso significa que eu tive que ligar para as pessoas que me ofereceram o emprego que eu já havia recusado — e de uma maneira não muito educada, diga-se de passagem. Tive que pedir milhões de desculpas e tentar convencê-los de que de fato queria o emprego. Eles ficaram muito irritados e disseram que não precisariam de mim até agosto. Por isso, hoje Katie passou o dia com Brian enquanto eu saí para ver se conseguia encontrar uma casa em caráter emergencial.

Alex: Não!

Rosie: Sim! Todos os lugares que tinham preços de algum modo aceitáveis eram absolutamente asquerosos. Os apartamentos eram muito caros, muito pequenos ou muito distantes do meu trabalho e da escola de Katie. Assim, meus pais estavam discutindo os meus problemas pessoais (como costumam fazer) com o casalzinho tão feliz que dá nojo que está prestes a embarcar em uma linda vida em família enquanto desfigura por completo a casa onde passei a infância. E, como meus pais entenderam bem rápido a questão de "mudar-se em alguns dias", eles sugeriram que eu me mudasse para o apartamento do qual o casal saiu e que decidiu alugar.

Alex: Não!

Rosie: Sim! Mas o detalhe é que eles já alugaram o apartamento para um grupo de estudantes por algumas semanas, então eu terei que esperar até que eles saiam de lá. E, como todos esses estudantes são homens, não tenho dúvidas de que o lugar vai estar sujo e fedido quando eles saírem.

Alex: Não!

Rosie: Sim! Então, com quem eu vou ficar enquanto espero, já estou até ouvindo você perguntar. Bem, vejamos. Meus pais se mudaram para Connemara, como você já sabe. Kev mora no alojamento do Two Lakes Hotel em Kilkenny, Steph mora na França, Ruby tem somente dois quartos no apartamento e eu não posso ficar lá com Katie, e você está em Boston, o que dificulta um pouco ir e voltar do trabalho todo dia. Por isso, quem é o único outro ser humano em Dublin que eu conheço agora (e nem pense em falar em Qual-é-mesmo-o-nome-dele)?

Ninguém mais do que Brian Chorão.

Alex: Não!

Rosie: Sim! Receio que seja assim. Estou mandando estas mensagens do quartinho de despejo do apartamento que Brian Chorão alugou, no qual terei que ficar por algumas semanas. Será que as coisas podem ficar piores para mim? E essa nem é a pior parte. Eu ainda nem lhe contei quem é a minha nova chefe. Ninguém mais, ninguém menos do que a srta. Casey Narigão Bafo de Onça.

Alex: Não!

Rosie: Sim! Agora eu sou a secretária da mulher que nós dois mais odiávamos quando éramos mais novos, aquela que transformou a vida da minha filha num inferno e que agora é a diretora da Escola Primária St. Patrick e minha chefe. Por que diabos a srta. Casey Narigão Bafo de Onça me contratou é algo que está além da minha compreensão, mas foi o que ela fez. E, até que eu consiga encontrar outro emprego em um hotel, não vou reclamar nem fazer perguntas. Talvez ela só queira fazer com que a minha vida adulta continue a ser um inferno, e continuará fazendo isso até eu ficar idosa. E, por falar em gente idosa, ela já era velha quando eu tinha 5 anos, pelo amor de Deus, e ainda é velha. Essa mulher tem sete vidas.

E então, o que você acha disso tudo? Quer que eu mande algum recado para a sua professora favorita?

Rosie: Oi, Alex?

Rosie: Alex?

Alex: Bem... Desculpe, na verdade Alex não está online.

Rosie. Haha. Bem, então como é que o nome dele está aparecendo online na minha tela e eu estou digitando essas coisas para ele?

Alex: Você não está digitando para ele. Eu estou usando o computador que ele tem em casa para entrar na internet. Acho que o nome dele ficou online automaticamente no seu sistema. Eu nunca uso este programinha, mas é bem divertido. Desculpe, eu não sabia que você queria falar com ele.

Rosie: O quê? Você acha que eu fico falando sobre a minha vida particular para qualquer estranho no computador? Quem está aí?

Alex: Bethany.

Rosie: Bethany?

Alex: Bethany Williams. Lembra de mim?

Rosie: O que você está fazendo no computador da casa do Alex?

Alex: Ah, desculpe, tudo começa a fazer sentido agora. Alex não te contou, não é mesmo? Achei que vocês dois contassem tudo um para o outro. Fique tranquila, vou passar todos os seus recadinhos para ele. Foram muito divertidos. Boa sorte com o novo trabalho, Rosie. Vou deixar que Alex explique tudo para você. Ah, por falar nisso, Alex está trabalhando com o meu pai agora. Está ganhando muito dinheiro e tendo bastante sucesso. Talvez, se você estiver mesmo precisando tanto assim, ele possa te emprestar algum.

Rosie fez logoff.

Capítulo 35

BEM-VINDA AO BATE-PAPO DOS DIVORCIADOS ALIVIADOS DE DUBLIN. HÁ CINCO PESSOAS NA SALA DE BATE-PAPO AGORA.

Docinho entrou na sala.

Divorciada_1: Você vai foder com a vida dele, foder com a vida dele, foder com a vida dele, foder com a vida dele!

Docinho: Oi, pessoal.

FlorSilvestre: Uhuuuuuu!! É isso mesmo, Divorciada_1!

Insegura: Eu sei, Divorciada_1, mas esse é o problema agora, não é? Não posso mais foder com nada; ele foi embora. Eu não devia ter deixado ele ir embora. A culpa é toda minha.

Docinho: Ah... Oi, pessoal. Isso aqui está funcionando? Vocês conseguem ler o que eu escrevo?

Divorciada_1: Ah, pare com isso, Insegura. Estou de saco cheio de ouvir você choramingar pelos cantos noite após noite. Como pode dizer que a culpa é sua? Foi você quem o arrastou para o carro e o levou para o quarto do hotel? Foi você que arriou as calças dele até o tornozelo e o empurrou para cima da outra, na cama?

Insegura: Por favor, Divorciada_1, pare com isso! Pare! Pare! Pare! Não, não fiz nada disso.

LadySolitária: Deixe-a em paz. Você não precisa falar desse jeito.

Divorciada_1: Olhe aqui, eu só estou tentando ajudar. Se você não fez nada disso, então por que acha que a culpa é sua?

Docinho: Não sei se isso aqui está funcionando. Oi? Olá? Olá? Maldito computador de merda. Será que alguém pode me responder?

Insegura: Bem, talvez eu tenha feito uma pressão para ele dar duro no trabalho, mesmo sem ter a intenção. Vocês sabem como as coisas estão caras hoje em dia, e as crianças sempre querem mais, mais e mais. Era época de volta às aulas e os uniformes e livros são sempre tão caros, e eu vivia dizendo que precisávamos de mais dinheiro porque nunca tínhamos o bastante, e não tenho certeza, mas talvez a culpa tenha sido minha, entendem?

LadySolitária: Ah, faça-me o favor, Insegura...

FlorSilvestre: Ah, eu já ouvi o bastante para uma única noite.

Divorciada_1: Escute, basta esquecê-lo. Ele é um filho da puta e essa é a verdade. Mande-o se foder.

Docinho: Bem, não sei se alguém se importa, mas o seu marido só estava pensando numa única definição de "dar duro" naquela noite, e isso não envolvia um dia no escritório.

FlorSilvestre: Uhuuuuu! Bem-vinda, Docinho!

Divorciada_1: Você está certa, Docinho. Ele que se foda.

Insegura: Tem certeza, Docinho?

LadySolitária: Acho que vou concordar com as outras, Insegura. Bem-vinda, Docinho. Quer teclar?

FlorSilvestre: Por favor, LadySolitária, toda vez que você pergunta a um dos nossos visitantes se a pessoa quer teclar ela acaba se assustando. Parece que você quer um papo sujo ou algo do tipo.

LadySolitária: Desculpe, você sabe que eu não faço por mal. Simplesmente tenho esse hábito horrível de espantar todo mundo.

FlorSilvestre: Quais são seus dados, Docinho?

Docinho: Meus o quê?

Divorciada_1: Ei, olhem só, temos uma virgem na sala.

FlorSilvestre: Seus dados, meu bem: idade, sexo, esse tipo de coisa.

Docinho: Bem, tenho 32, sou mulher, tenho uma filha de 13 anos, sou divorciada e não me arrependo.

FlorSilvestre: Uhuuuuuu!

Divorciada_1: Parabéns, meu bem. Mande-o à merda. É o meu conselho.

Insegura: Docinho, de quem foi a culpa pelo fim do casamento? Sua ou dele?

FlorSilvestre: Não ouça o que ela diz, Docinho. Ela ainda está preocupada com a questão do "de quem é a culpa".

Docinho: Não tem problema, eu não me importo. Foi cem por cento culpa dele.

Divorciada_1: Quelle surprise.

LadySolitária: Pelo menos você tem uma filha, Docinho, e você não foi abandonada de todo. Meu marido — bem, meu ex-marido — me deixou antes que tivéssemos a chance de começar uma família. Não acho que seria tão difícil se tivéssemos tido filhos. Pelo menos assim eu não me sentiria tão...

Divorciada_1: Sozinha. Sim, sim. Bem, acredite em mim, é mais difícil quando você tem filhos. Infelizmente os meus pequerruchos são a cara cuspida e escarrada do meu marido, e quando eu olho para eles tenho vontade de estrangular os desgraçadinhos. Seus filhos se parecem com o seu ex, Insegura?

Insegura: Sim e não. Algumas pessoas dizem que eles parecem, e outras dizem que não. E eu também não tenho certeza.

FlorSilvestre: Não vamos ser indelicadas, pessoas. É hora de nos apresentarmos a Docinho: Tenho 62 anos, 5 filhos e meu marido me deixou no ano passado.

Docinho: Ah, que horror. Sinto muito.

Divorciada_1: Ha! Não precisa sentir muito, meu bem. O homem teve ótimos motivos para deixá-la. Ela estava dormindo com o jardineiro.

Docinho: Ah!

FlorSilvestre: Façam-me o favor. Como se vocês nunca tivessem tido vontade de fazer a mesma coisa.

Insegura: Bem, a pessoa que cuidava do meu jardim era uma mulher.

FlorSilvestre: Não foi isso que eu quis dizer.

LadySolitária: Eu nunca faria isso com o meu Tommy. Nunca.

Divorciada_1: Oi, Docinho. Tenho 49 anos, 4 filhos e o meu ex-marido estava comendo a secretária. Desgraçado.

Docinho: E você, LadySolitária?

LadySolitária: Tenho 27, casei no ano passado, mas o meu Tommy me largou. Não conseguiu se adaptar à vida de casado. Um dia ele simplesmente foi embora e me deixou... Sozinha.

Docinho: E você, Insegura?

Insegura: Tenho 36, 3 filhos e para todos os efeitos não estou divorciada. Ainda moramos juntos. E você, Docinho? Como foi que você e seu marido se afastaram?

Docinho: Bem, ele estava saindo com algumas outras mulheres com certa frequência, e eu não sabia de nada.

Divorciada_1: Que filho da puta.

FlorSilvestre: Bem, eu acredito que viemos a este mundo para ter tantos parceiros sexuais quanto quisermos.

Divorciada_1: Ah, cale a boca, sua riponga. Você e essas suas ideias moderninhas.

FlorSilvestre: Não há qualquer mal em expressar a minha opinião. Não me lembro de atacar as suas opiniões.

Divorciada_1: Porque as minhas opiniões são sempre corretas. E então, Docinho, você ficou com a casa?

Docinho: Não, eu saí de lá na hora. Isso foi o bastante para mim.

Divorciada_1: Eu fiquei no prejuízo na hora da separação. Meu ex ficou com a casa de campo e eu fiquei com a guarda das crianças. Daria qualquer coisa para trocar de lugar com ele e passar alguns meses na tranquilidade do campo.

LadySolitária: Eu fiquei com a casa, e isso significou que tive que ficar lá sozinha com os cômodos cheios de lembranças.

Divorciada_1: Ah, deixe disso, Solitária. Você está parecendo um disco arranhado hoje.

LadySolitária: O quê? Eu ficaria com Tommy mesmo se ele fosse um merda. Não me importaria com isso. Ele é tudo que eu quero.

FlorSilvestre: Não dê atenção a ela. Suas prioridades estão todas erradas. A melhor maneira de esquecer um homem é arranjar outro. Todas nós sabemos disso.

Insegura: Não sei se essa é a melhor maneira de agir. Eu com toda a certeza não tenho intenção de dividir a minha cama com outro homem que não seja o meu marido.

Docinho: Não estou entendendo, Insegura. Você ainda está casada?

Insegura: Tecnicamente, não estamos divorciados. Ele dorme no nosso quarto e eu estou no quarto de hóspedes.

FlorSilvestre: Insegura, você deixou que ele a colocasse no quarto de hóspedes enquanto ele é que dava suas escapadinhas?

Insegura: Ah, isso é errado? Eu não sei. Tudo isso é muito novo para mim.

LadySolitária: Eu não ligaria se Tommy e eu não pudéssemos ficar na mesma cama. Eu só o quero em casa comigo.

Divorciada_1: Meu Deus do céu, será que vocês não ouviram nada do que eu disse? Bem, Docinho, onde é que você está morando agora, se o cabeça de merda ficou com a casa?

Docinho: Bem, o que vou dizer pode parecer meio bizarro, mas hoje em dia estou morando com o pai da minha filha.

Insegura: É assim que as coisas devem ser, eu imagino.

LadySolitária: Ahhhh, mas que linda história de amor!

Docinho: Ah, não, não, não. Não entendam errado, não há nem um pouco de amor envolvido nessa história. Para dizer a verdade, eu o odeio.

FlorSilvestre: Você reclama demais.

Docinho: Reclamo mesmo, e se você o conhecesse agiria da mesma forma.

Divorciada_1: Eu não teria tanta certeza. Desde que essa mulher completou 60 anos, vem trocando de homem da mesma forma que troca de sapatos.

Docinho: Mas não esse homem de quem estou falando, a menos que você goste de alguém cujos miolos sejam parecidos com um prato de ovos mexidos.

Insegura: Docinho, por que você escolheu esse apelido?

Docinho: Ah, é só um apelido que o meu melhor amigo usa para se referir a mim. Quando tínhamos 6 anos nós estávamos em uma peça de teatro da escola e eu era a Princesa Docinho e ele era o Príncipe Raio de Luar. Ele me chama assim desde aquela época.

Divorciada_1: Vocês ainda mantêm contato depois de vinte e seis anos?

Docinho: Sim, e ainda somos ótimos amigos.

Divorciada_1: Seu melhor amigo é um homem? Você já dormiu com ele?

Docinho: Só quando um de nós ia dormir na casa do outro, mas não rolava nada em termos de sexo.

Divorciada_1: Ele é gay?

Docinho: Não é, não.

Insegura: Bem, acho que isso é muito bonito. Perdi o contato com meus amigos do tempo da escola assim que saí e me casei. Leonard detestava que eu tivesse amigos homens.

LadySolitária: Quando vim de Belfast para Dublin com Tommy, deixei toda a minha família e meus amigos lá. E, agora que Tommy se foi, todos os meus amigos ficaram no norte do país e eu estou...

Divorciada_1: Sozinha, sim, sim, já entendemos. Docinho, esse seu amigo é solteiro? O que ele faz? Onde ele mora? E, por fim, ele estaria interessado em uma mulher fogosa de 49 com quatro filhos? Ele pode ficar com os filhos ou não, isso não me importa.

Docinho: Não, infelizmente ele não é solteiro.

FlorSilvestre: Como assim, "infelizmente"?

Docinho: Porque ela é uma verdadeira piranha. Foi o primeiro amor da vida dele, quando ainda tinham 16 anos. Eu a odiava naquela época e ainda a odeio. De qualquer maneira, ele acabou conseguindo um emprego com o pai dela em Boston, dentre todos os lugares do mundo, e eu acho que o amor que eles sentiam um pelo outro acabou florescendo outra vez.

Divorciada_1: E você ficou com ciúmes.

Docinho: Não fiquei.

Divorciada_1: Ficou, sim. Consigo perceber só pelo jeito que você fala.

Docinho: Impossível você ouvir o que eu falo. Estamos só teclando!

FlorSilvestre: O que ela quer dizer é que isso transparece pela sua maneira de teclar, e eu tenho que admitir que concordo.

Insegura: Mas, com certeza, se vocês são amigos desde que tinham 6 anos e agora têm 32, se os dois já foram casados uma vez e agora estão vivendo com outras pessoas em países diferentes. Então, se isso não aconteceu até agora, com certeza não acontecerá mais.

FlorSilvestre: Insegura, não seja tão pessimista. Almas gêmeas sabem encontrar o caminho que leva uma até a outra.

LadySolitária: Isso quer dizer que o meu Tommy vai voltar para mim?

FlorSilvestre: Não.

SamSolteiro entrou na sala.

Divorciada_1: Sam!

FlorSilvestre: Uhuuuuu! Sam!

LadySolitária: Oi, Sam, seja bem-vindo. Como estão as coisas?

SamSolteiro: Olá, moças. É bom ver todas vocês aqui hoje.

Divorciada_1: Sam, quero que você conheça Docinho. Ela tem 32 anos, uma filha de 13 e o seu marido a traía. Docinho, quero que você conheça Sam. Ele tem 54 anos, tem 2 filhas e sua ex-mulher é lésbica.

SamSolteiro: Prazer em conhecê-la, Docinho.

Docinho: Prazer, Sam.

Insegura: O que há de novo, Sam? Você está feliz ou triste hoje?

SamSolteiro: Hoje o dia foi ruim para mim.

FlorSilvestre: Ah, me poupe! Este deveria ser um bate-papo para os Divorciados Aliviados de Dublin, e não para os Divorciados Deprimidos de Dublin. Vou dormir.

Docinho: É melhor eu ir dormir também. Foi um prazer conversar com vocês.

Divorciada_1: Até amanhã no mesmo horário, Docinho.

Insegura: É melhor eu colocar as crianças na cama.

LadySolitária: Acho que vou assistir ao vídeo do casamento mais uma vez antes de ir dormir.

Docinho saiu da sala.

LadySolitária saiu da sala.

Insegura saiu da sala.

FlorSilvestre saiu da sala.

Divorciada_1: Bem, Sam, parece que eu e você somos os únicos que sobraram na sala. Você escolhe uma música e eu acendo as velas.

Clique no ícone à esquerda para imprimir esta página.

De: Stephanie
Para: Rosie
Assunto: Srta. Casey!

Eu não acredito que você vai trabalhar com a srta. Casey! Nossa mãe me falou isso no telefone e eu mal consegui entender, porque ela estava rindo demais. Ela está imaginando o que ela e o nosso pai vão fazer quando estiverem na Austrália e receberem uma carta da srta. Casey exigindo que eles estejam na escola para conversar com ela por causa do seu comportamento no trabalho!

O que fez você aceitar esse emprego? Ficou maluca? Eu nunca tive nenhum problema com aquela mulher, mas sei que ela deixava você maluca quando era criança, e continuou fazendo isso quando Katie começou a ter aulas com ela. O que Alex acha disso tudo? Tenho certeza de que ele deve ter uma opinião muito interessante a respeito!

QUERIDA STEPHANIE,

Bem, é claro que você nunca teve problemas com a srta. Casey, porque você sempre foi a queridinha da professora. Ela adorava você e a sua letra caprichada no caderno e a sua lição de casa completa e impecável e o seu uniforme limpo e as suas boas maneiras!

É bem provável que eu esteja louca por ter aceitado este trabalho, mas, para ser honesta, é o melhor que surgiu e aquele que tem o melhor salário até agora. O expediente vai de segunda a sexta, das 9h às 15h30 — o que é ótimo, porque eu tinha que trabalhar em vários turnos e também nos fins de semana no meu último emprego. Fica bem ao lado da escola de Katie, e isso significa que podemos pegar o ônibus juntas todos os dias. Estamos apenas a alguns minutos do apartamento, então vou poder escapar para casa na hora do almoço. Com todas as outras complicações da vida, essas pequenas coisas vão me ajudar bastante. Não tenho intenção de trabalhar lá por muito tempo. Só até surgir algum cargo na área hoteleira.

Mas a principal razão para aceitar o emprego é o fato de que não tenho muita escolha. Ainda tenho que passar uma semana aqui no purgatório (o apartamento de Brian) antes de poder me mudar para o apartamento que aluguei, que está uma bagunça. Vou precisar de todo o dinheiro que puder guardar para conseguir dar um jeito naquele lugar e fazer com que ele se pareça com um lar. Deus sabe que Katie já passou por vários lares até hoje. Quando a Organização Hoteleira Rosie Dunne comprar o Hilton Hotels, não precisarei mais me preocupar com as finanças.

Coisas estranhas aconteceram com Katie durante os anos, mas nada tão bizarro quanto ter a mãe e o pai morando na mesma casa. O que talvez seja algo comum para outras crianças é motivo suficiente para que Katie comece a rir de jeito histérico. Na verdade, não é que eu e Brian não gostemos um do outro; o problema é que não sabemos absolutamente nada um sobre o outro. Somos dois completos estranhos que se aproximaram uma vez na vida (e apenas por alguns minutos, acredite!) em um momento do qual eu mal consigo me lembrar e criamos a coisa mais incrível que já existiu. Como dois idiotas como nós puderam gerar uma pessoa maravilhosa como Katie?

Quando ela chega da escola e começa a fazer uma das suas apresentações improvisadas de comédia stand-up, eu olho para ela, olho para ele, e começo a pensar como foi que ele, misturado comigo, resultou nela.

Como nem eu e Brian estamos trabalhando no momento, tento passar o mínimo de tempo possível aqui. Passo boa parte do dia andando de um lado para outro na rua Henry, apenas para não atrapalhá-los. Quando estou no apartamento, eu fico no meu quarto ou me tranco no quarto de despejo e passo o dia inteiro enviando e-mails. Você poderia até pensar que nós compartilhamos alguma espécie de laço ou amizade, ou que temos alguma espécie de relacionamento. Mas somos dois estranhos.

Ainda fico irritada com ele agora, mas é um tipo diferente de raiva. Antes eu sentia raiva porque ele me abandonou. Eu tive que fazer tudo. A minha vida social ficou arruinada, tive que gastar todo o meu dinheiro e não consegui encontrar um emprego. Mas agora, quando olho para ele brincando com Katie, eu penso que foi um desperdício enorme. Isso é tudo que ele devia ter feito enquanto ela estava crescendo — estar por perto para dar atenção a ela, e ela o teria aceitado, como as crianças fazem, sem se importar com a pessoa que ele era. Sinto raiva porque ele não estava perto dela. Afinal perdi a parte egoísta que havia em mim.

De novo, eu não sei para onde vou, Steph. Parece que, de tempos em tempos, estou recolhendo os pedaços da minha vida e começando do zero mais uma vez. Não importa o que eu faça ou o quanto me esforce, não consigo alcançar a felicidade, o sucesso e a segurança que tantas pessoas têm. E não estou falando de ficar milionária e viver feliz para sempre. Estou me referindo a alcançar um ponto na minha vida no qual eu possa parar com o que estou fazendo, dar uma olhada ao meu redor, suspirar aliviada e pensar: Agora eu estou onde queria estar.

Sinto falta de alguma coisa, sabia? Aquela "centelha" especial que a vida devia trazer. Tenho o emprego, a filha, a família, o apartamento e os amigos, mas perdi a centelha.

E, para responder a sua pergunta sobre Alex, eu não sei o que ele acha do meu emprego novo, porque não tenho notícias dele há um bom tempo. Ele está tão ocupado salvando vidas mais valiosas e participando de eventos beneficentes que não posso exigir que ele dê atenção a uma amiga como eu. Ele está ocupado demais com suas "velhas" amizades. Em particular, as mais piranhas e vadias.

Capítulo 36

Bon Voyage!
Vou sentir muitas saudades de vocês. As coisas não serão as
mesmas sem vocês por aqui, mas espero que se divirtam muito!

Com amor,
Rosie

**Para a vovó e o vovô,
Divirtam-se e mandem um monte de cartões-postais
para nós.**

**Beijos,
Katie (sua neta favorita)**

VOCÊ RECEBEU UMA MENSAGEM DE: ALEX.

Alex: Oi.

Rosie: Ah, então ele ainda está vivo! Onde você esteve nessas últimas semanas?

Alex: Escondido.

Rosie: De quem?

Alex: De você.

Rosie: Por quê?

Alex: Porque voltei a namorar a Bethany e fiquei com medo de contar para você, já que você a odeia com um fervor infernal. E você recebeu a notícia diretamente dela, o que fez com que as coisas ficassem ainda piores. Por isso eu estava me escondendo de você.

Rosie: Por quê?

Alex: Porque eu achei que você viria até aqui me matar.

Rosie: Por quê?

Alex: Porque você acha que ela é uma vadia e que namorá-la não é bom para mim.

Rosie: Por quê?

Alex: Porque você é a minha melhor amiga superprotetora e sempre detestou as minhas namoradas (e a minha esposa) e eu sempre odiei os seus namorados (e o seu marido).

Rosie: Por quê?

Alex: Bem, porque ele teve um caso com outra, para citar um motivo...

Rosie: Por quê?

Alex: Porque ele foi um completo idiota e ele não sabia a sorte que tinha. Mas não vamos falar mais dele. Ele foi embora e não vai mais voltar.

Rosie: Por quê?

Alex: Porque eu dei um susto nele.

Rosie: Por quê?

Alex: Porque sou seu melhor amigo e me importo com você.

Rosie: Por quê?

Alex: Porque não tenho nada melhor para fazer.

Rosie: Por quê?

Alex: Porque, infelizmente, foi isso que aconteceu com a minha vida. Tudo o que aconteceu fez com que eu me importasse com você e com os seus. Bom, pelo menos não preciso mais ficar me escondendo.

Rosie: Por quê?

Alex: Porque pedi desculpas.

Rosie: Por quê?

Alex: Porque estou cansado de não receber notícias suas e sinto saudade de você.

Rosie: Por quê?

Alex: Porque (e agora estou dizendo isso com os dentes rangendo de tanto apertá-los) VOCÊ É A MINHA MELHOR AMIGA. Mas preciso avisá-la, não vou mais dar atenção a nenhuma das suas reclamações ou comentários irritantes desta vez.

Rosie: Por quê?

Alex: Porque eu gosto dela de verdade, Rosie, e ela me faz feliz. Estou me sentindo outra vez como se fosse aquele garotinho trabalhando no escritório do meu pai. E pense: se você não tivesse ficado tão bêbada no seu aniversário de 16 anos a ponto de precisar fazer uma lavagem estomacal, nós nunca teríamos sido apanhados, não teríamos sido suspensos e eu não teria sido castigado de modo tão severo, obrigado a arquivar todos os documentos do mundo no escritório do meu pai, onde, diga-se de passagem, eu nunca teria conhecido Bethany. Então, tudo isso aconteceu por sua causa, minha querida amiga!

Rosie: POR QUÊÊÊÊÊÊÊÊÊ? Meu Deus, por quê?

Alex: Haha. Bom, preciso ir agora. Vou fazer uma cirurgia daqui a algumas horas.

Rosie: Por quê?

Alex: Porque sou um cirurgião cardíaco e há um pobre homem, chamado sr. Jackson, que, se você precisa mesmo saber, necessita de uma cirurgia na válvula aórtica.

Rosie: Por quê?

Alex: Porque ele tem estenose aórtica.

Rosie: Por quê?

Alex: Bem, as razões por trás da incompetência aórtica, em geral, são de origem reumática. Mas não se preocupe (e eu cei que você está preocupada), o sr. Jackson vai ficar bem.

Rosie: Por quê?

Alex: Porque, graças a setenta e cinco anos de estudo, eu aprendi a fazer uma cirurgia que envolve uma prótese esférica que irá ajudar o paciente a se recuperar. Mais alguma pergunta?

Rosie: Tipo assim, a aorta fica no coração, não é?

Alex: Muito engraçado. Tudo bem, eu preciso ir mesmo. Fiquei feliz por termos tido essa conversa, e também por termos esclarecido toda a situação em relação a Bethany. Estou perdoado?

Rosie: Não.

Alex: Que maravilha, obrigado. Conversamos mais daqui a pouco.

Alex fez logoff.

Rosie: Obrigada por perguntar sobre o meu emprego, doutor.

De: Rosie
Para: Ruby
Assunto: Socorro!

Socorro... Ajude... Ai, minha cabeça. Coitada da cabeça. Mais pobres ainda são as minhas células cerebrais, elas não tiveram a menor chance. Já eram. Estão todas mortas. São quatro da tarde e eu estou na cama (e isso não é tão divertido quanto pode parecer), e a cama é o lugar em que ficarei pelo restante dos meus anos. Adeus mundo, adeus a todos, obrigada pelas lembranças.

E, das lembranças que sobraram da noite passada, eu vou tentar explicar exatamente o que aconteceu comigo, embora pareça haver uma névoa espessa que está se formando ao redor do meu cérebro e indo em direção ao centro. Vou tentar explicar tudo antes que eu fique cercada por imagens desfocadas.

Após uma reunião muito frustrante com o gerente do meu banco, eu voltei para a casa do Brian Chorão me sentindo diminuída, irritada e sem qualquer certeza sobre a minha vida. Eu não estava nem um pouco a fim de conversar ou de ficar perto de ninguém, mas ali na sala de estar estavam os pais de Brian, que vieram diretamente de Santa Ponsa para discutir um encontro com Katie e a perspectiva de começarem a fazer parte da vida dela. Eu já estava me sentindo cansada e fraca, e a ideia de que Katie teria outra dupla de avós — ainda mais pessoas em sua vida que ela poderia ter conhecido, mas que não conheceu — acabou me afetando demais. E eu fiquei ainda mais irritada pelo fato de que todos esses anos eu sabia quem eles eram, eles sabiam quem eu era, eles já haviam passado por mim na rua em várias ocasiões enquanto eu estava grávida, outras vezes quando Katie nasceu, ouviram os rumores de que ela era filha de Brian e mesmo assim nunca se importaram em fazer qualquer tipo de contato ou ajudar de qualquer maneira que fosse. Da última vez em que ouvi falar deles, haviam vendido todos os seus bens e se mudado para um lugar ensolarado para ajudar a tratar a artrite da sra. Chorão.

A conversa foi acalorada e não muito agradável. Vamos dizer apenas que eu pedi licença e saí.

É claro que eu não tinha nenhum lugar para ir, então só andei pelas ruas por vários e vários séculos, pensando na vida. Depois de algum tempo eu decidi que odiava a minha vida e todas as pessoas que estão nela (eu sei, eu sei — de novo). Quando vi que Katie já estava segura em casa e Brian Chorão estava acompanhado, eu fui até o pub mais próximo e afoguei as mágoas.

O bar era um lugar realmente horrível, mas, como eu estava muito irritada, nem me importei. Tudo que eu vi foi um barman amigável e dois serial killers entretidos em uma conversa do outro lado do bar. Bem, o barman viu que eu estava muito irritada e, isso parece até cena de filme, perguntou o que havia de errado e parecia estar de fato preocupado. Eu disse a ele que Greg acabou com a minha vida. (Por eliminação, cheguei à conclusão de que tudo isso aconteceu por culpa dele.) Eu coloquei tudo pra fora, Ruby. Tudo, falei sobre Alex e o baile de formatura, Brian Chorão, o nascimento de Katie, o fato de não poder fazer faculdade, o casamento de Alex, a ocasião em que conheci Greg, quando Greg me traiu, quando perdi a promoção no meu emprego, Greg me traindo outra vez... Contei a ele sobre Greg ter todas aquelas amantes enquanto dizia que estava viajando para participar de conferências e que, como ele era gerente de banco, eu acreditava que ele tinha mesmo que fazer todas aquelas viagens.

Foi então que os dois outros caras que estavam no bar de repente ficaram muito interessados em mim. Eles viram o quanto eu estava irritada e me pagaram um monte de bebidas. Eram caras enormes, Ruby, com mais de um metro e oitenta de altura, com músculos tão grandes que pareciam ser halterofilistas, cabeças raspadas, e um deles tinha uma tatuagem de uma cabeça cortada no antebraço, mas foram tão bonzinhos! Estavam muito preocupados, fizeram várias perguntas, me deram lenços de papel quando eu chorei e me disseram que eu podia encontrar alguém melhor do que Greg. Eu fiquei muito surpresa, Ruby. Eles foram gentis o bastante para me trazer para casa e se certificar de que eu voltasse em segurança, porque eu não tinha a menor condição de voltar caminhando. Apontei para a casa de Greg quando passamos por lá e eles ficaram muito interessados, e nós três mostramos o dedo médio para ele. Uns moços muito bons. Isso mostra que não se pode julgar um livro pela capa.

De qualquer maneira, estou com uma dor de cabeça tão forte que tenho que parar de digitar, mas a noite passada me provou que, pelo menos, ainda existem alguns homens sensíveis no mundo e nem todos estão preocupados apenas consigo mesmos.

GERENTE DE BANCO É ATACADO NA PRÓPRIA CASA

Um gerente de banco foi brutalmente agredido em um ataque perverso e milhares de euros foram roubados em um assalto na manhã de ontem. A vítima foi Greg Collins, 42 anos, gerente do banco AIB, no bairro de Fairview, Dublin.

A agressão ocorreu quando Collins foi despertado ainda durante a madrugada por invasores em sua casa, em Abigail Road. Dois homens mascarados entraram à força na casa e exigiram que o gerente abrisse o banco e esvaziasse o cofre. Apavorado, Collins tentou reagir, mas os agressores lhe acertaram socos no rosto. Seu nariz, que estava quase curado de um ferimento anterior, ficou ainda mais danificado.

Abalado, Collins descreveu que foi vendado e forçado a entrar no furgão dos assaltantes, ainda usando o pijama.

Acredita-se que os suspeitos tenham mais de um metro e oitenta de altura e, de acordo com Collins, pareciam ser halterofilistas. Embora não fosse capaz de ver seus rostos, ele percebeu que um deles tinha uma cabeça cortada tatuada no antebraço.

Os homens roubaram 20 mil euros e saíram em disparada, deixando Collins sozinho no interior do banco, machucado e usando apenas as roupas de dormir. A polícia chegou à cena do crime momentos depois que os homens fugiram, depois que o alarme foi acionado.

Collins não tem certeza de como eles descobriram o seu endereço. "Sempre tomo muito cuidado caso alguém esteja me seguindo até em casa durante a noite, mas não percebi ninguém ontem. Foi a pior noite da minha vida, um verdadeiro pesadelo", disse Collins, visivelmente abalado. "Aqueles criminosos invadiram a minha casa e me atacaram. Estou apavorado."

Collins estava sozinho em casa no momento da agressão em consequência do fim do seu casamento, ocorrido há pouco tempo. O crime começou a ser investigado hoje, mas o policial encarregado disse que, por não haver pistas, é improvável que os culpados sejam encontrados.

Se alguém tiver qualquer informação em relação ao crime, a polícia pede que se apresente sem demora.

Acima: foto mostra Greg Collins, 42, diante da agência bancária com o nariz quebrado.

VOCÊ RECEBEU UMA MENSAGEM DE: RUBY.

Ruby: Viu o jornal hoje?

Rosie: Não. Parei de acreditar em horóscopo.

Ruby: Bem, posso sugerir que você compre o Daily Star de hoje e lembre-se do que ocorreu na noite de sábado?

Rosie: Ah, não. Os paparazzi me fotografaram saindo do pub? Haha.

Ruby: Não é engraçado, Rosie. Estou falando daqueles homens. Agora, rápido, vá olhar o jornal.

Rosie: O quê? Que homens? Do que você está falando?

Ruby: O tabloide. Agora. Rápido. Vai lá.

Rosie: Tá bom.

Rosie fez logoff.

De: Rosie
Para: Alex
Assunto: A reportagem de hoje
Sou eu, Rosie. Veja um fax que te mandei, rápido! Mandei um artigo para você que estava no jornal de hoje. Enquanto estiver lendo, lembre-se também da história do meu sábado à noite. Aquela que eu lhe contei.

Leia o jornal e me diga o que acha. Rápido! Preciso da sua opinião.

De: Alex
Para: Rosie
Assunto: Re: A reportagem de hoje
Hahahahahahahahahahahahahahahahahahahahahahahahahahahahah ahahahahahahahahahahahahahahahahahahahahahaha.

Capítulo 37

VOCÊ RECEBEU UMA MENSAGEM DE: ROSIE.

Rosie: Meu DEUS, Alex.

Alex: O que foi, Rosie?

Rosie: Está livre para conversar ou ocupado?

Alex: Estou trabalhando um pouco por aqui, mas pode falar.

Rosie: Meu Deus, cirurgia para salvar vidas direto na internet? Seu talento não tem limites, doutor?

Alex: Parece que não. O que houve?

Rosie: Você NÃO vai acreditar no que colocaram debaixo da porta de Brian Chorão hoje pela manhã.

Alex: Um tijolo?

Rosie: Não!

Alex: Um mandado judicial declarando que você vai ser presa?

Rosie: Não! Vire essa boca pra lá! Por que você diz isso?

Alex: Nenhum motivo em particular. Só estava imaginando qual é a sentença para pessoas que contratam outras pessoas para dar uma surra e aterrorizar ex-maridos.

Rosie: Alex Stewart, pare com essa conversa agora mesmo! Não é seguro dizer esse tipo de coisa pela internet, você sabe, e eu não fiz isso!

Alex: Tem razão. A polícia deve estar fazendo uma operação de vigilância do outro lado da rua, observando cada movimento seu com um binóculo.

Rosie: Alex, pare, você está me deixando em pânico. A única coisa da qual posso ser considerada culpada é de um pouco de ingenuidade, e nada mais.

Alex: Um pouco? Você acha que "aqueles caras com pinta de serial killer" costumam ser tão amistosos com mulheres solitárias em pubs como aconteceu com você?

Rosie: Escute aqui, eu estava bêbada, não estava desconfiando de nada e a minha guarda estava baixa. Na verdade, minha guarda não estava em lugar nenhum. Sei que é idiotice, mas ainda estou viva, por isso não precisa ficar me dizendo o quanto eu fui idiota. De qualquer forma, pelo menos eles foram atenciosos. O que aconteceu foi que, quando desci a escada hoje de manhã, havia um envelope pardo na mesa da cozinha com o meu nome. Dentro dele tinha 5 mil euros, dá pra acreditar? E você disse que eles não se importavam comigo!

Alex: O que mais você encontrou no envelope? Algum bilhete ou um cartão de agradecimento?

Rosie: Alex, você não leva nada a sério? Não, não vi nenhum bilhete, então talvez nem tenham sido eles que deixaram isso aqui.

Alex: Rosie, um envelope marrom apareceu na sua mesa da cozinha de um dia para o outro com 5 mil euros dentro. A menos que o carteiro tenha a chave do seu apartamento, acho que podemos presumir que foram eles.

Rosie: Então o que eu vou dizer para a polícia?

Alex: Você não vai ficar com o dinheiro?

Rosie: Alex, eu tenho uma filha de 13 anos. Não acho que esconder o que sei sobre um assalto a banco (e também sobre uma parte do dinheiro) seja a melhor coisa a fazer. Além disso, acredite ou não, eu tenho consciência.

Alex: Bem, em circunstâncias normais eu concordaria com a teoria de falar a verdade e cumprir a lei, mas, desta vez, acho que é melhor você ficar de bico fechado. Primeiro, aqueles caras sabem que você é a única pessoa que sabe alguma coisa sobre isso. Eles sabem onde você mora e podem entrar na sua casa no meio da noite sem perturbar os vizinhos ou qualquer pessoa que esteja aí dentro. Não acho que eles estejam lhe dando esse dinheiro como presente para um maravilhoso recomeço da sua vida. Eles não parecem ser esse tipo de gente.

Rosie: Meu Deus, isso me dá um calafrio na espinha! Isso é loucura, como um filme ou coisa do tipo. Mas eu não posso contar isso para a polícia.

Alex: Você quer morrer?

Rosie: Sim. Algum dia.

Alex: Rosie, estou falando sério. Fique com o dinheiro e não diga nada a ninguém. Doe para alguma instituição de caridade ou algo do tipo, se isso a incomoda tanto. Você pode fazer uma doação para a Fundação Reginald Williams para Doenças Cardíacas, se quiser.

Rosie: Urgh, isso me dá vontade de vomitar. Não, obrigada. Mas a ideia de doar para a caridade não é ruim. Acho que vou fazer isso.

Alex: E para qual instituição você vai doar o dinheiro?

Rosie: Para a Fundação Rosie Dunne para Mulheres que Não Veem seus Melhores Amigos na América há anos.

Alex: É uma ideia excelente. Tenho certeza de que a pobre coitada vai adorar a sua doação. Quando você acha que ela e a filha virão visitar o amigo médico?

Rosie: Já reservei um voo para elas para a sexta-feira que vem. Chegarão às nove da manhã e ficarão aí por duas semanas. Você tem razão, doar esse dinheiro realmente fará com que eu me sinta melhor.

Alex: Ha! Você já tinha planejado tudo. Vou buscar vocês, então.

Rosie: Ótimo. Por falar nisso, você ainda não falou nada sobre o meu emprego.

Alex: Emprego? Você arrumou um emprego? Quando? Onde? O que você vai fazer?

Rosie: Alex, eu só deixei uns 22.496 recados na sua caixa de mensagens explicando. Você não escuta os recados?

Alex: Desculpe. E então, qual é o emprego?

Rosie: Prometa que não vai rir.

Alex: Prometo.

Rosie: Vou começar a trabalhar em agosto, no cargo de secretária na escola primária St. Patrick.

Alex: Você vai voltar para... Aquele lugar? Espere um minuto... Isso quer dizer que você vai trabalhar com a srta. Casey Narigão Bafo de Onça! Por quê?

Rosie: Porque preciso do dinheiro.

Alex: Você não preferiria passar fome? Por que diabos ela te contratou?

Rosie: É o que estou querendo saber.

Alex: Hahahahaha.

Rosie: Você disse que não ia rir.

Alex: Hahahahaha.

Rosie: Você prometeu!

Alex: Hahahahaha.

Rosie: Ah, vai se foder.

Rosie fez logoff.

Queridas Rosie e Katie,
Saudações de Aruba!
Estamos nos divertindo muito
neste paraíso!
Esperamos que tudo esteja
bem com vocês.
Com muito amor,
Mãe & Pai

VOCÊ RECEBEU UMA MENSAGEM DE: RUBY.

Ruby: Cuidado, Irlanda! Aqui vamos nós!

Rosie: Nós? Nós quem?

Ruby: Gary e Ruby Minnelli.

Rosie: Você gostou desse nome, não é? E o que Ruby e Gary Minnelli estão aprontando agora?

Ruby: Sim, vamos assumir esse nome e Gary nem se importa, porque isso significa que ele estará disfarçado e nenhum dos seus amigos ou colegas do trabalho irá reconhecê-lo. As competições do Campeonato Nacional Irlandês de Salsa começam em alguns meses. Um casal de cada condado é selecionado e os vencedores se tornam os campeões da Irlanda. Depois vem o campeonato europeu e o campeonato mundial.

Rosie: Quer dizer que vocês dois vão tentar chegar à dominação mundial?

Ruby: Bem, eu não diria mundial, mas Gary e eu estamos dispostos a conquistar o nacional.

Rosie: O que Teddy acha disso?

Ruby: Ele não faz a menor ideia, e é assim que as coisas vão continuar a ser. De qualquer maneira, nós ainda nem entramos nas eliminatórias de Dublin, então não faz sentido provocar tumulto ou assassinatos em massa até estarmos mais adiante nas competições. Vai ser daqui a algumas semanas. Você vai estar lá?

Rosie: Fico ofendida por você me perguntar uma coisa dessas!

Ruby: Obrigada.

De: Stephanie
Para: Rosie
Assunto: Visita
Espero que tudo esteja bem por aí. Você está lidando com tudo que aconteceu de maneira brilhante, e eu tenho muito orgulho de você. Sei que essa é uma época difícil, e, como estou aqui, sinto como se não tivesse a oportunidade de estar ao seu lado e lhe dar apoio como eu deveria. Se você concordar, eu adoraria ir visitá-la e passar alguns dias aí. Talvez ficar uma semana ou coisa assim. Já que nossos pais estão curtindo a vida adoidados pelo mundo, o resto da família infelizmente não se reúne tanto quanto

deveria, e você deve estar se sentindo muito sozinha. Talvez devêssemos ir até Kilkenny visitar Kevin. Nós três não nos encontramos na mesma sala desde sei lá quando. (Não se preocupe, não iremos ao hotel. Podemos ficar do lado de fora e jogar ovos nas janelas, se você quiser!)

Para ser bem honesta, eu preciso demais descansar um pouco. Jean-Louis está me sobrecarregando. Ele é um bebê cheio de energia e eu não tenho o mesmo pique. Assim, Pierre vai tirar uma semana de folga no restaurante para cuidar dele enquanto eu vou até aí visitar você.

Além disso, eu sei que você está na casa de Brian, então vou ficar hospedada com uma amiga — eu com certeza não iria querer incomodar essa família feliz! Eu não o vejo desde aquele baile de formatura, quando ele chegou em casa usando aquele terno azul-marinho (e eu concordo com você, sem dúvida era azul-marinho e não preto). Acho que vai ser interessante ver o que aconteceu com ele, e eu vou lhe dizer umas poucas e boas também. Se você tiver outros planos, é só me dizer.

De: Rosie
Para: Stephanie
Assunto: Re: Visita

É claro que eu adoraria receber você aqui. Na semana que vem vai ser ótimo; na verdade, a ocasião não poderia ser mais perfeita. Os pais de Brian Chorão voltaram das profundezas do inferno (e estão reclamando o tempo todo do frio que faz aqui, mesmo que seja o meio do verão e todos estejam usando short. Toda vez que eu abro uma janela eles começam a tremer e se cobrem com outro edredom. Não é a situação com a qual eles estão acostumados em sua mansão particular, que, por acaso, é um apartamento de um dormitório em Santa Ponsa). De qualquer maneira, o mais traumático é que eles estão hospedados neste apartamento aqui, em uma tentativa desesperada de tentar conhecer a mim e à "neta" que eles têm. O único problema é que estamos no meio das férias de verão e tudo que Katie quer fazer é ficar fora de casa com seu amigo Toby, e não dentro de casa com um casal que só sabe tremer de frio e reclamar.

O apartamento parece estar ainda mais apinhado de gente do que o normal com eles aqui, e eu estou me sentindo claustrofóbica. Imagine a situação: Eu mal posso esperar para começar a trabalhar no meu novo emprego para enfim ficar fora da casa. Toby é muito engraçado: ele diz a toda hora para Katie e eu sermos gentis com eles, pois assim poderemos usar o apartamento sempre que quisermos. Assim, Katie e ele preparam xícaras de chá o tempo todo e vão levá-las quando eles ainda estão na cama. Eu sei que o garoto só tem 13 anos, mas acho que ele tem razão. Assim, de um tempo pra cá eu comecei a colocar alguns biscoitos nas bandejas deles.

Assim, minha querida irmã, a sua visita não poderia acontecer numa hora mais apropriada. É uma ideia genial e com o potencial de salvar vidas. Além disso, eu realmente estou com saudade. Pelo menos eu vou ter um verão excelente antes de começar a trabalhar naquele inferno.

De: Rosie
Para: Kevin
Assunto: Visita de Steph
Steph vai vir da França para passar uma semana aqui. Em quais dias você está de folga para podermos ir até aí visitá-lo? Podemos sair juntos para jantar ou alguma coisa assim. Há tempos que não fazemos isso.

De: Kevin
Para: Rosie
Assunto: Re: Visita de Steph
O plano parece ser ótimo. Acho que não ficamos no mesmo lugar desde a época em que nossos pais nos obrigavam a tomar banho juntos. Tenho folga na terça. Que tal se vocês vierem na segunda? Vou aproveitar e levá-las para jantar.

De: Rosie
Para: Kevin
Assunto: Re: Re: Visita de Steph
Sair para jantar é uma ótima ideia, desde que não tenhamos que ir ao hotel para comer. Saber que Qual-é-mesmo-o-nome-dele estava aí com ela é o suficiente para eu nunca mais querer botar os pés naquele lugar. Stephanie teve uma ideia maravilhosamente infantil, dizendo que eu deveria

jogar ovos nas janelas do hotel para aliviar a minha raiva. Faça um estoque de ovos, irmão querido. Vamos chegar na segunda-feira para celebrar as boas novas. Até lá.

Número da nota fiscal: KIL000321
Nosso Número: 6444421
Taxa pelos danos causados às janelas do salão
de jantar do Two Lakes Hotel de Kilkenny: € 6.232,00
Impostos (21%): € 1.308,72
Total: € 7.540,72

LEMBRETE:
Sempre verificar se os ovos não estão cozidos antes de arremessá-los.

De: Rosie
Para: Alex
Assunto: Detalhes do voo
Meu voo chega às 9 da manhã. Não esqueça!

Estamos em Barbados!
Estamos nos divertindo demais por aqui!
O clima está fantástico e nós conhecemos muitas
pessoas interessantes.
Amamos vocês duas,
Mãe & Pai

VOCÊ RECEBEU UMA MENSAGEM DE: ROSIE.

Rosie: Volteeeeeeeiiii!!!

Ruby: Ah, quer dizer que você decidiu voltar para casa, então. Estou surpresa.

Rosie: Bem, eu quase não voltei. Se não fosse por Brian Chorão e seus pais que querem ser meus novos melhores amigos e estragar todos os meus planos.

Ruby: Imagine só a tragédia que é ter que pensar em outras pessoas. E aí, como foi a viagem?

Rosie: Foi brilhante. É tudo que eu posso dizer. O paraíso na terra.

Ruby: Vocês dois se deram bem depois de todo esse tempo?

Rosie: Bem melhor do que o habitual.

Ruby: Vocês...

Rosie: Não!

Ruby: Você disse a ele que...

Rosie: Não! Por que diabos eu faria isso? Não há motivo. Se eu dissesse a ele, perderia para sempre a amizade que temos, e tudo isso seria em vão. Ele nunca deu a entender que sentia o mesmo por mim; lembre-se de que fui eu que o beijei da última vez. Aquela vez já foi constrangedora o bastante, então nem pense que existe a possibilidade de fazermos isso de novo. De qualquer maneira, ele já está envolvido com alguém e, mesmo que seja a Bethany Piranha, eu não conseguiria fazer isso. Mas tivemos uma longa conversa a respeito dela. Ele me levou para jantar uma noite em um restaurante italiano lindo, com murais maravilhosos retratando os prédios de Veneza pintados nas paredes. O restaurante tinha dois andares, cada mesa ficava em uma pequena alcova e só era possível chegar até as mesas passando por baixo de pontes e arcos. Era feito para transmitir a ideia de um passeio de gôndola. Tinha também o som de água corrente no fundo, que era bem relaxante, mas o efeito me fez ir ao banheiro umas dez vezes. O restaurante era todo iluminado por velas colocadas em castiçais pretos e enormes em estilo gótico. Deve ser um pesadelo para as empresas de seguro, pelo que imagino, mas era muito romântico. Acho que ele me levou até lá para falar sobre Bethany Piranha e explicar a situação.

Não parece ser um relacionamento muito sério. Ele disse que está gostando da companhia dela depois de passar tanto tempo sozinho, e acha bom que ela compreenda que ele tem que fazer expedientes longos. Mesmo assim, eles não se veem com frequência e ele acha que ela entende que o relacionamento dos dois é bem casual. Parece que ele vai terminar com ela, porque ele ficou bem sério durante a conversa e eu achei que ele ia começar a chorar. Foi estranho; ele disse que não achava que ela fosse "aquela" pessoa especial.

Ruby: E depois?

Rosie: Depois, Josh ligou para o restaurante em pânico, procurando por nós. Ele e Katie estavam se divertindo por aí, Katie caiu e os dois tinham certeza de que ela havia quebrado o pulso. Tivemos que sair na hora, mas já havíamos terminado a sobremesa, então não foi um problema muito grave. A conversa já estava terminada.

Ruby: Ou estava só começando, pelo jeito.

Rosie: Como assim?

Ruby: Meu Deus, você me irrita demais, Rosie. Será que um ser humano é capaz de ser tão idiota?

Rosie: Escute aqui, Ruby, você não estava lá. Acho ótimo você me dar todos esses conselhos, mas sou eu que tenho que estar lá fisicamente. Vou dizer a ele o que sinto quando for o momento certo.

Ruby: Quando será o momento certo para você?

Rosie: Quando houver o silêncio de novo.

Ruby: Que silêncio?

Rosie: Não importa. De qualquer maneira, Katie está bem. Foi só um estiramento. Mas ela não vai poder jogar basquete esta semana, e ficou irritada por causa disso.

Ruby: Você já anotou a data da etapa de Dublin do campeonato nacional de salsa na sua agenda?

Rosie: É claro. Katie e Toby irão comigo para assistir também. Teddy já mudou de ideia?

Ruby: Não posso falar sobre o campeonato para ele, Rosie. Se eu fizesse isso, ele levaria os seus amigos caminhoneiros até o Red Cow Hotel para fazer um protesto contra homens que dançam vestindo roupas cintilantes. É muito melhor para mim e para Gary se não tivermos que pensar na possibilidade de

Teddy invadir a recepção do hotel como se fosse Homer Simpson em uma missão. Estou orgulhosa por Gary. Não quero que Teddy e aquela pura ignorância e falta de inteligência estraguem algo que levou anos para ser alcançado.

Rosie: Mal posso esperar para ver vocês dois dançando juntos. Vou trazer a câmera, então, se Teddy algum dia mudar de ideia, ele poderá reviver um pouco do momento, mesmo que não por completo. E então, o que vocês vão vestir para dançar?

Ruby: Bem, decidir isso está sendo um enorme problema. Sei que todos os outros dançarinos vão usar roupas que expõem bastante pele nua para quem quiser ver, mas a ideia do meu traje é cobrir o máximo que eu puder. Infelizmente, os vestidos da Upsize não são sensuais o bastante para dançar salsa, mesmo com o meu tamanho. Gary estava com o mesmo problema. Então, depois que Miss Behave parou de reclamar por ter sido trocada, ela se ofereceu para fazer algo para nós. Disse que está acostumada a fazer "roupas de mulher para pessoas que não têm a silhueta natural de uma mulher". Fiquei preocupada porque ela não quer nos dizer o que vai fazer. Mas eu lhe disse para evitar coisas como rosa, plumas e borracha.

Rosie: Mal posso esperar para ver!

Ba'ax ka wa'alik! Estamos no México!
Esta viagem está sendo uma aventura fantástica para nós!
Espero que vocês estejam bem e felizes.

Com amor,
Mãe & Pai

Feliz aniversário de 14 anos, Toby.

Espero que você goste do carrinho de controle remoto que comprei para você. O moço da loja disse que os modelos de rali são os melhores (e são os mais caros também). Comprei o carrinho nos Estados Unidos e duvido que alguém tenha um igual por aqui. Josh também tem um. Foi nele que eu tropecei e quase quebrei o pulso. Eles correm bastante!

Enfim, parabéns por mais um ano. Talvez, daqui a dez anos você vá estar mexendo nos dentes das pessoas. Não imagino por que motivo quer ser dentista, mas você sempre foi esquisito. Fiquei sabendo que Monica Doyle está saindo com Sean. A vida é dura, meu amigo.

Katie

De: Toby
Para: Katie
Assunto: Re: Feliz aniversário
Obrigado pelo carro de controle remoto. Vou levá-lo para aquele campeonato de dança idiota no domingo. Vocês, garotas, podem pintar as unhas e ficar vendo o povo dançar enquanto eu fico pilotando o meu carro no corredor.

Aloha! Estamos no Havaí!
Mandei algumas fotos de mim, do seu pai
e de algumas pessoas que conhecemos no cruzeiro.
Estamos nos divertindo demais. Próximas paradas,
Fiji e Samoa. Mal posso esperar!
Amamos você e Katie,
Mãe & Pai

Ruby e Gary Minnelli!
Boa sorte!
Eu ia dizer "quebrem a perna", mas não acho que seja
o mais adequado para a situação. Vocês dois vão ser ótimos,
e nós todos estaremos torcendo por vocês.

Com amor,
Rosie, Katie e Toby

VOCÊ RECEBEU UMA MENSAGEM DE: ROSIE.

Rosie: Parabéns, Dancing Queen! Estou superorgulhosa de você! Ainda está reluzente com a sua vitória?

Ruby: Não estou muito certa sobre como eu deveria me sentir, para ser honesta. Não acho que devíamos ter vencido.

Rosie: Ah, não seja boba! Vocês dois dançaram muito! Miss Behave fez um ótimo trabalho com o seu vestido. Fiquei surpresa por não ser tão extravagante como as outras criações dela. O preto com as lantejoulas ficou *très chic* comparado com os outros. Aqueles dançarinos pareciam arco-íris chapados de ecstasy. Ruby, vocês ganharam de maneira honesta, então tenha orgulho disso.

Ruby: Mas nós nem chegamos à rodada final...

Rosie: Ora, você não tem culpa do que aconteceu com aquele outro casal que ficou na sua frente. Eles estavam ensaiando no corredor. Qualquer um poderia ter tropeçado no carrinho de controle remoto de Toby. A culpa foi toda deles. E, de qualquer maneira, o tornozelo dela vai acabar sarando com o tempo. Eles estarão de volta no ano que vem para disputar o título de novo.

Ruby: Sim, mas, tecnicamente, não devíamos ter ganhado, Rosie. Apenas os dois casais que chegaram à etapa final deviam competir um com o outro. O segundo casal que estava na final é que devia ter vencido.

Rosie: Sim, mas, outra vez, você não teve culpa. Foi a mulher de roxo que tropeçou no carrinho de Toby (esses carrinhos vão muito rápido, não é?), derrubando o copo que estava na mão de Katie e fazendo com que a segunda mulher de amarelo escorregasse e caísse de bunda no chão. Isso a tirou da competição, e vocês foram automaticamente classificados. Não foi culpa sua! Você devia estar transbordando de alegria!

Ruby: Bem, eu até estou, de certo modo. Eu e Gary vamos apresentar a nossa dança vencedora no show de Miss Behave, no George.

Rosie: Isso é fantástico! Estou muito feliz por você, Ruby! Minha amiga é uma superstar!

Ruby: Ah, eu não iria fazer nada disso se você não tivesse me dado aqueles cupons quando fiz 40 anos. Muito obrigada, Rosie. E obrigada por gritar tanto quando estava torcendo para mim. Consegui ouvir sua voz o tempo todo enquanto estava dançando. E eu sinto muito por você, Katie e Toby terem sido convidados a se retirar do salão de dança...

Capítulo 38

Rosie e Katie,
Magandang tanghali po! Estamos nas Filipinas!
Saímos da parte de cima da Austrália há alguns dias.
Estivemos em Brisbane e Sydney – lugares muito bonitos.
Ficaremos aqui por alguns dias e depois iremos à China.
Com amor e saudades de vocês duas,

Mãe & Pai

De: Rosie
Para: Alex
Assunto: Bethany Piranha
E aí, Alex? Já deu um pé na bunda dela?

De: Alex
Para: Rosie
Assunto: Vá cuidar da sua vida
Pare com isso, Rosie! Eu aviso quando terminarmos.

Ni hao! Estamos na China!
Desculpe não estarmos com vocês para ajudar na mudança.
Desejamos muita felicidade no novo apartamento.
Temos certeza de que vocês serão muito felizes.

Com amor,
Mãe & Pai

Rosie: Este lugar é nojento, Ruby. Absolutamente nojento.

Ruby: Ah, pare com isso. Não pode ser pior do que o lugar onde eu moro.

Rosie: Pior do que o seu, multiplicado por cem.

Ruby: Existe um lugar assim? Deus a abençoe. O que há de tão ruim por aí?

Rosie: Bem, vejamos... Por onde eu começo? Hmmmm... Será que eu devia lhe dizer que é um apartamento de segundo andar que fica em cima de um grupo de lojas, incluindo um estúdio de tatuagem e um restaurante de comida indiana para viagem que já conseguiu deixar todas as minhas roupas fedendo a tikka masala?

Talvez eu devesse lhe falar sobre o maravilhoso papel de parede com motivos florais em verde e cinza que foi comprado na década de 1970, e que está descolando das paredes. Ah, e não posso esquecer as cortinas com os mesmos desenhos e cores.

Hmmmm... Quem sabe eu devesse começar pelo carpete marrom, que tem manchas de aparência estranha por toda a sua extensão e também buracos feitos por pontas de cigarro e alguns odores misteriosos. Acho que o carpete está aqui há uns trinta anos e nunca ninguém passou um aspirador de pó nele. A cozinha é tão pequena que, quando duas pessoas estão lá, uma delas precisa se espremer contra a parede para que a outra possa passar. Mas, pelo menos, a água corrente funciona e a descarga do vaso sanitário também.

Não me surpreende o fato de o aluguel ser tão ridiculamente barato. Ninguém que tenha a cabeça no lugar iria querer morar aqui.

Ruby: Mas você quis.

Rosie: Sim, mas não pretendo ficar aqui por muito tempo. Vou economizar um monte de dinheiro num passe de mágica e nos tirar daqui.

Ruby: E abrir um hotel.

Rosie: Sim.

Ruby: E morar na suíte presidencial.

Rosie: Sim.

Ruby: E Kevin vai ser o chefe de cozinha.

Rosie: Sim.

Ruby: E Alex vai ser o médico residente, para salvar as vidas das pessoas que você intoxicar com a comida.

Rosie: Sim.

Ruby: E você será a proprietária e a gerente-geral.

Rosie: Sim.

Ruby: E o que eu vou ser?

Rosie: Você e Gary poderão ser os responsáveis pelo entretenimento noturno. Vocês podem dançar salsa até cair.

Ruby: Parece o paraíso. Bem, Rosie, é melhor você começar a mexer essa bunda gorda e abrir esse hotel antes que todos estejamos velhos e cheios de cabelos brancos.

Rosie: Estou trabalhando duro para isso. E então, como Teddy ficou depois de se recuperar do choque quando soube que vocês venceram o campeonato de salsa?

Ruby: Ah, ele está vivendo um dia após o outro. Mas, falando sério, Rosie, estou achando muito difícil aceitar o comportamento dele. Quando ele descobriu que havíamos ganhado o campeonato e que iríamos nos apresentar no George, ele rodou a baiana. Mas acho que ele deve ter batido a cabeça em algum lugar, porque há algumas noites ele se ofereceu para nos levar até a escola de dança, o que quase me fez cair dura. E ele vai à boate gay na sexta (não sei se ele está realmente orgulhoso de mim e de Gary, ou cansado de me ouvir dizer que não vou passar as camisas dele). Mesmo assim, disse que vai levar um amigo enorme junto para ninguém tentar passar a mão nele. Como se qualquer homem ou mulher tivesse vontade de fazer qualquer coisa com Teddy! De qualquer maneira, já está ótimo para mim. E você? O que está planejando para a semana?

Rosie: Bom, vou começar a trabalhar em meio período com os estagiários, o que não é muito mais do que imprimir cartas escolares demonstrando as datas da volta às aulas para os alunos no mês que vem. Colocamos as cartas nos envelopes, colamos os selos, lambemos as abas para fechá-los e os colocamos no correio. Não sei você, mas estou encantada com essa ideia. Mas vai ser só por algumas semanas; quando as crianças voltarem para a escola, vou trabalhar em período integral.

Além disso, estou tentando transformar esse pulgueiro num lugar decente para se morar. Brian Chorão me ajudou bastante, acredite se quiser. Ele alugou uma lixadeira elétrica por um dia e amanhã nós vamos arrancar esses carpetes fedidos e lixar e envernizar os pisos em todos os quartos. Estou com medo de pensar no que vamos encontrar debaixo deles. Acho que alguns cadáveres.

Katie e Toby estão se divertindo bastante enquanto arrancam o papel de parede — bem, o que sobrou dele, pelo menos. Vamos pintar as paredes de branco, porque mesmo com uma lâmpada de um milhão de watts este lugar parece uma caverna. É preciso iluminar um pouco o lugar e eu estou querendo um look mais minimalista. Não porque eu seja elegante ou ligada em moda, mas porque não tenho tanta mobília assim. Vou arrancar também as cortinas e queimá-las em um ritual.

Meu queridíssimo irmão Kevin ficou muito feliz por poder vir até Dublin e revirar a casa de Qual-é-mesmo-o-nome-dele em busca de todos os meus pertences que ainda estão lá. E Qual-é-mesmo-o-nome-dele entregou tudo sem reclamar, provavelmente porque estava morrendo de medo de que alguém lhe quebrasse o nariz mais uma vez. Consegui até mesmo o sofá preto de couro que estava na casa antes de me casar com ele, mas acho que eu mereço.

Ruby: Parece que o lugar vai ficar lindo, Rosie. E vai ficar com cara de casa mesmo.

Rosie: Pois é. Agora tudo que preciso fazer é me livrar do cheiro de curry que empesteou esse lugar e que atravessa as paredes do prédio inteiro. Nunca mais vou querer comer comida indiana.

Ruby: Ah, essa sim é a melhor dieta de todas! More em cima de um restaurante e o cheiro vai acabar com a sua vontade de comer.

Rosie: Acho que você tem razão.

Ei Je! Estamos em Cingapura!
Estamos nos divertindo aos baldes.
Não queremos nem voltar para casa!
Boa sorte com o seu emprego novo esta semana,
meu bem. Estamos pensando em você aqui,
deitados nas espreguiçadeiras ao redor
da piscina! (Brincadeira!)

Beijos,
Mãe & Pai

VOCÊ RECEBEU UMA MENSAGEM DE: ALEX.

Alex: Tem um minuto para conversar?

Rosie: Não, desculpe. Estou com a boca ocupada, lambendo selos.

Alex: Ah, tudo bem. Posso ligar para você mais tarde?

Rosie: Estou brincando, Alex. A srta. Casey Narigão Bafo de Onça me pediu para montar o primeiro jornalzinho interno do ano. Por isso, estou no site da escola tentando descobrir o que aconteceu, ou o que está acontecendo, que seja interessante o bastante para escrever a respeito. Estou pensando em colocar o fato de que estou trabalhando aqui como o artigo principal.

Alex: Como está indo o trabalho?

Rosie: Está tudo bem. Já faz algumas semanas que estou aqui e vai tudo bem. Mas não há nada de especial.

Alex: Desculpe por não ter entrado em contato antes. Não percebi que fazia tanto tempo. O tempo está voando mais uma vez.

Rosie: Tudo bem. Imaginei que você estivesse ocupado. Já me mudei para o novo apartamento.

Alex: Ah, é mesmo. E como está indo?

Rosie: Tudo bem. Estava um horror no começo, mas Brian Chorão deu uma boa ajuda. Ele consertou tudo que estava quebrado e limpou o que estava sujo. Assim como um bom escravinho.

Alex: Então vocês dois estão se dando bem?

Rosie: Melhor do que isso. Agora eu só sinto vontade de esganá-lo umas dez vezes por dia.

Alex: Bem, é um começo. E tem algum romance no ar?

Rosie: O quê? Com Brian Chorão? Você precisa examinar essa cabeça. O homem foi criado com o único propósito de raspar bolor e lixar pisos.

Alex: Ah. E tem mais alguém na sua vida?

Rosie: Na verdade, tem, sim. Uma filha de 13 anos, um novo emprego e uma gaveta cheia de contas para pagar. Minhas mãos estão bem cheias no momento. Mas meu vizinho me convidou para sair neste fim de semana.

Alex: E você vai sair com ele?

Rosie: Deixe eu lhe falar um pouco sobre ele primeiro, e talvez você possa me ajudar no dilema que estou enfrentando. Ele se chama Sanjay, tem 60 anos, é casado, mora com a esposa e dois filhos e é o dono do restaurante indiano que faz pratos para viagem no andar de baixo. Ah, e você nunca vai adivinhar o lugar onde ele quer me levar para jantar.

Alex: Qual é o lugar?

Rosie: O próprio restaurante dele. Disse até que pagaria a conta.

Alex: Mas e daí, qual é o seu dilema?

Rosie: Engraçadinho.

Alex: Bem, pelo menos você tem bons vizinhos.

Rosie: Ele não está entre os melhores. Ao meu lado fica o proprietário do estúdio de tatuagem (que também fica logo embaixo do meu apartamento). Ele tem o corpo inteiro coberto por tatuagens, da cabeça ao dedão do pé. Tem cabelo preto, longo e sedoso, que prende em uma trança e um cavanhaque bem aparado emoldurando a boca. Tem mais de um metro e oitenta, usa calça de couro, colete de couro e botas de motoqueiro com biqueira de aço todos os dias. Quando não está enfiando tinta na pele de alguém no andar de baixo, ouve música no volume máximo no apartamento que fica logo ao lado.

Alex: Vou pedir sua opinião quando eu quiser ser vizinho de um fã de heavy metal.

Rosie: É aí que você se engana. Ele se chama Rupert. Tem 35 anos e é formado no Trinity College de Dublin, com diploma em história irlandesa e mestrado em literatura irlandesa. James Joyce é o seu ídolo e ele tem uma citação dele tatuada no peito: "Erros são os portais das descobertas." É fanático por música clássica e ópera, e às 5 da tarde, todos os dias, quando está fechando a loja e fazendo a contagem do dinheiro em caixa, ele começa a tocar o Concerto para Piano Número 2 de Brahms em Si Bemol, Op. 83, no volume máximo. Depois ele sobe para o apartamento, onde começa a cozinhar as refeições mais saborosas e com os cheiros mais deliciosos, e se acomoda para ler Ulisses pela bilionésima vez enquanto escuta as faixas de O Melhor de Pavarotti aos berros, com atenção especial a "Nessun Dorma".

Katie e eu já quase decoramos toda a letra da música neste ponto, e Toby enfia um travesseiro por baixo da camisa, fica em pé sobre o sofá e começa a dublar a música. Pelo menos Rupert está educando as crianças. Katie está louca para mixar "Nessun Dorma" em uma música eletrônica que ela criou com seu novo conjunto de pick-ups. Brian Chorão as comprou para ela, o que me deixou muito irritada porque era isso que eu planejava dar de presente para Katie no Natal. Mas obriguei-a a deixar os aparelhos no apartamento que ele alugou para não perturbar os meus vizinhos. Mesmo assim, para ser honesta, eu não sei mesmo por que me importei tanto com isso, já que tem tantos cheiros e ruídos à nossa volta. Ah, sim, e eu cheguei a mencionar que Joana d'Arc está morando do outro lado do corredor?

Alex: Haha, não, você não disse nada.

Rosie: Bem, tem uma mulher (chamada Joana, Mary ou Brigid, ou algo assim, sei lá) com 20 e tantos anos. Ela veio dizer oi no dia em que nos mudamos para cá, mas, quando percebeu que Katie e eu iríamos morar aqui sozinhas e que a minha solteirice não se devia à perda trágica do meu marido, ela fechou a cara, virou as costas e não falou mais com a gente.

Alex: Bem, pelo menos essa aí não faz barulho.

Rosie: O simples fato de ignorar a minha existência, a pecadora do prédio, não quer dizer que ela não faça barulho. Toda segunda-feira à noite parece haver uma enorme manada de elefantes subindo as escadas até o nosso andar e entrando no apartamento de Joana d'Arc. Depois de investigar, percebi que as mesmas pessoas vêm visitá-la toda semana, todas trazendo bíblias nas mãos.

Além disso, os meus poderes de investigação me levaram a crer que ela está organizando um grupo de estudos bíblicos que se encontra toda semana. Agora ela colocou um cartaz na porta do apartamento que diz: "Seguirás o caminho do teu SENHOR e irá temê-lo, guardar Seus mandamentos e obedecer à Sua voz, e irá servi-Lo e caldear-se nele." Putz, o que significa "caldear"? Quem já ouviu falar em algo assim?

Alex: Haha, Rosie. Ah, eu realmente não cei.

Rosie: O certo é SEI, e não CEI. Você nunca vai aprender, não é mesmo? Bom, mais adiante, no mesmo corredor, há uma família que veio da Nigéria. Zareb, Malika e seus quatro filhos. E eu pensava que esse lugar já era pequeno demais para mim e para Katie.

Alex: Como estão os seus pais?

Rosie: Ah, os meus pais poliglotas? Bem, eles estão se divertindo como nunca na vida, longe de todos nós. Minha mãe celebrou o sexagésimo aniversário há pouco tempo; ela me enviou um cartão-postal que dizia "Zdravstvuite! Estamos na Rússia!" Estou até imaginando os dois curtindo a vida como se fossem um casal de velhinhos daquele seriado de cruzeiros, O Barco do Amor. Por falar naquela palavrinha tenebrosa que começa com A, por que você fez todas aquelas perguntas pessoais sobre a minha vida amorosa?

Alex: Porque eu quero que você encontre alguém, só isso. Quero que você seja feliz.

Rosie: Alex, eu nunca encontrei a felicidade com outro ser humano e você sabe bem disso. Estou separada do meu marido. Ainda não estou procurando outra vítima. Acho que nunca mais farei isso.

Alex: Nunca?

Rosie: É bem possível. Bem, eu nunca mais vou me casar, isso é certeza. Estou me acostumando com a minha nova vida. Tenho um novo apartamento, um novo emprego, uma filha adolescente, tenho 32 anos e estou entrando numa nova fase da minha vida. Acho que afinal estou crescendo. De qualquer maneira, não há nada de errado em ser solteira. Ser solteira está na moda. Você deveria saber.

Alex: Não estou solteiro.

Rosie: Ainda, não.

Alex: Não, não estou. E provavelmente continuarei não sendo solteiro.

Rosie: Por quê? Você mudou de ideia em relação a terminar com Bethany Piranha?

Alex: Eu nunca cheguei a tomar uma decisão definitiva em primeiro lugar. E, por favor, não a chame de piranha. Eu nunca disse que ia terminar o meu relacionamento com Beth.

Rosie: Bem, essa foi a impressão que tive quando conversamos durante o jantar no mês passado.

Alex: Sim. Bem, esqueça aquele jantar. Minha cabeça estava longe. O que estou dizendo é que eu quero ser feliz com Bethany e também que você seja feliz com alguém, e então nós dois seremos felizes com pessoas.

Rosie: Eu sei o que isso significa. Você só não quer que eu fique solteira porque eu perturbo você. Se eu estiver com um homem, então você vai pensar que talvez consiga manter essas mãos longe de mim. No fundo, eu sei o que está acontecendo. Eu sei de tudo, Alex Stewart. Você me ama. Você quer que eu seja a mãe dos seus filhos. Você não consegue passar um único dia longe de mim.

Alex: Eu... Não cei o que dizer...

Rosie: Relaxa, estou brincando. O que aconteceu para fazer você mudar de ideia em relação a Bethany?

Alex: Ah, não vamos voltar a falar nisso outra vez...

Rosie: Alex, eu sou a sua melhor amiga e conheço você desde quando tínhamos 5 anos. Ninguém conhece você melhor do que eu. Estou perguntando pela última vez, e não minta para mim. O que fez você mudar de ideia em relação a terminar o namoro com Bethany Piranha?

Alex: Ela está grávida.

Rosie: Meu Deus. Às vezes, pelo fato de você ser o meu melhor amigo, eu acho que você é uma pessoa normal como eu. E então, de tempos em tempos, você me lembra de que é um homem.

Phil: Espere um minuto, Alex. Há uns dois anos era você que estava tentando acabar com o casamento de Rosie, e agora você está me dizendo que quer que ela encontre alguém?

Alex: Sim.

Phil: E você quer que isso aconteça para que, enquanto estiver com Bethany, você não caia em tentação?

Alex: Não! Não foi isso que eu disse!

Phil: Bem, é exatamente isso que parece. Pelo andar da carruagem, não acho que vocês dois se mereçam. De jeito nenhum.

Parte Quatro

Capítulo 39

Mãe, Pai, bem-vindos de volta! (Fáilte go h-Eirinn!).
Que bom que voltaram em segurança, sãos e salvos.
Estou louca para ouvir as histórias das suas aventuras
e ver todas as fotografias.
Conversamos no fim de semana, então.

Beijos,
Rosie e Katie

Queridos Stephanie e Pierre,
Parabéns pela chegada da sua nova filhinha!
Queremos muito conhecer a pequena Sophia.
Nesse meio-tempo, aqui vão algumas roupinhas
para que ela fique tão chique quanto a mãe.
Com muito amor,

Rosie e Katie

Feliz aniversário de 5 anos, Josh.
Com carinho,

Rosie e Katie

Oı, Katie,

Obrigado pelo cartão e pelo presente que você mim deu de anivesário. Acho que meu pai lhe falou que Betani está gárvida. Isso quer dizer que vou ter um irmão ou uma irmã.

Meu pai tá triste porque disse que todas as gaortas na vida dele tão brabas com ele. Sua mãe tá braba, minha mãe tá braba e Betani também. Betani tá braba com ele porque ele não vai casar com ela. Betani tava chorando e dizendo que o papai não ama ela e ele estava dizendo que eles precisam se conhecer mehlor antes de casar. Betani diz que ele sabia tudo que era pra saber sobre ela e que se ele não casasse com ela o pai dela ia ficar muito bravo e mandar ele embora.

Acho que o papai devia casar com ela. Quero ter um irmão e o meu pai gosta muito, muito do trabalho dele. Vou falar mais coisas pra você assim que puder. Porque só fico aqui no final de semana e acabo perdendo todas as coisas legais.

Agradeça a sua mãe pelo presente que ela me deu

Bjos do Josh

PS: Betani quer uma casa em Marthas Vineyard. Não sei quem é essa Martha e não sei se ela vai gostar de saber que vamos morar no vinhedo dela assim de repente (meu pai me disse que vineyard significa vinhedo em inglês) mas meu pai não gostou muito da ideia. Acho que ele odeia uva.

DR. WILLIAMS É HOMENAGEADO

Reginald Williams foi homenageado na noite passada no National Health Awards, em Boston. Ele foi indicado por um processo altamente seletivo que reconhece aqueles que fizeram contribuições significativas para o avanço das ciências médicas e da saúde pública.

O prêmio é considerado uma das maiores honrarias na área de medicina e saúde. O dr. Williams estava acompanhado de sua esposa, Miranda, de sua filha, Bethany, e do noivo recém-anunciado, dr. Alex Stewart, cirurgião cardíaco no St. Jude's Hospital, em Boston.

Veja o relatório de Wayne Gillespie na página 4 do suplemento de Saúde.

VOCÊ RECEBEU UMA MENSAGEM DE: ROSIE.

Rosie: Você queria que eu soubesse da notícia pelo jornal?

Alex: Desculpe, Rosie.

Rosie: "Desculpe"? Você fica noivo e deixa que eu leia a respeito em um jornal? Que diabos está acontecendo com você nesses últimos tempos?

Alex: Rosie, tudo que posso fazer é pedir desculpas.

Rosie: Não entendo como a sua cabeça funciona, Alex. Você nem mesmo ama essa mulher.

Alex: Amo.

Rosie: Muito convincente.

Alex: Eu não preciso convencer ninguém.

Rosie: A única pessoa que você tem que convencer é você mesmo. Alex, você me disse que não a amava. Na verdade, há poucos meses você estava planejando terminar o namoro com ela. Pô, eu queria saber o que aconteceu pra você mudar de ideia assim, tão de repente.

Alex: Você sabe o que aconteceu. Tem um bebê envolvido agora.

Rosie: Isso é besteira. O Alex que eu conheço não se casaria com uma mulher que não ama pelo bem do bebê. Isso é a pior coisa que você pode fazer com a coitada da criança — criá-la em um ambiente no qual os pais nem mesmo se amam. Por que você está fazendo isso? Você não está com Sally e a sua vida com Josh está indo bem. Talvez não seja a posição mais desejada no mundo, já que todos querem ter uma família feliz, mas nem sempre é assim que as coisas funcionam. Isso é ridículo.

Alex: Sou um pai de fim de semana pro Josh. Não quero que isso aconteça de novo. Não é certo.

Rosie: Casar com alguém que você não ama não é certo.

Alex: Gosto muito de Bethany; temos um ótimo relacionamento e nos damos bem.

Rosie: Bem, fico feliz por saber que você e a sua futura esposa "se dão bem". Se você não pensar nisso com cuidado, Bethany vai virar outra Sally. Você não quer outro casamento fracassado.

Alex: Este casamento não vai fracassar.

Rosie: É claro que não. Você vai simplesmente se sentir um lixo pelo resto da vida, mas não tem problema nenhum. Desde que as línguas das pessoas que desaprovam a situação não possam falar mal de você.

Alex: Por que eu deveria escutar os seus conselhos, Rosie? Que diabos você fez com a sua vida que lhe dá tanta experiência para me dizer o que devo fazer com a minha? Você viveu com um homem que traiu você por vários anos, e toda vez você o aceitava de volta. O que você sabe sobre casamentos?

Rosie: Sei o bastante para não ir correndo para o altar com alguém que eu mal conheço e que não amo. Sei o bastante para não permitir que as escolhas da minha vida sejam influenciadas pelo meu desejo por dinheiro, poder e prestígio. Sei o bastante para não me casar com um homem para que um bando de gente rica sorria para mim e diga que me adora. Eu não me casaria com um homem apenas para que a minha foto fosse publicada num jornal, ou para que o meu nome estivesse gravado no troféu de algum prêmio ou para receber uma promoção idiota no trabalho.

Alex: Ah, Rosie, você me faz rir. Você não faz ideia do que está falando. É óbvio que você anda passando tempo demais no seu apartamento sem fazer nada além de criar teorias da conspiração.

Rosie: Claro, porque é isso que eu fico fazendo o dia inteiro. Passo o dia sentada neste apartamento xexelento sem fazer nada, sendo a pobre mãe solteira e sem instrução que eu sou enquanto você e os seus amigos de Harvard ficam sentados naqueles clubes chiques para cavalheiros fumando charutos e cumprimentando uns aos outros pelo sucesso nas carreiras. Podemos viver em mundos bem diferentes, Alex Stewart, mas eu conheço você e estou de saco cheio de ver a pessoa na qual você se transformou.

E então, o que é que o bom e velho Reginald Williams faria se soubesse que a filha está grávida e que o pai da criança não quer se casar com ela? Ah, seria uma vergonha para a família, ela iria cair na boca do povo.

Mas pelo menos, agora, ela está com um anel no dedo e você ganhou a promoção que queria, e todos nós podemos viver felizes para sempre.

Alex: Nem todos conseguem virar as costas, Rosie. Talvez na sua vida, mas não na minha.

Rosie: Alex, pelo amor de Deus! Não se casar com Bethany não é "virar as costas". Desde que você esteja por perto para dar atenção e carinho para a criança, então não vai "virar as costas" para eles. Você não precisa casar com ela!

Alex: Olhe, eu estou cheio disso, Rosie. Você não para de vigiar a minha vida e eu sempre tenho que me explicar para você. Você não é minha esposa nem minha mãe, então dá um tempo. Quem foi que disse que você precisa aprovar todas as decisões da minha vida? Estou cansado dessa encheção de saco e de você ficar reclamando por causa das pessoas com quem eu saio e dos lugares aonde vou. Posso tomar as minhas próprias decisões, você sabe. Já sou adulto.

Rosie: Então, pelo menos uma vez na sua vida, AJA COMO ADULTO!

Alex: Quem é você para me insultar e me passar essas lições de moral, quando nunca conseguiu fazer nada certo com a própria vida? Faça-me um favor: não se incomode em voltar a falar comigo a menos que tenha algo decente para dizer.

Rosie: Tá bom! Bem, acho que você vai passar muito, muito tempo esperando.

Rosie fez logoff.

Alex: Então as coisas vão continuar como sempre foram.

Phil: O que você está fazendo?

Alex: Você sabe o que eu estou fazendo.

Phil: Por que você vai se casar com ela?

Alex: Ela tem nome. E se chama Bethany.

Phil: Por que você vai se casar com Bethany?

Alex: Porque eu a amo.

Phil: Sério? Porque, da última vez que entrou no confessionário virtual, você me disse que estava planejando terminar o relacionamento. Por que você acha que tem que fazer isso? O pai dela está pressionando você?

Alex: Não, não, não. Não tem pressão. Eu quero fazer isso.

Phil: Por quê?

Alex: E por que diabos não faria? Por que você casou com Margaret?

Phil: Casei com Margaret porque amo cada centímetro daquela mulher, com todo o meu coração, e quero passar o resto da minha vida com ela, na saúde e na doença, até que a morte nos separe. Ela é a minha melhor amiga, temos cinco filhos maravilhosos e, por mais que eles me torrem a paciência de vez em quando, não sou capaz de viver um único dia sem eles. E não sinto isso entre você e Bethany.

Alex: Nem todos os relacionamentos são como o que você tem com Margaret.

Phil: É verdade, mas a intenção devia estar ali desde o começo. E aquele lance do silêncio? Isso aconteceu com Bethany?

Alex: Ah, cale a boca, você não sabe nada sobre o silêncio.

Phil: Você é quem tem obsessão por esse tal silêncio. Mas me diga, você ouviu o tal silêncio com Bethany?

Alex: Não.

Phil: Então talvez você não devesse se casar com ela.

Alex: Tudo bem, não vou casar. Mas só porque você está dizendo.

Phil: O que Rosie falou sobre tudo isso?

Alex: Nada. Ela parou de falar comigo.

Phil: E o que você acha disso?

Alex: Neste momento, estou tão bravo com ela que não quero nem saber o que ela acha. Preciso deixá-la para trás. Bethany e o bebê são o meu futuro. Posso sair do confessionário agora?

Phil: Sim. Reze cinco Ave-Marias e um Pai-Nosso, e que Deus acolha essa sua alma perdida.

VOCÊ RECEBEU UMA MENSAGEM DE: KATIE.

Katie: Você parece estar bem interessado em aprender sobre o aparelho reprodutivo feminino.

Toby: Não. Prefiro descobrir por conta própria, de maneira prática.

Katie: Ah, seu engraçadinho. Mas você vai estar velho e grisalho antes que alguma mulher o deixe colocar as mãos nela.

Toby: Minha melhor amiga é uma comediante. Você comeu um wrap vegetariano na hora do almoço, não foi?

Katie: Não cei como você consegue adivinhar essas coisas.

Toby: SEI, não CEI. Estou vendo um pedaço de alface preso no seu aparelho. E aí, o que você quer?

Katie: Bom, não é que eu esteja te convidando, mas eu vou ao ortodontista de novo mais tarde, se quiser vir comigo. Você pode perguntar um milhão de coisas para ele sobre os procedimentos que ele está fazendo, como sempre, e encher o saco dele até não querer mais. É muito engraçado o jeito que aquela veia na testa dele pulsa quando vê você chegando.

Toby: É, eu sei. Desculpe, mas não vou poder. Monica vai lá para a minha casa para assistir ao jogo de futebol.

Katie: Monica, Monica, Monica. Já enjoei de ouvir você falar dessa palhaça da Monica Doyle. E por que você não me convida para a sua casa?

Toby: Porque você tem que ir ao dentista.

Katie: Sim, mas você nem sabia disso até um segundo atrás.

Toby: Tudo bem. Então, quer vir assistir ao jogo de futebol, o esporte que você odeia com todas as suas forças, jogado por dois times que você odeia ainda mais, lá na minha casa, hoje?

Katie: Não vai dar. Tenho coisas para fazer.

Toby: Está vendo? Então não diga que eu nunca te convido para fazer nada.

Katie: Há quanto tempo você sabe que eu tenho que ir pro dentista?

Toby: Faz uns cinco minutos.

Katie: Há quanto tempo você convidou Monica Doyle para ir à sua casa?

Toby: Foi na semana passada.

Katie: É exatamente disso que eu estou falando!

VOCÊ RECEBEU UMA MENSAGEM DE: KATIE.

Katie: Mãe, eu odeio os homens.

Rosie: Parabéns, querida. Seja bem-vinda ao time. A sua carteirinha já está no correio. Estou tão orgulhosa deste momento! Queria ter uma câmera para registrá-lo.

Katie: Por favor, mãe. Tô falando sério.

Rosie: Eu também. Então, o que foi que Toby fez desta vez?

Katie: Ele convidou Monica Doyle para ir à casa dele assistir ao jogo de futebol e não me convidou. Bom, na verdade ele convidou, mas só depois que soube que eu tinha coisas para fazer.

Rosie: Ah, querida, ele foi flechado pelo cupido. Essa Monica que você está falando é a Monica Birrenta? Aquela menininha que passou o dia inteiro chorando no seu aniversário de 10 anos até que os pais dela vieram buscá-la, e tudo porque a unha postiça caiu?

Katie: Ela mesma.

Rosie: Ai, que inferno. Eu odeio aquela criança.

Katie: Ela não é mais criança, mãe. Ela tem 14 anos, tem os maiores peitos da escola, tinge o cabelo de loiro, deixa os botões de cima da camisa polo abertos na aula de educação física e abaixa o tronco para que os meninos possam olhar o decote. Ela até flerta com o sr. Simpson e finge que não entende o que ele explica na aula de informática para que ele chegue por trás e se incline por cima dela para mostrar o que deve fazer.

Ela odeia falar sobre qualquer outra coisa que não seja fazer compras, então nem cei o que deu na cabeça dela para assistir ao jogo de futebol. Bem, na verdade, eu acho que cei qual é o motivo.

Rosie: Parece que ela tem um caso de Bethany-Piranhite, para mim.

Katie: O quê? O que eu vou fazer com Monica?

Rosie: Ah, é fácil. É só assassiná-la.

Katie: Por favor, mãe. Pelo menos uma vez na sua vida, fala sério.

Rosie: Sou uma mulher incrivelmente séria. A única maneira de resolver a questão é silenciá-la para sempre. Porque, se você não fizer isso, ela vai voltar para te assombrar quando você tiver 32 anos. A morte é a única solução.

Katie: Obrigada, mas estou aberta a qualquer outra sugestão que você tiver.

Rosie: Você disse que ele te convidou?

Katie: Sim, mas só porque ele sabia que eu não podia ir.

Rosie: Ah, minha querida, doce e inocente filha, um convite é um convite. Seria uma grosseria recusar. Sugiro que você apareça na porta dele esta noite. Posso até lhe dar o dinheiro para pegar o ônibus até lá.

Katie: Mas, mãe! Você sabe que eu tenho aquela consulta com o ortodentista!

Rosie: Bem, o dentista pode esperar. Vou marcar outra consulta para você. Este jogo de futebol é muito importante, como você sabe. Não quero que você o perca apenas por causa de uma coisinha sem importância como arrumar os dentes. Agora, saia do computador antes que o sr. Simpson a pegue aí e conte para a srta. Casey Narigão Bafo de Onça, que vai acabar me despedindo.

Katie: Você adoraria isso, né, mãe? Não cei como você consegue trabalhar com ela todos os dias.

Rosie: Bom, eu estou surpresa em ter que admitir que ela não é tão ruim assim. Comparando com outros chefes, ela até que é uma pessoa bem agradável. E ela se chama Julie. Consegue acreditar? Ela tem um nome. E é um nome legal e normal, também. Pensei que seria algo mais parecido com Vladimir ou Adolf.

Katie: Haha, eu também. Mas não é estranho trabalhar com alguém que passava o dia inteiro pegando no seu pé?

Rosie: As coisas estão um pouco estranhas entre nós. A sensação que eu tenho é que ela é como um ex-namorado, e que estamos nos encontrando de novo depois de vários anos de separação. A cada dia a conversa fica um pouco mais longa, um pouco mais amistosa, um pouco menos sobre o trabalho e um pouco mais sobre a vida. Nós duas passamos tantos anos batendo boca que é estranho ver que estamos concordando em alguns assuntos. Mas a cada dia nós conversamos mais e mais. Sabia que ela achava que Alex era o seu pai?

Katie: É mesmo?

Rosie: De qualquer maneira, eu disse a ela que Brian é o seu pai, e ela não conseguia parar de rir. Bem, talvez essa não seja uma história que eu deva contar para você.

Katie: Espere só até Alex saber que você gosta dela. Ele vai cair duro com o choque.

Rosie: Vou deixar você contar para ele, então.

Katie: Ah, eu esqueci que vocês dois ainda estão de mal.

Rosie: Sim. Bom, é uma longa história, meu bem.

Katie: As pessoas que dizem que é uma longa história na verdade querem dizer que a história é curta e idiota, e que ficam envergonhadas demais para contar a verdade. Por que você não está falando com ele?

Rosie: Porque não me importo mais com o que ele faz. A vida dele está indo para o buraco que ele mesmo cavou, e eu não tenho mais nada a ver com isso. Além disso, ele não quer ouvir o que eu tenho para dizer.

Katie: Nosso vizinho Rupert diz que "Erros são os portais das descobertas".

Rosie: Não foi Rupert quem disse isso, e sim James Joyce.

Katie: James quem? Não cei se conheço alguém com esse nome.

Rosie: Ele morreu.

Katie: Ah, que pena. Você o conhecia bem?

Rosie: Que diabos eles andam ensinando para você na escola?

Katie: Neste momento estamos tendo aula de educação sexual. É chato pra caramba.

Rosie: Acho que vou concordar com você nesse ponto. De qualquer maneira, voltando a falar sobre Alex: ele mudou muito como pessoa, meu bem. Não é mais o homem que eu conhecia. Está diferente.

Katie: Mas é exatamente assim que devia ser. Ele tinha 5 anos e babava quando você o conheceu. Se Toby ainda estiver agindo como um garoto de 14 anos quando eu tiver a idade que você tem, vou ficar preocupada.

Rosie: Bem, aqui vai um aviso de uma mulher que sabe o que estava falando: prepare-se para conhecer muitos homens de 32 anos que ainda pensam que têm 14.

Katie: Tá bom, tá bom, tá bom. Já ouvi tudo isso antes. O meu pai vai voltar para cá no Natal, como você sabe. Ele mandou perguntar se podemos comer a ceia de Natal com ele e os pais dele. Como estamos sozinhas este ano, achei que seria uma ótima ideia.

Rosie: Bom, que mal pode haver, não é? Acabamos de definir os planos para o Natal.

OI, QUERIDA,

Espero que tudo esteja bem. Foi ótimo encontrar com você no fim de semana. Obrigado por vir nos visitar e ficar conosco. Prometo que a casa estará mais arrumada da próxima vez que você vier, mas estou achando muito difícil me adaptar depois de passar tantos meses viajando.

Acostumar-nos com uma nova casa, em um novo vilarejo, em um novo condado, tudo isso é uma aventura para nós. Todo mundo aqui é muito amigável, e estamos voltando a falar e a nos acostumar com o nosso dialeto irlandês aos poucos. Mesmo assim, não temos vizinhos tão exóticos como os que você parece ter no seu apartamento.

Você é a minha linda e corajosa filha, Rosie, e seu pai e eu temos muito, muito orgulho de você. Espero que saiba disso. Você é tão forte, não deixa que nada a abale, e é a melhor mãe que Katie poderia ter. Ela está virando uma mocinha brigona, não é? Sem dúvida, ela é a filha da mãe que tem. Quero me desculpar por Dennis e eu termos nos afastado de você em um momento tão importante da sua vida. Senti meu coração despedaçar por ter que deixar você e Katie para trás quando você estava passando por toda aquela situação com Qual é mesmo o nome dele. Mas você é durona, e o que não mata fortalece.

Seria uma pena perder o casamento de Alex. Eu estava conversando com Sandra agora há pouco e ela me disse que eles estão planejando um belo casamento no dia do Natal. Eles querem se casar antes que o bebê nasça, e Bethany não quer que a barriga fique muito saliente por baixo do vestido. Sandra adoraria que você e Katie estivessem presentes; eles também viram você crescer. Tenho a impressão de que ela também não gosta tanto de Bethany; mesmo assim, ela ama Alex e quer apoiá-lo.

Sandra disse que Dennis e eu estamos convidados, mas infelizmente não poderemos ir porque vamos passar o Natal com Stephanie e Pierre em Paris, como você sabe. O Natal em Paris vai ser lindo, sem dúvida, e estou ansiosa para conhecer minha neta número 2! É uma pena que você e Katie não possam vir conosco, mas eu entendo que ela quer passar seu primeiro Natal com o pai, e sei que ela quer conhecer os seus "outros" avós também. Não consigo evitar sentir um pouco de ciúme, pois eles verão a minha Katie no dia do Natal e eu, não!

Kevin conheceu uma garota, dá para acreditar? Ele vai passar o Natal com a moça e os pais dela em Donegal! As coisas devem estar ficando sérias! Acho que ela trabalha como garçonete no mesmo hotel que ele ou algo assim, mas não tenho certeza. Você conhece o seu irmão; ele não é muito bom em dar informações.

Seu pai manda lembranças. Ele está de cama com uma gripe horrível. Pegou a gripe no dia em que você foi embora; sorte sua sair ilesa. Ele está muito cansado desde que voltamos da viagem. Não acredito que passamos dos 60, Rosie. Nunca vou saber como o tempo passou tão rápido. Tenha a certeza de que você será capaz de aproveitar cada dia da sua vida. Bem, é melhor eu ir, porque ele não para de me chamar. Sério, do jeito que ele vem agindo, qualquer pessoa pensaria que está no seu leito de morte!

Tenho muito orgulho das minhas duas meninas em Dublin.

Amo vocês.

Mãe.

Dr. Reginald & Miranda Williams

convidam

Katie Dunne a se juntar à família para celebrar o casamento
da sua amada filha

Bethany

com

Dr. Alex Stewart

na

Igreja Memorial da Universidade de Harvard

Aos 28 dias de dezembro, às 14 horas, e para a recepção que será

oferecida no **Boston Harbor Hotel**

RSVP Miranda Williams

Capítulo 40

Bem-vinda ao bate-papo dos Divorciados Aliviados de Dublin. Há cinco pessoas na sala de bate-papo agora.

Divorciada_1: LadySolitária, pare de chorar por um minuto e pense na sua situação. Você devia estar furiosa, não triste. Repita comigo: Sou uma mulher forte.

LadySolitária: Sou uma mulher forte.

Divorciada_1: Tenho total controle sobre a minha vida.

LadySolitária: Tenho total controle sobre a minha vida.

Divorciada_1: Não tenho culpa pelo fato de que Tommy foi embora.

LadySolitária: Não tenho culpa pelo fato de que Tommy foi embora.

Divorciada_1: E não me importo com o que ele fez, porque Tommy é um desgraçado, um filho da puta.

LadySolitária: Não posso dizer isso!

Divorciada_1: Olha, deixe-me colocar sua vida em perspectiva para você. Ele te largou quando vocês só tinham seis meses de casados, levou os móveis, os talheres, os pratos e as panelas da cozinha, e até o capacho do banheiro. E a única coisa que ele deixou para você foi um bilhete, pelo amor de Deus. Por isso, repita comigo: não me importo com o que ele fez, porque Tommy é um desgraçado, um filho da puta.

LadySolitária: Não me importo com o que ele fez, porque Tommy é um DESGRAÇADO, um FILHO DA PUTA.

Divorciada_1: Ele que se foda!

LadySolitária: Ele que se foda!

Insegura: Senhoras, não tenho certeza se essa é uma maneira saudável de ajudar LadySolitária.

Divorciada_1: Ah, cale a boca. Você nunca tem certeza de nada.

LadySolitária: Ah, cale a boca. Você nunca tem certeza de nada.

Divorciada_1: Não era para você repetir isso.

FlorSilvestre: Hahahaha.

Insegura: Por Deus, não tenho certeza de que alguém aqui pode ter opinião própria além de você, Divorciada_1.

Divorciada_1: Mas você nunca tem sua opinião.

SamSolteiro: Ei, vocês todas, calma. Não seja boba, Insegura: É claro que todos querem ouvir a sua opinião. Como você lidou com o fato de que Leonard estava tendo um caso e, depois, quando ele a deixou?

Divorciada_1: Ela tomou a decisão inteligente de se mudar para o quarto de hóspedes e deixou de cuidar da própria vida.

SamSolteiro: Calma, Divorciada_1. Dê a ela a chance de falar.

Insegura: Obrigada, SamSolteiro, você é mesmo um gentleman. O que eu ia dizer é que não acredito em divórcios. Sigo os ensinamentos da Igreja Católica, e foi o próprio Papa que disse que o divórcio é um "mal" que está "se espalhando como uma praga" pela sociedade. No meu caso, eu concordo com ele. O objetivo de uma família é permanecer unida. E unidos ficaremos, não importa o que aconteça.

Divorciada_1: Bem, o Papa nunca se casou com o meu ex-marido, e isso é a única coisa que vou dizer a respeito dessa situação.

Insegura: Não vou continuar com esta conversa. Não estou gostando do jeito que você fala.

FlorSilvestre: A Igreja Católica acredita em anulações, Insegura. Por que não tenta conseguir uma?

Insegura: Não.

FlorSilvestre: Por que não? É praticamente a mesma coisa. A diferença é que isso é algo que o Papa acaba abençoando, de certa maneira.

Insegura: Não.

FlorSilvestre: Mas você pode ao menos explicar o porquê?

Divorciada_1: Porque ela não quer terminar o casamento, e ponto final.

Insegura: Não, Divorciada_1. Eu só acho que isso não seria certo. Ainda mais para as crianças.

Divorciada_1: O que há de certo no fato de que o seu marido fica com o quarto de casal, a TV e a suíte, forçando você a dormir no quarto de hóspedes? E você acha certo ter que ficar em casa nos fins de semana enquanto ele sai para se encontrar com outras? Seus filhos vão se casar achando que é certo dormir em quartos separados e ter vários parceiros.

FlorSilvestre: Você deixa o seu marido sair para se encontrar com outras?

Insegura: Ah, não são encontros. Não ligue para o que a Divorciada_1 está dizendo, ela está daquele jeito hoje. Ele sai para participar de jantares de negócios. Não posso impedi-lo de fazer isso, não é? E, apenas porque a chefe do meu marido é uma mulher, eu não acho que deva me preocupar. Vocês não estariam falando assim comigo se o chefe dele fosse homem.

SamSolteiro: Sim, mas ele estava tendo um caso com a chefe, não é, Insegura?

FlorSilvestre: Hahahaha.

LadySolitária: Eu entendo o raciocínio da Insegura. Pelo menos ela consegue continuar morando com o homem que ama, ela o vê todos os dias, conversa com ele, sabe onde ele está e o que está fazendo em vez de passar o dia inteiro sozinha. Quem se importa se ele não retribui o amor que ela sente?

Insegura: Você realmente devia tentar resolver as coisas com Tommy. Seis meses não é tempo suficiente para fazer um casamento funcionar.

Divorciada_1: Insegura, Tommy esvaziou a conta bancária do casal, roubou o anel de noivado, surrupiou a mobília, a TV, o aparelho de som, todos os CDs que ela tinha, as roupas e os objetos pessoais, e ainda por cima desapareceu. Por que diabos ela deveria querer vê-lo outra vez, com exceção de apontá-lo num grupo de suspeitos na delegacia?

Insegura: Porque ela o ama e o casamento é para sempre.

Divorciada_1: Mas ele é um ladrão. Vocês estão loucas, senhoras.

FlorSilvestre: Bem, é como dizem por aí, o amor é cego.

Divorciada_1: E também é surdo e burro nesta sala de bate-papo.

Docinho entrou na sala.

Divorciada_1: Ah, que maravilha. Chegou a voz da razão para dar um jeito em vocês.

Docinho: Ele é um desgraçado de merda, sabiam disso? Ele casou com aquela piranha.

Divorciada_1: Ah, bem. Ele que se foda.

SamSolteiro: Ele chegou a entrar em contato com você?

Docinho: Não. Não recebo notícias desde que ele me disse para não entrar mais em contato.

SamSolteiro: Achei que ele iria lhe mandar um convite de última hora.

Docinho: Duvido, aquele egoísta filho de uma...

Insegura: Bem, você foi muito grosseira com ele, Docinho, quando o acusou de querer se casar com aquela mulher por causa de todos aqueles motivos escusos.

LadySolitária: Eu só queria que o meu pai pudesse dar uma promoção a Tommy. Aí sim ele voltaria de uma vez para mim.

Divorciada_1: Ah, claro, seria um alicerce amoroso maravilhoso para o seu casamento. Muito saudável, LadySolitária.

Docinho: Imagine o que é convidar uma garota de 13 anos para ir a Boston sozinha. O homem pirou. Pronto, é definitivo e oficial: ele deixou de ser o meu melhor amigo.

LadySolitária: Posso ficar com o posto?

Divorciada_1: Você não tem jeito, mulher.

LadySolitária: O que foi agora?

FlorSilvestre: Mas você iria ao casamento se ele a tivesse convidado, Docinho?

Docinho: Nem se ele me pagasse.

LadySolitária: Provavelmente ele não se incomodou em imprimir outro convite porque sabia que você não iria comparecer. Convites são bem caros, como você bem sabe Eu me lembro do dia em que Tommy e eu repassamos a lista do casamento juntos. Foi uma época em que estávamos muito felizes.

Divorciada_1: Provavelmente porque ele sabia que não iria ficar por lá por tempo suficiente para cumprimentar a outra metade dos convidados.

LadySolitária: Isso não é justo.

Docinho: Bem, dinheiro é o que menos falta para essa gente, pode acreditar. Além disso, por que ele convidaria Katie e não a mim? Tenho certeza de que ele só fez isso para esfregar a ocasião na minha cara, como se fosse um lenço esfoliante que arranca a pele... Bom, de qualquer maneira, tenho certeza de que a felicidade do casamento vai ter vida curta. Ele logo vai se juntar a nós neste bate-papo, porque aquela mulher é má. Tenho certeza disso.

Divorciada_1: Não, quem é mau é o divórcio. Não é mesmo, Insegura?

FlorSilvestre: Hahahaha.

Insegura: Isso não tem a menor graça.

Divorciada_1: Durante a noite inteira, tudo que ela fez foi rir. Acho que FlorSilvestre andou cheirando flores do campo, se é que você me entende.

Insegura saiu da sala.

FlorSilvestre: Você está sendo agressiva demais com ela, Divorciada_1.

Divorciada_1: Ah, não seja boba, ela adora o jeito que eu falo. Ela volta aqui noite após noite, não é? Acho que isso aqui é a única oportunidade que ela tem de participar de uma conversa adulta durante todo o dia.

Docinho: E então, todos curtiram bastante o Natal?

FlorSilvestre: Não parei de festejar a semana inteira. Está sendo ótimo. Nunca sentei no colo de tantos papais noéis em toda a minha vida. Por falar nisso, preciso ir agora; tenho que me arrumar para uma festa à fantasia que vai acontecer hoje. Vou vestida de coelhinha da Playboy. Tchau!

FlorSilvestre saiu da sala.

Docinho: E o resto de vocês, pessoal?

Divorciada_1: Acho que engordei uns vinte quilos.

LadySolitária: Foi um Natal bem tranquilo.

SamSolteiro: A televisão estava ótima este ano. Fiquei assistindo.

Divorciada_1: Isso mesmo.

Docinho: Eu gosto dos especiais de Natal.

Divorciada_1: É bom para ocupar as crianças também.

Docinho: Pois é.

SamSolteiro: Bons documentários também.

Docinho: Aham.

Divorciada_1: Eu assisti àquele com os ursos-polares ontem à noite.

Docinho: Eu vi esse programa também.

SamSolteiro: Eu não sabia que os ursos-polares eram todos canhotos.

Docinho: Sim, isso foi bem interessante... E os caracóis também...

Divorciada_1: Eles são canhotos também?

SamSolteiro: Não, mas parece que são capazes de dormir por três anos.

Docinho: Bichos sortudos...

Divorciada_1: Sim, a TV é ótima no Natal.

SamSolteiro: Até que é bom ficar sozinho no Natal, para ter um pouco de paz e sossego.

LadySolitária: Paz e sossego totais.

Docinho: Sim, muito sossego...

SamSolteiro: Sabem, eu e a minha ex costumávamos fazer festas enormes no Natal, todos os anos. Passávamos o tempo inteiro ocupados, saíamos todas as noites ou recebíamos convidados sempre que estávamos em casa. Mal conseguíamos dar atenção um para o outro. Mas esta situação é bem diferente. Não há ninguém por perto. Nada de festa, nada de convidados este ano.

Docinho: Comigo era a mesma coisa.

Divorciada_1: Ah, quem é que nós queremos enganar? Foi horrível. O pior Natal que já tive em toda a minha vida.

Docinho: O meu também.

SamSolteiro: O meu também.

LadySolitária: O meu também.

Clique neste ícone para imprimir a conversa.

De: Julie Casey
Para: Rosie
Assunto: Fax para você
Não quero perturbá-la enquanto você está tão "ocupada" trabalhando (como está Ruby?), mas acabou de chegar um fax no meu escritório há alguns minutos. Não estava especificamente endereçado para você, mas, quando comecei a lê-lo, descobri que só podia ser para você. Afinal, qual dos meus outros funcionários daria o número do meu fax para que o aparelho fosse usado com fins pessoais? Acho que consigo identificar um "Du Josh" no pé da folha. Venha ao meu escritório buscá-lo. Ah, e, nesse meio-tempo, programe seu telefone para mandar todas as ligações para o meu escritório. Traga duas xícaras de café e um maço de cigarros também.

"Vidas Sociais", por Eloise Parkinson

Para aqueles de nós que tiveram a sorte de poder participar do casamento do ano (ou, pelo menos, o casamento da semana), nós sobrevivemos à experiência para fazer o relato de toda a extravagância, sofisticação e esplendor que foram oferecidos para os trezentos convidados sortudos do dr. e da sra. Williams no casamento da sua filha Bethany com o dr. Alex Stewart.

Nenhuma despesa foi poupada na cerimônia de casamento, que aconteceu na Igreja Memorial da Universidade de Harvard, com buquês vibrantes de rosas vermelhas e velas vermelhas margeando o corredor que levava ao altar, como luzes iluminando uma passarela para que o elegante casal decolasse rumo à sua futura vida cheia de felicidade.

Bethany, 34, estava deslumbrante como sempre, em um elegante vestido branco desenhado especialmente para ela pelo famoso amigo das estrelas (e meu amigo) Jeremy Durkin. O corpete com barbatanas era cravejado com dez mil pérolas (e disfarçou bem a gravidez que todos estão comentando). A saia rodada em estilo bailarina, feita com várias e várias camadas de tule macio, dançava no corredor do altar enquanto ela flutuava apoiada no braço do seu pai orgulhoso, o renomado cirurgião Dr. Reginald Williams.

Miranda Williams era a imagem perfeita da mãe da noiva com o seu terninho Armani escarlate combinando com um fabuloso chapéu Philip Treacy que quase roubou as atenções que deveriam estar concentradas na filha. As supermodelos (amigas que Bethany conheceu há muito pouco tempo) Sara Smythe e Hayley Broadbank foram as damas de honra de Bethany e usaram sexies vestidos de seda vermelha com alças estreitas sobre os ombros que modelavam bem as poucas curvas dos seus corpos, com meia dúzia de rosas entre os dedos com as unhas pintadas à francesinha. O buquê da noiva tinha meia dúzia de rosas brancas e meia dúzia de rosas vermelhas (e foi apanhado por ninguém mais ninguém menos do que eu). Seu cabelo loiro e longo, que costuma ficar solto e esvoaçante, estava preso em um coque francês que repousava sobre a nuca e ajudou a futura mamãe a ser a noiva perfeita.

Diante do altar, o Príncipe Encantado olhava orgulhoso para a sua princesa, vestindo meio-fraque clássico de três botões, camisa branca e gravata vermelha, com uma rosa vermelha na lapela. Rosas, com certeza, não faltaram nesse dia.

A recepção extravagante realizou-se no Boston Harbor Hotel, onde o melhor discurso de todos foi feito pelo padrinho Josh Stewart, de 5 anos, filho do casamento anterior do noivo com uma namorada do tempo da escola, Sally Gruber.

O dia correu de acordo com as expectativas (e os padrões) de "Vidas Sociais", e ficou claro para todos os que testemunharam os recém-casados dançando pela primeira vez como marido e mulher que este casamento será para sempre. Que eles tenham uma vida a dois longa, feliz, rica e elegante. Quanto a mim, a sua colunista favorita da seção de casamentos, vou pegar o meu buquê e sair para encontrar um pretendente.

Rosie,
Feliz aniversário, amiga.
Mais um ano, e lá vamos nós outra vez.
Ruby

De: Stephanie
Para: Rosie
Assunto: Sua visita

Estou ansiosa para que você chegue no mês que vem e conheça Sophia. Ela está muito empolgada, querendo conhecer você. E Jean-Louis está cheio de energia, como sempre.

Feliz trigésimo terceiro, maninha. Tenho certeza de que você e Ruby vão ficar em algum bar até tarde da noite.

Queridos Alex e Bethany
Parabéns pelo nascimento do seu neném.
Desejamos toda a felicidade no futuro e estamos muito felizes
porque Josh ganhou o irmãozinho que queria!
Rosie e Katie

Feliz aniversário de 14 anos, meu anjo.
Tenha uma ótima noite na balada, mas lembre-se:
nada de beber, nada de sexo e nada de drogas.
Beijos,
Mãe

VOCÊ RECEBEU UMA MENSAGEM DE: ROSIE.

Rosie: Ouvi dizer que você andou beijando e dançando de rostinho colado com um garoto na sexta à noite, Katie Dunne. Quem é ele?

Katie: Não posso falar agora, mãe. O sr. Simpson está explicando algo muito importante para as provas finais, e eu preciso prestar atenção.

Rosie: Mentirosa.

Katie: Não estou mentindo. Tenho certeza de que é importante, seja lá o que for.

Rosie: Vamos lá, abra o jogo. Quem era o garoto?

Toby: Oi, Rosie.

Rosie: Ah, você chegou bem na hora, Toby. Eu estava perguntando para a minha filha quem era o cara misterioso na danceteria, na sexta-feira à noite.

Toby: Haha. As notícias voam.

Katie: Não conte a ela, Toby.

Rosie: Quer dizer que é verdade?

Toby: Sim

Katie: Sim, e Toby também passou a noite inteira lambendo a cara da Monica.

Rosie: Ah, não, Toby. Não me diga que era a Monica Birrenta.

Toby: Por que vocês duas vivem chamando ela assim? Ela não faz birra quando está comigo.

Rosie: Porque nós não a beijamos na frente de todo mundo quando o pessoal da escola vai a uma danceteria. Então vamos lá, filha querida, seja uma boa menina e compartilhe os detalhes desse romance que está florescendo.

Katie: O nome dele é John McKenna, ele tem 15 anos, está mais adiantado do que eu na escola e é muito legal comigo.

Rosie: Ahhhh, um homem mais velho.

Katie: É, mãe. Tenho bom gosto.

Rosie: O que você acha dele, Toby?

Toby: Ele é legal. Está no time de futebol da escola. É gente fina.

Rosie: Você vai ter que ficar de olho nele para mim, não é?

Katie: Mãe! Nossa, agora ele nunca mais vai parar de falar na minha orelha.

Rosie: Você transou com ele?

Katie: Mãe! Eu tenho 14 anos!

Rosie: Bem, às vezes eu vejo meninas de 14 anos na TV que estão grávidas.

Katie: Bom, não é o meu caso!

Rosie: Ótimo. Você usou alguma droga?

Katie: Mãe! Para com isso! Onde eu ia arranjar drogas?

Rosie: Não sei, às vezes eu vejo meninas de 14 anos na TV que estão grávidas e usam drogas.

Katie: Bom, não é o meu caso!

Rosie: Ótimo. Você tomou álcool?

Katie: Mãe! A mãe do Toby nos levou para a escola e veio nos buscar. Quando é que teríamos tempo para beber?

Rosie: Não sei. Às vezes eu vejo meninas de 14 anos alcoólatras e grávidas na TV, e que são viciadas em drogas.

Katie: Bom, sem sombra de dúvida, esse não é o meu caso!

Toby: Que programas você assiste na TV?

Rosie: Os noticiários, em geral.

Katie: Bem, não se preocupe. Minhas orelhas quase apodreceram de tanto que você me falou para não fazer essas coisas. Tá certo?

Rosie: Sim, mas lembre-se: beijos são legais, mas é o máximo que você pode fazer. Entendeu?

Katie: Mãe! É só isso que eu quero.

Rosie: Ótimo. Agora, voltem a prestar atenção na aula. Quero ver vocês dois tirarem nota A nessa matéria!

Katie: Não vamos conseguir se você não parar de mandar mensagens!

Ruby: E então, o que vocês vão fazer nos próximos dois meses agora que as crianças estão de férias? Você tem muita sorte de conseguir férias tão longas. Randy Andy me disse que eu já usei todas as minhas folgas — o que é ridículo, porque esses dias deviam ser aqueles em que eu estava doente. Ele disse que é impossível alguém passar sessenta e cinco dias do ano doente e ainda continuar vivo.

Rosie: Então você não pode mais tirar nenhum dia de folga? Eu esperava que a gente pudesse pegar o barco e ir até a Inglaterra passar o fim de semana. Em Blackpool ou algum lugar parecido.

Ruby: Agora eu posso. Eu disse que, se ele me der duas semanas de folga, vou mencionar a Fábrica de Clipes de Papel de Randy Andy quando Oprah me chamar para participar do seu programa depois que eu e Gary formos campeões do campeonato mundial de salsa. O que você vai fazer?

Rosie: Não sei ainda. Julie falou alguma coisa sobre eu poder me matricular em cursos para adultos na escola. Ela disse que eu deveria fazer um curso de administração hoteleira, como eu sempre quis. Como se fosse simples.

Ruby: Por que não pode ser algo simples? Preste atenção, Rosie. Você não vai saber até experimentar. Desde que eu te conheço você fala que quer trabalhar em um hotel. Você é obcecada por eles; sua casa é um tributo aos produtos dos hotéis. Nem dá para abrir a porta do banheiro, com todos aqueles tapetes roubados atrapalhando a entrada. Não consigo entender a fascinação que você tem por eles, mas eu sei que trabalhar em um hotel é a sua fixação, sua compulsão, o sonho da sua vida.

Rosie: Julie disse que, se eu não fizer o curso, ela vai me demitir. E disse que, quando eu terminar o curso, vai me demitir de qualquer maneira.

Ruby: Você precisa escutar o que ela diz. Ela foi uma boa professora para você durante todos aqueles anos.

Rosie: Mas, Ruby, vou levar dois anos para conseguir um diploma, o curso é caro e eu vou ter que trabalhar de dia e estudar de noite. Vai ser duro.

Ruby: Mas, mas, mas, Rosie Dunne. Qual é o problema? Você tem alguma ideia melhor para os próximos três anos da sua vida?

PREZADA ROSIE,

Desculpe a demora em responder. Com certeza, os últimos meses foram bem movimentados para Alex e para mim. Me acostumar com a vida de casada e um bebê recém-nascido, tudo em questão de meses, é coisa demais para a minha cabeça.

Ficamos muito felizes em receber o seu cartãozinho, e esperamos que você e Katie estejam bem na Irlanda.

Atenciosamente,

Bethany (e também Alex, Theo e Josh)

VOCÊ RECEBEU UMA MENSAGEM DE: ROSIE.

Rosie: Você tem razão, Ruby. Parece que não vou fazer nada de importante nos próximos dois anos da minha vida. Por que não aprender alguma coisa nova?

Capítulo 41

OI, MÃE,

O inverno chegou de novo. Às vezes eu me assusto com a rapidez com que os meses passam. Eles se transformam em anos e eu nem percebo. Katie acaba sendo o meu calendário, já que eu a observo crescer e mudar. Ela está crescendo muito rápido, aprendendo a ter as próprias opiniões e aprendendo que eu nem sempre tenho resposta para tudo. E, no momento em que uma criança começa a entender isso, você sabe que está encrencada.

Ainda estou na minha jornada, mãe. Ainda estou presa naquele estágio meio indefinido da vida quando acabei de chegar de algum lugar, deixei essa parte completamente para trás e agora estou começando a ir em direção a algo novo. Acho que o que estou tentando dizer é que a minha mente ainda não se acomodou. Ainda, não. Bem, você e o meu pai não fizeram nada além de viajar durante todo o ano passado; vocês não passaram mais do que algumas semanas no mesmo país, mas vocês dois estão numa situação bem mais estável do que a minha, e eu nem consegui sair da Irlanda nesse ano que passou. Vocês dois sabem onde querem estar. Eu acho que isso acontece porque vocês têm um ao outro, e onde quer que o meu pai esteja você tem a sensação de que está no seu lar.

Aprendi que lar não é um lugar, e sim uma sensação. Posso deixar esse apartamento muito bonito, colocar um monte de floreiras nas janelas, colocar um capacho com boas-vindas diante da porta, pendurar uma placa com os dizeres "Lar, Doce Lar" em cima da lareira e passar a vestir um avental e assar biscoitos, mas a verdade é que eu sei que não quero ficar aqui para sempre.

É como se eu estivesse esperando na estação de trem e tocando algum instrumento musical para ganhar dinheiro, apenas o bastante para pegar o próximo trem que me leve para longe daqui. E, é claro, Katie é a coisa mais importante para mim. Todos os lugares onde eu estiver com ela deveriam me dar a sensação de estar no meu lar, mas isso não acontece porque sou eu que tenho que construir um lar para ela. Sei que Katie vai me deixar dentro de alguns anos e não vai precisar de mim como precisa agora.

Tenho que montar a minha própria vida pra quando Katie partir. Preciso fazer isso porque não vejo nenhum Príncipe Encantado vindo na minha direção para me salvar. Contos de fada são historinhas muito cruéis para crianças pequenas. Toda vez que eu me meto em alguma confusão, fico esperando que um homem de cabelos longos e fala refinada entre trotando na minha vida (montado em um cavalo, claro, e não literalmente trotando). Nessas horas eu percebo que não quero que um homem entre trotando na minha vida, porque foram homens que fizeram com que a minha vida se transformasse nessa bagunça toda.

Hoje em dia eu me vejo como a treinadora de Katie, preparando-a para a enorme luta que será a sua vida adulta. Ela ainda nem começou a pensar em como será a vida depois que se afastar de mim. Claro, ela tem os próprios sonhos, quer viajar pelo mundo e trabalhar como DJ para ganhar a vida sem mim, mas ela ainda não se deu conta do que representa a parte do sem mim. E nem deveria. Ela só tem 14 anos. De qualquer maneira, ela ainda não tem condições de tomar as próprias decisões, e eu bati o pé quando ela disse que queria abandonar a escola.

Mesmo assim, não ando precisando obrigá-la a se levantar da cama pela manhã por causa de John, o novo namoradinho que ela arrumou. Essa dupla é inseparável: toda sexta-feira à noite eles vão para uma danceteria no clube da GAA[3] perto de onde ele mora. Ele é um membro típico do GAA e joga hurling[4] no time juvenil de Dublin. Inclusive, neste domingo, nós vamos ao Croke Park para assistir Dublin × Tipperary e estamos superanimadas. De qualquer forma, é complicado para mim, é claro, porque eu não sei dirigir, então às vezes delego a tarefa a Ruby. Ela diz que eu sou a versão preguiçosa daquele filme "Conduzindo Miss Daisy". A mãe de John é uma pessoa bem agradável, e faz a gentileza de vir buscar Katie e trazê-la para casa às vezes.

---

3. Gaelic Athletic Association, ou Associação Atlética Gaélica: organização cultural e esportiva de origem irlandesa com presença nos cinco continentes. (N. T.)
4. Espécie de jogo de hóquei de campo disputado por duas equipes de 15 jogadores cada. (N. T.)

Não tenho visto nem conversado muito com Toby nos últimos tempos, mas vi a mãe do garoto na escola quando ela estava deixando o filho mais novo. E ela me disse que ele está agindo mais ou menos do mesmo jeito que Katie quando está com sua nova namorada, Monica.

Nunca namorei quando tinha 14 anos. A juventude dos dias de hoje está crescendo bem rápido (Nossa... De repente eu me senti TÃO VELHA!). Certo, certo, mãe, já consigo ouvir você bufando aí. Eu realmente engravidei aos 18 anos sem ter emprego, formação ou um homem ao meu lado, e quase lhe causei um colapso nervoso, mas em alguns países do mundo essa já é uma idade avançada para uma mulher. Você devia dar graças a Deus por eu não ter começado antes.

Kevin ligou e veio passar o fim de semana aqui, com a namorada. Ela é um amor de pessoa, mas eu não faço a menor ideia do que ela vê nele. Sabia que eles já estão namorando há um ano? Olhe, esse meu irmão é fechado demais. É preciso quase bater nele para arrancar qualquer informação. Nunca se sabe, mas os sinos do matrimônio podem acabar tocando de novo para a família Dunne! Diga ao meu pai para pegar aquele smoking velho do sótão e tirar as teias de aranha e as bolotas de naftalina nesse estágio de preparação. Acho que ele vai ficar feliz ao saber que não precisará entrar na igreja com o noivo desta vez. (Sinceramente, ele conseguiu me deixar uma pilha de nervos no meu casamento!)

Em relação ao meu palácio em North Strand, é quase como se não tivéssemos vidros nas janelas aqui, com todo o vento que consegue entrar neste lugar. Está tão frio e o vento está tão forte esta noite que a chuva bate nas janelas como se fosse granizo. O poste da rua joga a luz diretamente para dentro deste apartamento. Se fosse possível colocá-lo um pouco mais para a direita, quem sabe ele poderia incomodar Rupert. Embora sirva para eu economizar um pouco de dinheiro com a conta de luz, às vezes eu imagino se não vou ver Gene Kelly dançando na rua com aquele guarda-chuva. Por que diabos os filmes conseguem fazer com que tudo, até mesmo a chuva, pareça ser algo tão divertido?

Toda manhã eu acordo quando ainda está tudo escuro lá fora (e você sabe, não é natural acordar em um horário em que o sol ainda nem se incomodou em surgir). O apartamento está gelado, eu saio correndo do chuveiro para o meu quarto tremendo feito vara verde, saio para a rua e tenho que caminhar dez minutos até chegar ao ponto de ônibus, sempre enfrentando vento e chuva. Minhas orelhas doem e meu cabelo acaba ficando encharcado, então eu nem preciso me incomodar em lavá-lo e usar o secador. O delineador começa a escorrer pelo rosto, meu guarda-chuva já virou do avesso por causa da força do vento e eu fico parecendo uma versão desgrenhada da Mary Poppins. Aí o ônibus atrasa. Ou está lotado demais para parar. E eu acabo chegando atrasada no trabalho, parecendo um rato afogado, depois de ter pelo menos uma briga com o motorista do ônibus enquanto todas as outras pessoas estão com a maquiagem, as roupas e o cabelo perfeitos porque acordaram uma hora mais tarde do que eu, entraram em seus carros e vieram dirigindo confortavelmente para o trabalho, chegaram à escola quinze minutos antes que as aulas começassem e tiveram tempo de tomar uma xícara de café para começar o dia de maneira bem relaxada.

Cantando na chuva é a puta que pariu.

Perceba que estou escrevendo uma carta de verdade para você hoje, e não enviando um e-mail. Isso acontece porque o cara do cybercafé no andar de baixo me pegou várias vezes olhando para ele. Ele tem o rosto tão atraente que eu tenho vontade de mordê-lo. Acho que ele percebeu o que eu quero, então decidi ficar em casa esta noite. O outro motivo pelo qual eu estou escrevendo à mão agora é para fingir que estou estudando. As provas do fim do ano estão chegando para nós duas e eu disse a Katie que ela precisava levá-las mais a sério. Bem, tive que seguir meu próprio conselho. Então, cá estamos na mesa da cozinha, no meio dos nossos livros, pastas, papéis e canetas, fingindo que somos intelectuais.

Tenho tanto conteúdo para rever e estudar que nem consegui preparar o jantar durante toda a semana. Assim, nestes últimos dias nós temos nos deliciado com as iguarias que vêm do térreo. Por sorte, Sanjay está nos dando um desconto de quarenta por cento na comida que compramos para viagem, e criou até mesmo um novo prato chamado Frango com Curry à Rosie. Ele o colocou como cortesia junto com o nosso pedido de ontem. Nós provamos e o mandamos de volta. Haha, brincadeira. Nada mais é que frango e curry. Tudo que ele fez foi acrescentar "Rosie" ao nome do prato. Fiquei lisonjeada ao ver o meu nome no cardápio de um restaurante indiano, e é interessante ouvir homens bêbados gritarem o meu nome com aquelas vozes arrastadas. Não paro de pensar que o meu Romeu está lá embaixo, na calçada, me chamando e jogando pedriscos para que eu desperte do meu sono. E é aí que eu lembro que é sábado, uma hora da manhã, o pub acabou de fechar, os bêbados estão gritando seus pedidos por cima do balcão e os pedriscos que batem na minha janela, na verdade, são apenas os pingos da chuva. Mas uma garota sempre pode sonhar.

Toda vez que passo diante da esposa de Sanjay ela revira os olhos e bufa. Ele ainda está me convidando para sair, e convida até quando ela está logo ao lado. Assim, eu digo que o que ele está me pedindo é totalmente errado considerando que ele é casado, que ele precisa ter mais respeito pela esposa e que, mesmo que ele não fosse casado, eu diria não. Eu digo tudo em voz alta para que ela possa ouvir, mas ela ainda fica bufando. E Sanjay sorri para mim e coloca alguns paparis indianos de graça na sacola, junto com o resto do pedido. O homem é maluco.

Rupert (meu outro vizinho) perguntou se eu gostaria de ir ao National Concert Hall no fim de semana. Parece que a Orquestra Sinfônica Nacional vai tocar o Concerto para Piano número 2 de Brahms em Si bemol, Op. 83, que é a sua peça musical favorita. Não é um encontro romântico nem nada do tipo. Acho que Rupert é um ser completamente assexuado e só quer alguém para lhe fazer companhia. Para mim, está ótimo. Além disso, a tatuagem "Amo minha mãe" que ele tem no braço é algo que acaba com qualquer desejo sexual. Aquela citação de James Joyce que ele tem no peito também me irrita, porque Rupert é tão alto que eu sou obrigada a ler "Erros são os portais da descoberta" o tempo todo. É como uma placa de sinalização ou coisa parecida, como se Rupert tivesse sido colocado no apartamento ao lado do meu para me fazer entender que a minha vida é uma sequência de erros. Eu só gostaria que a mensagem fizesse mais sentido do que isso. Erros são os buracos na estrada das descobertas, eu acho. E é uma estrada longa e esburacada até chegar a essa descoberta, cheia de obstáculos e perigos. Eu queria que a inscrição dissesse "Chocolate é bom" em vez de citar Joyce.

Por falar em erros, eu ainda não falei com Alex e já faz um ano desde a última vez que conversamos. Acho que desta vez não tem mais volta.

Tudo que fazemos é mandar cartões idiotas um para o outro. É como se estivéssemos fazendo aquela brincadeira de ficar um encarando o outro, e nenhum de nós quer ser o primeiro a piscar. Sinto saudades demais dele. Há tantas coisas que acontecem comigo, coisinhas bobas do dia a dia que eu morro de vontade de contar para ele. Como o carteiro desta manhã que estava entregando as cartas do outro lado da rua e aquele cachorrinho idiota, um Jack Russell Terrier chamado Jack Russell, atacou o pobre homem outra vez. Eu olhei pela janela e vi o carteiro esperneando para se livrar do cachorro como faz todas as manhãs, mas desta vez ele acertou o bicho por engano na barriga. O cachorro caiu de lado e passou um tempão sem se mexer. O dono saiu para a rua e eu fiquei olhando enquanto o carteiro fingia que Jack Russell já estava daquele jeito quando ele chegou. O dono acreditou nele e houve um pandemônio generalizado enquanto eles tentavam reavivar o cão. Após algum tempo Jack Russell se levantou e, quando olhou para o carteiro, ganiu e fugiu correndo para dentro da casa. Foi muito engraçado. O carteiro apenas deu de ombros e foi embora. Ele estava assoviando quando chegou à minha porta. Coisas como essa decerto fariam Alex rir, ainda mais enquanto eu lhe contasse tudo sobre aquele maldito cachorro que não me deixa dormir, latindo a noite inteira, e sempre rouba a minha correspondência do coitado do carteiro.

Espera um pouco, Katie está tentando espiar o que estou escrevendo...
TEORIA DAS HIERARQUIAS DE MASLOW.

Haha, aposto que isso vai fazer com que ela perca o interesse logo, logo. Bom, é melhor eu terminar por aqui e começar a estudar de verdade. Nós nos vemos em breve. Diga ao meu pai que eu mando lembranças e que o amo.

Ah, antes que eu esqueça: Ruby arranjou um encontro às cegas para mim na noite de sábado. Eu quase a matei, mas não posso cancelar. Cruze os dedos e reze para que ele não seja algum tipo de serial killer.

Beijos,
Rosie

VOCÊ RECEBEU UMA MENSAGEM DE: ROSIE.

Rosie: Oi, Julie. Cadastrei você na minha lista de amigos para receber mensagens instantâneas. Assim, sempre que você aparecer online, eu posso lhe enviar mensagens.

Julie: A menos que eu te bloqueie.

Rosie: Você não ousaria.

Julie: Por que você quer me cadastrar na sua lista de mensagens quando estou na sala ao lado?

Rosie: É o que eu faço com todo mundo. Assim eu posso fazer várias coisas ao mesmo tempo. Posso falar com as pessoas no telefone enquanto resolvo coisas com você pelo computador. De qualquer maneira, o que exatamente você faz, srta. Casey? Tudo que eu vejo você fazer é aterrorizar criancinhas inocentes e fazer reuniões com pais irritados.

Julie: Isso é praticamente tudo o que eu faço, Rosie, você tem razão. Pode acreditar, você foi uma das piores alunas que eu já tive, e as reuniões com os seus pais eram as piores de todas. Eu detestava ter que chamar você para a minha sala.

Rosie: E eu detestava ir à sua sala.

Julie: E agora você me adicionou à sua lista de amigos. Como as coisas mudam, não é? Ah, por falar nisso, vou convidar algumas pessoas para o meu aniversário na semana que vem e gostaria de saber se você gostaria de vir.

Rosie: Quem mais irá?

Julie: Ah, apenas algumas das outras crianças que eu costumava aterrorizar há vinte anos. Nós adoramos nos reunir e lembrar os velhos tempos.

Rosie: Sério?

Julie: Não. Apenas alguns amigos e alguns membros da minha família para beber e comer alguma coisa e celebrar a ocasião. Depois você pode ir embora e me deixar sozinha.

Rosie: Quantos anos você vai fazer? Estou perguntando só para poder comprar um cartão de aniversário com o número certo. Talvez encontre um broche para você prender na blusa com a idade, também.

Julie: Faça isso e eu a demito por justa causa. Vou fazer 53.

Rosie: Você só tem vinte anos a mais do que eu. Eu pensava que você era bem mais velha!

Julie: Engraçado, não é? Imagine, eu tinha mais ou menos a sua idade quando você saiu desta escola. As crianças devem achar que você é velha também.

Rosie: Eu me sinto velha.

Julie: Pessoas velhas não saem para fazer encontros às cegas. Vamos lá, abra o jogo. Como foi?

Rosie: O nome dele é Adam, e ele é um homem muito, muito atraente. Durante toda a noite ele foi educado, tem um ótimo papo e é bem engraçado. Ele pagou o jantar, o táxi, as bebidas e quase tudo, e não deixou que eu abrisse a bolsa (não que eu tivesse algum dinheiro comigo, já que recebo esse salário de fome). Era alto, moreno e bonito, se vestia de maneira impecável. As sobrancelhas eram tão simétricas que eu acho que ele as faz em algum salão. Tinha também os dentes bonitos e nada de pelos aparentes no nariz.

Julie: E o que ele faz?

Rosie: É engenheiro.

Julie: Quer dizer, então, que ele é educado, bonito e tem um ótimo emprego. Parece bom demais para ser verdade. Vocês vão se encontrar de novo?

Rosie: Bom, depois do jantar, nós fomos para a cobertura onde ele mora, em um prédio na região do cais de Sir John Rogerson. O lugar era um luxo só. Nós nos beijamos, eu passei a noite lá, ele me convidou para sair de novo e eu disse não.

Julie: Ficou louca?

Rosie: Talvez. Ele era um homem muito bom, mas não havia nada ali. Não senti aquele fogo.

Julie: Mas foi só a primeira vez que vocês saíram. Não se pode ter certeza disso no primeiro encontro. O que você queria? Fogos de artifício?

Rosie: Não. Na verdade, queria exatamente o oposto. Quero o silêncio, um momento perfeito de quietude.

Julie: Silêncio?

Rosie: Ah, é uma longa história. Mas a noite de ontem prova apenas que alguém pode me juntar com um cara perfeito e mesmo assim não estarei pronta. As pessoas precisam parar de me pressionar. Vou encontrar alguém quando estiver pronta para isso.

Julie: Tudo bem, tudo bem, prometo que vou parar de tentar lhe arranjar homens até que você me dê permissão. Por falar nisso, como vão os estudos?

Rosie: É difícil conciliar trabalho, estudo e ser mãe ao mesmo tempo. Eu acabo ficando acordada até altas horas da noite ponderando as questões da vida e do universo e tudo que existe entre eles, ou seja: não consigo me concentrar em nada.

Julie: Não se preocupe, todas nós já passamos por esses dias. Acredite no que eu digo: quando você chegar à minha idade, vai parar de se preocupar tanto. Tem alguma coisa que eu possa fazer para ajudar?

Rosie: Na verdade, tem, sim. Um aumento de salário seria maravilhoso.

Julie: De jeito nenhum. E como está a poupança?

Rosie: Estaria ótima se eu não tivesse que alimentar, vestir e educar a minha filha, além de gastar com o aluguel da caixa de sapatos onde estou morando.

Julie: Isso sempre parece atrapalhar os planos, essa coisa de ter que cuidar dos filhos. Já conversou com Alex?

Rosie: Não.

Julie: Rosie, vocês dois estão agindo de um jeito ridículo. Passei a minha vida inteira tentando separar vocês dois, mas agora isso não me diverte mais. Diga a ele que a srta. Casey Narigão Bafo de Onça deu permissão para que vocês dois voltem a sentar um do lado do outro.

Rosie: Isso não vai dar certo. Ele nunca prestou atenção no que você dizia, de qualquer maneira. E não estamos assim tão sem contato. Katie manda e-mails para ele o tempo todo e eu envio cartões sempre que aparece qualquer ocasião, por mais boba que seja, e ele faz o mesmo. A cada dois ou três meses eu recebo um cartão-postal que chega de algum país exótico com relatos tediosos sobre o clima. E, quando não está viajando a passeio, ele passa o tempo todo trabalhando. Portanto, não estamos nos ignorando por completo. Na verdade, estamos até mesmo tendo uma discussão bastante civilizada.

Julie: Claro, com exceção do fato de que vocês não estão conversando. Seu melhor amigo tem um filho de seis meses que você nem conhece. O que estou dizendo é que, se continuarem deixando as coisas acontecerem dessa maneira, os anos vão se multiplicar e, quando se derem conta, vai ser tarde demais.

Capítulo 42

Queridas Rosie e Katie Dunne,

Boas festas, diretamente do St. Jude's Hospital.

Minha esposa, meus dois filhos e eu esperamos que o ano que chega traga a vocês e a seus entes queridos muita saúde e felicidade.

Feliz Natal e Próspero Ano Novo, é o que lhes deseja a família Stewart.

Dr. Alex Stewart

Ao Dr. Alex Stewart

Que o ano que chega seja repleto de saúde, prosperidade e felicidade para você e sua família.

São os votos de
Rosie Dunne

VOCÊ RECEBEU UMA MENSAGEM DE: ALEX.

Alex: Seu cartão chegou hoje de manhã.

Rosie: Ahhhh, você resolveu voltar a falar comigo?

Alex: Já faz muito tempo. Um de nós tinha que ser adulto o bastante para entrar em contato. Lembre-se de que não fui eu quem começou com isso.

Rosie: Foi sim.

Alex: Não fui, Rosie.

Rosie: Foi sim!

Alex: Ah, faça-me o favor! Ano passado eu lhe disse que Bethany estava grávida e você ficou louca. E, para a sua informação, eu a pedi em casamento antes de irmos à cerimônia de premiação. Bethany disse sim e é natural que, como estava empolgada, contou aos seus pais, que estavam sentados conosco à mesa. O pai dela recebeu o prêmio e, durante o discurso de aceitação, anunciou que sua filha havia acabado de ficar noiva (como qualquer pai orgulhoso faria ao saber que sua filha iria se casar).

A imprensa estava lá. Eles voltaram para a redação e elaboraram o relato da noite para ser publicado no jornal do dia seguinte. Eu saí e celebrei o noivado com a minha futura esposa e a família dela. Cheguei em casa, fui para a cama e acordei no dia seguinte recebendo um telefonema atrás do outro da minha família querendo saber por que diabos eu não contei a eles que iria me casar. Minha caixa de entrada estava lotada de e-mails enviados por amigos confusos, e eu ia começar a respondê-los quando recebi uma mensagem sua.

Depois, mandei os convites de casamento para você e Katie, pensando que, mesmo que não gostasse da esposa que eu escolhi e inventando histórias patéticas sobre os motivos pelos quais eu iria me casar com ela, você ainda poderia agir como a amiga que afirma ser, comparecendo ao meu casamento e demonstrando o seu apoio.

Por isso, eu queria me desculpar pelo último cartão que você recebeu. Seu nome estava na minha lista de endereços e aquele cartão em particular era destinado aos meus pacientes, não a você.

Rosie: Espere um minuto. Não recebi nenhum convite de casamento.

Alex: O quê?

Rosie: Não recebi convite nenhum. Chegou um para Katie, mas nenhum para mim. E Katie não podia ir, afinal, ela tem só 13 anos. Onde ela iria dormir? E eu não podia levá-la porque francamente eu não tinha condições de...

Alex: Pare! Deixe-me pensar nisso por um momento. Você não recebeu o convite de casamento?

Rosie: Não. Apenas um que veio em nome de Katie.

Alex: E os seus pais?

Rosie: Sim, eles receberam um convite, mas não puderam ir porque estavam visitando Steph em Paris e...

Alex: Tudo bem! O seu não chegou na casa deles por engano?

Rosie: Não.

Alex: Mas meus pais... Eles não contaram para você?

Rosie: Disseram que adorariam se eu fosse, mas eles não controlam os convites, Alex. Você nunca me pediu para comparecer.

Alex: Mas você estava na lista. Eu cheguei até mesmo a ver o seu convite na mesa da cozinha.

Rosie: Ah.

Alex: O que aconteceu?

Rosie: Não me pergunte uma coisa dessas! Eu nem sabia que iria ser convidada. Quem foi que colocou os convites no correio?

Alex: Bethany e a cerimonialista.

Rosie: Hmmmm... Quer dizer que, em algum ponto entre Bethany ir até a caixa do correio e o meu convite ser colocado lá, alguma coisa aconteceu.

Alex: Nem comece com isso, Rosie. Bethany não teve culpa. Ela tem coisas muito melhores para fazer com seu tempo do que maquinar planos para se livrar de você.

Rosie: Como sair para almoçar com as amigas?

Alex: Pare.

Rosie: Bem, estou chocada.

Alex: Bem, quer dizer que durante todo esse tempo você achou que eu não queria que você estivesse presente no meu casamento?

Rosie: Sim.

Alex: Mas por que você não disse nada? Um ano inteiro e você não disse nada? Se você não me convidasse para o seu casamento, ainda assim eu diria alguma coisa, pelo menos!

Rosie: Espere um minuto. Por que você não perguntou o motivo de eu não estar lá? Se eu te convidasse para o meu casamento e percebesse que você não estava lá, ainda assim eu diria alguma coisa, pelo menos!

Alex: Eu estava com raiva.

Rosie: Eu também.

Alex: E ainda estou chateado com as coisas que você disse.

Rosie: Então me responda, Alex. Você disse ou não disse alguns meses antes que Bethany não era a mulher da sua vida e que você não a amava?

Alex: Sim, mas...

Rosie: E você ia ou não ia terminar o seu namoro com ela antes que ela dissesse que estava grávida?

Alex: Sim, mas...

Rosie: E você estava ou não estava preocupado com o seu trabalho quando se recusou a casar com Bethany?

Alex: Sim, mas...

Rosie: E você estava ou não estava...

Alex: Rosie, pare. Tudo isso pode ser verdade, mas leve em consideração que eu queria fazer parte da vida de Theo e Bethany.

Rosie: Então, se você de fato me convidou para o seu casamento e se eu estivesse meio certa em relação ao que disse, por que nós passamos um ano inteiro sem nos falarmos?

Alex: Neste momento, há uma coisa que eu não cei e que quero descobrir: onde foi parar a porra do seu convite. A cerimonialista tinha planejado tudo. A menos que...

Rosie: Quem?

Alex: Não quem, mas o quê.

Rosie: O quê, então?

Alex: Jack Russell, o Jack Russell Terrier. Da próxima vez que eu vir aquele cachorro, vou torcer o pescoço dele.

Rosie: Ah, você não pode fazer isso.

Alex: Eu posso fazer o que quiser com aquele maldito ladrãozinho de cartas.

Rosie: Ele morreu. O carteiro lhe acertou um pontapé na barriga durante um ataque, mas foi completamente acidental (e eu sou testemunha). Depois de uns dias ele morreu. Parou de se mexer.

Alex: Não fico triste com essa notícia.

Rosie: Mas eu fico triste com a nossa situação. Desculpe, Alex.

Alex: Eu também. Amigos de novo?

Rosie: Nunca deixei de ser sua amiga.

Alex: Eu também não. Bom, infelizmente eu tenho que correr. Meu filho está esfregando o café da manhã na cabeça e massageando o couro cabeludo com uma expressão de concentração extrema no rosto. Acho que deve ser hora de mais uma troca de fraldas.

PARA A NOSSA MARAVILHOSA FILHA,

Amamos você do fundo do coração. Parabéns por mais um ano.

Feliz aniversário, Rosie!

Boa sorte com as suas provas que virão em junho. Estamos com os dedos cruzados e pensando em você.

Com todo o nosso amor,

Mãe & Pai

PARA A MINHA IRMÃ,

Você finalmente está começando a se aproximar de mim, Rosie. E eu acho isso ótimo, porque não quero ser a única com quase 40 anos. Boa sorte com as suas provas. Você vai ter dois meses para aprender tudo, mas consegue. Tenho certeza de que vai ter notas excelentes!

Feliz aniversário!

Beijos,

Stephanie, Pierre, Jean-Louis e Sophia

Feliz aniversário, mãe.
Espero que goste do seu presente.
Se não ficar bom,
pode deixar pra mim!
Com amor, Katie

Para uma amiga especial,
Feliz 35º aniversário, Rosie.
Estou trabalhando em um novo experimento que
vai diminuir a velocidade com que o tempo passa.
Quer participar dele?
Aproveite o seu dia, e eu espero te ver logo!
Alex

Rosie,
Feliz aniversário mais uma vez.
Depois desta celebração, não haverá mais nenhuma distração.
Você tem que passar nesses exames com nota máxima.
Você vai conseguir, e você é a única esperança que eu tenho
para sair daqui. Ainda estou sonhando com aquele
emprego de artista performática no seu hotel.
Com carinho,
Ruby

VOCÊ RECEBEU UMA MENSAGEM DE: ROSIE.

Rosie: Dezesseis. Minha anjinha fez 16 anos! Que diabos eu devo fazer agora? Onde está o manual de instruções?

Ruby: Não venha me dizer que parece que foi ontem que ela celebrou o aniversário de 2 anos. Você teve um total de, vejamos... Dezesseis anos para se preparar. Não devia ficar tão chocada.

Rosie: Ruby, você é uma bruxa desnaturada. Não consegue sentir nada? Está com o coração tão duro que não sente nenhuma emoção? Como você se sentiu quando o seu Gary fez 16 anos?

Ruby: Não penso nas coisas desse jeito. Para mim, idades e aniversários não têm assim um significado especial — são apenas mais um dia para mim. Não têm qualquer simbolismo além de um monte de definições e generalizações que as pessoas criaram para puxar conversa, criar debates e discussões na mídia. Por exemplo, Katie não vai despirocar porque de repente acordou e viu que estava com 16 anos. As pessoas fazem o que querem com suas vidas, em qualquer idade. No mês passado você tinha 35. Isso significa que faltavam cinco anos para você completar 40. Você acha que, no dia em que chegar aos 40, vai ser uma pessoa diferente do que era quando tinha 39 ou de quando fizer 41? As pessoas criam essas ideias sobre as idades para poderem escrever livros idiotas de autoajuda, colocar comentários estúpidos em cartões de aniversário, criar apelidinhos para salas de bate-papo na internet e procurar desculpas para as crises que estão acontecendo em suas vidas.

Por exemplo, aquilo que chamam de "crise da meia-idade" dos homens não passa de invenção. A idade não é o problema; o problema é o cérebro do homem. Os homens traem suas companheiras desde que eram macacos (e pode colocar sua piada aqui), desde a era dos homens das cavernas (e aqui também) até hoje, a idade do que deveria ser a do homem civilizado. Mas é assim que eles foram feitos, simples assim. A questão não é a idade.

Sua filha vai continuar a ser sua filha mesmo depois que ela tiver sua própria filha. Não se preocupe com isso.

Rosie: Não quero que minha filha tenha uma filha até que ela esteja crescida, casada e rica. Na verdade, quando penso nas coisas que fiz no meu aniversário de 16 anos... Bem, na verdade eu nem me lembro direito do que eu fiz.

Ruby: Por que não?

Rosie: Porque é incrível como eu estava sendo infantil e estúpida.

Ruby: O que você fez?

Rosie: Eu e Alex falsificamos as assinaturas das nossas mães e escrevemos bilhetes para a escola dizendo que nós dois iríamos faltar naquele dia.

Ruby: Que coincidência incrível, não?

Rosie: Exatamente. Fomos até o pub de um senhor que não pedia identidade e passamos o dia inteiro bebendo. Infelizmente a celebração foi arruinada porque eu caí e bati a cabeça, e tive que ser levada às pressas para o hospital, onde levei sete pontos e tive que passar por uma lavagem estomacal. Nossos pais não ficaram nem um pouco contentes.

Ruby: Aposto que não. Como você caiu? Estava fazendo algum daqueles seus passos mirabolantes de dança?

Rosie: Na verdade, não. Estava só sentada na minha banqueta.

Ruby: Haha. Só você mesmo para cair no chão enquanto está sentada.

Rosie: Eu sei. Estranho, não é? Até hoje eu me pergunto como isso foi acontecer.

Ruby: Bem, você devia perguntar ao Alex. Fico surpresa como você nunca pensou em falar direto com ele.

Rosie: Boa ideia! Ahh, ele está online agora. Vou perguntar.

Ruby: Não é tão importante assim, mas qualquer desculpa que você consiga encontrar para conversar com ele já vale a pena. Vou esperar aqui e tentar fingir que estou ocupada enquanto você pergunta. Estou intrigada...

VOCÊ RECEBEU UMA MENSAGEM DE: ROSIE.

Rosie: Oi, Alex.

Alex: Oi. Ei, por acaso você trabalha? Toda vez que eu entro na net você já está online.

Rosie: Estou só conversando com Ruby. É mais barato assim. Não precisamos responder perguntas no trabalho sobre a conta de telefone. Basta pagar uma taxa fixa para ter acesso ilimitado à internet. Além disso, digitar faz com que a gente pareça estar ocupado. Bom, de qualquer maneira, eu só queria lhe fazer uma pergunta.

Alex: Pode mandar.

Rosie: Lembra do meu aniversário de 16 anos, quando eu caí e bati a cabeça?

Alex: Haha, como eu poderia esquecer? Você está pensando nisso porque o aniversário de Katie está chegando? Porque, se ela for igual você, isso deveria te deixar com muito, muito medo. O que eu devia dar a ela de presente? Um saco de vômito?

Rosie: A idade é apenas um número, não um estado de espírito ou uma razão para alguém demonstrar qualquer tipo de comportamento em particular.

Alex: Ah... Tudo bem, então. Qual é a pergunta mesmo?

Rosie: Como foi que eu caí e bati a cabeça no chão estando sentada em uma banqueta?

Alex: Ah, meu Deus do céu. A pergunta. Aquela pergunta.

Rosie: O que há de errado com a minha pergunta?

Alex: Rosie Dunne, faz vinte anos que eu espero que você me faça essa pergunta. Pensei que isso nunca fosse acontecer.

Rosie: O quê??

Alex: O motivo pelo qual você nunca me perguntou isso é algo que eu nunca entendi, mas você acordou no dia seguinte e disse que não sabia o que tinha acontecido. Eu não quis tocar no assunto. Você já tinha botado muita coisa pra fora na noite anterior!

Rosie: Que assunto foi esse em que você não quis tocar, Alex? Alex, me conte! Como eu fui cair da banqueta?

Alex: Acho que você não está pronta para saber.

Rosie: Ah, pare com isso. Eu sou Rosie Dunne, afinal de contas. Nasci para encarar qualquer coisa.

Alex: Tudo bem, então. Se você tem tanta certeza...

Rosie: Tenho, sim! Agora, conte!

Alex: Nós estávamos nos beijando.

Rosie: Nós estávamos... O quê?

Alex: Isso mesmo. Você estava sentada na sua banqueta, inclinada na minha direção e me beijando; a banqueta estava meio bamba e não estava bem presa entre as rachaduras do piso daquele pub. E você caiu.

Rosie: O QUÊ?

Alex: Ah, as coisas meigas que você sussurrou no meu ouvido naquela noite, Rosie Dunne. E eu fiquei arrasado no dia seguinte quando você acordou e se esqueceu de tudo. Depois que eu passei a noite inteira segurando a sua mão enquanto você vomitava tudo.

Rosie: Alex!

Alex: O quê?

Rosie: Por que você não me contou?!

Alex: Porque ficamos proibidos de nos encontrar por algum tempo e eu não queria ter que lhe contar por meio de um bilhete. E depois você disse que só queria esquecer tudo que aconteceu naquela noite. Eu pensei que você havia se lembrado vagamente de alguma coisa e que estava arrependida.

Rosie: Você devia ter me contado, Alex.

Alex: Por quê? O que você teria dito?

Rosie: Hum... Agora você me colocou numa situação difícil.

Alex: Pois é... Desculpe.

Rosie: Não acredito. Eu caí, fomos descobertos e eu tive que passar uma semana inteira de castigo em casa. O seu castigo foi começar a trabalhar no escritório do seu pai, onde você conheceu Bethany. A garota que você disse que iria levar para o altar...

Alex: Isso mesmo, foi o que eu disse!

Rosie: Sim, você disse.

Alex: Bem, na verdade eu disse aquilo só para te testar, mas, como você pareceu não dar tanta importância, eu acabei saindo com ela assim mesmo. Engraçado, eu tinha até esquecido que disse aquilo. Bethany vai adorar ouvir essa! Obrigado por me fazer lembrar.

Rosie: Não, não... Obrigada a você, por fazer com que eu lembrasse...

VOCÊ RECEBEU UMA MENSAGEM DE: RUBY.

Ruby: Vamos lá, moça da cabeça enfaixada. Preciso fingir que estou ocupada aqui. Já descobriu o que aconteceu?

Rosie: Sim, descobri que sou a maior idiota de todo o mundo. Aaaarrrgghhh!!!

Ruby: Eu fiquei aqui esperando por isso? Se você me perguntasse, eu já teria lhe dito isso há séculos.

Querida Katie,
Feliz aniversário de 16 anos!
Beijos,
Mãe

Para a nossa neta,
Parabéns por chegar aos doces 16 anos!
Com muito amor,
Vovó & Vovô

Para a minha namorada
Feliz 16 anos!
Com amor,
John

Katie,
Feliz aniversário, sua chatonilda.
Mais alguns meses e você finalmente
vai poder tirar esse aparelho.
E aí eu não vou conseguir saber o que
você comeu no jantar.
Toby

PARA A MINHA FILHA,
PARABÉNS, KATIE. FELIZ ANIVERSÁRIO!
ESPERO QUE JOHN NÃO TENTE TE BEIJAR!
COM AMOR,
PAI

MÃE E PAI,

Eu nunca mais vou falar com Rupert. "Doces 16 anos" é a puta que pariu!

Katie exigiu que eu lhe desse o dinheiro que gastaria para comprar o presente de aniversário dela, de modo que ela mesma pudesse ir comprar as próprias roupas. Achei uma ideia excelente porque eu não teria que passar várias noites em claro imaginando qual seria o presente "perfeito" que ela inevitavelmente iria odiar e esconder debaixo da cama. Enfim. Ela entrou no apartamento de mãos dadas com aquele gigante camarada (John), sorrindo de uma orelha à outra, e eu logo percebi que havia algo errado. Ela ergueu a camiseta, baixou a cintura da calça dois centímetros e lá estava.

A tatuagem dos infernos.

Uma tatuagem horrível, nojenta, muito feia, acabei de perceber que estou-começando-a-falar-igual-a-você, mãe. Estava ali, bem no quadril dela, mostrando a língua para mim.

Mãe, é horrível. Estava sangrando e começando a formar uma crosta de ferida quando eu vi. Rupert disse que seus clientes precisavam apenas ter 16 anos para fazer uma tatuagem, e eu achei que isso fosse mentira. Por isso, desci até o térreo para dar uma olhada na internet. E descobri que ele tinha razão, mas se eu pudesse pelo menos encontrar alguma espécie de brecha jurídica que me permitisse ir até lá e enchê-lo de tabefes...

O moço bonito do cybercafé perguntou se eu estava bem e parecia mesmo preocupado, e eu pensei que isso talvez pudesse ser o começo de algo novo para nós dois. Mas aí percebi que estava socando o teclado com os punhos, então eu acho que ele só devia estar preocupado com o computador do cybercafé. Não tenho tempo para homens egoístas como esse na minha vida, e decidi que não há qualquer chance de haver um romance tórrido entre nós depois do expediente nas mesas dos computadores. Mas a decisão é apenas minha, claro.

O que torna as coisas ainda piores é que eu estava tentando estudar para as minhas provas finais, e o barulho da broca que vinha do estúdio de tatuagem estava me distraindo. O que eu não percebi era que estava ouvindo o som da mutilação do corpo da minha própria filha.

Foi difícil dar uma bronca em Rupert porque eu não podia expressar o desgosto que sinto por tatuagens sem ofendê-lo, já que ele é praticamente uma tatuagem ambulante. Seria como cuspir na cara de algum parente dele.

Mas a tatuagem é o menor dos meus problemas. Ela também colocou um piercing na língua. Rupert fez essa parte de graça. Quando ela fala, parece que está com uma batata quente na boca. Por isso, não é de espantar que eu tenha ficado tão chocada quando ela entrou no apartamento com uma expressão assustadora no rosto e disse "ãe, óia a inha tatu", e começou a levantar a barra da camiseta. John também pagou por uma tatuagem, mas o desenho que ele escolheu foi um taco de Hurley e uma bola na região sobre o osso do quadril. Você não vai nem querer saber com o que esse desenho parece. Rupert desenhou a bola perto demais e do lado errado do taco, se é que você me entende.

Acho que podia ser pior. Cada um podia ter tatuado o nome do outro. E acho que Katie podia ter escolhido tatuagens bem piores do que um moranguinho do tamanho da minha unha.

Será que estou exagerando?

Como foi que você e o meu pai se sentiram quando eu disse que estava grávida?

Pensando bem, talvez eu devesse dar uma espécie de prêmio a Katie. Será? Bem, de qualquer maneira eu preciso voltar ao apartamento e encarar a música (que está bem alta e fazendo as paredes vibrarem). E preciso continuar com meus estudos. Mal posso acreditar que cheguei ao último ano. Esses dois anos passaram voando e, apesar de ter sido virtualmente impossível estudar à noite, trabalhar durante o dia e ser mãe nesses dois horários, fico feliz por não ter desistido no meio do caminho, mesmo que estivesse dizendo cem vezes por dia que era isso que eu ia fazer. Imaginem só, vou ter minha própria formatura! Você e o meu pai afinal poderão sentar no meio das pessoas enquanto eu pego meu diploma usando aquela beca e o capelo cafonas. Levou só quatorze anos a mais do que o planejado, mas antes tarde do que nunca.

Mesmo assim, não vou conseguir comparecer à formatura se eu não passar nas minhas provas. Por isso, nada de distrações. Vou estudar!

Beijos,
Rosie

De: Rosie
Para: Alex
Assunto: Meu pai

Uma coisa horrível aconteceu. As pessoas do seu trabalho disseram que você estava em cirurgia, mas, por favor, assim que receber as minhas mensagens e este e-mail, pode me ligar?

Minha mãe me ligou há um minuto em prantos; meu pai teve um ataque cardíaco muito forte e teve que ser levado às pressas para o hospital. Ela está em choque, mas disse que eu não devia viajar até lá porque as minhas provas finais começam amanhã. Não sei o que fazer. Não sei qual é a seriedade, os médicos ainda não nos disseram nada. Será que você podia ligar para o hospital e perguntar o que está acontecendo? Você entende dessas coisas. Não sei o que fazer. Por favor, leia este e-mail em tempo. Não sei mais a quem recorrer.

Não quero deixar minha mãe sozinha, mesmo que Kevin já esteja a caminho de lá. E também não quero que meu pai fique sozinho. Ah, isso é tão confuso.

Meu Deus, Alex, por favor me ajude. Não quero perder o meu pai.

De: Alex
Para: Rosie
Assunto: Re: Meu pai

Tentei ligar, mas acho que você deve estar no telefone. Fique calma. Liguei para o hospital e falei com o dr. Flannery. Ele é o médico que está cuidando do seu pai e me explicou a condição em que ele está.

A minha sugestão é que você faça as malas para passar alguns dias por ali e pegue o primeiro ônibus para Galway. Entende o que estou dizendo?

Esqueça suas provas. Isto é mais importante. Mantenha a calma, Rosie, e simplesmente esteja por perto para amparar os seus pais. Diga a Stephanie para voltar para casa também, se ela puder. Mantenha contato comigo durante a noite.

Capítulo 43

Querido Alex,

Em relação às dimensões, caixões não podem ter largura maior do que 76 cm; podem ser feitos de compensado com plásticos e materiais laminados para fins de cremação. Você sabia? Parafusos ferrosos são aceitáveis em pequenas quantidades, e suportes de madeira darão um bom reforço, mas só podem ser colocados na parte interna do caixão.

O caixão precisa ter o nome completo do falecido na tampa. Acho que é para não misturarem os corpos. O que eu gostaria mesmo de não precisar saber é que o interior do caixão tem que ser forrado com uma substância chamada de "Cremfilm", ou com tecidos ou um forro de algodão absorvente, porque parece que os fluidos corporais podem acabar escorrendo.

Eu não sabia de nada disso.

E os formulários. Havia muitos e muitos formulários. Formulários A, B, C, F e todos os formulários médicos. Ninguém falou nada sobre os formulários D e E. Eu não sabia que era preciso tanta documentação para provar que alguém está morto. Achei que o fato de parar de viver e respirar fosse prova suficiente. Ao que parece, não é.

Imagino que seja parecido com o ato de ir morar em outro país. Tivemos que cuidar da documentação do meu pai, vesti-lo com suas melhores roupas, escolher como ele seria transportado e lá foi ele rumo ao seu destino final, seja lá onde isso for. Minha mãe adoraria poder ir nessa última viagem com ele, mas ela sabe que não pode.

Ela não parava de repetir para todas as pessoas durante o funeral: "Ele simplesmente não acordou. Eu chamava e chamava, mas ele não acordou". Ela não para de tremer desde que tudo aconteceu e parece ter envelhecido uns vinte anos. Mesmo assim, está parecendo mais jovem, de certa forma.

Como uma criança perdida que olha ao redor e não sabe para onde ir, como se ela de repente estivesse em um lugar totalmente novo e não soubesse como voltar para casa.

Acho que é assim mesmo que ela está se sentindo. Acho que é como todos nós estamos nos sentindo.

Nunca estive assim antes. Tenho 35 anos e nunca perdi uma pessoa que fosse próxima de mim. Estive em dez velórios durante a minha vida e foram ocasiões para chorar a perda de parentes distantes, amigos de amigos e familiares de amigos que não faziam diferença na minha vida.

Mas meu pai morrer? Meu Deus, isso sim é um golpe forte.

Ele tinha só 65 anos. Não era velho ainda. E era saudável. O que faz com que um homem saudável de 65 anos adormeça e não volte a acordar? O único pensamento que me consola é achar que talvez ele tenha visto algo tão bonito que simplesmente teve que partir. É o tipo de coisa que meu pai faria.

Há uma coisa totalmente enervante quando você vê seus pais irritados. Imagino que seja porque eles é que devem ser as pessoas fortes da família, mas não é só isso. Quando as pessoas são crianças elas usam os pais como uma espécie de medida para ter noção do quanto a situação está ruim. Quando você cai no chão com força no chão e não consegue saber se o seu corpo dói ou não, você olha para os seus pais. Se eles estiverem com uma expressão de preocupação no rosto e vierem correndo na sua direção, você chora. Se eles riem e o seguram pelo braço, dizendo "levanta daí, moleque", você se levanta e continua a brincar.

Quando descobre que está grávida e fica atordoado com todas as emoções, você olha para as expressões deles. Quando sua mãe e seu pai o abraçam e dizem que tudo vai ficar bem e que eles vão lhe dar todo o apoio de que você precisar, você sabe que isso não é o fim do mundo. Mas, dependendo dos pais, pode ser algo bem próximo.

Os pais são os barômetros das emoções para os filhos, e isso tem um efeito dominó. Nunca vi minha mãe chorar tanto em toda a minha vida, o que me deixou assustada e me fez chorar. E isso deixou Katie assustada e a fez chorar. Nós três choramos juntas.

Em relação ao meu pai, eu achava que ele ia viver para sempre. Ele era o cara que conseguia abrir as tampas de potes que nenhum de nós era capaz, que sabia consertar tudo que estava quebrado, e deveria fazer tudo isso para sempre. O homem que me deixava sentar de cavalinho em seus ombros, me pendurar nas suas costas, que me perseguia pela casa imitando o barulho de um monstro, que me jogava no ar e me agarrava, que me girava com tanta força que eu ficava tonta e não parava de rir.

E, no final, sem poder dizer obrigado e me despedir do jeito certo, as últimas memórias que tenho dele incluem o tamanho do caixão e os formulários do hospital.

Ainda estou em Galway com a minha mãe. No meio do oeste selvagem. Está um verão bonito, mas as coisas não parecem estar muito certas. A atmosfera não está adequada ao sentimento geral. Ouvimos os sons do riso das crianças que vêm da praia lá embaixo, há pássaros cantando e dançando pelo céu, dando voos rasantes e agarrando seu almoço fresquinho no mar. Não parece certo amar o mundo e ver tanta alegria quando uma coisa tão horrível aconteceu.

É como ouvir o riso dos bebês ecoando pela igreja durante o funeral. Não há nada que traga mais alegria do que ouvir o riso de uma criança inocente mostrando o quanto está feliz em um lugar em que as pessoas estão tristes. Serve para nos lembrar de que a vida continua, só não para a pessoa de quem você está se despedindo. As pessoas vêm e vão e nós sabemos que isso acontece, mesmo assim sofremos um choque enorme quando acontece. Para usar aquele velho clichê, a única certeza que temos na vida é a morte. É uma certeza, a única condição de vida que recebemos, mas nós com frequência deixamos que ela acabe conosco.

Não sei o que fazer ou dizer para a minha mãe se sentir melhor. Não imagino que exista alguma coisa que possa fazer isso de verdade, mas observá-la chorando o dia todo está acabando comigo. Talvez chegue uma hora em que ela simplesmente não tenha mais lágrimas para chorar.

Alex, você é um cirurgião especializado em corações. Você conhece o coração por dentro e por fora, no sentido literal. O que se pode fazer quando o coração de alguém está despedaçado? Existe cura para isso?

Obrigada por vir ao funeral. Foi muito bom ver você. Pena que teve que ser nessas circunstâncias. Foi ótimo ver os seus pais, também. Minha mãe ficou muito agradecida. Obrigada por se livrar de Qual-é-mesmo-o-

-nome-dele, também; eu não estava com a menor vontade de conversar com ele, sobre o que quer que fosse, em plena igreja. Foi bom ele ter vindo, mas se o meu pai o visse era capaz de ter saltado de dentro daquele caixão e colocado meu ex lá dentro.

Stephanie e Kevin voltaram para suas casas há alguns dias, mas eu vou ficar aqui por mais algum tempo. Só não posso deixar a minha mãe sozinha. Os vizinhos estão sendo muito bondosos com ela. Sei que ela vai ficar em boas mãos quando eu enfim tiver de ir embora. Perdi todas as minhas provas e, pelo que estou vendo, terei que repetir o ano inteiro se quiser completar o curso. Duvido que vá ter cabeça para isso.

Mesmo assim, terei que ir para casa em alguns dias, já que, sem dúvida, as contas devem estar abarrotando a minha caixa de correio desde que saí de lá. Eu realmente preciso voltar antes que eles cortem tudo e me despejem.

Obrigada por estar comigo e me ajudar mais uma vez, Alex. Já percebeu que essas tragédias sempre acabam nos reaproximando?

Beijos,
Rosie

De: Rosie
Para: Alex
Assunto: Meu pai
Acabei de voltar de Connemara e encontrei uma caixa de correio que estava quase transbordando. Na pilha de contas a pagar eu encontrei a carta anexa. Foi postada na véspera do dia em que o meu pai morreu.

Querida Rosie,
Sua mãe e eu ainda estamos rindo com a sua última carta sobre a tatuagem de Katie. Eu adoro quando você nos escreve! Espero que você já tenha superado o trauma de ver que sua filha se tornou uma adolescente no sentido pleno da palavra. Eu me lembro do dia em que isso aconteceu com você. Acho que aconteceu com você antes de acontecer com Stephanie! Você sempre teve muita vontade de experimentar coisas novas e conhecer novos lugares, minha corajosa Rosie. Achei que, quando você terminasse de estudar,

iria sair pelo mundo e nós nunca mais voltaríamos a vê-la. Fico feliz por isso não ter acontecido. Sempre foi muito bom ter você em casa. Você e Katie. A única coisa de que me arrependo é o fato de que nós nos afastamos de vocês no momento em que mais precisavam de nós. Sua mãe e eu questionamos nossas ações várias e várias vezes. Espero que tenhamos feito a coisa certa.

Eu sei que você sempre sentiu que estava atrapalhando ou que havia nos decepcionado, mas isso é algo que está muito longe da verdade. Na verdade, isso fez com que eu pudesse ver a minha garotinha crescer. Crescer, desde que era bebê até ficar adulta, e crescer também como mãe. Você e Katie são uma dupla maravilhosa, e ela é um belo exemplo da criação que recebeu. Um pouco de tinta na pele não vai macular a bondade ou apagar o brilho que emana dela. Um tributo à mãe que ela tem.

A vida dá cartas diferentes a cada um de nós, e, entre nós todos, não há dúvida de que você recebeu a mão mais difícil. Mas você conseguiu brilhar em meio a tempos sombrios. Você é uma garota forte e ficou ainda mais forte quando aquele homem (Qual-é-mesmo-o-nome-dele, sua mãe me mandou dizer) aprontou com você. Você se levantou, sacudiu a poeira e começou tudo outra vez, criou um lar para você e Katie, encontrou um novo emprego, sustentou a sua filha e deixou seu pai orgulhoso mais uma vez.

E agora faltam apenas alguns dias para as suas provas finais. Depois de tudo que você passou, agora você afinal terá um diploma. Vou sentir orgulho de vê-la aceitar aquele canudo, Rosie. Vou ser o pai mais orgulhoso do mundo.

Com amor,
Pai

De: Rosie
Para: Alex
Assunto: Diploma

Agora eu não vou largar esse curso de jeito nenhum. Como diria o sábio Johnny Logan, o que é mais um ano? Vou fazer essas provas e vou conseguir o meu diploma em administração hoteleira. Meu pai não iria querer ser o motivo para que eu deixasse tudo ir pelos ares.

Era o adeus que eu precisava, Alex. Um presente maravilhoso, incrivelmente maravilhoso de receber.

De: Julie
Para: Rosie
Assunto: Vai continuar comigo?
Quer dizer, então, que você vai continuar comigo por mais um ano?

Vou deixar que isso aconteça, mas depois, quando você conseguir aquele diploma, vou realmente despedi-la e estou falando sério. Já tenho 55 anos. Não tenho muito mais tempo para passar neste emprego esperando até que você realize os seus sonhos.

Neste ano o curso vai ser moleza para você. Em primeiro lugar porque você já estudou todo o conteúdo, e, em segundo lugar e mais importante, porque você tem a bênção e o orgulho do seu pai para lhe dar forças. É a melhor motivação que alguém pode ter.

Importa-se se eu perguntar o que é que tanto a atrai nesses hotéis?

De: Rosie
Para: Julie
Assunto: Por que eu amo hotéis!

Eu sinto algo muito bom quando entro em hotéis bonitos. Para mim eles representam tudo na vida em termos de luxo e são cheios de esplendor. Adoro o fato de que as pessoas paparicam e cuidam de você. Tudo é tão limpo e imaculado, completamente perfeito. Bem diferente de casa, pelo menos da casa onde moro.

Adoro o fato de que as pessoas vão a hotéis para se divertir. Não considero um local de trabalho, e sim algo como ser a anfitriã do paraíso.

Fico encantada pelos banheiros reluzentes, os roupões grandes e felpudos, os chinelos que dão de brinde e a decoração. Onde mais você conseguiria encontrar chocolate sobre o travesseiro? É como se fosse uma mistura entre a fada do dente e o Papai Noel. Tem também o serviço de quarto vinte e quatro horas, carpetes fofos para caminhar, cama arrumada e frigobar, tigelas cheias de frutas e xampu grátis. Tenho a sensação de que sou o Charlie na Fantástica Fábrica de Chocolate. Tudo o que você quer está ao seu dispor. Tudo que você precisa fazer é pegar o telefone e digitar o número mágico e as pessoas do outro lado da linha ficarão muito felizes em poder ajudar.

Ficar em um hotel é a melhor experiência do mundo; trabalhar em um deles seria um prazer que se renova a cada dia. Quando eu terminar o curso, serei automaticamente colocada em um hotel como gerente temporária em treinamento, então eu sei que há um emprego me esperando no fim do arco-íris.

VOCÊ RECEBEU UMA MENSAGEM DE: RUBY.

Ruby: Olá, estranha.

Rosie: Ah, oi, Ruby. Desculpe, faz tempo que não conversamos. Tenho andado superocupada.

Ruby: Você sabe que não precisa se desculpar. Como está a sua mãe?

Rosie: Não muito bem. Aquele reservatório de lágrimas ainda não secou. Ela vai vir passar um tempo aqui comigo.

Ruby: No seu apartamento?

Rosie: Sim.

Ruby: Mas como assim? Você não tem nenhum quarto sobrando.

Rosie: Ah, meu Deus, faz muito tempo mesmo que não conversamos. Depois de passar muitos dias conversando com Brian Chorão, eu acabei cedendo e decidi deixar que Katie fosse passar o verão com ele em Ibiza. Acho que devo estar louca. Não importa o quanto Brian Chorão me garanta que é um pai responsável e vai ficar de olho na filha, não consigo parar de pensar no fato de que ele desapareceu quando descobriu que eu estava grávida e só voltou quando ela tinha 13 anos. Não sei se concordo muito com a definição que ele tem sobre ser responsável. Além disso, ele trabalha durante a noite, então eu não faço a menor ideia de como ele vai saber o que ela estará aprontando.

Ruby: O lado bom de Brian ser o pai de Katie é o fato de ser o dono de uma danceteria suja na parte da ilha onde ele está acostumado a ver exatamente o que os adolescentes de 16 anos aprontam para se divertir. Duvido que ele queira ver a filha envolvida com esse tipo de diversão. Pode confiar em mim. De qualquer maneira, ela estará sozinha. Quanto uma menina é capaz de aprontar estando sozinha?

Rosie: Você de fato quer que eu responda essa pergunta? Bem, de qualquer maneira, John vai passar algumas semanas com ela, e Toby e Monica irão até lá para passar alguns dias, também. Mas não posso oferecer muita resistência porque Brian Chorão foi bondoso o suficiente para passar a maior parte do ano aqui por causa de Katie, mas agora precisa voltar à Espanha para o verão. Eu também preciso ceder em algum ponto, e Katie nunca chegou a ver a casa onde o pai dela mora. Além disso, Brian disse que iria fazer o possível para que ela conseguisse ganhar experiência como DJ enquanto estiver lá, o que será ótimo para ela.

Ruby: Já se convenceu disso?

Rosie: Meu Deus. Eu realmente estou falando assim?

Ruby: Aham.

Rosie: Bem, sem querer parecer uma reclamona (porque todo mundo sabe que eu nunca reclamo de nada), este verão vai ser bem solitário para mim. Mesmo a minha mãe vai acabar ficando comigo apenas por um tempo antes de voltar para Connemara. Algumas pessoas que meus pais conheceram no cruzeiro entraram em contato com a minha mãe. Eles estão planejando fazer uma viagem à África do Sul e vão passar um mês por lá. Esse era o próximo lugar para onde meu pai queria ir. Ele adorava assistir ao canal da National Geographic, e jurou que algum dia faria um safári. Bem, ele vai conseguir o que queria, porque a minha mãe vai levar as cinzas dele e espalhá-las entre os tigres e os elefantes. Ela ficou muito feliz com a ideia, então não vou me atrever a interferir. Kevin ficou um pouco irritado — ele quer que o meu pai tenha um lugar onde nós possamos visitá-lo —, mas a minha mãe insiste que é assim que o meu pai iria querer. Não sei por que raios Kevin está causando tanto tumulto. Ele mal visitava o meu pai enquanto ele estava vivo. Nem consigo imaginá-lo visitando o lugar da cremação todos os dias. Pensando bem, talvez esse seja o problema com ele.

De qualquer maneira, minha mãe não quer ficar sozinha em Connemara nem mais um minuto. Por isso, ela virá ficar comigo por duas semanas antes de viajar. Depois disso, todo mundo já terá ido embora. Minha mãe, meu pai, Katie, Steph, Kev e Alex. E eu ficarei sozinha porque a escola estará fechada. Terei apenas que estudar.

Ruby: Você não acha que isso pode ser um sinal indicando que você deve conhecer mais pessoas?

Rosie: Eu sei, eu sei. Estou sozinha por decisão própria. Quando eu tinha 18 anos, todas as pessoas da minha idade queriam falar sobre garotos, não sobre bebês; com 22 elas queriam falar sobre a faculdade, e não sobre crianças. Aos 32 elas queriam falar sobre casamento e divórcio, e agora que tenho 35 anos e finalmente estou disposta a falar sobre homens e a faculdade, as pessoas só querem falar sobre bebês. Tentei todas as estratégias. Tentei conversar com outras mães enquanto esperávamos nossos filhos diante do portão da escola. Não funcionou. Ninguém me entende como você, Ruby.

Ruby: E até mesmo eu tenho dificuldade com isso. Você é uma pessoa única, Rosie Dunne, é sem dúvida uma singularidade. Mas estou aqui para ajudá-la, e a menos que eu e Gary por milagre nos tornemos os campeões irlandeses de salsa e sejamos levados para Madri para participar do campeonato europeu, não vou a lugar nenhum.

Rosie: Obrigada.

Ruby: Não tem de quê. Mas, continuando com essa ideia de "conhecer novas pessoas", quando é que você vai começar a sair para algum encontro romântico outra vez? Já faz alguns anos que você não entra em ação!

Rosie: Espere aí, eu não saí com Adam, o cara que você me arrumou? Bem, com exceção daquela noite superagradável com Adam, não sinto tanta falta assim de namorar. Não era algo tão especial.

Ruby: É mesmo?

Rosie: Ah, por favor. Transar com Qual-é-mesmo-o-nome-dele era algo totalmente mecânico. Ele se mexia no mesmo ritmo do despertador, que tinha um tique-taque tão alto que me fazia passar a noite inteira acordada (à noite, é claro, não durante o sexo). O sexo com Brian Chorão foi apenas um arroubo regado a bebida no escuro, e eu mal consigo me lembrar daquilo. Acho que a noite com Adam foi especial, ele era diferente dos outros dois, mas não acho que vá encontrar meu Don Juan algum dia. E nem me importo. Você não pode sentir falta daquilo que não conhece.

Ruby: Mas aquilo que você não conhece não deixa você nem um pouco curiosa? Nem um pouquinho?

Rosie: Não. Tenho um trabalho de merda com uma merda de salário, um apartamento de merda pelo qual pago uma merda de aluguel. Não tenho tempo para um sexo de merda com uma merda de homem.

Ruby: Rosie!

Rosie: O que foi? Tô falando sério.

Ruby: Não acredito no que estou ouvindo. Estou passada com essa notícia. Certo, o negócio é o seguinte: vou levar você para uma balada neste fim de semana.

Rosie: Balada? Você acha mesmo que me levar para um lugar onde eu tenho dez anos a mais do que a média das pessoas que estão ali vai fazer com que eu me sinta melhor? Você acha que homens jovens e de sangue quente se interessam por mães solteiras de 35 anos e fora de forma hoje em dia? Duvido. Acho que eles preferem mulheres cujos peitos estejam acima do umbigo.

Ruby: Ah, não exagere. Você tem 35, não 95. Conheci o meu Teddy em uma danceteria, e talvez ele não seja o Brad Pitt, mas o que lhe falta em aparência acaba sobrando no quarto.

Rosie: É mesmo? Você está me dizendo que Teddy é bom de cama?

Ruby: Bem, eu não estou com ele só para conversar, não é?

Rosie: É claro que não. Mas o sexo era a última coisa que passaria pela minha cabeça.

Ruby: Bem, tudo isso vai mudar agora. Por isso, vamos sair e nos divertir.

Rosie: Olhe, Ruby, honestamente, obrigada, mas não quero ir. Eu não estou nem um pouco a fim de conhecer ninguém. E se eu estivesse, o que faria? Traria o rapaz para casa para conhecer a minha mãe que acabou de perder o marido e está dormindo no quarto ao lado?

Ruby: Acho que você tem razão nesse ponto. Mas cedo ou tarde você vai ter que começar a se divertir de novo. Reconhece essa palavra, Rosie? Diversão. Curtir a vida mesmo.

Rosie: Não, nunca ouvi falar.

Ruby: Está bem, iremos ao cinema de novo neste fim de semana, mas depois disso você vai voltar ao mercado.

Rosie: Tá bom, mas estou falando sério quando digo que só saio da prateleira se pagarem o preço total que estou pedindo. E, se ninguém estiver interessado em comprar, não vou aceitar um simples aluguel.

Ruby: E se algum pobre coitado quiser invadir a sua propriedade?

Rosie: Hahaha. Invasores serão processados de acordo com a lei.

Ruby: Acabei de visualizar você ali com uma escopeta na mão, mandando esses homens ficarem longe do seu imóvel.

Rosie: Agora você está começando a entender.

Capítulo 44

Oi, MÃE,

Desculpe por não escrever antes, mas estive tão ocupada desde que cheguei que nem consegui pegar uma caneta. Está muito quente aqui no momento. Por isso, estou tentando conseguir um bronzeado antes que John chegue. Quero encontrar com ele no aeroporto como uma perfeita garota de praia!

Meu pai veio me pegar no aeroporto, e isso foi uma experiência muito esquisita. Foi esquisito vê-lo vestido a caráter, ou, melhor dizendo, despido a caráter para o calor que faz aqui, de bermuda e chinelos. Eu nem sabia que ele tinha pernas. Você iria morrer de rir se o visse. Ele estava usando uma camisa havaiana azul-marinho com flores amarelas, mas insistia que a camisa era preta (ah, por falar nisso: agora eu acredito quando você diz que o terno que ele usou no baile de formatura não era preto. Acho que ele é completamente daltônico).

Ele tem um conversível azul-noturno muito maneiro (que ele acha que é preto), e eu nunca tinha andado num conversível antes. A ilha é muito bonita. Ele mora num condomínio muito legal que fica bem perto da parte mais movimentada da cidade, e acho que tem umas dez vilas particulares pintadas de branco que dividem a mesma piscina. Tem também um carinha superfofo que mora na casa em frente à do meu pai, e ele passa o dia inteiro nadando e se bronzeando. Ele é bem bronzeado, musculoso e também gostoso, então eu passo o dia inteiro na piscina babando por ele. Meu pai está surtando e vive mandando ele vestir a camisa. Ele finge que está tentando ser engraçado, mas dá pra ver que ele está furioso quando diz isso.

Toby e Monica chegam na semana que vem, e vai ser bem divertido, desde que Monica fique com aquela matraca fechada. Os dois vão ficar hospedados em um hotel na cidade e há um monte de boates legais por perto. Mas, antes que você fique desesperada, é melhor eu dizer que no dia que cheguei o meu pai me levou por toda a rua com os bares e as danceterias e me apresentou para todos os seguranças e os gerentes. Pensei que ele estivesse fazendo isso para que eles pudessem saber quem eu sou e me deixar entrar, mas, quando tentei ir para os bares na semana passada, nenhum deles me deixou passar pela porta. Nenhum. Achei que talvez eles odiassem o meu pai e estivessem tentando zoar com ele ou coisa assim, mas ontem um segurança da boate que fica mais abaixo na mesma avenida veio à nossa danceteria com o seu filho de 15 anos que veio passar o verão com ele e apresentou o garoto para o meu pai e todos os porteiros. Depois eu ouvi o meu pai dizer aos seguranças para se lembrarem da cara do garoto e não o deixarem entrar.

Assim, só tenho ido à danceteria do meu pai todas as noites. Ontem à noite eles me deixaram ficar na cabine do DJ para observar o trabalho dele. É uma doideira esse lugar. A boate do meu pai é um lugar muito legal. Fica lotada todas as noites e as pessoas mal conseguem andar pela pista de dança. Mesmo assim, ninguém se importa. Parece que, quanto mais lotado e cheio de gente um lugar for, mais popular ele será.

O DJ da casa é o DJ Sugar (Ele é LINDOOOOOOO!!!), e ele passou a noite me mostrando como fazer as coisas, e deixou até mesmo eu cuidar das pick-ups por alguns minutos. O objetivo era não deixar que as pessoas notassem, porque eu queria dar a impressão de que era tão boa e profissional quanto Sugar, mas quando olhei para cima vi todos olhando para mim porque o meu pai estava com uma câmera enorme na mão e estava tentando fazer com que as pessoas posassem para uma foto bem na frente da cabine do DJ. Nossa, que vergonha!

Também conheci a namorada do meu pai. Ela tem 28 anos, se chama Lisa e é uma das dançarinas da boate. Ela dança num pódio que fica a uns três metros do chão, bem no meio do salão, dentro de um anel de fogo em um pedaço de tecido estampado como se fosse pele de tigre que ela enrola ao redor do corpo (não vou chamar aquilo de vestido). Ela é de Bristol e se mudou para cá para ser dançarina quando tinha a minha idade. Disse que trabalhava em uma danceteria que fica um pouco mais adiante, na mesma rua (e eu imagino que seja um bar de strip-tease) e conheceu o meu pai e ele lhe ofereceu emprego (e eu não quero saber como nem onde eles se conheceram!).

Ela está falando em trazer uma cobra para participar de uma coreografia porque comprou uma roupa estampada de pele de cobra e acha que vai ficar legal. Eu disse a ela para dançar com o meu pai. (Acho que você possuiu o meu corpo por um minuto.) Bom, meu pai acha que ela está louca e disse que não vai arrumar uma cobra e os dois passaram a semana inteira batendo boca. Não tive coragem de dizer a ela que todos nessa danceteria ficam tão bêbados que nem perceberiam se ela estivesse dançando com algum animal, mesmo que fosse um elefante, imagine se ela estivesse com uma cobra, então. Ela disse que quer fazer isso de qualquer maneira para poder incluir no currículo. Meu pai perguntou se ela tinha planos de pedir emprego no circo. É engraçado escutar aqueles dois discutindo.

Acabei de perceber que você e eu nunca saímos de férias juntas. Na verdade, com exceção de visitar Steph e Alex, você já chegou a viajar de verdade? Você e eu podemos viajar no ano que vem quando eu enfim terminar a escola e puder aproveitar a minha liberdade. Você já vai ter o seu diploma e nós duas vamos poder comemorar! Espero que os seus estudos estejam indo bem. Pelo menos eu não estou aí para distrair você do seu trabalho. Se Rupert começar a tocar música muito alto, é só ir até lá e socar a porta que ele abaixa o volume. É isso que eu faço.

Volto a escrever logo mais. Estou com saudades!

Beijos,
Katie

QUERIDA ROSIE,

Estou lhe escrevendo da Cidade do Cabo, na África do Sul, e este lugar é maravilhoso. O resto do grupo está cuidando de mim, então você não precisa se preocupar com isso. E, como todos conheceram Dennis no cruzeiro, é ótimo poder falar com eles sobre o seu pai e lembrar as ocasiões em que nos divertimos juntos. Há outra senhora conosco que também perdeu o marido, e essa é a primeira vez que ela viaja sozinha. Assim, nós duas, às vezes, começamos a chorar juntas. Estou feliz por ela estar aqui, pois nós duas nos entendemos e uma sabe o que outra está passando.

Sinto muitas saudades de Dennis. Ele adoraria estar nesta viagem. Mas, de certa forma, ele está aqui comigo. Não me importo se Kevin acha que estou biruta; já espalhei as cinzas do seu pai. Um pouco no ar, um pouco na água e um pouco no chão. Agora ele está à minha volta. Sei que é assim que ele iria querer. Ele me disse para não deixá-lo apodrecer sete palmos abaixo da terra ou ficar enfiado em uma urna na estante da sala. Dessa forma ele está flutuando pelo ar, por todo o mundo. Está conhecendo mais lugares do que eu agora. A sua última aventura.

Alguns dias são muito difíceis, e tudo o que eu sinto vontade de fazer é lhe telefonar e chorar, mas estar aqui é uma bela distração. Mas não é só isso, é também um belo lugar para passar pelo processo do luto se você precisar. Kevin não me entende. Ele acha que eu devia estar usando roupas pretas e visitando o lugar da sepultura do seu pai todos os dias, como se fosse uma alma velha e miserável. Mas não farei isso. Para ser sincera, não sei de onde ele tirou essa ideia. Ainda faltam três semanas para o fim da viagem, e o pessoal já está falando sobre continuar a viajar depois! Eles têm muitos contatos no ramo de viagens e acho que vamos conseguir descontos incríveis. Acho até mesmo que vou continuar gastando as minhas economias, porque elas não vão servir no próximo lugar aonde eu for.

Espero que Katie esteja bem em Ibiza e que Brian esteja cuidando bem dela. Ele parece ter se transformado em um homem decente e trabalhador, então eu não me preocuparia se estivesse no seu lugar, querida Rosie. Você pode enviar a carta que anexei para Katie? Eu não tenho certeza do endereço dela.

Espero que você esteja muito feliz por ter um pouco de paz e sossego. Espero que Ruby esteja deixando você em paz em vez de arrastá-la para muitas noitadas pelos bares da cidade.

Boa sorte com seus estudos, meu bem.

Amo você e estou com saudades.

Mãe

De: Ruby

Para: Rosie

Assunto: Tchau!

Oi, Rosie. Estou lhe mandando este e-mail rapidinho para dar uma ótima notícia! Teddy e eu conseguimos uma viagem barata de última hora para passar alguns dias na Croácia. Só 199 euros por pessoa por quinze dias, incluindo a hospedagem e as passagens de avião. É barato demais! A razão para o preço baixo é que o avião parte esta noite! Por isso, estou jogando todas as minhas roupas na mala ao mesmo tempo que digito esta mensagem (pois é, eu sei que tenho muitos talentos). Você acha que é tarde demais para eu conseguir um corpo perfeito para a praia? Talvez eu não coma a comida que servirão no avião, e aí veremos se isso faz alguma diferença. Talvez aquela tanga acabe servindo em mim, quem sabe? Haha.

Só queria lhe dar adeus, minha amiga. Tenho certeza de que você vai adorar o fato de que eu estou longe daí, e você afinal terá um pouco de paz para estudar agora. Espero que você se divirta quando Alex e companhia vierem passar as férias por aqui, mas lembre-se de que ele é um homem casado. Por isso, não faça nada que eu não faria!

Cuide-se.

Ruby

ROSIE,

Saudações, diretamente do Havaí!

Como você pode ver, houve uma pequena mudança nos meus planos. Minha esposa maluca decidiu que o Havaí seria um lugar bem melhor para passar as férias do que a Irlanda. Não faço a menor ideia do motivo!

O tempo aqui está fantástico e o hotel é um sonho (Tomei a liberdade de roubar algumas coisas do meu quarto para você. Estão neste pacote, junto com a carta: uma touca de banho e um tubo com gel de banho diretamente do Havaí! Espero que a touca sirva.) Os restaurantes aqui também são ótimos.

Você deve estar achando ótimo o fato de não irmos até aí, pois assim vai conseguir um pouco de paz e sossego para estudar. Espero que Kevin deixe você em paz e pare de encher o saco por causa da sua mãe. Acho que ela tem razão.

Com carinho,

Alex, Josh, Theo (e posso até mesmo incluir Bethany na lista)

ROSIE,

Cheguei a Chipre.

Tempo bom. Hotel bom. Comida boa. Praia boa.

Espero que você esteja curtindo bastante o seu feriado de tranquilidade, silêncio e estudos. (Isso se Steph e o resto da tropa não invadirem a sua casa. Por falar nisso, precisamos conversar sobre o fato de nossa mãe ter espalhado as cinzas do pai.)

Kevin

OLÁ! ESTAMOS NA EURO DISNEY!

Oi, mana. Estamos nos divertindo demais por aqui. Sinto-me como seu eu tivesse 10 anos de idade! Conheci o Mickey ontem e tiramos uma foto com ele, todos juntos (como você pode ver, pareço até um pouco deslumbrada. Pierre ficou preocupado comigo). As crianças estão no paraíso. Há tantas coisas para elas fazerem ou olharem que eu acho que vão acabar ficando tontas! Há tanta coisa para fazer aqui que decidimos ficar mais alguns dias. Por isso, infelizmente não poderemos ir a Dublin no fim de semana.

Espero que os seus estudos estejam indo bem e que você esteja curtindo essa época de paz e tranquilidade. Não deixe que aquele seu vizinho Rupert a arraste outra vez para o National Concert Hall. Diga a ele que você precisa estudar.

Com amor,

Steph, Pierre, Jean-Louis e Sophia

Oi, Rosie,

Passei aí hoje cedo mas você não estava, então resolvi lhe deixar um bilhete. Vou passar algumas semanas viajando com o coral do qual faço parte. Vamos cantar para as pessoas do Cazaquistão. Faremos uma turnê pelo país e eu estou muito ansioso pelo que vai acontecer nos próximos dias.

O estúdio vai ficar fechado enquanto eu estiver fora, então acho que você vai ficar contente por saber que não vai haver nenhum barulho do andar de baixo nem do apartamento enquanto eu estiver viajando. Acho que você vai conseguir tranquilidade para estudar agora que estamos todos fora. Deixei minha chave com você, caso haja alguma emergência.

Boa sorte com os seus estudos, aproveite a paz e a tranquilidade e falo com você quando voltar. Talvez quando eu voltar você já tenha convidado o rapaz do cybercafé para um encontro. Acho que ele gosta de você. Ele sempre pergunta de você.

Rupert

Rosie Dunne,

Você tem uma conta em débito no valor de €6,20 desde a última vez em que esteve aqui para usar a internet. Favor pagar imediatamente, ou seremos obrigados a tomar as providências legais cabíveis.

Ross (do cybercafé do térreo)

Bem-vinda ao bate-papo dos Divorciados Aliviados de Dublin. Há zero pessoa na sala de bate-papo agora.

Docinho entrou na sala.

Docinho: Onde diabos está todo mundo?

Capítulo 45

VOCÊ RECEBEU UMA MENSAGEM DE: TOBY.

Toby: Aposto que você comeu um sanduíche vegetariano no almoço de novo.

Katie: Eu não cei como você consegue adivinhar isso.

Toby: É SEI, não CEI. Estou vendo a alface presa no seu aparelho de novo. Estou surpreso por você não estar mais comendo comida amassada, ou pelo menos algo que você consiga engolir por meio de um canudo. Comida sólida não é algo recomendável, você sabe.

Katie: Na semana que vem, neste mesmo horário, você não vai mais poder me zoar desse jeito. Vou tirar esse aparelho. Depois de três anos atrás das grades, meus dentes, que agora estão retos, diga-se de passagem, vão estar livres.

Toby: Bom, já passou da hora. Mal posso esperar para ver como o dentista vai fazer para tirar o seu aparelho. Eu preciso ver como ele será tirado.

Katie: Você não precisa realmente estudar tudo isso antes de ir para a faculdade, Toby. Pelo que eu cei, a ideia é aprender por lá.

Toby: Bem, mas eu ainda não fui aceito, não é? Talvez eu vá mal nas provas e não consiga alcançar a nota mínima para o curso.

Katie: Você vai conseguir, Toby.

Toby: Veremos. Você já escolheu que curso vai fazer? É melhor escolher logo, porque precisamos preencher os formulários de inscrição.

Katie: Isso é um estresse do cão. Como as pessoas esperam que alguém com 16 anos (ou 17, no seu caso) seja capaz de decidir o que quer fazer pelo resto da vida? Neste momento, tudo que eu quero é sair da escola, não começar a planejar o momento em que vou entrar em outra. Você tem sorte. Sempre soube o que queria fazer.

Toby: Tudo graças a você e os seus dentes tortos. Mesmo assim, você sabe o que quer fazer há muito mais tempo do que eu. Ser DJ.

Katie: Não existe curso de DJ na faculdade, não é?

Toby: Quem disse que você precisa ir para a faculdade?

Katie: Todo mundo. O professor de orientação vocacional. Minha mãe. Meu pai. Todos os professores. Deus, Rupert, e até mesmo o Sanjay do restaurante indiano disse que eu preciso ir, e que ele vai cuidar da minha mãe para mim.

Toby: Bem, eu não daria ouvidos a Sanjay, porque ele tem segundas (e horríveis) intenções. Também não prestaria atenção ao professor de orientação vocacional, porque o trabalho dele é receber você na sala dele durante meia hora, toda semana, e passar esse tempo todo discutindo carreiras a seguir, até ele cansar. Você acha que ele se importa mesmo com o que você vai fazer? Quem se importa com o que Rupert pensa? Seu pai só está concordando com a sua mãe, e sua mãe só está dizendo que você tem que ir para a faculdade porque ela acha que você quer. E nem se preocupe com Deus. Como sua mãe diz, tudo o que Deus faz é rir das coisas que aprontamos por aqui.

Katie: Mas minha mãe está se esforçando demais para finalmente conseguir estudar o que quer, e tem sido uma luta para ela. Ela queria muito ter essa oportunidade quando tinha a minha idade, e eu meio que acabei atrapalhando os planos dela, e agora é a minha vez e eu não tenho nada que me impeça. Acho que a minha mãe pensa que eu devia estar dando pulos de alegria com essa ideia, mas a sensação que eu tenho é de que a faculdade é meio que uma sentença de prisão. Meu pai disse que posso voltar para Ibiza no verão e trabalhar no balcão do bar durante algumas noites da semana. Sugar vai me treinar nas outras noites. Ele disse que, se eu quiser ser DJ de verdade, preciso começar a levar isso a sério.

Toby: Ele tem razão.

Katie: Bom, pelo jeito que você está falando, parece que não vai sentir muito a minha falta!

Toby: É claro que não. Se você não for, então serei eu quem vai ter que escutar o seu chororô pelo resto da vida. Olhe, se a sua mãe soubesse que você quer mesmo ser DJ, ela ia dizer para você correr atrás disso.

Katie: Nunca pensei desse jeito. Quem imaginava que chegaríamos ao último ano da escola, Toby? Depois de passar todos aqueles dias na detenção, tendo que ficar depois do horário, até que enfim eu nunca mais terei que usar uma gravata de novo. Para você, querido Toby, seus dias de usar gravata estão apenas começando.

Toby: Chega de aulas de computação nas manhãs de segunda-feira, e eu posso garantir que, quando entrar na faculdade, não vou mais usar gravata.

Katie: Sandálias marrons e cabelo comprido, então, e você vai poder passar o dia inteiro ouvindo Bob Dylan deitado no gramado, cara. Na verdade, estou começando a pensar que uma aula dupla de computação na manhã de segunda-feira pode ser mais fácil comparada a me mudar para algum lugar distante da minha mãe e da minha avó. Meu Deus, e o que vai acontecer com John?

Toby: John tem pernas. Ele vai poder entrar num avião, sentar na poltrona, voar para Ibiza ou seja lá onde você estiver, descer do avião e encontrar você. E percebi que você não me incluiu nessa lista. A vida vai ser tão fácil assim sem mim?

Katie: Sim, claro que vai. Não, mas, honestamente, não há nenhuma faculdade de odonto em Ibiza?

Toby: Não no lugar onde você vai morar, a menos que você inclua arrancar os dentes das pessoas usando os punhos.

Katie: Bom, então acho que Ibiza será apenas para meu pai e para mim, então.

> *Para Katie e Rosie,*
> *Boa sorte a vocês duas nas provas finais.*
> *Estou rezando pelo sucesso das minhas meninas.*
> *Com amor,*
> *Mãe/Vovó*

Para Rosie e Katie
Boa sorte!
Beijos,
Steph, Pierre, Jean-Louis e Sophia

Para Rosie e Katie
Minha melhor amiga e minha afilhada, desejo-lhes
toda a sorte do mundo nas suas provas finais.
Vocês duas vão ter resultados excelentes, como sempre.
Mandem mensagem assim que sair o resultado da primeira.

Com carinho,
Alex

PARA ROSIE,

Depois das suas provas, será que podemos voltar a sair? Você está ficando muito chata, e uma chata inteligente, o que é ainda pior. A qualidade das conversas com Teddy e Gary está piorando a cada semana, e outro dia eu fui forçada a ouvir horas e horas de "discussão" sobre se o Aston Martin DB7 é tão bom ou tão rápido quanto uma Ferrari 575. Ah, claro, minha família adora se munir de argumentos sólidos e discutir as coisas importantes da vida.

Sei que fui eu que estimulei você a conseguir esse diploma, mas se você for reprovada nas provas e tiver que repetir o ano vou avisá-la oficialmente de que tenho a firme intenção de ir procurar uma nova amiga. Uma que não seja tão ambiciosa.

Por isso, lembre-se: sem pressão. Boa sorte!

Ruby

Para: mãe

Lá vamos nós. Daqui a duas semanas, nós duas estaremos livres.

Boa sorte,

Katie

Para: Katie

Boa sorte, querida. Obrigada por ser minha parceira de estudos. Não importa o resultado que você tirar, estou orgulhosa de você.

Com amor,

Mãe

Resultados dos exames: Rosie Dunne

Aluna número: 4553901-L

Curso: Diploma em Administração Hoteleira, reconhecido pelo Irish Hotel & Catering Institute (MIMCI) e Catering Managers Association of Ireland (MCMA)

Matéria	Nota
Contabilidade	B
Aplicações em Informática e Processamento de Dados	B
Economia	B
Ética Hoteleira e Estudos Jurídicos	B
Controle Financeiro e Marketing	B
Administração de Recursos Humanos	A
Desenvolvimento Corporativo	A
Idiomas (Irlandês)	A
Estudos sobre Turismo e a Indústria da Hospitalidade	A

Os graduados se qualificam para um período de estágio profissional na indústria da hospitalidade.

PASSEI! PASSEI! PASSEI! PASSEI! PASSSEEEEEEEEEIIIIII!!! ALEX, EU CONSEGUI!! EU FINALMENTE CONSEGUI!!!

Rosie, fico muito feliz por vc! Parabéns!

De: Rosie
Para: Ruby
Assunto: Vamos comemorar

Agora, sem dúvida nós podemos sair! Ah, por falar nisso, Katie virá conosco, então aproveite para calçar seus sapatos de dança (é claro que, no seu caso, não estou falando isso de maneira literal. Ninguém vai querer ver aqueles sapatos esquisitos de dança em uma danceteria). Ela passou com boas notas nas provas e foi aceita em alguns cursos de administração em faculdades, mas disse que pretende continuar com o plano de tentar ser DJ. Toby conseguiu alcançar os pontos para entrar em odonto no Trinity College, o que é uma notícia maravilhosa. Por isso, todo mundo está feliz, feliz, feliz!

Sabe de uma coisa? Quando eu tinha 18 anos, perdi a chance de ir para Boston e achei que a vida não fazia mais sentido. Enquanto todos os meus amigos estavam se esbaldando em festas e estudando, eu estava trocando fraldas sujas. Achei que o meu sonho estava perdido. Nunca, nem em um milhão de anos, eu achei que iria conseguir compartilhar este momento com a minha filha adolescente.

Parece que as coisas têm algum motivo real para acontecer. A única coisa que vai me deixar triste é ver a minha menininha ir embora. O dia para o qual eu venho me preparando afinal chegou. Katie vai abrir as asas e começar a viver sua vida, e eu preciso fazer o mesmo. Talvez eu já esteja perto de conseguir juntar algum dinheiro para comprar a passagem de trem que vai me levar para longe daqui.

Rosie Dunne vai sair da estação e continuar a levar sua vida. Finalmente.

PREZADA ROSIE,

Em nome de todos os funcionários da Escola Primária St. Patrick, quero parabenizá-la pelos resultados recentes das suas provas finais. Você provou que é uma batalhadora e deveria sentir orgulho disso.

Mantendo a promessa que fiz, fico muito contente em informar-lhe que seus serviços não serão mais necessários. Seu contrato conosco não será renovado em agosto.

É uma pena vê-la ir embora, mas é para o seu bem. Minha aposentadoria chegou um ano depois do que o planejado, mas valeu a pena ficar por aqui para testemunhar o seu sucesso. Rosie Dunne, você foi o projeto mais longo da minha vida, a minha aluna mais velha e a que passou mais tempo comigo. Embora nosso começo não tenha sido dos melhores e o meio tenha sido ainda mais tumultuado, eu fico muito contente por ver o seu sucesso no final.

O seu esforço e a sua dedicação são uma inspiração para todos nós, e eu desejo tudo de melhor para você no futuro. Eu espero de fato que você mantenha contato e adoraria que você pudesse vir à minha festa em comemoração à aposentadoria, para a qual você logo receberá um convite. Peço também que estenda o convite ao Alex.

Depois de passar tantos anos separando vocês dois, seria ótimo vê-los na mesma sala outra vez. Eu realmente espero que ele consiga vir.

Mais uma vez, parabéns.

E mantenha contato.

Julie (Narigão Bafo de Onça) Casey

KATIE,

A minha menininha está saindo de casa! Estou muito orgulhosa de você, meu bem. É preciso muita coragem para fazer isso. Certifique-se de que o seu pai não vai esquecer de lhe comprar comida e roupas.

Vou sentir muitas saudades. Adorei ter você comigo, mas espero que eu seja bem recebida para te visitar várias vezes!

Se precisar de mim, é só ligar e eu vou correndo.

Com muito amor,
Mãe

QUERIDO BRIAN,

Você está com uma responsabilidade enorme nas mãos. Por favor, cuide de Katie e não deixe que ela saia por aí fazendo qualquer idiotice. Você sabe como são os homens de 18 anos — você mesmo já foi um. Faça tudo o que for possível para mantê-la longe deles. Ela está aí para aprender, não para sair para baladinhas e fazer filhos.

Vou querer saber de tudo que está acontecendo com ela. Até mesmo as coisas que ela tem medo de me contar. Uma mãe precisa saber dessas coisas. Preste atenção nas coisas que ela tem a dizer e dê apoio o tempo todo. Se você chegar a ter a sensação de que tem alguma coisa errada com ela e Katie não lhe contar o que é, basta me dizer e eu darei um jeito de descobrir.

E, por fim, mas nem por isso menos importante: muito obrigada por dar à minha filha, à nossa filha, a oportunidade de realizar seu sonho.

Sucesso,

Rosie

PREZADA ROSIE DUNNE,

Parabéns pela conclusão do curso de Administração Hoteleira.

É com satisfação que gostaríamos de informá-la de que o seu estágio profissional na indústria da hospitalidade ocorrerá no início de agosto. O estágio de cada um dos graduados foi selecionado aleatoriamente por um computador, sem qualquer tipo de discriminação ou pré-julgamento. Quando o local do estágio for selecionado, o graduado não poderá mudá-lo.

O contrato de doze meses define o cargo de gerente-assistente no Grand Tower Hotel, localizado no centro da cidade de Dublin. A data de início é segunda-feira, 01 de agosto, às 9h00. Para mais informações sobre o estágio e o local de trabalho, favor entrar em contato com Cronin Ui Cheallaigh, gerente e proprietário do Grand Tower Hotel. O telefone de contato, detalhes e mapa com a localização do hotel estão anexados.

Desejamos sucesso na sua nova carreira e esperamos que ela lhe traga sucesso no futuro.

Atenciosamente,

Keith Richards

Diretor do Curso de Administração Hoteleira, Cursos Profissionalizantes

Noturnos da Escola Primária St. Patrick

Alex: Impressionante, Rosie. Logo no Grand Tower Hotel? Parece maravilhoso.

Rosie: Ahhhh, e eu não sei? Achei a mesma coisa! Mas não conheço muito bem o hotel. Você conhece?

Alex: Ah, você está perguntando para a pessoa errada. Toda vez que eu volto para Dublin algum prédio residencial ou comercial surgiu onde antes não havia nada. Não cei mais onde as coisas ficam. Seria melhor você ir até lá para dar uma olhada.

Rosie: Talvez. Depois que desligamos o telefone naquela noite eu comecei a pensar. Você percebeu que está perdendo o seu sotaque?

Alex: Rosie, estou aqui há vinte anos. Passei mais tempo aqui do que na Irlanda. Meus filhos são americanos, e eu tenho que acompanhar os novos tempos. É claro que vou perder o meu sotaque.

Rosie: Bem, na verdade você não está perdendo um sotaque; está ganhando outro. Mas vinte anos... Como foi que isso aconteceu?

Alex: Eu cei, o tempo voa quando a gente está se divertindo.

Rosie: Se você acha que os últimos vinte anos foram divertidos, então eu não quero nem saber o quanto o tempo passa rápido quando você está realmente se divertindo.

Alex: Não foi tão ruim assim para você, não é mesmo?

Rosie: Defina "ruim".

Alex: Ah, o que é isso?

Rosie: Não, não foi, mas eu não reclamaria se as coisas melhorassem bastante.

Alex: Bem, ninguém reclamaria. Você deve estar bem empolgada com o trabalho.

Rosie: Estou mesmo, estou, sim. Estou me sentindo como uma criança na véspera do Natal. Sei que o trabalho é temporário e que estou apenas fazendo um estágio, mas eu esperei muito tempo por essa oportunidade.

Alex: Você esperou tempo demais. Eu cei melhor do que ninguém o quanto você queria algo assim. Eu odiava quando você me fazia brincar de hotelzinho.

Rosie: Haha, eu me lembro disso! Eu sempre era a funcionária do hotel e você tinha que ser o hóspede!

Alex: Eu odiava ser o hóspede, porque você nunca me deixava em paz. Você vivia afofando os meus travesseiros e colocando os meus pés em cima daquele banquinho "para o conforto do cliente".

Rosie: Meu Deus, eu já tinha esquecido isso! Eu gostava de fazer igual ao cara daquele seriado Ilha da Fantasia, que cuidava tão bem de cada um dos seus hóspedes que usava até mesmo magia para fazer com que eles realizassem seus sonhos.

Alex: Não acho que me forçar a ir para a cama às duas da tarde, me cobrir e apertar os lençóis com tanta força que eu mal conseguia respirar seja um serviço de hospitalidade e conforto! Não cei que tipo de gerente você estava tentando ser, mas, se você se comportar daquele jeito com os seus verdadeiros clientes, tenho certeza de que alguns deles conseguirão mandados judiciais para você não se aproximar.

Rosie: Bom, pelo menos era melhor do que brincar de hospitalzinho. Aquela brincadeira sempre envolvia você me empurrar no concreto e depois cuidar dos meus machucados. Meu pai e minha mãe sempre ficavam se perguntando de onde vinham os meus cortes e hematomas.

Alex: Era divertido, não era?

Rosie: Olha, eu acho que você tem uma ideia distorcida do que significa diversão. Como os últimos vinte anos, por exemplo.

Alex: Obviamente não foi só diversão para nenhum de nós.

Rosie: Não...

Alex: Hotéis e hospitais. Parece algum tipo de filme pornô de quinta categoria.

Rosie: Vai sonhando...

Alex: Às vezes eu sonho com isso mesmo. Tenho um filho de 3 anos que adora dormir entre mim e Beth.

Rosie: Bem, eu podia entrar num convento, e duvido que ficaria incomodada com a situação.

Alex: Ah, duvido que você consiga.

Rosie: É sério, Alex. Depois dos homens com quem estive, o celibato seria uma dádiva.

Alex: Não estou falando do celibato. O que iria acabar te matando é o voto de silêncio.

Rosie: Engraçadinho. Bom, pode acreditar em mim, Alex, há certos tipos de silêncio que são capazes de fazer alguém flutuar pelos ares. E é com esse pensamento que eu vou deixar você.

Rosie fez logoff.

Alex: Cei bem como são esses silêncios.

Capítulo 46

OI MÃE,
SÓ UMA MENSAGEM RÁPIDA PARA LHE
DESEJAR SORTE (NÃO QUE VOCÊ PRECISE, É CLARO)
NO SEU PRIMEIRO DIA DE TRABALHO AMANHÃ.
TENHO CERTEZA DE QUE VOCÊ VAI MATAR A PAU!
BOA SORTE,

BEIJOS,
KATIE

VOCÊ RECEBEU UMA MENSAGEM DE: RUBY.

Ruby: Bem, sra. gerente-assistente, conte tudo. Como está indo o trabalho?

Rosie: Muito, muito leeeeentaaaaameeeeenteeeee.

Ruby: Posso perguntar por quê?

Rosie: Posso começar a reclamar? Está pronta para isso? Porque, se não estiver, estou lhe dando a oportunidade de terminar esta conversa enquanto você ainda tem chance.

Ruby: Acredite se quiser, mas eu já entrei nesta conversa preparada para tudo. Manda brasa.

Rosie: Tudo bem. Bom, cheguei na rua do hotel, bem alegre e pontual, e comecei a caminhar por todo o lugar por quarenta e cinco minutos tentando encontrar o belo Grand Tower Hotel. Perguntei para donos de lojas e de quiosques na rua, mas ninguém fazia a menor ideia de onde o hotel ficava.

Depois de ligar para o diretor do curso quase em prantos e tomada por um pânico completo por estar atrasada para o meu primeiro dia de trabalho, eu também consegui acusá-lo de me dar o endereço errado. Ele repetiu várias vezes o mesmo endereço enquanto eu dizia que aquilo não era possível, porque o imóvel em questão estava completamente abandonado.

Após algum tempo ele disse que ligaria para o dono do hotel e verificaria a localização com ele. Então, sentei em frente dos degraus imundos daquele prédio detonado (sujando a bunda do meu terninho novo) e tentei não chorar por estar atrasada e por causar uma impressão tão ruim. De repente, a porta do prédio que estava atrás de mim se abriu com um barulho igual ao de um peido, e uma coisa estava olhando para mim. A coisa falava com um sotaque forte de Dublin, se apresentou como Cronin Ui Cheallaigh, o dono do prédio, e insistiu que eu o chamasse de Beanie.

No primeiro momento eu fiquei confusa com aquele apelido, mas conforme o dia foi passando tudo ficou bem claro. Não foram as dobradiças da porta que fizeram aquele som de peido; foi sem dúvida o som da bunda peidorrenta de Beanie.

Ele me levou para dentro daquele prédio antigo e mofado e me mostrou os quartos que ficavam no térreo. Depois, perguntou se eu tinha alguma pergunta, e, é claro, eu quis saber por que eu estava neste prédio em particular e quando eu iria ver o hotel. E foi então que ele respondeu com orgulho: "Isto aqui é a porra do hotel. Bonito, né?"

Em seguida ele perguntou se eu tinha ideias para melhorar o hotel depois da primeira impressão, e eu sugeri que seria melhor colocar o nome do hotel diante do prédio para facilitar a vida dos hóspedes (embora não colocar o nome do hotel também fosse uma ótima estratégia de marketing para atrair pessoas até este lugar, diga-se de passagem). Também sugeri que seria bom divulgar o hotel nas lojas da redondeza para que as pessoas pudessem anunciar sua existência (ou, pelo menos, para conseguirem dizer aos turistas perdidos como chegar até o hotel).

Ele passou um bom tempo estudando o meu rosto para ter certeza de que eu não estava brincando. E, na verdade, eu estava falando sério, totalmente. Neste momento, estou esperando chegar uma placa para ser colocada na fachada do hotel.

Em seguida ele me deu um crachá e insistiu para que eu o usasse. O motivo que ele alegou era que, se os clientes precisassem reclamar, eles precisariam saber o nome do culpado. Um homem que tem pensamento muito positivo, como você pode ver. O problema com o crachá (além de ter que usá--lo) foi que, ao que parece, ele não entendeu direito quando eu soletrei o meu nome no telefone.

Assim, passei a semana inteira andando por aí identificada como "Rosie Bumme". É algo que Beanie parece achar muitíssimo engraçado. Mesmo assim, depois que o ataque de riso passou, ele parecia estar até mesmo um pouco decepcionado. Só isso já é um exemplo do seu nível de maturidade e a seriedade com a qual ele encara seu trabalho e a administração dessa coisa que ele chama de hotel.

Não faço a menor ideia de como esse hotel conseguiu permanecer aberto até hoje. O prédio é uma daquelas belas casas que, em sua época, seriam imponentes ao extremo, mas que foram deixadas à mercê do tempo para apodrecer e se corroer. É bem provável que as tábuas do piso estejam podres, ou seja lá o que está causando o cheiro.

Antigamente a aparência era de tijolos vermelhos, mas hoje é de um marrom sujo. Tem quatro andares e, no subsolo, pelo que fui informada, há um bar de strip-tease do qual Beanie também é proprietário. Ao entrar no térreo você dá de cara com um balcão pequenino feito de mogno escuro. Atrás dele há uma coleção bem bagunçada de chapéus, guarda-chuvas e casacos de antigos hóspedes que agora só servem para juntar poeira.

As paredes são revestidas de painéis de madeira, do chão até a metade da parede, o que chega até a ser agradável. E as paredes, que já foram pintadas de um verde-oliva muito bonito, como é provável, hoje estão mais parecidas com um verde-mofo. Há luminárias pequenas adornando as paredes, mas elas não iluminam nada. O lugar parece uma masmorra. O carpete parece ter sido colocado na década de 1970. Está sujo, fedido e tem marcas de queimadura de cigarro, manchas pretas de chiclete grudado e outras manchas cuja origem eu não faço a menor questão de saber.

Um longo corredor leva a um bar amplo que tem o mesmo carpete sujo e fedido, madeira escura, banquetas forradas com tecido estampado e cadeiras, e, quando o sol brilha pela janela pequena (cuja tinta está descascando), tudo o que se vê é o ar tomado por nuvens de fumaça, que ainda deve ser a mesma que foi deixada pelo velho que se sentava ali para fumar cachimbo há uns duzentos anos.

A área de jantar tem vinte mesas e um cardápio bem limitado. Dá para ver que é o mesmo carpete, mas ele tem um adicional — manchas de comida. Lá você encontra também cortinas de veludo marrom e persianas de renda. As mesas são cobertas com o que, em algum ponto do passado, já foram toalhas de renda branca, mas que agora estão amareladas, e talheres enferrujados e com manchas de comida. Os copos são translúcidos e as paredes são brancas, o que faz com que esse seja o único ambiente realmente iluminado, mas, não importa qual seja a potência do aquecedor, o lugar fica sempre muito frio.

Mas o cheiro! Parece que alguém morreu e foi largado ali para apodrecer. Desde então o fedor ficou entranhado na mobília, nas paredes e nas minhas roupas. O hotel tem sessenta quartos, sendo vinte em cada andar. Beanie teve o orgulho de anunciar que metade deles é suíte. Acho que você consegue imaginar a minha felicidade ao saber disso: alguns quartos têm banheiros privativos!

Duas mulheres maravilhosas, Betty e Joyce, cada uma delas com cerca de 100 anos, limpam os quartos três vezes por semana, e eu acho isso meio nojento, para falar a verdade. E, dada a vagarosidade como se movem, eu ficaria surpresa se fosse verdade que elas limpam mesmo os quartos com essa periodicidade.

Eu também estava começando a imaginar que tipo de hóspede um hotel como esse atrai, mas tudo ficou claro quando trabalhei durante o turno da noite há alguns dias. Quando o bar de strip-tease no subsolo fecha, a festa continua no andar de cima. Isso foi o argumento de que eu precisava para contratar mais arrumadeiras.

O único modo de encontrar um chocolate sobre o travesseiro é se o hóspede anterior o tivesse cuspido ali. A única razão pela qual alguém usaria a touca de banho seria para proteger a cabeça da água amarelada que corre pelos canos (e, embora deva ser de fato potável, prefiro confiar na minha garrafinha de água mineral).

Na semana passada uma estação de rádio ligou para saber se o hotel estava interessado em participar de um concurso que eles estão promovendo. Imagino que eles devem estar desesperados, ou então que foram enganados pelo nome do hotel, que é muito mais chique do que aquela espelunca. Não consegui pensar em nenhuma justificativa para dizer não. As pessoas tinham de escrever e explicar por que merecem passar um fim de semana em Dublin sendo bem cuidadas e paparicadas. Os vencedores ganhariam ingressos para o teatro, uma refeição, um dia de compras e hospedagem com café da manhã incluído por duas noites em um hotel da área central, com todas as despesas pagas. Foi ótimo para o hotel, pois ganhamos uma semana de publicidade no rádio e recebemos uma boa quantidade de hóspedes. Mas duvido que a maior parte deles soubesse no que estava se metendo.

As pessoas que ganharam escreveram uma história tão emocionante que eu quase chorei quando ouvi o relato no rádio. Assim, eu preparei a suíte de lua de mel (que é igualzinha a todos os outros quartos, mas eu disse a Beanie para colocar uma placa na porta para fazer com que os vencedores do concurso se sentissem especiais. Ele resolveu fazer a marcação com um estêncil e passou uma hora com uma caneta de retroprojetor preta na mão e a língua pra fora da boca, em concentração absoluta), enchi o quarto com flores bonitas e deixei uma garrafa de champanhe de cortesia para eles. Eu me esforcei bastante para preparar o quarto, espremendo a verba para comprar lençóis novos etc., mas não havia muito que eu pudesse fazer com o orçamento magro.

De qualquer forma, quando descobriram que haviam ganhado, os dois ficaram tão animados que começaram a ligar para o hotel todos os dias antes de chegar aqui, fazendo perguntas e se certificando de que tudo estava preparado. Eles entraram pela porta, deram uma olhada no lugar e foram embora depois de quinze minutos.

Ruby, aquelas pessoas perderam a casa onde moravam, o marido perdeu o emprego, quebrou as duas pernas, perdeu o carro e tiveram que deixar o vilarejo onde moravam. Eles ganharam um fim de semana com todas as despesas pagas e poderiam ter ficado no hotel absolutamente de graça. E ainda assim eles não quiseram ficar. Esse é o hotel onde estou trabalhando.

Rosie: Ruby?

Rosie: Ruby, você está aí?

Rosie: Oi? Ruby, você recebeu tudo o que eu digitei?

Ruby: Zzzzzzzzzzzzzzzzzzzzzzzz

Rosie: Ruby!

Ruby: Hã? O quê? Perdi alguma coisa? Ah, desculpe, acho que caí no sono há mais ou menos uma hora, quando você começou a me contar sobre o seu trabalho.

Rosie: Desculpe, Ruby, mas eu avisei.

Ruby: Não se preocupe, eu consegui dar uma escapada e fiz uma xícara de café enquanto você ainda estava falando das paredes verde-oliva e dos corpos em decomposição.

Rosie: Desculpe. Este foi um mês daqueles.

Ruby: Nem todos os empregos acabam sendo o que você acha que serão. De qualquer forma, você prefere ser secretária na Randy Andy Paperclip Co. ou gerente-assistente no Grand Tower Hotel?

Rosie: Aaaaahh, sem dúvida prefiro ser gerente-assistente no Grand Tower Hotel.

Ruby: Bem, então você está onde queria, Rosie Bumme. A vida poderia ser pior, não é?

Rosie: Acho que sim. Mas eu na verdade tenho outro probleminha à vista.

Ruby: Consegue me contar com menos de mil palavras?

Rosie: Vou tentar! Alex vai vir para a festa de comemoração da aposentadoria de Julie Casey daqui a algumas semanas e vai trazer Bethany. E eles fizeram reservas para passar o fim de semana no hotel. Perceba, eu meio que falei para ele que o lugar era legal... E eles pediram especificamente um quarto com vista panorâmica. Neste momento, eu mal consigo encontrar um quarto com uma janela (bem, nem tanto, mas enfim), mas, nas circunstâncias atuais, nós do Grand Tower Hotel consideramos que um quarto com banheiro já entra na categoria dos pedidos especiais. Afinal de contas, qual das vistas panorâmicas você acha que eles vão preferir? Vista para o açougue ou vista para o ferro-velho?

Ruby: Céus...

VOCÊ RECEBEU UMA MENSAGEM DE: ALEX.

Alex: Oi, Rosie. Está acordada até esta hora?

Rosie: Por que o espanto? Você também está.

Alex: Meu fuso horário é de cinco horas a menos que o seu.

Rosie: O baile de formatura de Katie é esta noite. Na verdade, ela está lá neste exato momento.

Alex: Ah, entendo. E você não consegue dormir?

Rosie: Ficou maluco? É claro que não consigo dormir. Saí com ela para ajudá-la a escolher o vestido, ajudei-a a aplicar a maquiagem e a arrumar o cabelo, tirei fotos dela tão feliz nesta noite especial. A noite em que ela verá amigos que provavelmente não vai voltar a ver em muitos anos, ou nunca mais, apesar das promessas de manter contato. Foi como fazer o relógio voltar vinte anos no passado, naquela noite em que eu estava com a minha mãe há vinte anos.

Sei que ela não sou eu, que é uma pessoa diferente, com a própria cabeça, mas não consegui evitar me ver caminhando por aquela porta. De braços dados com um homem vestido de terno, empolgada com a noite, empolgada com o futuro. Empolgada, empolgada, empolgada. Porra, eu era muito jovem. Claro, eu não achava que era assim tão jovem naquela época. Tinha um milhão de planos. Sabia o que ia fazer. Já sabia o que ia acontecer nos anos seguintes.

Mas o que eu não sabia era que, dali a algumas horas, todos aqueles planos iriam mudar. A sra. Sabe-Tudo não sabia tanto assim naquela época.

Espero que Katie volte para casa esta noite na hora em que deve.

Alex: Ela é inteligente, Rosie, e, se você a criou do jeito que eu imagino, então você não terá que se preocupar com nada.

Rosie: Não posso ficar me enganando. Ela está namorando aquele rapaz há três anos, então eu acho que eles não passaram esse tempo todo só andando de mãos dadas. Mas, pelo menos esta noite, a noite que mudou a minha vida, eu queria que ela voltasse cedo para casa.

Alex: Bem, então eu vou ter que ficar aqui e distrair você até ela chegar, não é?

Rosie: Eu não acharia ruim.

Alex: E então, como estão os preparativos do hotel para a nossa chegada? Espero que a gerente possa preparar tudo que há de melhor para nós!

Rosie: Eu sou apenas a gerente-assistente, lembre-se disso. E o hotel não é bem...

Alex: Não é bem o quê?

Rosie: Tão chique quanto aqueles em que você está acostumado a se hospedar quando viaja.

Alex: Esse vai ser superespecial, porque a minha melhor amiga está no comando.

Rosie: Eu não iria querer receber todo o crédito pela administração geral do hotel...

Alex: Ah, não seja boba. Você nunca valoriza as coisas que faz.

Rosie: Estou falando sério, Alex. Eu não queria ter que aceitar qualquer responsabilidade sobre esse hotel, de maneira nenhuma. Você sabe, eu só vou ficar lá por alguns meses. Não tive oportunidade de deixar a minha marca, tudo que faço é seguir ordens...

Alex: Que bobagem. Mal posso esperar para ver o lugar. Seria muito engraçado se alguém sofresse uma intoxicação alimentar no restaurante e eu fosse o médico residente que tivesse que salvar a pessoa, hein? Lembra-se de que esse era o nosso plano quando éramos crianças?

Rosie: Lembro muito bem, e talvez essa não seja uma possibilidade muito distante. Será que você e Bethany não preferem sair para jantar nessa noite? Há muitos restaurantes ótimos que você não conheceu em Dublin.

SIMPLESMENTE ACONTECE 399

Alex: Pode ser. Tentei procurar o hotel na internet, mas não encontrei nada.

Rosie: Ah, é que o site está fora do ar, em manutenção. Eu aviso quando ele voltar.

Alex: Ótimo. Vai ser estranho ver a srta. Casey Narigão Bafo de Onça outra vez. Já passou da hora de ela se aposentar. As crianças do mundo precisam de paz.

Rosie: Ela se chama Julie, e não a chame pelo outro nome. E ela foi muito boa comigo nesses últimos anos. Por isso, seja legal com ela, por favor.

Alex: Tá bom, prometo que vou me comportar. Não se preocupe, já saí de casa antes. Eu cei lidar com as pessoas.

Rosie: É claro que sabe, sr. cirurgião e socialite nas horas vagas.

Alex: Qualquer que seja a imagem de mim que você tenha na cabeça, por favor, livre-se dela agora.

Rosie: Qual? Essa em que você está nu? Você não pode mandar que eu me livre dela.

Alex: Bem, seja lá qual for a imagem, multiplique o tamanho por vinte, então.

Rosie: Jesus Cristo! Vinte centímetros, Alex?

Alex: Ah, cale a boca. E aí, como está a sua mãe? O hospital mandou alguma resposta sobre aqueles exames?

Rosie: Não, ainda não. Ela está passando alguns dias com Stephanie e aproveitando para se afastar de tudo, e quando voltar já deveremos ter os resultados. Parece que os médicos não sabem o que ela tem. Estou bem preocupada. Dei uma boa olhada nela no outro dia, e foi como se eu tivesse passado um bom tempo sem vê-la. Mesmo sem perceber, a minha mãe envelheceu.

Alex: Ela tem só 65 anos. Ainda é jovem.

Rosie: Eu sei, mas eu tinha uma imagem dela na cabeça, e essa era uma imagem de alguns anos atrás. De algum modo, desde que eu era jovem, eu continuei a vê-la daquele jeito. Mas, naquele dia, quando eu a vi na cama do hospital, ela parecia velha. Foi um choque. De qualquer maneira, eu espero que tenham descoberto o que ela tem e que deem um jeito. Ela não está se sentindo muito bem de verdade.

Alex: Assim que vocês descobrirem o que é, me contem.

Rosie: Conto, sim. É duro ter que ir até Galway nos meus dias de folga. Por mais que eu ame a minha mãe, o percurso é uma jornada para mim. Entre trabalhar em horários incrivelmente pouco sociáveis, viajar para ver minha mãe e ajudá-la, eu não consegui tirar nenhum dia para mim nessas últimas semanas, e estou mais cansada do que nunca.

Alex: E onde está o seu irmão Kevin numa hora dessas? Será que ele não pode ajudar, mesmo que seja uma vez na vida?

Rosie: Boa pergunta. Bem, para ser justa com Kev, ele acabou de comprar uma casa e está se mudando para lá com a namorada. Se ele tivesse mais tempo, eu tenho quase certeza de que iria poder ajudar.

Alex: Kevin decidiu levar o namoro a sério? Olha, estou chocado. Seria bom se você conversasse com ele sobre o que está acontecendo e tentasse fazer com que ele a ajudasse um pouco mais. Você não pode ficar com todas as responsabilidades.

Rosie: Bem, não estou bem assumindo todas as responsabilidades. Steph está cuidando da minha mãe esta semana e ela já tem dois filhos, então não é algo muito fácil para ela também. (Cuidar da minha mãe não parece ser uma expressão muito correta, não é?) E eu não me importo porque quero estar lá com ela. Ela está sozinha e eu sei o que ela está passando.

Alex: Pedir ajuda a Kevin não significa que você não ame ou não queira ajudar Alice. Kev precisa ser avisado. Na verdade, não precisaria nem ser avisado de uma coisa dessas.

Rosie: Bom, vou esperar até que ele termine de fazer a mudança para a casa nova. Quando isso acontecer, se ele ainda não tiver se tocado, eu não vou mais bancar a boazinha. Ele não visitou meu pai nem metade das vezes que devia ter visitado, e eu sei que ele está pagando pelo erro agora. Nunca consegui entender Kevin por completo. Ele gosta de guardar tudo para si e ficar sozinho. Ele entrou e saiu da casa e nunca contou a ninguém o que estava fazendo. E então, quando meu pai morreu, ele achou que podia tomar o controle de todos os planos. Agora que a minha mãe está doente, ele se afastou de novo. Steph e eu tentamos conversar com ele sobre isso em várias ocasiões, mas não conseguimos que ele nos desse ouvidos. Kevin é egoísta e a coisa é simples assim. Opa, um táxi parou lá fora. Espere aí enquanto eu vou até a janela para dar uma olhada.

Alex: Katie está no táxi?

Rosie: Não.

Alex: Ah. Bom, mas ela...

Rosie: Ah, graças a Deus, lá está ela. É melhor eu desligar o computador e deitar. Não quero que ela pense que eu fiquei esperando até agora. Ah, obrigada, Deus, por trazer o meu bebê para casa. Boa noite, Alex.

Alex: Boa noite, Rosie.

Capítulo 47

QUERIDA MÃE,

Obrigada pela semana passada. Foi ótimo poder estar em casa com você outra vez. Eu estava com saudade das nossas conversas nas altas horas da noite! Estou escrevendo para lhe dar boas notícias! Tony Spencer, um cara inglês, dono do Club Insomnia, que fica um pouco mais adiante, esteve aqui na danceteria do meu pai ontem à noite quando eu estava tocando a minha playlist e ficou tão impressionado que perguntou se eu gostaria de trabalhar para ele! Não é legal? Ele também organiza alguns festivais de dança no verão, e então eu vou viajar pela Europa no verão, me apresentando nesses eventos. Estou superempolgada!

O Club Insomnia é um lugar bem popular, e fica aberto até umas seis ou sete da manhã. Só ficarei nas pick-ups das dez à meia-noite, pelo menos enquanto estou começando. Tony paga um ótimo salário, então assim que receber o meu primeiro cheque decente eu vou lhe mandar uma parte. Conheci um grupo bem legal de pessoas aqui, que também acabou de terminar a escola e resolveu trabalhar nos bares por algum tempo. Eu e três outras meninas, Jennifer, Lucy e Sara, estamos conversando sobre alugar um apartamento para morarmos juntas.

Não cei quando John vai vir me ver. Desde que ele começou a faculdade em setembro ele sai todas as noites com um monte de gente que eu nem conheço. Toda hora ele esbarra no telefone e acaba me ligando sem querer quando sai, e tudo que eu ouço são montes e montes de gente bêbada gritando ao fundo. E a coisa ficou mais frequente quando nos encontramos depois de passar várias semanas um longe do outro. As coisas não são mais como antes e não estou gostando. Achei que ficaria com ele para sempre, mas, do jeito que as coisas estão indo, eu mal consigo imaginar como vai ser ficar com ele até o final do verão.

Além disso, faz muito tempo que não tenho notícias de Toby. Sei que a culpa é minha porque ele me ligou um monte de vezes no começo, logo que mudei para cá, e eu nunca retornei as ligações. O tempo simplesmente passou voando. Eu vivo dizendo que vou ligar para ele amanhã, mas já faz vários meses e agora eu estou constrangida. Na última vez que eu falei com ele, Toby estava curtindo bastante a faculdade, fazendo amizade com um monte de dentes, com certeza. Vou ligar para ele amanhã. Prometo que vou.

Espero que tudo esteja bem no seu trabalho. Mal consigo acreditar que o seu contrato foi estendido. Pensei que você odiasse aquele lugar. Diga pra mim o que está acontecendo lá, porque estou confusa.

Alex me escreveu um tempo atrás e disse o que aconteceu quando ele e Bethany ficaram hospedados no hotel na época da festa para comemorar a aposentadoria da srta. Casey Narigão Bafo de Onça. Que engraçado! Você não sabia que aquela era a noite da festa de Natal do bar de strip-tease? Duvido que Alex tenha ficado surpreso ao ver todas aquelas mamães noéis com biquínis felpudos vermelhos e brancos dançando ao redor do bar. Não acredito que Bethany se recusou a passar a noite ali. Aquela mulher não tem o menor senso de humor. Não cei o que Alex viu nela. Só conversei com Bethany umas poucas vezes, mas ela é tão metida e ele é tão despojado que eu não cei se eles vão ficar juntos por muito tempo. Não acredito que Alex teve que cuidar de um dos hóspedes do restaurante. O moço sofreu uma intoxicação alimentar? Que tipo de comida o seu restaurante anda servindo? Foi muita sorte terem um médico no hotel.

Bom, preciso resolver quais são as músicas que vou usar hoje à noite. Meu pai me deixou ficar com um set de duas horas para que eu possa ir treinando para quando eu for pro Insomnia. Lisa não para de tentar me convencer a tocar músicas dos anos 80 para que ela possa apresentar a sua coreografia do Flashdance. Quando não quer cobras, ela fica louca para conseguir coisas piores, como ombreiras e permanente no cabelo.

Quando a vovó ficar melhor, você e ela poderiam vir me visitar e passar algumas semanas. Há várias áreas muito tranquilas para ir, com cenários bonitos e praias legais. Ibiza não tem só bares e boates. Pense no caso. Talvez seja melhor para a vovó mudar de ares.

Sinto muitas saudades de você, mas sempre que eu me sinto sozinha, eu olho para a sua foto e a de Alex no meu medalhão. Vocês dois estão bem perto do meu coração. Sempre.

Muitos beijos,
Katie

VOCÊ RECEBEU UMA MENSAGEM DE: RUBY.

Ruby: Fui traída.

Rosie: O quê? Teddy fez isso com você?

Ruby: Não! Não seja boba, aquele homem não sabe nem levar o lixo para fora de casa. Imagine se ele me traísse e eu saísse de casa? Não, ele não teria coragem. O traidor, na verdade, é o meu amado filho. Ele me informou que não pretende continuar a dançar salsa comigo, e me trocou por uma modelo mais nova.

Rosie: Puxa vida, Ruby, que horror! Quem é essa outra?

Ruby: Na verdade, eu fingi estar brava, mas na verdade não estou. Ah, que mentira. No começo eu fiquei muito irritada e comi um bolo de chocolate inteiro sozinha — por coincidência, o bolo favorito de Gary, que eu havia comprado para ele. Quando cheguei na metade do bolo eu estava só irritada, e quando estava colocando a última colherada na boca eu comecei a pensar de modo racional (é assim que as coisas funcionam para mim, você sabe). Assim, comecei a traçar um plano em que eu convidaria essa mulher para vir jantar na minha casa para que eu pudesse matá-la envenenada.

Eu precisava descobrir quem ela era, e por que diabos Gary me trocou. Como vim a saber, ela ainda não fez 30 anos, veio da Espanha e é professora de espanhol na escola (e foi lá que Gary a conheceu, onde ele trabalha como faxineiro), ela é magra, bonita e maravilhosa.

Rosie: Ela é o tipo de pessoa que você normalmente detestaria, não é?

Ruby: Normalmente, sim. Mas desta vez é diferente, porque ela e o meu Gary encontraram o amor.

Rosie: Aaaahhh!!

Ruby: Eu sei! Não é lindo? Por isso, não tive problemas em sair de fininho e pendurar meus sapatos de dança. Para dizer a verdade, eu já estava começando a pensar em desfazer a dupla com Gary em breve. Não falta muito tempo para eu fazer cinquenta, e preciso dançar com alguém que tenha uma idade mais próxima da minha e que não tenha a energia para me jogar do outro lado da pista de dança. Não tenho mais condição de fazer isso. Mas fiquei feliz por Gary ter conseguido encontrar alguém. Talvez Maria acabe tirando Gary da minha casa e colocando-o na dela.

Rosie: Você ficaria triste se isso acontecesse?

Ruby: Tão triste como se encontrasse um milhão de euros debaixo da minha cama. O garoto precisa se dar conta de que ele já é homem feito e sair da casa dos pais. Não posso ficar fazendo o jantar e lavando a roupa dele para sempre. Enfim, chega de falar de mim. Como está a sua mãe?

Rosie: Não está muito bem. Parece que as coisas estão acontecendo com ela pouco a pouco. A artrite dela piorou tanto que ela quase não consegue mais se mexer. Não era um problema tão grande quando ela e o meu pai estavam viajando, porque eles foram a países de clima quente. Mas agora eu acho que Connemara e o frio que faz lá não são tão bons para ela, ainda mais no inverno. O problema é que ela não quer sair. Estou preocupada. Ela já foi hospitalizada várias vezes com infecções e problemas em partes do seu corpo que eu nem sabia que existiam. É como se, com a morte do meu pai, o corpo dela resolvesse desistir de viver.

Ruby: Ela é durona, Rosie. Ela vai conseguir superar isso.

Rosie: Espero que sim.

Ruby: E como estão as coisas lá no Tower?

Rosie: Ha! Bem, não vou ter que suportar aquele lugar por muito mais tempo, porque vou pedir demissão no fim do mês.

Ruby: Você diz isso todo mês e nunca pede. Talvez seja melhor esperar até que o seu contrato expire no ano que vem para ir embora de vez. E, de qualquer maneira, a menos que de fato você comece a procurar outro emprego, isso não vai levá-la a lugar nenhum.

Rosie: Entre trabalhar todas essas horas e viajar de um lado para outro para ir ver a minha mãe, eu simplesmente não tenho mais tempo. Aliás, quando foi a última vez que nos vimos?

Ruby: Ontem.

Rosie: Bom, com exceção de quando você passou diante de mim no ponto de ônibus, buzinando e acenando. Obrigada por acelerar, passar naquela poça de água e me deixar encharcada, já que tocamos no assunto.

Ruby: Estávamos indo em direções diferentes e você parecia estar precisando de um bom banho.

Rosie: Aff. Bom, de qualquer maneira, já faz um mês desde que consegui sair de casa para me divertir pela última vez. Isso é ridículo. Não tenho vida social. Quero muito visitar Katie, e Alex me convidou para ir até Boston várias vezes, mas não posso fazer nada disso por causa da minha mãe. Não que eu a esteja culpando, é claro.

Ruby: Quando a sua mãe melhorar, tudo vai ficar bem mais fácil.

Rosie: Ela não vai melhorar, Ruby. Ela não quer melhorar. Ela só está esperando. Está praticamente confinada a uma cadeira de rodas neste estágio, e ela tem só 66 anos.

Ruby: Mande aquele preguiçoso do Kevin vir ajudar.

Rosie: E o que o Kevin vai fazer? Ele não saberia nem por onde começar, e eu sei que a minha mãe se sente mais confortável se puder contar comigo para ajudá-la. De qualquer maneira, vamos ter que continuar levando.

PARA JOSH,
FELIZ 10º ANIVERSÁRIO.
COM AMOR,
ROSIE

Para Rosie,

Muito obrigado pelo presente e o cartão. Foi muito bacana. Não sei onde Katie está agora, mas diga a ela que eu mandei um abraço. Ela me manda cartões-postais o tempo todo de vários países diferentes, e parece estar superfeliz. Ela tem o trabalho mais legal do mundo! Nunca mais tive notícias daquele amigo dela, o Toby. Acho que eles acabaram perdendo contato ou algo do tipo. Bom, obrigado de novo pelo presente. Vou poder comprar um jogo novo de computador com ele.

Tchau,
Josh

Para Mãe,

Estou em Amsterdã! Conheci um cara lindo que ganha a vida colhendo morangos. Não fala uma palavra de inglês, mas estamos nos dando superbem.

Por aqui está tudo ótimo. Consegui agendar várias apresentações e as cafeterias são ótimas também!

Beijos,
Katie

Para Rosie,

Feliz aniversário de 38 anos!

Não é assustador estarmos tão perto de completar quarenta? Tome uma por mim.

Com amor,
Alex

Rosie, se você acha que 38 é ruim, imagine como eu estou me sentindo com quase 50. Ahhhhh!! Vamos sair para festejar muito. Só eu e você.

Feliz aniversário mais uma vez,
Ruby

Oi, MÃE,

Estou em Andorra. Conheci um moço lindo que é o meu instrutor de esqui, e ele está tentando me ensinar a esquiar sem quebrar o pescoço. Ele não fala uma palavra em inglês, mas estamos nos dando muito bem. Tudo aqui é muito legal. Nós duas devíamos ir esquiar juntas algum dia desses. Você vai amar! O festival de inverno está indo superbem, e eu tenho algumas apresentaçõezinhas aqui e ali também. Vou visitar você no Natal, e aí poderemos colocar as fofocas em dia. Estou louca para ver você de novo!

Com amor,

Katie

Oi, MÃE,

Quer vir passar o Natal comigo? Katie vai voltar para casa e poderemos passar o feriado juntas, nós três. Acho que vai ser ótimo. Você pode ficar com o quarto de Katie e ela pode ficar no sofá. Estou muito animada com a ideia. Beanie me deixou folgar no dia de Natal, então, por favor, diga sim!

Rosie

ROSIE,

Eu adoraria passar o Natal com você, querida. Obrigada pelo convite. Mal posso esperar para ver a nossa pequena Katie. Embora eu ache que ela não é mais tão pequena assim.

Com amor,

Mãe

De: Katie
Para: Mãe
Assunto: Voltar para casa

Muito obrigada pela ceia de Natal. Estava deliciosa como sempre. Foi ótimo podermos nos reunir outra vez, nós três. Só as garotas!

A vovó mudou muito desde que a última vez que a vi, e você parece estar bem cansada. Andei pensando em voltar para a Irlanda e passar umas semanas aí para ajudar. Talvez eu consiga encontrar algum emprego em Dublin, mesmo que seja por pouco tempo. Quero ajudar. (Além disso, vou ter a chance de reencontrar aquele carinha que conheci quando estava aí!)

Avise se estiver td bem.

De: Rosie
Para: Katie
Assunto: Re: Voltar para casa
Não venha para casa! Isso é uma ordem.

Tudo está ótimo por aqui. Você precisa viver a sua vida também, continuar com as suas viagens, trabalhar e se divertir. Não se preocupe com a sua avó nem comigo. Estamos ótimas por aqui.

Estou gostando bastante do meu trabalho e não me importo com o expediente longo. E também é ótimo poder viajar todos os fins de semana e respirar o ar fresco em Connemara. Mas preciso pedir um favor. Ruby e eu adoraríamos ir visitar você em fevereiro, se tiver um tempinho para nós na sua agenda. Ruby disse que quer ir a uma festa em que eles têm aqueles jatos de espuma e ganhar um concurso de garota da camiseta molhada antes de fazer 50 anos!

Avise quando tiver uma semana conveniente para nós.

De: Rosie
Para: Steph
Assunto: Mãe
Preciso pedir um favor. Você acha que consegue cuidar da nossa mãe por mais uma semana em fevereiro? Desculpe, eu sei que você está muito ocupada, mas Beanie enfim me deu uma semana inteira de folga e eu gostaria muito de viajar para ficar com Katie e descobrir como ela está vivendo atualmente. Quero conhecer os amigos dela e saber onde ela está trabalhando. Você sabe, aquelas coisas chatas de mãe.

Se você não puder, eu vou entender. Talvez eu consiga obrigar Kevin a se importar com outra pessoa, para variar um pouco.

Beijos para toda a família.

De: Steph
Para: Rosie
Assunto: Re: Mãe

É claro que eu posso cuidar dela. Na verdade, pretendo fazer melhor: vou levar toda a família a Connemara para passar uma semana. Pierre me arrastou para a casa dos pais dele para a ceia de Natal, então eu acho que tenho direito de cobrar o mesmo dele.

Você precisa de uma pausa, Rosie. Lamento por você ter que carregar tudo nas costas. Às vezes eu tenho vontade de ir até aí e dar uns tabefes no Kevin. Quero ter uma conversa séria com ele quando estiver lá, e talvez ele até sinta vontade de ver a sobrinha e o sobrinho. Só para variar.

Divirta-se quando estiver com Katie. Mal consigo acreditar no quanto ela cresceu, e ela é muito parecida com você. Quando ela veio passar uns dias conosco, há alguns meses, eu tinha a impressão de que era com você que eu estava conversando. Curta bastante a sua semana com Ruby. Preciso passar algum tempo com a nossa mãe e dar atenção a ela, de qualquer maneira.

De: Alex
Para: Katie
Assunto: Surpresa no 40°

Não cei em que lugar do mundo você está agora, mas espero que ainda esteja lendo seus e-mails! Como a sua mãe vai fazer 40 anos no mês que vem e você vai fazer 21, achei que seria uma boa ideia fazer uma festa de aniversário para vocês duas. Mas o que acha de pegar um avião para Dublin para surpreendermos a sua mãe com uma festa?

Você pode convidar todos os seus amigos e podemos organizar com todos os amigos de Rosie também. Talvez possamos chamar Ruby para nos ajudar também. Acho que ela iria adorar.

Diga pra mim o que acha da ideia.

Rosie: Vou fazer 40 daqui a alguns dias, Ruby. Quarenta: 4.0.

Ruby: E daí?

Rosie: E daí que estou velha.

Ruby: Ah, e o que é que eu sou agora? Um fóssil?

Rosie: Ah, desculpe, você sabe o que eu quis dizer. Não estamos mais com 20 anos, não é mesmo?

Ruby: Não, graças a Deus. Se fosse assim, eu teria que passar por mais um casamento de merda e um divórcio outra vez. Teríamos que sair para procurar emprego, ficar naquela incerteza sobre nossas vidas, dar importância demais aos namoros, à aparência e ao carro que dirigimos, que música tocamos nele, o que vestimos, se conseguiremos entrar em certos bares ou não, blá-blá-blá. O que há de tão legal em ter 20 anos? Eu chamo essa época de idade do materialismo. É a época em que acabamos nos distraindo com besteiras. Aí nós chegamos aos 30 e passamos o tempo todo tentando compensar o que não fizemos aos 20. Agora, os 40... Esses sim são os anos para curtir a vida.

Rosie: Hmmm, isso faz sentido. E os 50?

Ruby: Para consertar as merdas que você fez aos 40.

Rosie: Maravilha. Mal posso esperar.

Ruby: Ah, não se preocupe, Rosie. Você não precisa sair cantando e rodopiando por aí apenas porque o mundo deu mais uma volta ao redor do sol. Devíamos aceitar que é assim que as coisas são agora. Mas e aí, o que você vai querer fazer para celebrar a entrada nos 40?

Rosie: Nada?

Ruby: Ótimo plano. Por que não vamos ao barzinho aqui perto de casa na sexta-feira tomar umas?

Rosie: Ideia perfeita.

Ruby: Ah, espere um pouco. Vai ser o aniversário do irmão de Teddy nessa noite também, e nós vamos reunir todos os amigos no Berkeley Court Hotel.

Rosie: Ah, que chique! Eu adoro esse hotel.

Ruby: Eu também. Acho que o meu cunhado está ganhando dinheiro por baixo do pano com alguma maracutaia. Sério, achei que ele soubesse que a polícia está de olho nele, já que acabou de sair do xadrez. Tem gente que não aprende nunca.

Rosie: Bom, você prefere mudar para a noite de sábado, então?

Ruby: Não! Você pode vir me buscar no hotel? De lá nós podemos ir juntas para o pub.

Rosie: Tudo bem, mas não quero ter que ficar conversando com o irmão do Teddy. Da última vez em que eu o encontrei, ele tentou colocar a mão por baixo da minha saia.

Ruby: Fazia só uns dias que ele havia saído da cadeia, Rosie. Acho que você entende.

Rosie: Aff, não quero nem saber. E então, a que horas você quer que eu apareça?

Ruby: Às oito.

Rosie: Tá brincando! A que horas a festa vai começar?

Ruby: Sete e meia.

Rosie: Ruby! Você tem que ficar lá mais tempo! Não vou chegar para tirar você de lá depois de meia hora. Todos vão achar que eu sou muito indelicada! Vou chegar às nove e meia, então. Pelo menos assim você vai poder passar duas horas por lá.

Ruby: Não! Você tem que chegar às oito!

Rosie: Por quê?

Ruby: Bem, porque a festa vai ser na suíte da cobertura do Berkeley Court Hotel.

Rosie: Ah, meu Deus, por que você não disse antes? Vou chegar às sete e meia, então.

Ruby: Não! Não pode ser assim!

Rosie: O que está acontecendo com você? Por que não pode?

Ruby: Porque você não está na lista dos convidados e eles vão achar que você quer entrar de penetra. Se chegar às oito, você pode dar uma olhada rápida no lugar e ir embora.

Rosie: Mas eu quero ficar na cobertura. Você faz ideia do quanto isso é importante para mim?

Ruby: Sim... Mas, desculpe, você não vai poder ficar lá. Mesmo assim, quando vir o resto da família de Teddy, você vai querer sair na mesma hora.

Rosie: Tá bem, mas espero que você saiba que está me deixando muito triste. E não me importo com o que você diga. Absolutamente tudo naquele banheiro que não estiver pregado no chão vai direto para dentro da minha bolsa. Acho até que vou levar a minha câmera!

Ruby: Rosie, é uma festa de aniversário. Tenho certeza de que vai haver várias pessoas com câmeras.

Rosie: Eu sei, mas vou tirar algumas fotos para Katie também. Ela vai adorar saber como é o lugar. Eu esperava que ela pudesse vir também, mas ela está ocupada. Ela faz 21 anos algumas semanas depois do meu aniversário e eu esperava poder comemorar junto com ela, mas não vai poder ser assim. Minha mãe vai viajar para ficar com Stephanie outra vez, então ela também vai perder a ocasião. Fiquei um pouco chateada com isso, mas ela anda tão doente que eu não quis criar caso. Até que estou feliz por ela dizer que quer ir para algum lugar, mesmo que seja no meu aniversário.

Então, seremos só nós duas outra vez, mas pelo menos este ano eu vou conseguir dar uma boa olhada naquela suíte da cobertura. Vou roubar umas ideias para quando tiver o meu próprio hotel. Que maravilha!

Ruby: Quero só ver a sua cara quando entrar lá, Rosie. A gente se vê às oito no quarto 440.

Suíte da Cobertura
440

SURPRESA, ROSIE!
FELIZ ANIVERSÁRIO, ROSIE E KATIE!

Feliz aniversário de 40 anos, Rosie.

Eu me diverti muito na sua festa. Fizemos uma bela surpresa, não foi? Olha, meu coração ficou partido por ter que fingir que eu iria passar uns dias com Stephanie, mas valeu a pena ver a surpresa no seu rosto (e as lágrimas nos seus olhos). Alex organizou tudo. Ele é um homem muito, muito amável, Rosie. É uma pena que ele seja casado. Sabe, eu sempre achei que você e ele iriam acabar juntos, desde que vocês eram crianças. Bobagem, não é?

De qualquer maneira, obrigada, obrigada, muito obrigada por ser uma filha maravilhosa e por toda a ajuda que me deu nos últimos anos. Seu pai ficaria orgulhoso de você. Pode deixar que vou contar tudo para ele quando nos encontrarmos!

Você é uma mulher bonita e jovem, Rosie Dunne. Eu e seu pai trabalhamos bem!

Com amor, sempre

Mãe

Capítulo 48

Parabéns pelos 70 anos, mãe!

Você chegou à versão 7.0, e está mais linda do que nunca! Vamos tirar você do hospital assim que pudermos. Nesse meio-tempo, aqui estão algumas uvas que vão deixá-la doente de verdade!

Com amor eterno por você, mãe,
Rosie

Oi Kev, aqui é Steph. Estou mandando esta mensagem de texto porque não consigo falar com você por telefone. Acho que você vai precisar vir para Connemara agora. Chegou a hora.

Oi amor, ligue p seu pai assim q puder. Ele reservou um voo p vc vir p cá amanhã. Cei q está em cima da hora, mas vó pediu p ver vc. Kev vai buscar vc no aeroporto e trazer vc p cá. T vjo amanhã. Bjos, mãe

Alice Dunne (anteriormente O'Sullivan) (Connemara, condado de Galway, e anteriormente Dundrum, condado de Dublin), amada esposa de Dennis e dedicada mãe de Stephanie, Rosie e Kevin. Deixa os netos Katie, Jean-Louis e Sophia, o genro Pierre, o irmão Patrick e a nora Sandra. O sepultamento será às 16h45 de hoje, saindo do velório na casa funeral de Stafford até a igreja de Oughterard, em Connemara. Que descanse em paz.
"Ar dheis lamh De go raibh a anam uasal".

ESTE É O TESTAMENTO, lavrado em 10 de setembro de 2000, de ALICE DUNNE, de Boynevyle House, Connemara, Condado de Galway.

REVOGAM-SE AQUI todos os Testamentos e Documentos Afins anteriores elaborados por Alice Dunne. Se meu marido sobreviver à minha morte por um período superior a trinta dias, eu DOU, CONCEDO E GARANTO a ele todos os direitos sobre o meu patrimônio e o indico como executor do testamento. Se o meu marido não sobreviver à minha morte por um período superior a trinta dias, as seguintes cláusulas se aplicam:

1. INDICO Rosie Dunne (daqui por diante conhecida como "minha procuradora") como executora e procuradora, e indico-a como procuradora para fins de resolução das Leis de Propriedade Imobiliária, Leis de Transmissibilidade de Posse e a Seção 57 das Leis sobre Sucessão.

2. DOU, CONCEDO E GARANTO à minha procuradora todo o meu patrimônio, para que seja vendido (com poder de adiar a venda em todo ou em parte, pelo tempo que considerar necessário) e para exercer poderes de propriedade ou receber os proventos da venda de acordo com os seguintes termos...

VOCÊ RECEBEU UMA MENSAGEM DE: STEPH.

Steph: E aí, como está a minha irmãzinha?

Rosie: Ah, oi, Steph. Não tenho muita certeza. O mundo parece estar tomado por um silêncio meio assustador nesses últimos dias. Percebi que estou ligando o rádio ou a TV só para ter algum barulho no fundo. Katie teve que voltar para o trabalho; as pessoas pararam de ligar para dar os pêsames. Tudo está começando a se acalmar agora, e o que me restou foi o silêncio.

Não sei mais o que fazer nos meus dias de folga. Ainda estou muito acostumada a entrar no ônibus e viajar para ver a nossa mãe. A vida ficou estranha agora. Mesmo quando ainda estava na cama, com aquela aparência frágil e fraca, ela conseguia fazer com que eu me sentisse bem. Coisas de mãe, não é? Mesmo a simples presença dela conseguia ajudar. E, mesmo que eu tenha assumido as funções de mãe em relação a ela nos últimos dias, ela ainda estava cuidando de mim. Sinto saudades.

Steph: Eu também, e nas horas mais estranhas. É só quando você volta à rotina do dia a dia que começa a sentir o baque. Eu tenho que ficar lembrando que, quando o telefone toca, não é ela que está ligando. Ou que, quando consigo um momento livre durante o dia e pego o telefone para ligar para ela, lembro que ela não está mais lá para atender. É uma sensação muito estranha.

Rosie: Kevin ainda está de mal comigo.

Steph: Deixe o Kevin para lá. Ele está de mal com o mundo inteiro.

Rosie: Mas talvez ele tenha razão, Steph. Nossa mãe me colocou numa posição difícil quando deixou a casa para mim. Talvez eu devesse vendê-la e dividir a grana entre nós três. É o mais justo.

Steph: Rosie Dunne, você não vai vender aquela casa por causa de Kevin ou de mim. Ela a deixou para você por um motivo. Kev e eu já conseguimos nossa estabilidade financeira — nós dois já temos casa própria. Não precisamos mesmo da casa de Connemara. Nossa mãe sabia disso quando deixou a casa para você. Você trabalha mais do que nós dois juntos e ainda não conseguiu sair desse apartamento. Eu não te contei, é óbvio, mas ela discutiu a questão comigo antes e eu concordei com a decisão. É o melhor a fazer. Não dê ouvidos ao Kev.

Rosie: Não sei, Steph. Não me sinto tão à vontade com isso.

Steph: Confie em mim, Rosie. Se eu estivesse precisando tanto assim de dinheiro eu lhe diria, e nós poderíamos encontrar alguma maneira de resolver as coisas. Mas não preciso. E Kevin também não precisa. Estou sendo sincera: nós dois estamos muito bem. A casa de Connemara pertence a você. Faça o que quiser com ela.

Rosie: Obrigada, Steph.

Steph: Imagine. E então, o que vai fazer por lá, Rosie? Detesto saber que você vai ficar lá sozinha. Quer vir passar uns dias aqui?

Rosie: Não, obrigada, Steph. Eu preciso mesmo trabalhar. Vou entrar de cabeça nesse emprego e transformá-lo no melhor hotel do mundo.

**AO
GRAND TOWER HOTEL
TOWER ROAD,
DUBLIN 1**

Prezado sr. Cronin Ui Cheallaigh

Após a nossa visita ao Grand Tower Hotel, o Departamento de Obras Públicas e Infraestrutura vem por meio desta comunicá-lo de uma ordem de emergência proveniente de um risco iminente e substancial à vida, saúde e segurança dos ocupantes.

Depois da visita na semana passada, o Departamento de Inspeções Prediais listou mais de 100 violações do código de segurança, incluindo a falta de detectores de fumaça, danos causados pela água e umidade e iluminação inadequada.

Os banheiros foram considerados instalações que não atendem aos requisitos sanitários mínimos, e durante a nossa visita foi verificada a presença de roedores nas dependências da cozinha.

De acordo com os nossos registros, o senhor recebeu diversas advertências no decorrer dos anos para melhorar as condições de manutenção e fazer as melhorias necessárias para que o prédio pudesse continuar funcionando como um hotel. Os avisos foram ignorados e não nos resta escolha a não ser obrigá-lo a fechar as portas.

As atividades no subsolo poderão continuar em operação.

Por favor, entre em contato com o nosso departamento assim que receber esta carta. Detalhes descritos pelas divisões de Saúde e Segurança estão anexados.

Cordialmente,
Adam Delaney
Departamento de Obras Públicas e Infraestrutura

De: Katie
Para: Mãe
Assunto: Seu emprego

Fiquei triste por saber que você perdeu o emprego. Cei que você odiava aquele lugar, mas mesmo assim nunca é fácil ter que ir embora quando a decisão não é sua. Não consegui falar contigo por telefone — ou você passou o dia inteiro no telefone, ou cortaram a sua linha. De qualquer maneira, achei que seria melhor mandar um e-mail. Esqueci totalmente de lhe dizer que, quando voltamos para Dublin depois do funeral, Qual-é-mesmo-o-nome-dele ligou para o apartamento dizendo que queria conversar com você.

Não quis lhe telefonar porque você já estava bem chateada, então anotei um recado. Ele veio trazer algumas correspondências suas que foram deixadas na casa dele, e disse que esperava que pudessem ajudar você de alguma forma agora que a vovó e o vovô morreram. Ele disse que entende como você está se sentindo porque a mãe dele morreu no ano passado, e ele não queria ser a causa da sua solidão.

Ele parecia estar sendo sincero, mas dá pra ter certeza com ele? Foi estranho vê-lo depois de tantos anos. Ele envelheceu bastante. Bom, de qualquer maneira, espero que as coisas que estão nos envelopes não sejam tão importantes, mas me diga o que tem neles quando souber. Deixei os dois envelopes na gaveta de baixo do armário da sala.

Dr. Reginald & Miranda Williams convidam **Rosie Dunne**
a se juntar à família para celebrar o casamento da sua amada filha
Bethany
com
Dr. Alex Stewart
na
Igreja Memorial da Universidade de Harvard
Aos 28 dias de dezembro, às 14 horas, e para a recepção que será oferecida no
Boston Harbor Hotel
RSVP Miranda Williams.

ROSIE,

Estou voltando pra Boston amanhã, mas antes de ir quis te escrever esta carta. Todos os pensamentos e sentimentos que não param de borbulhar dentro de mim estão finalmente transbordando por esta caneta, então deixo esta carta pra que você não pense que estou te pressionando contra a parede. Entendo que vá precisar de tempo pra tomar uma decisão diante do que tenho a dizer.

Cei o que está acontecendo, Rosie. Você é a minha melhor amiga e posso enxergar a tristeza nos seus olhos. Cei que o Greg não passa o fim de semana fora trabalhando. Você nunca conseguiu mentir pra mim, sempre foi péssima nisso. Seus olhos a denunciam o tempo todo. Não finja que está tudo perfeito porque posso ver que não está. Vejo que o Greg é um egoísta que não faz a menor ideia do quanto é um cara sortudo e isso me deixa mal.

Ele é o cara mais sortudo do mundo por ter você, Rosie, mas não te merece e você merece algo muito melhor. Merece alguém que te ame com todo o coração, alguém que pense em você a todo momento, alguém que passe cada minuto do dia se perguntando o que você deve estar fazendo, onde você está, com quem está e se está bem. Precisa de alguém que te ajude a realizar os seus sonhos e que possa protegê-la dos próprios medos. Alguém que te trate com respeito, que ame cada parte de você, especialmente os seus defeitos. Você deveria estar com uma pessoa que possa te fazer feliz, muito feliz, andando nas nuvens de tanta felicidade. Alguém que anos atrás deveria ter aproveitado a chance de ficar com você em vez de sentir medo e ficar assustado demais pra poder tentar.

Não tenho mais medo, Rosie. Não tenho medo de tentar. Cei o que foi aquilo que senti no dia do seu casamento: ciúme. Fiquei com o coração despedaçado quando vi a mulher que amo se virando, se afastando de mim para subir ao altar com outro homem, aquele com quem ela escolheu passar a vida inteira. Foi como se eu tivesse recebido uma sentença de prisão — os anos se passando diante de mim sem que eu fosse capaz de dizer a você como eu me sinto, nem abraçá-la da forma como eu queria.

Por duas vezes ficamos um ao lado do outro no altar, Rosie. Duas vezes. E, nessas duas vezes, fizemos a coisa errada. Eu precisava que você estivesse lá no dia do meu casamento, mas fui tolo demais pra enxergar que eu precisava que você fosse a razão do meu casamento.

Eu nunca deveria ter permitido que os seus lábios se afastassem dos meus anos atrás, em Boston. Nunca deveria ter me afastado. Jamais deveria ter entrado em pânico. Nunca deveria ter perdido todos esses anos sem você. Dê uma chance pra eu compensar tudo isso. Amo você, Rosie, e quero ficar com você, Katie e Josh. Para sempre.

Por favor, pense nisso. Não perca tempo com o Greg. Esta é a nossa chance. Vamos parar de sentir medo e agarrar essa oportunidade. Prometo que te farei feliz.

Com muito amor,
Alex

Capítulo 49

De: Ruby
Para: Rosie
Assunto: Está tudo bem?

Faz quase duas semanas que não tenho notícias suas. Acho que nunca passamos tanto tempo sem nos falar. Está tudo bem? Eu telefonei para ir até o seu apartamento para uma visita, mas Rupert me disse que você tinha ido para Galway. Você simplesmente fez as malas e foi embora sem se despedir. Alguma coisa deve ter acontecido. Quanto tempo você está pensando em ficar aí, e por que não avisou ninguém?

O telefone da casa da sua mãe foi cortado, como já era de se esperar, e eu não conhecia nenhum outro jeito de entrar em contato com você. Entendo que você deve estar precisando passar um tempo sozinha. Perder os pais é muito difícil. Por mais que eu reclamasse dos meus, ainda assim foi duro lidar com a perda deles. Sei que eu brinco demais com tudo, mas quero que você saiba que eu estou sempre à sua disposição, Rosie, se você precisar conversar com alguém, de um ombro para chorar ou até mesmo se precisar gritar com alguém.

Eu diria que estou triste por você ter perdido o emprego no hotel, mas seria mentira. Você era melhor do que aquele hotel; você tinha sonhos maiores, que iam muito além daquelas paredes carcomidas. Agora o mundo é — mais uma vez — o limite.

Por favor, é só me dizer que está tudo bem. Senão, vou até aí pessoalmente ver o que está acontecendo com você, e isso não é uma ameaça. É uma promessa.

Bem-vinda ao bate-papo dos Divorciados Aliviados de Dublin. Há três pessoas na sala de bate-papo agora.

LadySolitária: O rapaz do meu grupo de leitura me convidou para sair ontem. Tipo, ele me convidou para um encontro. Neste fim de semana. Só ele e eu. Mas não sei...

FlorSilvestre: Não sabe o quê?

LadySolitária: Não sei se eu devia começar a namorar de novo. Não sei se estou preparada para isso, mesmo porque faz pouco tempo que Tommy foi embora...

FlorSilvestre: Pouco tempo? Pouco tempo? Olhe, caso não tenha percebido, já faz dez anos que Tommy a deixou.

LadySolitária: Ah. Não parece que faz dez anos.

FlorSilvestre: Bem, se você parasse de choramingar e reclamar sobre o quanto se sente sozinha e carente, talvez conseguisse pensar racionalmente sobre a vida. Qual é o rapaz do grupo de leitura que você vai namorar?

LadySolitária: O único rapaz do grupo de leitura.

FlorSilvestre: Aposto que as outras participantes vão sair do grupo como se fossem moscas. Mas a pergunta mais importante é a seguinte: ele tem registro criminal?

LadySolitária: Não. Eu pesquisei.

FlorSilvestre: Gente, eu estava brincando! Mas pelo menos você sabe que a sua TV não vai fugir de casa enquanto você vai ao banheiro.

LadySolitária: Esse é um luxo ao qual a maioria das mulheres não dá o devido valor.

Segura entrou na sala.

FlorSilvestre: Bem, ele parece ser perfeito para você. Não vejo razão para não sair com ele. Boa sorte com o encontro romântico.

Segura: LadySolitária, você marcou um encontro romântico?

LadySolitária: Você diz isso como se fosse uma doença contagiosa.

FlorSilvestre: Bem, você pode acabar contraindo uma dessas, talvez.

Segura: Não, eu só estou passada! Mas no bom sentido! Parabéns!

LadySolitária: Obrigada! Ei, você mudou o seu nick!

Segura: Eu sei. Deferiram o meu pedido de anulação do casamento. Viram? Eu disse que há bom senso na igreja. Eles concordam que Leonard é um babaca.

FlorSilvestre: Segura! Bem, é ótimo ouvir isso vindo de você. Eu não acho que isso seja exatamente o que a igreja acha, mas é um começo.

Docinho: Parabéns, Segura.

Segura: Obrigada, meninas! Faz algum tempo que não temos notícias suas, Docinho. O que aconteceu com você nesses últimos tempos?

Docinho: Passei essas últimas semanas na casa de Connemara. Tive que pensar em muitas coisas.

FlorSilvestre: Está tudo bem?

Docinho: Não, não está nada bem.

Segura: Quer nos contar o que houve? Talvez possamos ajudar.

Docinho: Bom, minha mãe morreu, perdi meu emprego e tenho medo de dizer o que mais aconteceu, caso isso se revele verdadeiro e me faça surtar. Porque, se for verdade, então os dez últimos anos da minha vida serão declarados como um período totalmente inútil e desperdiçado da minha vida, e isso é oficial.

LadySolitária: Mas nós todos somos experts nesse assunto. Você já devia saber que o que acontece nesta sala de bate-papo fica aqui. Talvez possamos lhe dar alguma luz.

Docinho: Obrigada. Bem, lá vai então... Descobri uma carta que foi escrita logo depois do meu trigésimo aniversário. Uma carta que eu devia ter recebido, mas que nunca chegou às minhas mãos. Escrita por Alex.

LadySolitária: Aaaaahhh! E o que ele disse na carta?

Docinho: Essa é a parte difícil. Ele disse que me amava.

FlorSilvestre: Nooooossaaaa!

Segura: Meu Deus do céu.

LadySolitária: Mas onde foi que você encontrou a carta?

Docinho: Qual-é-mesmo-o-nome-dele a devolveu para mim. Disse que não queria mais ser a causa da minha solidão.

LadySolitária: Ele guardou a carta durante todo esse tempo?

Docinho: Não faço a menor ideia do motivo pelo qual ele ficou com a carta durante todos esses anos. Ainda não pensei muito nisso. Mas eu nunca consegui entendê-lo direito enquanto éramos casados. Não estou conseguindo pensar direito, ainda estou em choque.

FlorSilvestre: E você conversou com Alex?

Docinho: Como eu vou poder falar com ele, FlorSilvestre? Sabendo o que eu sei, como é que eu posso ter condições de pensar nele?

FlorSilvestre: É muito fácil, ué. Ele acabou de dizer que ama você!

Docinho: Não, FlorSilvestre, ele disse que me amava há dez anos! Antes de se casar, antes de Theo nascer. Eu simplesmente não consegui me abrir para ele. Ele continua a me escrever e telefonar, mas pensar nessa oportunidade perdida me causa tanto enjoo que eu nem consigo responder as mensagens dele.

LadySolitária: Mas você precisa contar a ele que você sabe!

Docinho: Era o que eu ia fazer. Metade de mim estava com medo e a outra metade estava empolgada. Eu ia ligar para ele e contar de maneira casual no começo da conversa, só para sentir o terreno e saber qual seria a reação dele antes de ir adiante. Mas, naquela manhã, o cartão anual de Natal chegou à minha caixa postal. Com a foto da esposa e dos dois filhos na capa do cartão, todos usando macacões natalinos bordados — Theo, que acabou de perder os dois dentes da frente, Josh com um sorriso luminoso igual ao do pai e Bethany de mãos dadas com Alex. E eu não consegui contar a ele. E o que importa agora? Ele é casado. É feliz. Já superou o que sentia por mim, e mesmo que não tenha superado eu duvido que ele saltaria daquela foto perfeita de Natal para vir atrás de mim. A possibilidade de eu e Alex ficarmos juntos acabou desaparecendo, assim como aquelas nossas duas fotos antigas no medalhão de Katie.

Segura: Ouça o que eu vou lhe dizer, Docinho. Você está certa em deixar a família em paz.

FlorSilvestre: Mas ela o ama! E ele a ama! E todo mundo altera as fotos no Photoshop hoje em dia.

Segura: Quantos anos você tem agora, Docinho? Quarenta e dois?

Docinho: Sim.

Segura: Certo. Ele escreveu a carta doze anos atrás, antes de se casar. Não é certo tocar no assunto agora. Ela acabaria destroçando vários coraçõezinhos se contasse a ele.

FlorSilvestre: Não ouça o que ela diz, Docinho. Pegue um avião, vá encontrar Alex e diga ao homem que você o ama.

Docinho: Mas e se ele não sentir mais o mesmo em relação a mim? Eu não senti nenhuma vibração ou insinuação dele nesses últimos dez anos.

Segura: Porque ele é casado. Ele é um bom homem, Docinho. Ele segue as regras.

FlorSilvestre: Ah, as regras foram feitas para serem quebradas!

Segura: Não quando as pessoas podem se magoar, FlorSilvestre.

FlorSilvestre: Não deixe as pessoas lhe dizerem o que você deve fazer, Docinho. A vida é sua. Se quiser alguma coisa, você tem que sair e agarrá-la pelos chifres, porque ninguém vai lhe dar o que você quer em uma bandeja. Meninas boazinhas sempre ficam para trás.

Segura: Meninas boazinhas têm a consciência limpa e dessa forma são capazes de viver consigo mesmas. E, de qualquer maneira, nem chegamos a considerar o fato de que os sentimentos de Alex podem ter diminuído em relação a Docinho nesse tempo todo.

FlorSilvestre: Ah, por que não aproveitamos que não estamos fazendo nada e cortamos os pulsos dela, Segura?

Docinho: Ela tem razão, FlorSilvestre. Preciso ter certeza absoluta do que está acontecendo antes de entrar de cabeça nisso. Meu Deus, acho que vou vomitar. Certo, então o que vai acontecer se eu disser a Alex que recebi a carta dele, e se em seguida ele me disser que os sentimentos dele mudaram? O que existe entre nós nunca voltaria ao normal, eu perderia o meu melhor amigo e acho que não conseguiria aguentar se isso acontecesse.

FlorSilvestre: Sim, mas o que aconteceria quando você dissesse a ele o que sente e ele a agarrasse cheio de paixão, aliviado por você enfim saber que ele a ama e vocês dois pudessem viver felizes para sempre?

Segura: Ah, com certeza, incluindo também um divórcio complicado, disputas judiciais pela guarda das crianças, uma ex-mulher com o coração partido...

FlorSilvestre: Enquanto todos cantam jingle bells.

Segura: Se você conseguir viver sabendo que fez isso, então vá em frente. Eu não conseguiria.

FlorSilvestre: Mas ela não pode fingir que nada aconteceu.

Segura: Sua amizade com Alex vai continuar forte e a felicidade em sua vida também continuará intacta, assim como aconteceu quando Alex não recebeu nenhuma resposta sua quando escreveu a carta, há mais de dez anos. Ele continuou normal, agindo como se nada tivesse acontecido.

Docinho: Por que ele continuou agindo assim? Eu lembro que ele perguntou sobre uma carta e eu disse que não entendi. Por que ele simplesmente não me contou naquele momento?

FlorSilvestre: Talvez ele tenha ficado com medo.

Segura: Ou viu que você estava apaixonada pelo seu marido.

Docinho: Isso é muito confuso. LadySolitária, você está muito quieta. O que acha?

LadySolitária: Bem, eu, entre todas as pessoas, sei o que é se sentir sozinha, e houve épocas em que eu pensei que seria capaz de fazer qualquer coisa para encontrar o amor, mas Segura colocou tudo isso em perspectiva. Sabendo a dor que ela teve que enfrentar, eu não gostaria de encontrar a minha à custa da felicidade de outras pessoas. Eu continuaria a viver do mesmo jeito, como se nada tivesse acontecido.

FlorSilvestre: Eu não acredito. Por favor, aprendam a viver um pouco. Façam aos outros o que fizeram com vocês. Todas vocês acabaram levando na cabeça por causa de outras pessoas.

Docinho: Sim, isso aconteceu. Mas, por mais que eu odeie Bethany, ela nunca fez nada para me magoar.

FlorSilvestre: Exceto se casar com Alex.

Docinho: Não sou a dona de Alex.

FlorSilvestre: Mas podia ser.

Docinho: As pessoas nunca podem ser donas umas das outras, mas, em relação a eu poder estar com ele agora, a resposta é não. Não agora. Talvez em outra época.

PadreMichael entrou na sala.

FlorSilvestre: Ah, não me diga que você também passou por um divórcio, Padre.

Segura: Não seja boba, FlorSilvestre. Tenha respeito! Ele veio aqui por causa da cerimônia.

FlorSilvestre: Eu sei. Estava só tentando amenizar um pouco o clima.

PadreMichael: O casal já chegou?

Segura: Não, mas é habitual a noiva chegar atrasada.

PadreMichael: Bem, o noivo está aqui?

SamSolteiro entrou na sala.

FlorSilvestre: Aí está ele. Oi, SamSolteiro. Acho que esta é a primeira vez que tanto a noiva quanto o noivo terão que mudar de nome.

SamSolteiro: Oi, pessoal.

Docinho: Cadê a noiva?

SamSolteiro: Está bem aqui ao meu lado, com o notebook. Está tendo alguns problemas com a senha para entrar no bate-papo.

Segura: Já estão tendo problemas desde o início do casamento.

Divorciada_1 entrou na sala.

FlorSilvestre: Uhuuuuu! Lá vem a noiva, toda de?...

SamSolteiro: Preto.

FlorSilvestre: Que encantador.

Docinho: Ela tem razão em usar preto.

Divorciada_1: O que há de errado com a coitadinha do bate-papo hoje?

LadySolitária: Ela encontrou uma carta que Alex escreveu há doze anos declarando seu amor, e não sabe o que fazer.

Divorciada_1: Vou lhe dar um conselho: Esqueça isso, ele é um homem casado. Agora, vamos concentrar as atenções em mim, só para variar um pouco.

Superei_o_Ex entrou na sala.

PadreMichael: Tudo bem, vamos começar. Estamos aqui reunidos nesta sala de bate-papo para testemunhar o casamento de SamSolteiro (que passará a logar como "Sam") e Divorciada_1 (que passará a logar como "Casada_1")

Superei_o_Ex: O QUÊ? QUE PORRA É ESSA? UMA CERIMÔNIA DE CASAMENTO EM UMA SALA DE BATE-PAPO PARA PESSOAS DIVORCIADAS?

FlorSilvestre: Hum, parece que tem alguém querendo entrar de penetra aqui. Com licença, posso ver o seu convite para o casamento, por favor?

Divorciada_1: Haha.

Superei_o_Ex: VOCÊS ACHAM QUE ISSO É ENGRAÇADO? VOCÊS ME DÃO VONTADE DE VOMITAR QUANDO VÊM ATÉ AQUI PARA TENTAR IRRITAR AS PESSOAS QUE TÊM PROBLEMAS DE VERDADE.

Docinho: Ah, nós temos problemas de verdade, com certeza. E você poderia, por favor, PARAR DE GRITAR?

LadySolitária: Então, Superei_o_Ex. Foi aqui que SamSolteiro e Divorciada_1 conversaram pela primeira vez.

Superei_o_Ex: AGORA, SIM, NADA MAIS ME SURPREENDE NESTA VIDA.

Docinho: Shhhh!

Superei_o_Ex: Desculpe. Posso ficar aqui para ver?

Divorciada_1: Claro, escolha qualquer banco da igreja. Só não tropece na cauda do meu vestido.

FlorSilvestre: Haha.

PadreMichael: Bem, vamos logo com isso. Não quero me atrasar para o compromisso das duas horas. Em primeiro lugar, preciso perguntar aos presentes: Há alguém neste recinto que pensa que existe algum motivo para que estes dois não se casem?

LadySolitária: Sim.

Segura: Eu poderia lhe dar mais de um motivo.

Docinho: Com certeza.

Superei_o_Ex: NÃO FAÇAM ISSO!

PadreMichael: Bem, receio que isso me deixe num dilema bastante complicado.

Divorciada_1: Padre, estamos numa sala de bate-papo para divorciados — é claro que todos eles se opõem ao casamento. Podemos prosseguir?

PadreMichael: Pois não. Sam, você aceita Penélope como sua legítima esposa?

SamSolteiro: Sim.

PadreMichael: Você, Penélope, aceita Sam como seu legítimo esposo?

Divorciada_1: Sim. (Tá bem, tá bem, o meu nome verdadeiro é Penélope.)

PadreMichael: Vocês já me enviaram os votos nupciais por e-mail. Assim, pelo poder online em mim investido, eu agora os declaro marido e mulher. Pode beijar a noiva. Agora, as testemunhas podem clicar no ícone à direita da tela e surgirá um formulário para digitarem seus nomes, endereços e números de telefone. Quando os dados estiverem preenchidos, basta enviá-los para mim. Preciso ir agora. Mais uma vez, meus parabéns.

PadreMichael saiu da sala.

FlorSilvestre: Parabéns, Sam e Penélope!

Divorciada_1: Obrigada por estarem aqui, garotas.

Superei_o_Ex: Suas loucas.

Superei_o_Ex saiu da sala.

FlorSilvestre: Ah, me chame de Jane. Certo, pombinhos, vou nessa também. Curtam bastante a lua de mel, e eu espero nunca mais vê-los por aqui. LadySolitária, boa sorte com o seu encontro. Segura, curta o começo do resto da sua vida, e Docinho... O que é que você vai fazer?

Ruby: Como assim você vai se mudar para o condado de Galway?

Rosie: É exatamente isso que vou fazer. Vou sair daquele apartamento horroroso em Dublin de uma vez por todas e me mudar em definitivo para Connemara.

Ruby: Mas por quê?

Rosie: Ruby, não há mais nada para mim em Dublin. Com exceção de você, é claro. Tive uma sequência de empregos ruins, não tenho família aí, meu coração foi despedaçado duas vezes aí, não tenho dinheiro e não tenho um homem. Não vejo motivos para ficar.

Ruby: Bem, perdoe-me por ser a portadora das más notícias, mas você também não tem família, não tem um homem e não tem emprego em Galway.

Rosie: Talvez eu não tenha nada disso, mas tenho uma casa.

Ruby: Rosie, você pirou?

Rosie: Talvez! Mas pense no caso. Tenho uma casa linda e moderna de quatro quartos bem no litoral de Connemara.

Ruby: Exato! O que você vai fazer sozinha, sem emprego, com uma casa de quatro quartos encravada em um penhasco em Connemara?

Rosie: Por que não tenta adivinhar?

Ruby: Bom, eu imaginei que você estava pensando em se suicidar. Espero que eu esteja errada.

Rosie: Não, sua pamonha! Vou abrir uma pousadinha. Eu sei que eu sempre disse que odeio esse tipo de pousada, mas estou planejando transformar a casa no meu mini-hotel. E vou ser gerente e proprietária.

Ruby: Uau.

Rosie: O que você acha?

Ruby: Eu acho que... Uau. Não consigo pensar em nenhum comentário irônico. Acho que é uma ótima ideia. Tem certeza de que você quer fazer isso?

Rosie: Ruby, nunca tive tanta certeza de alguma coisa em toda minha vida! Fiz uma boa pesquisa também. Com a herança que recebi dos meus pais eu posso pagar o seguro. Conversei com todas as pousadinhas da região e o lugar está lotado de turistas.

A área é bonita, o litoral é dramático e escarpado, os pântanos têm uma aura de mistério, o mar castiga os penhascos e eu amo aquilo tudo. Somente a natureza e todos os elementos em uma combinação perfeita. Quem não gostaria de vir para cá? Quem não gostaria de morar aqui?

Ruby: Bem, eu não gostaria, mas entendo o que você quer dizer. Acho que é uma ótima ideia, Rosie. Parabéns, sua gênia. Espero que aquilo que a tirou daqui não continue a persegui-la.

Rosie Dunne será a sua anfitriã na Pousada Docinho. O prédio é uma casa moderna de quatro quartos aprovada pelo Bord Failte, o Departamento de Turismo da Irlanda. Todos os quartos são suítes, contam com aquecimento central e telefones. Quartos de casal, de solteiro e para famílias também estão disponíveis.

A Pousada Docinho é o lugar ideal para explorar Connemara e desfrutar de caminhadas pelas colinas, praias quilométricas de areias claras, linda vista para o mar e pesca em Lough Corrib, a maior lagoa de águas naturais da Irlanda, um lugar favorito entre os pescadores pela sua abundância de salmão e truta marrom. Também é possível mergulhar, velejar e surfar por todo o litoral.

O Parque Nacional de Connemara é uma reserva nacional de conservação com 2 mil hectares de montanhas, pântanos, prados e uma vida selvagem espetacular. Vestígios de colonização histórica podem ser vistos no local, incluindo tumbas megalíticas de 4 mil anos. Há vários campos de golfe com colinas pedregosas e lagoas oceânicas que oferecem um desafio fenomenal para os entusiastas do golfe. É possível fazer trilhas, andar a cavalo e de bicicleta para explorar o terreno, e a prática do montanhismo também é popular.

A sala de tevê é mobiliada para proporcionar conforto, com lareira, jogos de tabuleiro e muitos livros para que os nossos hóspedes possam relaxar após um dia movimentado. O café da manhã irlandês tradicional é servido na sala de jantar e no solário, que oferece vista panorâmica para as montanhas e o Oceano Atlântico.

Tarifas: € 35 por pessoa, por noite.

Entre em contato com Rosie Dunne para fazer sua reserva.

De: Katie
Para: Mãe
Assunto: Uau!
Nossa, mãe, isso é fantástico! As fotos são lindas! Você transformou bem o lugar. Finalmente você é Rosie Dunne, gerente-geral da Pousada Docinho! Vou chegar na semana que vem para ajudar você com o que ainda falta fazer, e podemos sair para comprar mais coisas para encher essa casa enorme! A Vovó e o Vovô ficariam muito orgulhosos por você usar a casa assim. Eles sempre disseram que era um desperdício de espaço para apenas duas pessoas.

Meus parabéns! A gente se vê na semana que vem.

QUERIDA ROSIE,

Só queria saber se está tudo bem entre nós. Você tem estado um pouco estranha no telefone. Eu fiz alguma coisa que te deixou irritada? Não me lembro de dizer nada que pudesse te chatear, mas, se for o caso, por favor, me diga. Parece que não consigo fazer nada nos últimos tempos sem irritar as mulheres da minha vida. Bethany começa a brigar se eu olhar para ela. Não cei se fiz a mesma coisa com você, Rosie, mas por favor me diga se algo assim aconteceu. Não tive má intenção nenhuma.

Bethany está quase pirando com a organização da festa de aniversário de 10 anos que vai acontecer na semana que vem. Ela convidou mais amigas dela do que de Theo, e Josh não para de roubar o meu carro para ir passear com a nova namorada. Ela é uma menina muito doce, mas não cei o que ela vê no meu filho. Ele é maluco. Não consigo fazer com que ele se sente para estudar (acabei de falar igual ao meu pai). Ele deveria começar a faculdade em setembro, mas, considerando o fato de que ele não se candidatou em nenhum lugar e que não quer fazer nada além de pilotar o meu carro, estou imaginando que ele vai passar um ano inteiro parado antes de sair de casa para continuar com os estudos.

Por sorte, Theo acha que Josh é tantã. Chega até mesmo a ter medo dele. Assim, esperamos que Theo possa ser o filho do qual falamos às pessoas e que gostamos de admitir que é nosso. Isso foi uma piada, claro.

As coisas no hospital estão indo bem. Ainda estou fazendo as mesmas coisas de sempre, mas a minha vida ficou muito mais fácil depois que Reginald Williams se aposentou. Agora eu posso respirar sem precisar justificar o motivo. Trabalhar com o seu sogro é tão agradável quanto viver com a filha dele. Claro, é outra piada. Bom, nem tanto, mas não quero falar disso agora.

Preciso ir, mas queria ter certeza de que as coisas estão bem entre nós. O folder da pousada ficou fantástico! Desejo todo o sucesso para você, Rosie. Você merece o melhor!

Beijos,
Alex

De: Rosie
Para: Alex
Assunto: Desculpe
Quero pedir desculpas por dar a impressão de que havia alguma coisa errada quando conversamos no telefone. Eu estava um pouco distraída por algumas coisas do passado que surgiram na minha vida e sobre as quais eu não fazia a menor ideia. Por causa disso eu acabei me fechando um pouco, mas já consegui superar e estou de volta ao mundo real.

Estou pronta para continuar a tocar a minha vida e passar os próximos dez anos cuidando da minha grande busca pelo sucesso e felicidade. Você é mais do que bem-vindo para vir ficar comigo assim que achar que está pronto.

De: Alex
Para: Rosie
Assunto: Obrigado
Muito obrigado por essa oferta tão generosa. Vou fazer questão de aceitar, assim que a minha esposa não estiver olhando.

De: Rosie
Para: Alex
Assunto: Flerte
Ora, ora, quer dizer então que você está me cantando, Alex Stewart?

De: Alex
Para: Rosie
Assunto: Re: Flerte
Ora, Rosie Dunne, eu acho que estou, sim. Converse comigo daqui a dez anos, quando a sua busca pelo sucesso alcançar o clímax.

Parte Cinco

Capítulo 50

VOCÊ RECEBEU UMA MENSAGEM DE: KATIE.

Katie: Parabéns, mãe! Qual é a sensação de completar 50 anos?

Rosie: Um calor enorme.

Katie: Está tendo outro daqueles calores da menopausa?

Rosie: Sim. Qual é a sensação de estar com quase 31 anos? Será que existe alguma chance de a minha filha se estabelecer na vida, encontrar um emprego decente e me dar netos?

Katie: Hmmmm... Não sei, mas tinha um menininho na praia esta manhã fazendo castelos de areia, e pela primeira vez na vida eu achei aquilo superfofo. Talvez eu esteja começando a pensar como o resto do mundo.

Rosie: Bem, isso me dá um pouco de esperança. Pensei que esses sonhos teriam que morrer, mas você me deu esperança. Talvez eu possa começar a dizer às pessoas que tenho uma filha, agora.

Katie: Engraçadinha. E como está indo a pousada?

Rosie: Está bem movimentada, graças a Deus. Eu estava bem no meio de uma atualização do site quando você me mandou essa mensagem. A Pousada Docinho agora tem sete suítes.

Katie: Eu cei, o lugar está cada vez mais fantástico.

Rosie: É SEI, e não CEI.

Katie: Desculpe. Nós, DJs, não precisamos saber escrever direito. AH, MEU DEUS! Eu quase esqueci de te falar. Não acredito que isso não é a primeira coisa que eu disse! Você nunca vai adivinhar quem eu encontrei na boate ontem à noite!

Rosie: Bem, se eu nunca vou adivinhar, então não quero participar dessa brincadeira.

Katie: Toby Flynn!!!

Rosie: Nunca ouvi falar dele. É algum antigo namorado?

Katie: Mãe! Toby Flynn! Toby!

Rosie: Não acho que ficar repetindo o nome dele vá ajudar.

Katie: Meu melhor amigo do tempo da escola! Toby!

Rosie: Ah, Senhor! Toby! Como está aquele fofo?

Katie: Ele está ótimo! Formou-se em Odonto, trabalha em Dublin como sempre quis e está aqui em Ibiza para passar duas semanas de férias. Foi muito esquisito vê-lo depois de dez anos, mas ele não mudou nada.

Rosie: Isso é fabuloso. Diga a ele que eu mandei um beijo, tá?

Katie: Digo, sim. Ele falou muitas coisas legais sobre você. Inclusive, vou vê-lo de novo hoje à noite. Vamos sair para jantar.

Rosie: Estou sentindo cheiro de romance no ar?

Katie: Não! Não posso namorar o Toby. É o Toby! Vamos só botar o papo em dia.

Rosie: Claro, se você diz. Acredito. Com certeza, querida.

Katie: É sério, mãe! Não posso namorar o Toby. Ele era o meu melhor amigo. Seria esquisito demais.

Rosie: Não vejo nada de errado em namorar o seu melhor amigo.

Katie: Mãe, seria a mesma coisa que você namorar o Alex.

Rosie: Bom, eu acho que isso seria perfeitamente normal também.

Katie: Mãe!

Rosie: O que foi? Não sei qual é o problema. Aliás, você tem falado com Alex nos últimos tempos?

Katie: Sim, falei ontem. Ele está dormindo no sofá de novo. Bethany está pegando no pé dele outra vez. Para ser sincera, eu acho que os dois estão agindo feito idiotas, esperando o Theo entrar na faculdade.

Rosie: Bem, os dois estão agindo como idiotas desde que resolveram se casar. Você sabe como é o Theo, Katie — ele é muito sensível. A separação dos pais vai partir o coraçãozinho dele. Mas ele vai ter que lidar com isso quando estiver na faculdade de artes de Paris, e eu não sei por que eles acham que vai ser melhor para ele dessa forma.

Katie: Bem, quanto mais cedo, melhor. O destino deles foi traçado no inferno, e eu sempre disse isso. Josh diz que não aguenta mais esperar até que Alex e ela se separem. Ele não a suporta.

Rosie: Mesmo assim, eles ficaram juntos bem mais tempo do que as pessoas pensaram que ficariam. Mande um beijo para o Josh também.

Katie: Vou mandar. Bom, é melhor eu ir e contar para Alex sobre Toby. Ele não vai acreditar! Não trabalhe demais no seu aniversário, mãe!

VOCÊ RECEBEU UMA MENSAGEM DE: KATIE.

Katie: Oi, Alex.

Alex: Olá, minha linda afilhada. Como você está hoje, e o que você quer?

Katie: Estou bem, e não quero nada!

Alex: Vocês, mulheres, sempre querem alguma coisa.

Katie: Isso não é verdade e você sabe disso!

Alex: Como está o meu filho? Espero que ele esteja trabalhando duro por aí.

Katie: Ele ainda está vivo, pelo menos.

Alex: Ótimo. Diga para ele ligar para casa mais vezes. Por melhor que seja conversar com você e tudo mais, seria bom saber notícias dele que viessem direto dele.

Katie: Entendi. Pode deixar que eu digo a ele. Bom, de qualquer maneira, o motivo pelo qual estou lhe mandando essas mensagens é que você nunca vai adivinhar quem eu encontrei na boate ontem à noite!

Alex: Bem, se eu nunca vou adivinhar, então não quero participar dessa brincadeira.

Katie: Foi exatamente isso que a minha mãe disse! Bom, eu encontrei Toby Flynn!

Alex: Ele é algum ex-namorado? Ou alguém famoso? Dê uma pista pra mim.

Katie: Alex! Aff, fala sério! Você e a minha mãe estão começando a ficar desmemoriados. Toby era o meu melhor amigo do tempo da escola!

Alex: Ah, aquele Toby. Direto do túnel do tempo. Como ele está?

Katie: Ele está bem. Terminou a faculdade de Odonto, é dentista em Dublin e veio passar alguns dias de férias em Ibiza. Ele perguntou de você.

Alex: Que maravilha. Bem, se vocês se virem outra vez, mande lembranças. Ele era um bom rapaz.

Katie: Pode deixar. Vou vê-lo de novo hoje de noite. Vamos sair para jantar.

Alex: Opa, há um toque de romance no ar?

Katie: Aff, fala sério! O que há com você e com a minha mãe? Ele era o meu melhor amigo. Não posso namorar o Toby.

Alex: Ah, não seja boba. Não há nada de errado em namorar o melhor amigo.

Katie: Foi isso que a minha mãe disse!

Alex: Foi, é?

Katie: Sim. Tentei explicar que seria a mesma coisa que ela começar a namorar você.

Alex: E o que foi que ela disse?

Katie: Ela não pareceu ficar escandalizada com a ideia. Está vendo, Alex? Quando você conseguir tirar esse rabo gordo dessa sua casa, você sabe que há pelo menos uma mulher no mundo que vai te aceitar. Haha.

Alex: Pois é.

Katie: Meu Deus, Alex. Anime-se. Bom, preciso ir, tenho que me arrumar para o jantar.

VOCÊ RECEBEU UMA MENSAGEM DE: ROSIE.

Rosie: Olá, velha senhora. O que está fazendo de bom?

Ruby: Estou sentada na minha cadeira de balanço e fazendo tricô. O que você acha? Não. Gary, Maria e as crianças acabaram de ir embora e eu estou exausta. Não consigo mais correr atrás deles como antes.

Rosie: Mas você mesmo quer fazer isso?

Ruby: Não, e estar com os músculos doloridos é uma ótima desculpa para não ter que brincar de esconde-esconde 24 horas por dia, 7 dias por semana. E você, o que está aprontando por aí?

Rosie: Estou descansando um pouco depois de limpar toda a poeira que os pedreiros deixaram. Sinceramente, será que eles já ouviram falar de uma coisa chamada "aspirador de pó"?

Ruby: Não, e nem eu. É alguma invenção nova? Como está indo a construção da nova ala?

Rosie: Ah, está uma beleza, Ruby. Vou ter muito mais privacidade agora. Posso ficar do meu lado da casa e os hóspedes ficam do lado deles. Decorei um quarto da maneira que você gosta, então você pode ficar lá quando quiser visitar. É só dizer quando quer vir. Vou sair com Sean hoje à noite.

Ruby: De novo? Olhe, isso está ficando bem frequente.

Rosie: Ele é um homem muito gentil e eu gosto muito da companhia dele. Mesmo que a casa esteja sempre cheia de estranhos, ainda acabo me sentindo sozinha. Por isso é bom poder me encontrar com ele de vez em quando.

Ruby: Entendo o que você quer dizer. Ele parece ser um verdadeiro cavalheiro.

Rosie: E é mesmo.

Ruby: Fiquei sabendo que o casamento de Alex terminou.

Rosie: Ruby, o casamento dele nem chegou a começar, e terminar então... Bem, é uma pena.

Ruby: E como você se sente em relação ao fato?

Rosie: Triste por ele. Feliz por ele.

Ruby: Bem, agora você pode me contar a verdade. Como é que você se sente de verdade?

De: Katie
Para: Rosie
Assunto: Putz, mãe
Putz, mãe.
Meu Deus, mãe.
Aconteceu a coisa mais bizarra do mundo comigo.
Eu nunca me senti tão... Esquisita em toda a minha vida.
Ontem foi a noite mais estranha de toda a minha vida. Encontrei Toby e nós saímos para jantar no Raul's, um restaurante na parte velha da

cidade. Para chegar lá nós tivemos que andar por uma rua de pedras muito íngreme, passando pelas mulheres que se vestem de preto da cabeça aos pés e que estavam sentadas em cadeiras de madeira diante das suas casas, aproveitando o calor e o silêncio.

O lugar tinha só umas poucas mesas, e como éramos os únicos turistas lá eu quase me senti mal por estar me intrometendo, mas eles foram muito atenciosos e o clima estava ótimo. É uma parte da ilha que eu não visito com tanta frequência, infelizmente.

O gerente do hotel de Toby sugeriu o restaurante, e a sugestão foi muito boa porque o lugar ficava bem no alto de uma montanha, com vista para a ilha de um lado e o mar do outro. O ar estava morno, as estrelas estavam brilhando e tinha um homem tocando violino no canto. Foi como algo saído de um filme, mas foi muito melhor porque era real e estava acontecendo comigo.

Conversamos, conversamos, conversamos por horas e horas, até bem depois de terminarmos de comer, e tiveram até mesmo que pedir para irmos embora às duas da manhã. Acho que nunca ri tanto em toda a minha vida. Continuamos conversando enquanto passeávamos pela praia, e até mesmo o ar estava mágico! Falamos nos velhos tempos e conversamos sobre os novos tempos também.

Mãe, não sei se foi o vinho, o calor, a comida ou só os meus hormônios, mas havia alguma coisa no ar naquela noite. Toby tocou o meu braço e eu me senti toda… Elétrica, da cabeça aos pés. Já tenho quase 31 anos e nunca senti isso antes. E foi naquele momento que surgiu o silêncio. Um silêncio muito esquisito. Começamos a nos olhar como se estivéssemos nos vendo pela primeira vez. Foi como se o mundo parasse de girar apenas para nós. Um silêncio mágico e estranho.

E então ele me beijou. Toby me beijou. E foi o melhor beijo de todos os meus 30 anos. E quando os nossos lábios se separaram as minhas pálpebras se abriram devagar e eu vi que ele estava olhando para mim, como se fosse dizer alguma coisa. E, como é típico de Toby, ele disse: "Aposto que tinha pepperoni no seu jantar."

Que vergonha.

Na mesma hora as minhas mãos voaram para os meus dentes, lembrando como ele me zoava por causa da comida presa no meu aparelho. Mas ele segurou as minhas mãos e afastou-as da minha boca gentilmente, e disse: "Não, desta vez eu consegui sentir o gosto."

Minhas pernas quase cederam debaixo de mim. A sensação de beijar Toby foi muito estranha, mas ao mesmo tempo parecia ser algo completamente natural, e eu acho que isso era o mais estranho de tudo que aconteceu. Não cei se você consegue me entender.

Passamos o dia inteiro juntos e as minhas tripas estão virando cambalhotas só de pensar que vamos nos ver de novo hoje. O meu coração está batendo com tanta força que as vibrações quase chegam a fazer o meu medalhão bater contra o peito. Agora eu cei por que as minhas amigas falavam daquele jeito quando tentavam descrever seus sentimentos. É tão bom que chega a ser indescritível. Meu pai passou o dia inteiro me zoando porque eu fiquei andando de um lado para outro com um sorriso bobo na cara.

Toby pediu que eu voltasse a morar em Dublin, mãe! Não para morar com ele, claro, mas apenas para que pudéssemos ficar mais próximos. E eu acho que vou fazer isso. Por que diabos eu não faria? Vou jogar tudo pro ar e saltar de cabeça no escuro e todos aqueles outros clichês, e vamos ver aonde eu consigo chegar. Porque, se eu não seguir essa intuição neste momento, quem sabe onde eu estarei daqui a vinte anos?

Parece loucura, né? Mas foram vinte e quatro horas superintensas!

De: Rosie
Para: Katie
Assunto: Sim!

Ah, não é loucura, Katie! Não é loucura de jeito nenhum! Aproveite, meu bem. Aproveite cada segundo.

De: Katie
Para: Alex
Assunto: Apaixonada!

Minha mãe estava certa, Alex! É possível se apaixonar pelo seu melhor amigo! Fiz as malas e resolvi voltar para Dublin com o coração cheio de amor e esperança, e a cabeça cheia de sonhos! Minha mãe falou sobre a vez que ela percebeu o silêncio, há vários anos. Ela sempre me disse que, quando eu sentisse esse silêncio com alguém, era um sinal de que aquela pessoa seria aquela que ficaria comigo pelo resto da vida. Eu estava começando a achar que ela tinha inventado isso aí, mas não! O silêncio mágico existe!

VOCÊ RECEBEU UMA MENSAGEM DE: ALEX.

Alex: Ela sentiu o silêncio também.

Phil: Quem? Quando? Onde? Como?

Alex: Rosie. Ela também sentiu o silêncio, há tantos anos.

Phil: Ah, aquele temido silêncio voltou para nos assombrar, não foi? Faz anos que não ouço você tocar no assunto.

Alex: Eu sabia que aquilo não era coisa da minha cabeça, Phil!

Phil: Bem, então, por que você está falando disso para mim? Saia da internet, seu imbecil, e pegue o telefone. Ou a caneta.

Alex fez logoff.

MINHA QUERIDA ROSIE,

Sem que você soubesse, eu resolvi arriscar e aproveitar a oportunidade há muitos e muitos anos. Você nunca chegou a receber aquela carta, e eu fico feliz por isso, porque os meus sentimentos mudaram radicalmente. Eles se intensificaram com cada dia que passou.

Vou direto ao ponto porque, se eu não disser o que tenho a dizer agora, receio que nunca seja dito. E eu preciso dizer.

Hoje eu amo você mais do que nunca; amanhã, vou amá-la ainda mais. Eu preciso de você mais do que nunca; eu quero você mais do que nunca. Sou um homem de 50 anos que chega até você sentindo-se como um adolescente apaixonado, pedindo que me dê uma chance e que retribua o meu amor.

Rosie Dunne, eu amo você do fundo do meu coração. Sempre amei você, até mesmo quando tinha 7 anos e menti sobre ter caído no sono enquanto esperava pelo Papai Noel, quando tinha 10 anos e não a convidei para a minha festa de aniversário, quando tinha 18 anos e tive que me mudar, e mesmo nos dias em que me casei, no dia do seu casamento, nos batizados, aniversários e quando brigamos. Amei você durante tudo isso. Faça com que eu seja o homem mais feliz do mundo e fique comigo.

Por favor, responda.

Com todo o meu amor,
Alex

EPÍLOGO

Rosie leu a carta pelo que parecia ser a milionésima vez, dobrou-a duas vezes e guardou-a novamente no envelope. Seus olhos passaram por sobre a coleção de cartas, cartões de felicitações, e-mails impressos, folhas com as transcrições impressas dos bate-papos da internet, faxes e bilhetes escritos à mão no tempo da escola. Havia centenas de papéis espalhados pelo chão, cada um servindo como relato de um triunfo ou tristeza, cada carta representando uma fase na sua vida.

Ela havia guardado tudo.

Estava sentada sobre o tapete de lã de carneiro diante da lareira no seu quarto em Connemara e continuou a absorver a panóplia de palavras que se estendia à sua frente. Sua vida descrita em tinta. Passou a noite inteira relendo tudo aquilo. Suas costas doíam por ter passado tanto tempo encurvada e seus olhos ardiam. Ardiam por causa do cansaço e das lágrimas.

Pessoas que ela amou com tanto ardor ganharam vida em sua cabeça enquanto ela lia seus medos, emoções e pensamentos, que antigamente foram muito reais, mas que agora já haviam desaparecido da sua vida. Amigos que chegaram e partiram, colegas de trabalho, amigos do tempo da escola, amantes e parentes. Ela reviveu toda a sua vida naquela noite, em uma questão de horas.

Sem que ela percebesse, o sol se ergueu outra vez, as gaivotas estavam dançando pelo céu, grasnando animadas enquanto sua comida era jogada de um lado para outro pelo mar revolto. As ondas batiam contra as rochas, ameaçando ultrapassá-las. Nuvens cinzentas se erguiam como anéis de fumaça do lado de fora da janela, resquícios da chuva que caiu no início da manhã.

As cores delicadas de um arco-íris recém-formado se ergueram sobre o vilarejo sonolento, estenderam-se por sobre o céu do alvorecer e caíram no campo oposto à Pousada Docinho. Uma visão vibrante de vermelho-maçã, manteiga, damasco, abacate, jasmim, rosa do campo e azul noturno contra o céu cinzento. Tão perto que Rosie quis estender a mão para tocá-lo.

A sineta da recepção no térreo tocou bem alto. Rosie bufou e olhou para o relógio. 6h15.

Um hóspede acabava de chegar.

Ela se levantou devagar, gemendo com a dor depois de passar tantas horas agachada na mesma posição. Segurou-se na cabeceira da cama e ergueu-se até ficar em pé. Endireitou aos poucos as costas.

A sineta tocou outra vez.

Os joelhos de Rosie estalaram.

— Ai! Já vou! — gritou ela, tentando esconder a irritação na voz.

Foi idiotice passar a noite inteira relendo aquelas cartas. Hoje seria um dia movimentado e ela não podia se dar ao luxo de estar cansada. Cinco hóspedes iriam sair e outros quatro estavam para chegar pouco depois deles. Os quartos precisavam ser limpos, os lençóis lavados e trocados para os recém-chegados, e ela nem havia começado a preparar o café da manhã.

Ela andou na ponta dos pés por entre a massa de cartas espalhadas pelo tapete, tentando não pisar nos papéis importantes que havia guardado por toda a vida.

A sineta tocou mais uma vez.

Ela revirou os olhos e resmungou um palavrão. Não estava a fim de lidar com hóspedes impacientes hoje. Não depois de passar a noite inteira sem dormir um segundo.

— Só um minuto — disse ela com um toque de animação na voz, segurando no corrimão e descendo rapidamente pelas escadas. Ela sentiu o dedão do pé bater na mala que fora deixada estupidamente diante do último degrau. Sentiu seu corpo cair para a frente, e em seguida uma mão a agarrou com firmeza pelo braço para ampará-la.

— Desculpe-me, por favor — declarou ele, e Rosie ergueu a cabeça no mesmo instante. Deu uma boa olhada no homem que estava diante dela, com quase um metro e oitenta de altura, cabelos escuros que haviam ficado grisalhos nas laterais da cabeça. Sua pele estava cansada e enrugada ao redor dos olhos e da boca. Os olhos pareciam estar cansados, como aconteceria com qualquer pessoa que houvesse acabado de passar quatro horas num carro para chegar até Connemara após desembarcar de um voo de cinco horas. Mas aqueles olhos brilhavam e reluziam conforme a umidade neles começava a aumentar.

Os olhos de Rosie se encheram de lágrimas também. E ela segurou no braço dele com mais força.

Era ele. Até que enfim, era ele. O homem que escreveu a última carta que ela leu naquela manhã, implorando por uma resposta.

Claro, depois que ela a recebeu, não demorou muito para responder. E, conforme o silêncio mágico os envolvia de novo, depois de cinquenta anos, tudo o que eles conseguiram fazer foi olhar um nos olhos do outro. E sorrir.

AGRADECIMENTOS

Muitas pessoas foram fundamentais para ajudar este livro a acontecer.

Muito obrigada às minhas editoras, Lynne Drew e Maxine Hitchcock. E também a Amanda, Jane, Kelly, Fiona, Moira, Damon, Tony, Andrea, Lee e o resto da equipe fantástica da HarperCollins por todo o esforço, confiança e apoio constante que vocês me deram.

Marianne Gunn O'Connor, superagente e amiga.

Minha mãe, meu pai, Georgina, Nicky e Keano, por todo o amor, apoio, conselhos, risos e amizade. Vocês valem o mundo para mim.

David, por me acompanhar em cada passo da jornada. Compartilho tudo isso com você.

Depois do ano que passei, todas as pessoas queridas e próximas de mim merecem agradecimentos maiores do que nunca. Tenho sorte de estar cercada por um grupo de apoio tão enorme. Por isso, agradeço especialmente a:

Fadas madrinhas Sarah & Lisa, Olive & Robert, Enda & Sarah, Rita & Mark, Colm & Angelina (ABCD), Dominic & Catherine, Raphael, Ibar, Ciaran & Carmel, Ronan & Jennifer, Eileen & Noel, Maurice & Moira, Kathleen & Donie, Noel & Helen (e suas famílias!).

Obrigada, Susana, Paula pea & SJ por preservar a minha sanidade (ou pelo menos tentar), Adrienne & Roel, Ryano & Sniff — eu não conseguiria sem vocês dois, haha! Neil & Breda e a família Keoghan, Jimmy & Rose, Lucy, Elaine & Joe, Gail, Eadaoin, Margaret.

Muito obrigada a Thrity, Gerald & Clodagh, Daithi & Brenda, Shane & Gillian, Mark & Gillian, Yvonne, Nikki & Adam, Leah BH, Paul & Helen, Drew Reed, Gary Kavanagh (você também não está neste!), Pat Lynch, Sean Egan, Madeleine Jordan, Michael Ryan, Sarah Webster e sua grande amiga Irmã Mary Joseph, Lindy Clarke e a Equipe Chinesa de Xadrez, e obrigada em particular à Doo Services.

Superagradecimentos vão para a supersubagente Vicki Satlow.

Meus avós muito especiais, Olive, Raphael, Julia e Con, que devem estar apertando botões mágicos lá em cima, e obrigada a Deus, que, como é provável, está ajudando.

A todos que acolheram meus livros em seus corações. Vocês colocaram um sorriso no meu rosto e um nó na minha garganta. Por isso, eu lhes agradeço de todo o coração.

E, finalmente, obrigada a você, Rosie Dunne, por me torrar a paciência a noite inteira, todas as noites, até que a sua história fosse contada.

CPSIA information can be obtained
at www.ICGtesting.com
Printed in the USA
BVHW032314290721
613178BV00008B/281